# First Love – Dieses Mal für immer

## Marie Force

Originaltitel: The Wreck © 2011 Marie Force

Copyright für die deutsche Übersetzung: © 2019 Bettina Ain

ISBN: 978-1950654369

Lektorat: Ute-Christine Geiler, Birte Lilienthal, Agentur Libelli GmbH

Deutsche Erstausgabe



Cover: Ashley Lopez

Buchdesign und Satz: Isabel Sullivan, E-book Formatting Fairies

# ÜBER DAS BUCH

Die Highschool Sweethearts Carly Holbrook und Brian Westbury stehen kurz vor ihrem Schulabschluss, als sie mitansehen müssen, wie ihre sechs engsten Freunde, darunter auch Brians jüngerer Bruder, bei einem schrecklichen Autounfall umkommen. Carly wird durch das Ereignis so schwer traumatisiert, dass sie die Fähigkeit zu sprechen verliert und nicht mehr wie geplant ans College gehen kann. Schweren Herzens trifft Brian die Entscheidung, seine Heimatstadt und auch Carly für immer zu verlassen.

Fünfzehn Jahre später hat sich Brian als Staatsanwalt in New York einen Namen gemacht. Doch dann tauchen beunruhigende neue Hinweise auf, die Zweifel am Grund des Unfalls wecken, der so viele Leben zerstört hat. Angesichts dieser Entwicklung beschließt Brian, heimzukehren, um sich einer Vergangenheit – und einer Liebe – zu stellen, die er nie vergessen hat …

19. Mai 1995

*Alles hat seine Stunde. Für jedes Geschehen unter dem Himmel gibt es eine bestimmte Zeit: eine Zeit zum Gebären und eine Zeit zum Sterben, eine Zeit zum Pflanzen und eine Zeit zum Ausreißen der Pflanzen.*

Koh 3,1–2

# Kapitel 1

»Tupelo Honey« ertönte aus der Jukebox. Das Kratzen der Nadel auf der alten Schallplatte, Brians kräftige Arme um sie, der leicht muffige Geruch in Tobys dunkel getäfeltem Keller, das leise Flüstern und Kichern der anderen drei Pärchen, die sich zur Musik von Van Morrison wiegten, und die Unbeschwertheit und Sorglosigkeit, mit der sie taten, was sie schon immer getan hatten, erfüllten Carly mit einem wohligen Gefühl der Zufriedenheit.

Der endlos wirkende Winter von New England war den warmen Tagen und trägen Abenden des Frühlings gewichen. Da die Basketballsaison an der Highschool vorüber und sie nicht länger Cheerleaderin war, stand es ihr frei, sich zu entspannen und Brian bei der Sportart zuzuschauen, in der er wirklich gut war. Zwar war er beim Football als Tight End durchaus beeindruckend und beim Basketball ein ordentlicher Point Guard, aber als Pitcher beim Baseball bewies er kraftvolle Eleganz und warf einen Fastball, den kaum ein Gegenspieler kommen sah und fast niemand zu treffen vermochte.

Colleges, die daran interessiert waren, sich dieses Talent zu sichern, hatten versucht, ihn abzuwerben, doch das Einzige, was Brian Westbury je gewollt hatte – von Carly Holbrook einmal abgesehen –, war, Anwalt zu werden.

Nachdem sie also beide ein Stipendium für die University of Michigan ergattert hatten, lehnte er die Angebote zum Baseballspielen ab, damit er sich darauf konzentrieren konnte, für die Noten zu lernen, die er für den Bachelorabschluss benötigte, um anschließend an einer der besten juristischen Fakultäten weiterstudieren zu können.

Sein Herz hing dabei an Harvard, aber das hatte er nur Carly gestanden, damit er keine großen Erklärungen abgeben musste, sollte er sein Ziel nicht erreichen.

Dazu würde es allerdings nicht kommen. Carly, die Grundschullehrerin werden wollte, glaubte an ihn und war sich sicher, dass er alles schaffen würde, was er sich vornahm. So war er nun mal.

Sie hob den Kopf. Er hatte die Lider geschlossen, und sein Haar war noch ganz feucht von der Dusche nach dem Spiel. Als könnte er spüren, dass sie ihn betrachtete, öffnete er die haselnussbraunen Augen und schaute sie an.

In Vorfreude darauf, nachher mit ihm allein zu sein, erschauerte sie wohlig.

»Lass uns von hier verschwinden«, flüsterte er ihr ins Ohr.

»Noch nicht«, antwortete sie atemlos. »Das ist zu offensichtlich.«

Er lächelte. »Die wissen das doch ohnehin.«

Am anderen Ende des Raums legte Toby die Arme um Michelle, während Brians Bruder Sam, der ein Jahr jünger war als der Rest von ihnen, mit Jenny rumknutschte. Sarah hielt Pete in den Armen, der offenbar zu der sanften Musik eingeschlafen war. Da die acht jeden freien Moment zusammen verbrachten, hatten die anderen über die Jahre ebenfalls miteinander angebandelt, wenn auch eher, weil es bequemer war, als weil echte Liebe im Spiel gewesen wäre. Lediglich Carly und Brian waren ein richtiges Paar, was jedem in diesem Raum klar war.

Michelle war Carlys beste Freundin gewesen, solange sie zurückdenken konnte, denn ihre Eltern waren Nachbarn. Jenny und Sarah hatten sie in der Grundschule aufgegabelt, und die Jungs waren in der achten Klasse zu ihnen gestoßen. Brian und Carly waren von Anfang an zusammen gewesen, trotz der Bedenken ihrer Eltern wegen ihres Alters.

Ja, sie acht bildeten eine Clique. Ja, von den anderen an der Schule hielten sie sich fern. Deshalb beunruhigte es sie auch, dass Sam nächstes Jahr ganz allein sein würde. Dass ihre Freundschaft über die Highschool hinausreichte und bei anderen Neid weckte, dafür würden sie sich allerdings nicht entschuldigen.

Carly wandte sich wieder zu Brian um.

Er sang das Lied mit, seine Lippen ganz dicht an ihrem Ohr.

Von Melancholie überwältigt schlang sie die Arme fest um ihn. Der Frühling, wenn alles blühte, die Tage länger wurden, das Schuljahr zu Ende ging und die Sommerferien schon zu erahnen waren, war sonst ihre liebste Jahreszeit. Dieses Jahr jedoch wirkte alles anders.

Schon bald hätten sie ihren Abschluss und würden ihrer Wege ziehen. Toby war an der Marineakademie angenommen worden und würde ihre Heimatstadt als Erster verlassen. Pete wollte ein Jahr lang um die Welt reisen, Sarah würde am Smith studieren, Jenny eine Ausbildung zur Kosmetikerin beginnen, Michelle hatte sich an der University of New Hampshire eingeschrieben, und der arme Sam hatte ein einsames Jahr an der Highschool vor sich.

Carly und Brian hatten mit dem Geld, das ihnen ihre Eltern für die Ausgaben am College zur Verfügung gestellt hatten, eine Wohnung in Ann Arbor angemietet. Das war wohl das größte Geheimnis, das sie vor ihren Eltern hatten, und Carly hatte ständig Angst, dass es rauskäme.

Auch im Jahre 1995 hatte ein gutes katholisches Mädchen nicht bei ihrem Freund einzuziehen, jedenfalls nicht, ohne enorme Schuldgefühle zu empfinden, die der ganzen Angelegenheit einen schalen Beigeschmack verliehen. Aber der Gedanke daran, jede Nacht in seinen Armen zu verbringen, machte die Sorgen und die Scham wieder wett. Bei der Beichte hatte sie jede Woche ein paar zusätzliche Ave-Marias gebetet, in der Hoffnung, dass ihr das dabei helfen würde, das schlechte Gewissen ein wenig zu beruhigen, denn sie hatte nicht vor, die Pläne aufzugeben, die sie schon vor einer halben Ewigkeit geschmiedet hatten.

Das Telefon klingelte, und Toby löste sich aus Michelles Umarmung, um ranzugehen. Wenige Minuten später kehrte er zurück und drehte der alten Jukebox seines Vaters den Saft ab. »Das war meine Schwester. Meine Eltern sind gerade bei ihr losgefahren.«

Die anderen sprangen sofort auf und vernichteten alle Beweise dafür, dass sie jemals hier gewesen waren. Carly sammelte die leeren Getränkedosen ein. Sie hatten versucht, Bier zu organisieren, doch keines der älteren Geschwister war da gewesen, um ihnen welches zu kaufen. Allerdings war es ihr ganz recht, da ihr davon am nächsten Tag meist schlecht war.

»Wir können zu uns weiterziehen«, schlug Sam mit einem Blick zu Brian vor.

Brian nickte. »Unsere Leute sind heute Abend nicht da.«

»Cool«, meinte Pete, der sich ausgiebig streckte und gähnte.

»Hast du gut geschlafen?«, neckte Carly ihn.

Er legte einen Arm um Sarahs Schultern. »Und wie. Sarah ist das *beste* Kissen.«

Zum Dank stieß Sarah ihm einen Ellbogen in die Seite, was ihm ein Grinsen entlockte.

»Verschwinden wir von hier«, erklärte Toby nervös. Seine Mutter hatte »Pro-ble-me«, wodurch sie unberechenbar wurde, und keiner von ihnen wollte hier sein, wenn sie auftauchte.

»Danke, Toby«, wandte sich Carly an ihn.

»Kein Ding. Ich weiß ja, wie sehr du die Jukebox liebst.«

»Ich denke, ich werde sie nächstes Jahr mehr als alles andere vermissen«, pflichtete sie ihm mit wehmütigem Blick auf das alte Gerät bei, das mittlerweile still und dunkel dastand.

»Na, vielen Dank, Carly«, scherzte Michelle. »Da fühle ich mich doch gleich besser.«

Sie vergewisserten sich ein letztes Mal, dass sie nichts vergessen hatten, dann folgten sie Toby die Treppe hinauf in die unordentliche Küche des Hauses. Draußen warf Brian Sam die Schlüssel für den Kombi zu, den sie sich teilten. »Wir wollen noch einen kurzen Spaziergang einlegen«, erklärte er.

»So nennt man das also heutzutage«, schnaubte Sam. »Spaziergang?«

»Sei still, und schließ den Wagen auf«, forderte Brian seinen Bruder auf.

Bevor die anderen ins Auto stiegen, schnappte er sich seinen Rucksack vom Vordersitz.

»Lasst uns Pizza essen fahren«, schlug Pete vor. »Ich hab Hunger.«

»Du hast immer Hunger«, erwiderte Jenny.

Entrüstet entgegnete Pete: »Na und?«

»Hebt uns was auf«, sagte Brian und fasste nach Carlys Hand.

Michelle griff Carlys andere Hand und versuchte, sie zu sich ins Auto zu ziehen. »Steig ein«, bat sie und setzte eine Schmollmiene auf. »Mit ihm kannst du doch jederzeit in die Kiste.«

Carly lief rot an. Brian löste ihre Finger aus Michelles Griff und schloss die Tür.

»Wir kommen gleich nach«, versprach er, bevor Sam den Wagen rückwärts aus Tobys Einfahrt lenkte.

»Na klar«, ertönte es laut im Chor aus dem Auto.

Lachend schaute Brian ihnen nach.

»Wie peinlich«, murmelte Carly. Sie senkte den Kopf und verbarg ihre glühen-den Wangen hinter ihren Locken.

Amüsiert legte Brian ihr einen Arm um die Schultern. »Was denn? Dass sie alle wissen, was wir tun werden? Wen kümmert das?«

»Mich.« Trotz aller Anstrengungen vonseiten der Jungs waren die anderen Pärchen noch nicht so weit. Wieder etwas, wodurch sie sich von den anderen unterschieden. Bis zum Anfang der elften Klasse hatten sie durchgehalten, ehe die Liebe und die Hormone und das stürmische Verlangen schließlich die Oberhand gewonnen und ihre Schuldgefühle und ihre Angst vor einer Schwangerschaft verdrängt hatten.

Während er sanfte Küsse über ihr Gesicht verteilte, versicherte Brian ihr: »Wir müssen nicht. Wir können auch einfach mit ihnen zu Ricardo's gehen.« Er küsste sie überall, nur nicht da, wo sie sich am meisten nach ihm sehnte. »Bloß weil ich schon den ganzen Tag die Minuten zähle, bis wir endlich allein sind, heißt das nicht …«

Sie hielt ihn fest und presste ihre Lippen auf seine, bis ein sich näherndes Auto sie dazu zwang, ihn loszulassen.

Er nahm ihre Hand, und sie liefen ins Wäldchen hinter Tobys Haus, kurz bevor seine Eltern in die Einfahrt einbogen.

»Das war knapp«, keuchte Brian erheitert.

»Die werden uns garantiert irgendwann erwischen.«

Er führte sie über den ausgetretenen Pfad, den er schon benutzt hatte, als er ganz klein gewesen war. »Noch ist das nicht passiert.«

»Irgendwann lässt uns das Glück im Stich.«

»Niemals«, widersprach er mit dem Selbstbewusstsein eines jungen Mannes, der in seinem kurzen Leben bisher keinen Misserfolg erlebt hatte.

Das Tageslicht wich der Abenddämmerung, und die Vorfreude beschleunigte ihre Schritte. Sie wollten zu ihrem Lieblingsplatz am See, unter den hängenden Zweigen einer riesigen Trauerweide. Die Hitze des Tages war noch im Boden und drang durch die Decke, die Brian aus dem Rucksack geholt hatte.

Er zog ihr das T-Shirt über den Kopf, und ihre Finger flogen über die Knöpfe an seinem Hemd. Dann öffnete er ihren BH, schob ihn aus dem Weg und keuchte auf, kaum dass er ihren Busen an seiner Brust spürte.

Sie hatte seinen Oberkörper schon gekannt, bevor das weiche, dunkle Haar darauf gewachsen war, bevor er diese kräftigen Brust- und Bauchmuskeln entwickelt hatte, bevor aus dem Jungen ein Mann geworden war. Sie griff nach ihm, und gemeinsam ließen sie sich auf die Decke sinken. Die Leidenschaft, die zwischen ihnen aufloderte, erstaunte sie immer wieder. Nachdem sie sich erst unsicher vorgetastet hatten, wussten sie mittlerweile, wie sie einander Befriedigung verschaffen konnten, die das Verlangen nach *mehr* auslöste.

Als sie eine Hand in seine Shorts schob, atmete er an ihrem Mund scharf ein. »Warte, Carly. Moment. Mach mal langsam.«

Sie stöhnte protestierend, doch er begann ihre kleinen, festen Brüste zu massieren.

Im letzten goldenen Abendlicht, das durch den Vorhang der Weidenäste fiel, erwiderte er ihren Blick. »Ich möchte mir das hier einprägen.«

Verwirrung wandelte sich in Atemlosigkeit, während er ihre Brust streichelte.

»Den ganzen Tag schon«, erklärte er, wobei er mit der Zunge Kreise um ihre Brustspitze zog, »habe ich nur daran gedacht, mit dir hier zu sein. Mr Allen hat mich bei der Dreiecksberechnung aufgerufen, und ich hatte keine Ahnung, was er wollte, weil ich in Gedanken hier war und das mit dir angestellt habe.« Er nahm die Knospe in den Mund, und ihr Rücken hob sich von der Decke. »Wie soll ich mich auf irgendwas konzentrieren, wenn wir erst mal zusammenwohnen und regelmäßig in einem Bett miteinander schlafen, ohne die ständige Angst, erwischt zu werden?«

Es fiel ihr schwer, an etwas anderes zu denken als die Hitze seines Mundes auf ihrer Haut. »Vielleicht ist es weniger aufregend, wenn wir uns nicht mehr fürchten müssen«, brachte sie raus.

Mit vor Verlangen dunklen Augen sah er zu ihr hoch. »Es wird immer ganz genauso aufregend sein.«

Sie schob die Finger in sein Haar. »Brian«, flüsterte sie. »Ich will dich. Jetzt.«

Er machte kurzen Prozess mit ihrer und seiner Hose und zog die Decke um sie beide.

Suchend hob sie die Hüften.

Er strich ihr die Locken aus dem Gesicht und küsste sie. »Ich liebe dich.« Langsam drang er in sie ein, mit mehr Geduld, als er nach einem Tag des Wartens hätte aufbringen können sollen.

»Ich liebe dich auch. So sehr, dass es manchmal wehtut.« Sie spreizte die Beine und nahm ihn tiefer auf, so tief, dass sie nicht mehr wusste, wo sie endete und er begann.

»Es sollte nicht wehtun«, stieß er hervor. Er hielte inne, musterte sie eindringlich und presste dann seine Lippen auf ihre.

Sie wand sich unter ihm, verlangte nach mehr.

»Carly«, keuchte er. »Ich kann nicht mehr warten.«

Sie drängte sich ihm entgegen. »Dann warte nicht.«

Seine Bewegungen wurden schneller, er stöhnte und rief ihren Namen, ehe er auf sie sank. »Tut mir leid«, flüsterte er, noch immer schwer atmend auf ihr.

Sie streichelte seinen schweißgebadeten Rücken. »Was denn?«

»Du bist nicht, du weißt schon …«

»Das ist mir egal.«

»Gib mir einen Moment, dann werde ich dich dafür entschädigen.«

»Das musst du nicht.«

Seine Augen funkelten amüsiert. »Lehnst du etwa einen Or…«

»Nicht!« Die Finger an seinem Mund, brachte sie ihn zum Schweigen, wobei ihr Gesicht vor Scham glühte. »Sag es nicht.«

Er lachte. »Was soll ich nur mit dir und deinen Schamgefühlen anstellen?«

»Dich damit abfinden?«

»Wie wäre es, wenn ich sie stattdessen heirate? Wäre das besser?«

Ungläubig starrte sie ihn an. »Wie bitte?«

»Lass uns heiraten. Du bist total verängstigt, weil wir heimlich zusammenwohnen wollen, lass es uns also offiziell machen. Dann musst du dich nicht die nächsten vier Jahre davor fürchten, erwischt zu werden.«

»Aber Brian«, stammelte sie, »unsere Eltern drehen durch, wenn sie das hören.«

»Wir haben das sowieso für irgendwann vorgehabt, warum nicht gleich jetzt? Wir sind beide achtzehn. Es gibt nichts, was sie dagegen tun können.«

»Sie unterstützen uns finanziell fürs Studium«, rief sie ihm ins Gedächtnis. »Was, wenn sie sich weigern, sollten wir heiraten?«

»Glaubst du wirklich, dass sie das tun würden? Meinen Eltern wäre es sicherlich lieber, wenn wir heiraten, als wenn wir vier Jahre lang ohne Trauschein zusammenleben. Hast du schon mal an die Sommerferien gedacht? Dann werden wir es wieder unter dem Weidenbaum tun müssen.«

Nachdenklich kaute sie auf der Unterlippe. »Meinst du das ernst? Du willst wirklich heiraten? Nicht nur wegen meiner Schamgefühle?«

»Ich fasse nicht, dass du mich das fragst. Es ist mein *Traum*, mit dir verheiratet zu sein, Carly. Ich kann mir nicht vorstellen, noch vier Jahre bis dahin zu warten. Wenn du willst, müssen wir es auch niemandem verraten.«

Sie schüttelte den Kopf.

»Du willst nicht heiraten?«

»Natürlich will ich das. Das weißt du doch. Aber ich möchte es nicht geheim halten.«

»Carly Holbrook, ich werde dich bis ans Ende aller Tage mehr lieben als alles andere auf der Welt. Willst du meine Frau werden?«

»Ja«, antwortete sie atemlos. »Ja, ich will deine Frau werden, Brian.«

Glücklich drückte er sie fest an sich. »Nach der Messe am Sonntag reden wir mit Pfarrer Joe darüber.«

»Vorher sollten wir es unseren Eltern sagen.«

»Wahrscheinlich«, stimmte er zu. »Heißt das, wir sind offiziell verlobt?«

»Ich schätze schon.«

Er küsste sie auf den Mund, den Hals und dann die Brüste. »Gut, denn ich möchte meiner Verlobten dann jetzt zu einem Orgasmus verhelfen.«

»Brian!«

Seine Lippen an ihrem Bauch, lachte er leise. »Wie ich sehe, hat die Verlobung gegen die Schamgefühle nicht geholfen.«

»Das dauert wohl noch eine Weile«, gestand sie.

»Uns bleibt der Rest unseres Lebens dafür, daran zu arbeiten.«

# KAPITEL 2

Längst war es Nacht, die Luft kühl und der Mond über dem See aufgegangen, aber Brian und Carly machten keine Anstalten, ihren geheimen Garten zu verlassen – den einzigen Ort, an dem sie für sich sein konnten. In diesem Moment widerstrebte es ihnen ganz besonders, den Zauber gegen die reale Welt zu tauschen.

Carly kuschelte sich enger an Brian und wickelte sich gegen die Kälte die Decke fester um die Schultern. Meistens zogen sie sich zügig wieder an, nachdem das erste Verlangen gestillt war, heute Abend allerdings nicht.

»Wir sollten uns auf den Weg machen«, meinte er.

»Noch nicht. Gönn uns noch zehn Minuten.«

»Du bist heute Abend ja ziemlich draufgängerisch.«

»Ich habe mich gerade erst verlobt, da möchte ich jetzt nur hier bei meinem Zukünftigen sein.«

Liebevoll streichelte er ihr Gesicht und küsste sie. »Sobald ich kann, besorge ich dir einen Ring.«

»Ich brauche keinen. Gib deswegen kein Geld aus, das brauchen wir für wichtigere Dinge wie Essen.«

»Ich möchte, dass du einen Ring hast«, beharrte er.

»Solange ich dich habe, brauche ich nichts anderes.«

»Mich hast du immer.« Gähnend reckte er sich. »Wir sollten jetzt wirklich gehen.«

Damit wollte er sich aufsetzen, aber sie hielt ihn fest.

»Was tust du da?«

Sie strich ihm über den Hintern, was er mit einem Aufstöhnen quittierte. »Am Wochenende besuche ich meine Großmutter. Wer weiß, wann wir wieder Gelegenheit dazu haben?«

»Wir haben uns noch nie drei Mal am selben Tag geliebt.«

»Es gibt für alles ein erstes Mal.«

»Du wirst wund.«

Sie drängte ihn auf den Rücken und setzte sich auf ihn. »Ist mir egal.«

»Carly«, zischte er.

Mit schüchternem Lächeln beugte sie sich vor, um ihn zu küssen, und bedeckte sein Gesicht mit ihren duftenden Locken. »Du lehnst doch nicht etwa ab, oder?«

Er wickelte sich eine ihrer Locken um den Finger und erwiderte: »Ich lehne ganz bestimmt nicht ab.«

»Gut, denn ich möchte keinen Ehemann, der nicht mit mir mithalten kann.«

Das Lachen, das ihren geheimen Garten erfüllte, endete in einem Stöhnen, als sie sich auf ihn senkte.

Sie waren schon fast zwei Stunden weg, ehe sie sich endlich anzogen und den langen Weg zu seinem Haus antraten, wo sie sich mit ihren Freunden treffen wollten. Der Mond stand über dem See und verwandelte das stille Wasser in eine silbrige Fläche, aber ihr Weg lag im Dunkeln, da die Baumwipfel das Licht nicht durchließen. Das Zirpen der Grillen, ein weiterer Frühlingsbote, erfüllte die Luft. Als Carly über eine Baumwurzel stolperte, hielt Brian sie fest an der Hand, damit sie nicht stürzte.

»Wir müssen uns nicht beeilen. Ein paar Minuten mehr werden die Sache jetzt auch nicht verschlimmern. Sie werden uns sowieso die Hölle heißmachen.«

Beim Gedanken an die Sticheleien ihrer Freunde verzog sie das Gesicht. »Können wir ihnen verraten, dass wir uns verlobt haben?«

»Sollten wir es nicht zuerst unseren Eltern erzählen?«

Nach kurzem Schweigen waren sich beide einig: »Nein.«

Carly lachte leise. »Als könnten wir es vor ihnen geheim halten. Michelle wird innerhalb von zwei Sekunden erkennen, dass was vorgefallen ist – wenn es überhaupt so lange dauert.«

»Stimmt.«

Sie waren nicht mal mehr hundert Meter von der Tucker Road entfernt, als das grässliche Kreischen von Metall, das gegen etwas Festes und Unnachgiebiges krachte, die friedliche Nacht durchschnitt.

»Was war das denn?«, fragte Carly, bevor sie losrannten.

»Riechst du Rauch?«, wollte Brian wenige Minuten später wissen. Die Anstrengung ließ ihn keuchen.

»Ja.«

So schnell sie konnten, liefen sie über den dunklen Weg und brachen durch das Gestrüpp. Bei dem Anblick, der sich ihnen bot, blieben sie abrupt stehen. Ein Auto war gegen eine der großen Eichen geprallt, die den Straßenrand säumten, und stand in Flammen.

»O mein Gott«, entfuhr es ihm.

In dem Moment, in dem der Gestank verbrannten Fleischs zu ihnen an den Straßenrand wehte, von wo aus sie entsetzt zuschauten, erkannte Brian, dass es sein eigener Kombi war. »Nein!«, brüllte er und krümmte sich, als wäre er geschlagen worden. »Sammy! Neeeeeiiiiin …«

In dem Versuch, sich von ihm zu lösen, zerrte sie an seiner Hand, die ihre umklammerte.

»Nicht, Carly.« Er hob sie von den Füßen, damit sie nicht über die Straße rannte.

Sie wehrte sich gegen ihn. »Wir können nicht einfach hier rumstehen«, kreischte sie. »Wir müssen etwas tun.«

Mit tränenüberströmtem Gesicht drückte er ihren Kopf an seine bebende Brust. »Es gibt nichts, was wir tun können.«

Die Flammen erstarben allmählich und zeichneten von den brennenden Leibern im Wagen grässliche Silhouetten.

»Schau nicht hin«, flehte Brian, dem vom Schluchzen und von dem beißenden Rauch die Stimme versagte. »Bitte, schau nicht hin.«

Trotz seiner Worte drehte sie das Gesicht in die Hitze und erstarrte, als sie begriff, was sie dort sah. Ihre Schreie zerrissen die Nacht.

* * *

Im Angesicht der schwelenden Überreste des Autos, seines Bruders und von fünfen seiner Freunde spürte Brian Westbury, wie die letzten Reste seiner Kindheit der schonungslosen, qualvollen Realität des Erwachsenseins wichen. Während sich die Sanitäter um Carly kümmerten, die offenbar einfach nicht aufhören konnte zu schreien, konzentrierte sich der erste Polizist vor Ort auf ihn.

»Weißt du, wo dein Vater heute Abend ist?«, fragte Lieutenant Matt Collins, ein Mann, den Brian gut kannte. Brians Vater war der Polizeichef, und seine Beamten würden seine leitende Hand brauchen, wenn die volle Tragweite der Tragödie allmählich durchsickerte. Dass der Chief den jüngeren seiner beiden Söhne verloren hatte, war Matt wahrscheinlich noch gar nicht bewusst geworden.

Brian fuhr sich mit zitternder Hand über das Gesicht. »Sie besuchen meine Tante in Cedarville.«

»Hast du die Nummer?«

Beim Runterrasseln der Telefonnummer brach ihm die Stimme. »Sie werden ihm doch nicht am Telefon sagen, dass es Sam ist, oder?«

Lieutenant Collins legte ihm einen Arm um die Schultern. »Nein, mein Junge.« Er rief den anderen Polizisten, die nach ihm aufgetaucht waren, Befehle zu und schickte einen von ihnen los, damit er der Zentrale die Nummer des Chiefs durchgab. Da Brians Beine unter ihm einzuknicken drohten, half ihm der Lieutenant auf den Boden und setzte sich neben ihn.

»Ist mit Carly alles in Ordnung?«, fragte Brian. Er konnte sie zwischen den Sanitätern nicht erkennen, aber ihre gequälten Schreie ebbten nicht ab.

»Sie kümmern sich gut um sie. Keine Sorge.« Eine Hand weiter auf Brians Schulter, fragte der Lieutenant leise: »Ich weiß, wie schrecklich das für dich sein muss, Brian, aber kannst du mir verraten, wer außer Sam noch im Auto saß?«

Er atmete tief durch und listete die Namen der fünf Menschen auf, die ihm mehr bedeuteten als sein eigenes Leben. Dass sie alle tot sein sollten, erschien ihm unvorstellbar. Die überwältigende Last der Tragödie senkte sich auf ihn, und er bebte am ganzen Körper unter dem trockenen Schluchzen, das in ihm aufstieg. Lieutenant Collins legte die Arme um ihn und hielt ihn, bis er sich wieder gefasst hatte.

»Ich kann die Sanitäter mal fragen, ob sie dir nicht was geben können, wenn du glaubst, dass du es brauchst«, bot er an. »Es ist keine Schande, den Schmerz zu lindern, nach dem, was ihr beide gerade mit ansehen musstet.«

Brian schüttelte den Kopf und wischte sich über das Gesicht. »Ich muss für meine Mutter und Carly einen klaren Kopf bewahren.«

»Kannst du mir beschreiben, was genau du gesehen hast?«

Während sie auf den Gerichtsmediziner warteten, sicherten die Polizisten die Unfallstelle und drängten die Handvoll Gaffer zurück, die sich mittlerweile eingefunden hatte.

»Beim Unfall selbst waren wir nicht dabei. Carly und ich waren noch auf dem Weg vom See hierher, da hörten wir, wie das Auto gegen den Baum prallte.«

»Wie klang es?«

»Ein lautes Krachen, gefolgt von Metall, das verbogen wurde.« Selbst wenn er ewig leben sollte, würde er dieses Geräusch nie wieder vergessen.

»Klang es wie eine Explosion?«

»Eigentlich nicht, aber ich bin mir nicht sicher. Es ging alles viel zu schnell.« Er wischte sich übers Gesicht und gab sich Mühe, weiterzureden. »Wir sind so schnell gerannt, wie wir konnten, doch wir waren ziemlich weit weg von der Straße. Als wir hier ankamen, stand das Auto schon in Flammen.« Bei der Erinnerung an die brennenden Körper und Carlys entsetzte Schreie war er erneut machtlos gegen die Tränen. Der Anblick, wie Menschen, die er liebte, im Wagen verbrannten, der Klang von Carlys Schreien und der widerliche Geruch des Todes würden ihn auf ewig verfolgen.

»Du weißt, dass ich fragen muss, ob Sam heute Abend getrunken hat«, setzte Lieutenant Collins vorsichtig an.

Brian schüttelte den Kopf. »Wir waren zusammen bei Toby, aber es gab keinen Alkohol. Anschließend sind Carly und ich spazieren gegangen, und die anderen waren Pizza essen. Sie können bei Ricardo's nachfragen, was sie bestellt haben, doch dort bekommen wir keinen Alkohol. Die wissen, dass wir noch nicht alt genug sind.«

»Ich weiß es sehr zu schätzen, dass du dich so zusammenreißt, Brian. Dein Vater wäre stolz auf dich. Ich lasse dich von jemandem nach Hause fahren, wo du auf deine Eltern warten kannst.«

»Ich möchte bei Carly bleiben.«

»Ich schau mal nach ihr. Warte kurz.«

Brian legte den Kopf auf die Knie und stellte sich vor, wie seine Eltern den Anruf erhielten, vor dem sich alle Eltern fürchteten. Bei dem Gedanken daran, wie seine Mutter erfuhr, dass Sam tot war, verbrannt mit fünf weiteren Jugendlichen, die derart oft bei ihnen ein und aus gegangen waren, dass sie Teil der Familie waren, drohte ihn die Verzweiflung zu überwältigen.

Wenige Minuten später kehrte Lieutenant Collins zurück. »Carly steht verständlicherweise unter Schock. Sie haben ihr ein Beruhigungsmittel gegeben und bringen sie vorsichtshalber ins Krankenhaus, aber sie glauben nicht, dass es Grund zur Sorge gibt.«

Brian stand auf. »Ich möchte mit ihr mitfahren.«

»Ihre Eltern sind auf dem Weg zur Klinik.« Der Lieutenant legte ihm eine Hand auf die Schulter. »Ich werde dir nicht vorschreiben, was du zu tun hast, doch ich denke, du solltest zu Hause auf deine Eltern warten. Sie werden dich brauchen, Brian.«

»In Ordnung.« Er wusste, dass der Lieutenant recht hatte, aber er wollte von ganzem Herzen bei Carly bleiben. »Kann ich sie kurz sehen?«

»Natürlich.« Damit führte er ihn zu den Sanitätern, die Carly gerade auf eine Trage hoben.

Brian beugte sich vor, um ihr einen Kuss auf die Wange zu drücken. Erschrocken nahm er den leeren Ausdruck in ihren sonst strahlenden braunen Augen wahr. »Carly, ich bin's, Brian. Ich bin hier.« Er nahm ihre kalte Hand und hielt sie fest. Mit tränenverschleiertem Blick wollte er ihr versichern, dass es ihr bald besser gehen würde, doch er brachte es nicht über sich, ihr das zu versprechen. »Sie bringen dich ins Krankenhaus, um sich zu vergewissern, dass dir nichts fehlt. Deine Eltern kommen dorthin, damit du nicht allein bist.« Er wischte sich die Tränen von den Wangen. »Ich fahre nach Hause und warte dort auf meine Eltern, aber ich besuche dich, so schnell ich kann.«

Weder sah sie ihn an, noch gab sie ihm zu verstehen, dass sie ihn gehört hatte. Angst drängte sich an der inneren Taubheit vorbei und ließ sich wie ein Eisblock in seinem Magen nieder.

Lieutenant Collins zog Brian zurück. »Die Sanitäter werden sich um sie kümmern. Sie wird schon wieder, sobald sie bei einem Arzt war.«

Nachdem Brian sie erst auf die Wange, dann auf den Mund geküsst hatte, fragte er sich, ob sie beide wirklich jemals wieder in Ordnung kommen würden.

»Officer Beckett fährt dich nach Hause und wird mit dir auf deine Eltern warten, okay?«, erkundigte sich Lieutenant Collins.

Der Gerichtsmediziner näherte sich ihnen, aber der Lieutenant hob eine Hand, um ihn aufzuhalten, bis er mit Brian fertig war.

Brian nickte und wurde zu einem der Polizeiautos gebracht. Da die Straße, die zu seinem Haus führte, gesperrt war, räumte das Notfallpersonal ihnen den Weg frei, um den Streifenwagen durchzulassen. Auf der kurzen Heimfahrt wurde Brian klar, dass in dieser Nacht wenige Minuten über alles entschieden hatten. Hätten die anderen die Pizzeria bloß ein oder zwei Minuten später verlassen, wären sie vielleicht unversehrt angekommen. Nur zwei Kurven trennten den Ort, an dem das Leben seines Bruders und ihrer Freunde im Flammentod geendet hatte, von dem Haus, in dem er und Sam mit ihren Eltern lebten.

Hätten Brian und Carly ihren Geheimplatz ein paar Minuten eher verlassen, wären sie schon bei ihm zu Hause gewesen und hätten das Nachspiel des Unfalls nicht erlebt. Hätte er sich wegen der Sticheleien nicht derart Sorgen gemacht, was ihm im Nachhinein völlig lächerlich erschien, wären er und Carly vielleicht länger unter der Weide geblieben und wären nicht Zeugen des Unglücks geworden. Minuten und Sekunden, die den Unterschied zwischen Leben, Tod und Fegefeuer bedeuteten.

Da er Sam die Schlüssel gegeben hatte, kam Brian nicht ins Haus, also blieben er und der Streifenpolizist in angespannter Stille in der Einfahrt sitzen.

Brian vertrieb sich die Zeit mit dem ewigen »Was wäre, wenn ...«, und seine rasenden Gedanken spielten ihm Szenarien vor, die vielleicht ein anderes Ergebnis erzielt hätten. Hätten er und Carly nicht unbedingt allein sein wollen, wären auch sie in dem Auto gewesen. Die Erinnerung daran, wie Sam ihn wegen des Spaziergangs aufgezogen hatte, ließ ihn erneut aufschluchzen unter der hilflosen, enormen Trauer, der man nicht entrinnen konnte, wenn sie sich einmal mit ihrer unerträglichen Endgültigkeit auf die Hinterbliebenen gesenkt hatte.

Das waren die letzten Worte, die er jemals von seinem Bruder hören würde. Jemals. *Sammy.* Die Taubheit ließ allmählich nach, machte der untröstlichen Trauer eines jungen Mannes Platz, der seinen einzigen Bruder verloren hatte, den Menschen, mit dem er den größten Teil seiner Erinnerungen teilte, seinen besten Freund. Die anderen zu betrauern, dafür blieb ihm ein ganzes Leben. Im Moment konnte er nur an Sam denken.

»Kann ich etwas für dich tun?«, fragte Officer Beckett.

Brian schüttelte den Kopf, denn er konnte nicht sprechen.

Dreißig lange Minuten verstrichen, in denen er sich nicht sicher war, was er sich mehr wünschte: dass seine Eltern endlich auftauchten, weil er sie brauchte, oder dass sie noch eine Weile fernblieben, um vor dem bewahrt zu werden, was er ihnen mitteilen musste und was sie für immer verändern würde. Er war dankbar, dass sie aus der anderen Richtung kommen und nicht an der Unfallstelle vorbeifahren würden. Als sie schließlich hinter dem Streifenwagen hielten, war er sich sicher, dass Sam es in der ganzen Angelegenheit besser getroffen hatte als er.

Sein Vater stürzte aus dem Auto.

Brian und Officer Beckett stiegen aus dem Streifenwagen aus. Ihre Mienen ließen Polizeichef Westbury innehalten.

»Was?«, flüsterte er. Dann berührte er Brians Gesicht und seine Brust, als müsste er sich versichern, dass seinem Sohn nichts fehlte. »Sie haben mir erzählt, dass es einen Unfall gegeben hat. Was ist passiert?«

»Dad«, setzte Brian mit gebrochener Stimme an. »Es ist Sammy.«

Hinter seinem Vater hörte er seine Mutter aufschreien, was ihn auf unheimliche Art an Carly erinnerte. Bevor er ihnen mitteilen konnte, dass Sam nicht allein gestorben war, brach seine Mutter ohnmächtig zusammen.

# KAPITEL 3

Die Kleinstadt Granville schmiegte sich in die ländliche nordwestliche Ecke, an der Rhode Island im Westen an Connecticut und im Norden an Massachusetts grenzt. Dank des kurzen Wegs bis Providence oder Boston lockte Granville Manager und andere Führungskräfte an, die ihre Familien in einer etwas ländlicheren Gegend großziehen wollten. Die Pendler neigten dazu, in die schicken neuen Vororte im Süden zu ziehen. Anwohner, deren Wurzeln bis zu den Anfängen der Stadt im neunzehnten Jahrhundert zurückreichten, drängten sich in der Innenstadt zusammen, die aus umgebauten Fabrikgebäuden aus Granvilles Blütezeit als industrielles Zentrum bestand.

In einer Stadt mit gerade mal fünfzehntausend Einwohnern berührte der Verlust von sechs Jugendlichen auf die eine oder andere Art fast jeden und verband somit die Pendler und Städter in ihrer gemeinsamen Trauer, unter der die übliche Betriebsamkeit in der Woche nach »der Tragödie«, wie es genannt wurde, zum Stillstand kam.

Die Flaggen wurden auf Halbmast gehisst, Veranstaltungen abgesagt und der Unterricht an der Highschool ausgesetzt. Die Schüler, die Hilfe dabei brauchten, den Sinn in diesem sinnlosen Unglück zu erkennen, erhielten die Möglichkeit, Therapiesitzungen wahrzunehmen. In der unerwarteten freien Woche kamen die jungen Leute in stillen Gruppen im Stadtpark, am Ufer des Sees oder an ihren üblichen Treffpunkten in der Innenstadt zusammen.

Nach zwei Tagen war die verbrannte Erde am Rand der Unfallstelle auf der Tucker Road fast nicht mehr zu sehen, verdeckt von dem Berg aus Blumen, Kerzen, Luftballons, Plüschtieren, Briefen und Bildern, in Plastik gehüllt, um sie vor den Elementen zu schützen. Sechs frisch gestrichene weiße Holzkreuze mit den Namen Sam, Toby, Pete, Michelle, Jenny und Sarah waren aufgestellt worden.

Tausende kamen, um den Verstorbenen die letzte Ehre zu erweisen, Hilfe anzubieten und die eigenartige Neugierde zu befriedigen, die von einer Tragödie epischen Ausmaßes stets ausgelöst wird. Schüler, die vor Kurzem erst ihren Abschluss an der Highschool von Granville gemacht hatten, kehrten von den Colleges der Umgebung zurück, und selbst in den landesweiten Medien wurde von dem Unglück berichtet.

Am Freitag, auf den Tag genau eine Woche nach dem Unfall, wurde Sam als letztes der Unfallopfer auf dem Stadtfriedhof mit den sechs frischen Gräbern beigesetzt. Zwei Reihen von seiner Freundin Jenny und vier von Pete entfernt fand Sam seine letzte Ruhestätte, die den Stadtpark überblickte, in dem er zahlreiche Nachmittage verbracht hatte. Brian blieb mit seinen Eltern am Grab stehen, nachdem alle anderen gegangen waren, und dachte, dass seinem Bruder die Stelle wohl gefallen hätte.

Er rechnete es seinen Eltern hoch an, dass sie an jeder Beerdigung teilgenommen hatten, etwas, das viele der anderen Eltern nicht fertiggebracht hatten. Die innere Leere, die nach den anderen fünf Beisetzungen weiter nachklang, hatte den Westburys ohne Zweifel dabei geholfen, diesen unvorstellbaren Tag zu überstehen.

*Ist es wirklich erst eine Woche her, dass wir acht völlig sorgenfrei in Tobys Keller getanzt haben?* Jetzt waren sechs von ihnen tot, Carly war noch immer nicht aus der Schockstarre erwacht, in die sie nach dem Unfall gefallen war, und Brian fühlte sich einsamer als jemals zuvor in seinem Leben.

Seine Mutter betupfte sich die verquollenen, geröteten Lider mit einem Taschentuch, das von ihren Tränen ganz durchweicht war.

Eine Hand auf Brians Schulter, fragte sein Vater: »Bist du so weit?«

Michael Westburys breites Kreuz krümmte sich, das markante, attraktive Gesicht war über Nacht gealtert. Dass sein Sohn den schicksalhaften Wagen gesteuert hatte, lastete schwer auf dem Polizeichef, ebenso wie die vorläufigen Ergebnisse der Untersuchung.

»Ich laufe kurz rüber, um nach Carly zu schauen«, erklärte Brian, dann fügte er hastig hinzu: »Wenn das okay für euch ist.«

Mary Ann Westbury hatte sich die letzte Woche über an ihn geklammert, als würde ein weiteres Desaster über sie hereinbrechen, wenn er nicht in ihrer Nähe war. Er hatte sich bemüht, Geduld mit ihr zu haben, doch er brauchte etwas Abstand, Zeit, um zu verarbeiten, was geschehen war, jetzt, da die langwierige und qualvolle Zeit der Trauerfeiern endlich hinter ihm lag.

»Wann bist du wieder zu Hause?«, fragte sie ihn mit besorgt gerunzelter Stirn. Mary Ann, eine zierliche Blondine mit haselnussbraunen Augen, die sie ihren Söhnen vererbt hatte, war zuallererst eine Mutter. Als Vollzeithausfrau hatte sie ihr Leben ihren Jungs und deren Freunden gewidmet. Da die Tragödie sie stärker berührte als jeden anderen, sorgte Brian sich um sie. Auch um Carly machte er sich Sorgen, aber darum hatte er sich bei all den vielen Details und Aufgaben der vergangenen Woche nicht kümmern können.

»In ein, zwei Stunden«, beantwortete er die Frage seiner Mutter. »Wenn es später wird, rufe ich euch an.«

Sie wollte, dass er mit ihnen nach Hause kam. Wie er wusste, erwartete sie dort der Rest ihrer Familie, um ihnen Trost zu spenden, soweit es ihnen möglich war, und es schien sie einiges an Überwindung zu kosten, ihn mit einem Nicken ziehen zu lassen. »Grüß Carly ganz lieb von uns.«

»Werde ich.« Er fragte sich, ob ihr das überhaupt etwas bedeuten würde.

Sie umarmten ihn, dann ließen sie ihn auf dem Hügel zurück und begaben sich zum Bestattungsunternehmer, der auf sie wartete. Brian beobachtete, wie sein Vater den Arm um seine Mutter legte, um ihr den Abhang hinunterzuhelfen. Er hoffte, dass sie es irgendwie schaffen würden, diesen entsetzlichen Verlust zu überstehen.

Nachdem seine Eltern davongefahren waren, hockte Brian sich hin und strich mit den Fingern über den lockeren Boden, der nun seinen Bruder bedeckte. »Was sollen wir nur ohne dich tun?«, fragte er leise, während die Trauer der Wut wich, die schon die ganze Woche unter der Oberfläche gebrodelt hatte. »Was hast du dir dabei gedacht, derart rücksichtslos zu fahren? Du hast nicht mal gebremst. Sie behaupten, es hätte keine Bremsspuren gegeben, du wärst einfach von der Straße abgekommen und gegen den Baum gerast. Du hättest es besser wissen sollen, Sammy. Wie oft hat Dad uns eingetrichtert, dass wir uns wegen seiner Stellung in der Stadt besser benehmen müssen als alle anderen? Wie konntest du ihm das nur antun?«

Seine Kehle schnürte sich zusammen, und in seinen geröteten Augen brannten Tränen. Dass er überhaupt noch welche übrig hatte, erstaunte ihn. Seine Stimme wieder zu einem Flüstern gesenkt, fügte er hinzu: »Wie konntest du *mir* das antun? Warum hast du mich ganz allein gelassen?«

Er senkte den Kopf und weinte wie in jener Nacht, in der es geschehen war. Er nahm an, dass er noch eine ganze Weile so weinen würde. In der letzten Woche hatte er erkannt, dass man der Trauer nicht entkommen konnte. Wenn er wach war, lauerte sie in jedem Atemzug, jedem Wort, jeder Ecke seines Lebens. Der unruhige Schlaf, den er nachts fand, bot ihm ebenfalls keine Atempause, denn dort plagten ihn Träume, in denen er dazu gezwungen war, das Grauen immer wieder aufs Neue zu durchleben.

Schließlich wischte er sich übers Gesicht, stand auf und blickte lange auf das Grab seines Bruders, bevor er sich umdrehte und sich dazu zwang, wegzugehen. Er lief den Hügel hinunter und überquerte die Straße zu dem Weg, der um den Stadtpark herumführte. Eine Gruppe Jungs, die er von der Schule kannte, stand im Kreis und spielte auf dem Rasen mit einer Footbag. Sie hielten kurz inne und schauten ihm nach. Er nickte ihnen zum Gruß knapp zu, blieb allerdings nicht stehen. Eine weitere ungelenke Mitleidsbekundung von Mitschülern, denen das Ganze eine Nummer zu groß war und die daher nie die richtigen Worte fanden, hätte er nicht ertragen.

Während er weiterging, fiel ihm auf, dass ihm keine Freunde mehr geblieben waren. Er hatte zahlreiche Bekannte, doch niemanden, mit dem er rumhängen könnte. Stets hatte er Sam oder Toby um sich gehabt, der mit ihnen befreundet gewesen war, seit sie kleine Kinder gewesen waren. Ihre Mütter hatten sich nahegestanden, bis das Trinkproblem von Mrs Garrett schlimmer geworden war, gerade als die Jungs auf die Highschool gekommen waren.

Pete hatten sie durch Toby kennengelernt, und da die drei ständig da gewesen waren, hatte er nicht das Verlangen nach weiteren engen Freunden verspürt. Sobald er mit Carly zusammen war, brauchte er das sogar noch weniger. Die acht hatten gar nicht bewusst vorgehabt, sich von den anderen Kindern abzusondern, hatten es aber trotzdem getan. Jetzt war ihm auf der ganzen Welt kein Freund mehr geblieben, und seine Freundin konnte oder wollte ihre Trauer nicht mit ihm teilen.

Da er nicht an der Unfallstelle vorbeikommen wollte, nahm er die lange Route durch die Innenstadt, um zu Carlys Haus an der South Road zu gelangen. Einmal hatten sie die siebenhundertachtundsechzig Schritte zwischen ihren Häusern gezählt.

Die Tulpen, um die sich Mrs Holbrook liebevoll kümmerte, standen auf beiden Seiten des Wegs zur Tür des dreistöckigen weißen Schindelhauses in voller Blüte. Weiße Korbmöbel mit geblümten Polstern schmückten die breite Veranda, auf der Brian schon viele Stunden mit Carly verbracht hatte. Er schloss das Tor hinter sich und stieg die Stufen hinauf. Während er darauf wartete, dass ihm jemand öffnete, lockerte er die Krawatte und zog sich die Anzugjacke aus.

Mrs Holbrook öffnete ihm in demselben Kleid, das sie auf Sams Beerdigung getragen hatte. Ein Haarband hielt ihre kurzen kastanienbraunen Locken zusammen. Als sie ihn anschaute, stellte er fest, dass ihre Augen, braun wie Carlys, noch immer gerötet waren. »Brian«, grüßte sie ihn. Dann zog sie ihn in eine herzliche Umarmung. »Wie fühlst du dich, Schatz?«

Entsetzt merkte er, dass die Trauer ihn wieder zu überwältigen drohte, und fragte sich, ob das jemals aufhören würde. »Einigermaßen.«

Sie nahm sein Gesicht in die Hände. »Deine Grabreden für Sam und die anderen waren wundervoll. Diese Woche war ich wirklich stolz auf dich. Wie du das alles geschafft hast …«

Er winkte ab und meinte nur: »Einer musste es ja tun.« Dann blickte er die Stufen hinauf. »Wie geht es ihr?«

»Unverändert.« Sie schüttelte unglücklich den Kopf. »Ich durfte ihr vorhin ein wenig Suppe bringen, das ist wohl schon was.«

»Macht es Ihnen was aus, wenn ich …«

»Nicht im Geringsten.« Mit einer Geste wies sie zu der Treppe, die zu Carlys Zimmer führte, das er vor dieser Woche noch nie betreten hatte. Alles hatte sich geändert. Den Freund ihrer Tochter in deren Schlafzimmer zu lassen war jetzt die geringste Sorge ihrer Eltern.

Er hängte die Anzugjacke über den Treppenpfosten und lief die Stufen empor.

* * *

Carly zog die Decke um sich und kuschelte sich in den Sitz an ihrem Fenster. Die ganze Woche schon fror sie, und ihr wollte einfach nicht warm werden, als hätte sich ihr Blut in Eis verwandelt. Hatte es vielleicht auch. Den größten Teil des Tages hatte sie damit verbracht, aus dem Fenster zu starren, das auf Michelles Haus hinausging. Die Polizei war erneut da gewesen, um herauszufinden, ob sie mittlerweile mit ihnen über das sprechen konnte, woran sie sich aus jener Nacht erinnerte. Sie hatte gehört, wie ihre Mutter ihnen mitteilte, dass sie noch nicht so weit sei.

Vor etwa einer Stunde war Michelles Mutter zum Briefkasten geschlurft. Mrs Townsend hatte einen alten Morgenmantel und Hausschuhe getragen. Das sonst chic frisierte Haar hatte ihr in fettigen Strähnen auf den Rücken gehangen. Auf dem Weg zurück hatte sie hochgeschaut und Carly entdeckt. Sie hatte sich um ein Lächeln für die beste Freundin ihrer Tochter bemüht, aber es war nur eine Grimasse geworden.

Carly fragte sich, ob Mrs Townsend Wut darüber empfand, dass sie nicht mit Michelle gestorben war. Sie würde ihr daraus keinen Vorwurf machen, denn ihr ging es so. Wären sie und Brian nicht so scharf darauf gewesen, miteinander zu schlafen, hätten sie mit den anderen im Auto gesessen. Ohne jeden Zweifel konnte sie behaupten, dass sie viel lieber selbst tot gewesen wäre, als mit den Bildern vom Tod der anderen leben zu müssen.

Immer wieder erinnerte sie sich daran, wie Michelle an ihrer Hand gezogen hatte. *Mit ihm kannst du doch jederzeit in die Kiste. Mit ihm kannst du doch jederzeit in die Kiste.* Sie drückte sich die Hände auf die Ohren, als könnte das die unablässige Wiederholung stoppen.

Jeder sorgte sich. Das konnte sie ihren Eltern ebenso vom Gesicht ablesen wie Brian, wenn er sie besuchte. Sie wollten wissen, warum sie seit dem Unfall kein Wort gesprochen hatte. Sie hatte gehört, wie ihre Eltern sich über posttraumatische Belastung und Schockzustände unterhielten und dabei noch andere Begriffe verwendeten, die sie nicht kannte. Warum sie nicht reden konnte, wusste sie selbst nicht. Sie wollte es, vor allem weil sie Brian unbedingt über den Verlust seines Bruders hinweghelfen wollte. Sie befürchtete allerdings, dass sie nur schreien würde, wenn sie es versuchte. Also ließ sie es bleiben.

»Hallo«, sagte Brian von der Tür aus, und sie drehte sich zu ihm um. Er durchschritt den Raum, kniete vor ihr nieder und legte die Arme um sie.

Mit den Fingern strich sie ihm durchs dichte dunkle Haar. In dem Hemd und der Krawatte, die sie ihm vor einer Ewigkeit, wie es schien, fürs Homecoming ausgesucht hatten, sah er aus, wie sie ihn sich als erfolgreichen Anwalt vorstellte.

»Es war gut«, erklärte er nach langem Schweigen. »Sam hätte sich in der ganzen Aufmerksamkeit gesonnt.« Er wartete, als hoffte er, sie würde etwas erwidern. Da sie das nicht tat, fuhr er fort: »Meine Eltern scheinen sich bis jetzt tapfer zu schlagen.«

Das erleichterte sie. Sie musste ständig an sie denken.

»Aber ich mache mir Sorgen, wie meine Mutter durchhalten soll, wenn ihre Schwestern abreisen und alles zur Normalität zurückkehrt – oder was davon übrig ist. Ich schätze, Tante Elaine bleibt noch eine oder zwei Wochen länger, das sollte ihr helfen. Tobys Eltern waren heute da, und Jennys ebenfalls. Ich glaube, Tobys Mom war betrunken, doch das kann ich ihr nicht vorwerfen. Ich wäre auch gern betrunken gewesen.«

Todunglücklich schaute er zu ihr hoch. »Sprich mit mir, Carly«, flehte er sie an. »Ich brauche dich.«

Tränen schossen ihr in die Augen. Ach, wie gerne würde sie das tun. Aber die Worte wollten nicht heraus.

Er hob sie samt Decke auf die Arme und trug sie zu dem französischen Bett mit der flauschigen rosa Überdecke. Dort zog er sich die Schuhe aus und legte sich neben sie, ehe er sie in die Arme schloss.

Sie bettete den Kopf an seine Brust.

»Bei uns muss sich deswegen nicht alles ändern. Es wird eine ruhige Hochzeit, und dann fahren wir nach Michigan, wie geplant. Das würden sie wollen, da bin ich mir sicher.«

Sie bebte unter stummen Schluchzern.

Er drehte sich auf die Seite und legte eine Hand an ihre feuchte Wange. »Wir sind noch hier, Carly, und wir müssen herausfinden, wie wir jetzt weitermachen. Wir müssen unser Leben auf die bestmögliche Art weiterführen. Für sie.«

Sie zog sich von ihm zurück und versuchte, sich aufzusetzen, doch er hielt sie zurück.

»Tut mir leid, Liebes.« Sanft drückte er sie wieder an seine Brust. »Es ist zu früh, um über die Zukunft zu reden, ich weiß. Entschuldige.« Er stieß einen langen Atemzug aus, der wegen der Trauer ganz stockend kam.

Es missfiel ihr, dass er derart litt, dass er sie derart brauchte und sie ihm nichts geben konnte. Auf ihr lasteten schwere Schuldgefühle, weil sie Gott immer wieder dafür gedankt hatte, dass Er Brian verschont hatte. Wenn Er ihr schon all die anderen hatte wegnehmen müssen, dann hatte Er ihr zumindest den einen gelassen, ohne den sie nicht leben konnte.

Sie hob den Kopf und erkannte, dass er die Augen geschlossen hatte.

Ihre Mutter erschien in der Tür. Vor einer Woche wäre sie durchgedreht, wenn sie die beiden kuschelnd im Bett erwischt hätte. Jetzt trat sie nur näher und zog Carlys Decke zurecht, sodass sie auch Brian bedeckte. Dann strich sie ihrer Tochter übers Haar und gab ihr einen Kuss auf die Stirn. »Er muss sich ausruhen«, flüsterte sie. »Der arme Junge war die ganze Woche über ein wahrer Held. Ich ruf seine Mutter an, damit sie weiß, dass er eine Weile hierbleiben wird.«

Sobald ihre Mutter das Zimmer verlassen hatte, schloss Carly die Lider und genoss den Trost und die Sicherheit von Brians Umarmung. Wenn sie die Augen lange genug zuhielt, konnte sie sich vorstellen, dass sie verheiratet wären und im Bett in ihrer kleinen Wohnung lägen, die sie angemietet hatten. Sie könnte so tun, als wäre nichts geschehen, und sie wären genau da, wo sie schon immer hatten sein wollen.

Aber dann fiel ihr wieder ein, dass doch etwas Schlimmes vorgefallen war. Feuer flammte auf, und dieser Gestank … Wie ein Albtraum, der nicht enden wollte, drangen die Bilder auf sie ein. Sie kniff die Lider zu, um die Erinnerungen abzuwehren, und es kostete sie alle Kraft, nicht zu schreien.

* * *

Aus Mai wurde Juni, und irgendwie ging das Leben einfach weiter. Brian zwang sich dazu, jeden Tag aufzustehen und zur Schule zu gehen, wo man ihm mit Vorsicht, einer gewissen Distanziertheit und Respekt begegnete. Vor dem Sekretariat hatten sie für die sechs verstorbenen Schüler eine Erinnerungstafel errichtet. Einmal, als außer ihm niemand da gewesen war, hatte er die Fotos betrachtet: Jenny und Sarah, beide blond und blauäugig, Michelle mit dem langen dunklen Haar und der Porzellanhaut, Petes sandfarbene Locken und das schelmische Grinsen, Toby mit den dunklen Augen und der ernsten, militärischen Haltung, wegen der er der perfekte Kandidat für die Marineakademie gewesen war.

Dann war da noch Sam. Ihn und Brian hatte man viel zu oft für Zwillinge gehalten. Sams strahlendes Lächeln zu sehen war, als würde er in einen Spiegel schauen. Wie oft war er schon mit »Sam« angesprochen worden? Wie oft hatte sich Sam im Scherz darüber beklagt, dass man ihn mit Brian verwechselt hatte?

Schlagartig wurde ihm bewusst, dass das nie wieder geschehen würde, und es fühlte sich an, als hätte er seinen Bruder ein zweites Mal verloren. *Hier sollten zwei weitere Bilder hängen*, dachte er. *Von den beiden, deren Leben von dem Verlust der anderen sechs zerstört wurde.* Gott, wie sehr sie ihm fehlten – diejenigen, die gestorben waren, aber auch die eine, die sich dem Leben verweigerte.

Jeden Tag saß er am Vormittag den Unterricht ab und verließ das Schulgelände zur Mittagszeit, etwas, was ihm eigentlich nicht gestattet war, doch niemand hielt ihn davon ab. Mit dem Baseball hörte er auf, obwohl das Team bereits durch den Verlust der drei verstorbenen Mitglieder geschwächt war, indem er einfach nicht mehr zum Training erschien. Er ertrug es nicht, etwas zu unternehmen, das ihn an jenen letzten Tag erinnerte.

An den Nachmittagen blieb er ein paar Stunden bei Carly. Bisher hatte sie weder das Haus verlassen noch ein Wort gesprochen. Außerdem schien sie eine Phobie vor Autos entwickelt zu haben. Als ihre Eltern versuchten, sie zu einem Spezialisten für posttraumatische Belastungsstörungen zu fahren, hatte sie sich stumm geweigert, in den Wagen zu steigen. Der Arzt hatte eine Ausnahme gemacht und war zu ihnen gekommen, hatte aber nicht zu ihr durchdringen können. Je länger ihr Schweigen anhielt, desto frustrierender war es für Brian, da er sonst niemanden hatte, mit dem er reden konnte.

Carlys Vater war ebenfalls verärgert und schimpfte oft lautstark, sie würde absichtlich nicht sprechen. Ihre Mutter hielt dagegen. Obwohl die Stimmung im Haus dermaßen angespannt war, zog Brian es doch vor, dort zu sein statt bei sich zu Hause, wo seine Mutter nur selten das Sofa verließ.

Den Abend ihres Abschlussballs verbrachten Brian und Carly mit einem Film im Familienzimmer im Keller. Er hatte es aufgegeben, sie anzuflehen, etwas zu ihm zu sagen, und versuchte auch nicht mehr, sie zum Aufschreiben zu bewegen. Stattdessen begnügte er sich mit ihrer Gesellschaft und genoss die Gelegenheit, ihre Hand zu halten und ihr nah zu sein. Die Prüfungen hatte er hinter sich gebracht, die Abschlussfeier war in weniger als einer Woche, und die Zukunft, die sich einst so klar und verheißungsvoll vor ihnen erstreckt hatte, war nun voller Unwägbarkeiten.

Nach dem Film ließ er sich auf dem Heimweg besonders viel Zeit. Schließlich betrat er das finstere Haus, wo sein Vater im Wohnzimmer fernsah.

»Hi«, grüßte Brian ihn.

»Hallo. Wie geht's Carly?«

»Unverändert. Was ist mit Mom?«

»Ebenso. Sie ist gerade ins Bett gegangen.« Ohne den Unfall hätte sie darauf gewartet, dass ihre Jungs vom Ball zurückkehrten.

Brian ließ sich auf dem Sofa nieder und wechselte ein trauriges Lächeln mit seinem Vater, vereint in ihrer Sorge um die Frauen, die sie liebten. »Wird es jemals wieder so wie früher?«, wollte Brian wissen.

»Das bezweifle ich.«

Brian seufzte.

»Mein Vater hatte da diese Theorie, dass jeden im Leben *eine* große Tragödie ereilen würde. Die gute Nachricht ist, dass du deine jetzt hinter dir hast, das sollte dich beruhigen. Jetzt musst du dir um deine eigenen Kinder keine so großen Gedanken machen.«

»Toll«, erwiderte Brian mit einem Anflug von Sarkasmus. »Gut zu wissen.«

Sein Vater zuckte die Achseln. »Ich weiß, dass dir das im Moment kein besonderer Trost ist, nach allem, was du verloren hast, aber vielleicht ändert sich das eines Tages.«

Da Brian merkte, dass sein Vater sich bemühte, ihm zu helfen, lenkte er ein: »Das kann wohl sein.« Er zögerte, wagte dann doch den Vorstoß: »Dad? Kann ich mit dir über etwas reden?«

»Natürlich.« Michael griff nach der Fernbedienung und schaltete den Fernseher aus. Dann knipste er eine Lampe an und ließ seinen Augen eine Sekunde Zeit, sich an das Licht zu gewöhnen. »Was beschäftigt dich?«

»Also, seit dem Unfall … Es ist nur so, dass …«

»Was denn?«

»Sam ist nie so gefahren, Dad«, sprudelten die Worte aus ihm raus. »Ich hab nie erlebt, dass er am Steuer unvorsichtig oder rücksichtslos war. Er hat sich auch nicht bloß Mühe gegeben, weil ich im Auto saß. Ich hätte davon erfahren, wenn er wie ein Irrer gerast wäre. Ich weiß, bei der Untersuchung wurde festgestellt, dass er zu schnell gefahren ist und die Kontrolle über den Wagen verloren hat, aber das kann ich mir nicht vorstellen. Ich kannte ihn, Dad. Ich *kannte* ihn.«

»Es gab keine Bremsspuren, kein Anzeichen dafür, dass er versucht hat, anzuhalten oder zumindest langsamer zu werden. Solche Beweise zu ignorieren fällt selbst mir als seinem Vater schwer. Wenn es noch etwas anderes gäbe, Brian, dann hätte ich es gefunden.«

»Es *gibt* etwas anderes. Ich bin mir nicht sicher, ob das wichtig ist, aber …«

Michael setzte sich aufrecht hin. »Was?«

»Ein paar Monate vor dem Unfall bin ich abends ziemlich spät von der Bibliothek nach Hause gefahren. Ich war auf der Tucker Road, etwa da, wo der Unfall stattgefunden hat. Jedenfalls bin ich um die Kurve gekommen, und da stand jemand auf der Straße. Ich musste das Lenkrad rumreißen, um ihm auszuweichen. Hat mich halb zu Tode erschreckt.«

»Warum hast du das bisher nicht erwähnt?« Michael sprach in einem Tonfall, den seine Söhne immer als seine »Polizeichefstimme« bezeichnet hatten.

»Ich hatte es vergessen. Das waren keine zehn Sekunden, und ich habe einfach nicht mehr dran gedacht. Erst vor zwei Tagen ist es mir plötzlich wieder eingefallen, und jetzt kann ich an nichts anderes mehr denken.«

»Sein Gesicht hast du nicht erkannt?«

»Nein, der Typ trug eine Baseballmütze, die er runtergezogen hatte, aber es schien, als hätte er darauf gewartet, dass jemand um die Kurve kommt, weißt du? Was, wenn er wieder da war und Sam die Kontrolle verloren hat, weil er ihm ausweichen wollte?«

Michael rieb sich übers Kinn. »Diese Erklärung gefällt mir viel besser als jede andere.«

»Mir auch. Ich kann mir nicht vorstellen, dass Sam derart schnell gefahren wäre, Dad. Ganz besonders, wenn Jenny und die anderen im Auto saßen, erst recht bei den Kurven auf der Tucker Road. Du hast uns ständig davor gewarnt, in Schwierigkeiten zu geraten, und ermahnt, uns vorbildlich zu verhalten. Ich will nicht behaupten, dass wir perfekt waren, doch wir haben immer aufgepasst. Keiner von uns wollte dich enttäuschen.«

Michaels Augen glänzten feucht. »Danke«, sagte er leise. »Irgendwie fühle ich mich damit besser.«

»Gibt es etwas, das wir wegen der Sache unternehmen können? Wegen dem Typen auf der Straße?«

»Ich setze jemanden darauf an.«

»Gut«, erwiderte Brian erleichtert. »Das freut mich. Es würde mir nicht gefallen, wenn Sams Name für immer damit verknüpft wäre, obwohl es gar nicht seine Schuld war.«

»Mir auch nicht.«

# KAPITEL 4

Am Abend vor der Abschlussfeier fand Brian seine Mutter in, wie es schien, ihrer neuen Lieblingshaltung seit dem Unfall vor: auf dem Sofa mit einem vollen Whiskeyglas. Das Trinken gab es erst seit dem letzten Monat, und es vermehrte seine ohnehin schon zahlreichen Sorgen. Er hatte erlebt, was der Alkohol bei Tobys Mutter und seiner Familie angerichtet hatte. Eigentlich wollte er nach Mr und Mrs Garrett schauen, aber er fürchtete sich vor dem, was er vorfinden könnte, weshalb er sich bislang noch nicht dazu hatte überwinden können.

»Mom?«

»Ach, hallo, Schatz. Ich habe dein Hemd gebügelt und es in den Schrank gehängt. Wirst du die weinrote Krawatte tragen?«

»Ich schätze schon. Wie du möchtest.«

»Die würde gut zum schwarzen Talar passen.«

»Weißt du, Mom, ich verstehe es, wenn das morgen zu viel für dich ist.«

Sie setzte sich aufrecht hin. »Sei nicht albern. Das würde ich mir um nichts in der Welt entgehen lassen. Ich bin stolz auf dich. Der *Vierte* im Jahrgang.« Sie schüttelte den Kopf, als könne sie es kaum glauben, dann klopfte sie auf den Platz neben sich.

Er setzte sich zu ihr. »Ich hatte daran gedacht, Michigan zu verschieben und nächstes Jahr hier in der Nähe zu bleiben. Eines der staatlichen Colleges wird mich sicherlich aufnehmen, wenn man bedenkt, was alles passiert ist …«

»Nein«, widersprach sie entschieden. »Kommt gar nicht infrage.«

»Wie soll ich denn dich und Dad allein lassen und am anderen Ende der Welt leben? Es ist doch egal, ob ich ein Jahr warte, der Studienplatz in Michigan läuft mir nicht davon.«

»Ich lasse nicht zu, dass du deine Pläne über den Haufen wirfst, nur weil du auf mich aufpassen willst. Das wird nicht geschehen. Du ziehst nach Michigan, keine Widerrede.«

»Was ist mit Carly, Mom? Was wird aus ihr?«

Sie griff nach seiner Hand. »Ich weiß es nicht, Schatz. Aber du kannst dein Leben nicht auf Sparflamme führen, bis sie sich erholt hat. Ihr habt beide dasselbe erlebt, doch aus irgendeinem Grund hat es sie schwerer getroffen. Ich wünschte, ich wüsste, warum.«

»Wir wollten heiraten.«

»Wie bitte? Heiraten?«

»Am Abend des Unfalls hab ich ihr einen Antrag gemacht.«

»Ach, Brian.«

»Von dem Geld, das wir von euch und ihren Eltern bekommen, haben wir uns eine Wohnung in Ann Arbor gemietet, damit wir zusammenleben können.«

»Das hatte ich mir schon gedacht.«

»Wirklich?«, rief Brian verblüfft.

»Ich bin vielleicht alt, aber ich bin nicht von gestern«, erwiderte sie trocken.

»Wow. Ich hatte echt gedacht, ich käme damit durch, doch es hätte mir klar sein müssen, dass du dahintersteigst. Jedenfalls hat sie der Gedanke, dass wir zusammenwohnen, ziemlich beunruhigt. Da wir sowieso irgendwann heiraten würden, dachte ich, könnten wir das auch gleich erledigen.«

Sie nahm seine Hand zwischen ihre.

Wehmütig legte er den Kopf an ihre Schulter. »Ich weiß nicht, was ich tun soll, Mom. Sie ist meine Verlobte. Lasse ich sie hier zurück und gehe an die Uni? Wie kann ich das tun? Ich liebe sie.«

»Vielleicht wird es bis August besser. Es ist erst einen Monat her. Sie braucht vielleicht einfach noch etwas Zeit.«

»Da bin ich mir nicht sicher. Die Carly, die ich kenne und liebe, hätte nie zugelassen, dass ich den letzten Monat ganz allein durchstehen musste.«

»Ich weiß, was du meinst.« Sie schniefte und wischte sich eine einzelne Träne von der Wange. »Befürchtest du, dass ihr Zustand permanent sein könnte?«

»Das frage ich mich allmählich«, bestätigte er und sprach damit seine größte Angst aus. »Was soll ich bloß tun, Mom? Das bringt mich noch um. Sie fehlt mir. Sie alle fehlen mir, aber dass sie hier ist und trotzdem unerreichbar, fühlt sich viel schlimmer an. Ist es schrecklich, wenn ich das sage?«

»Nein, Schatz, das ist es nicht.« Sie drückte ihn an sich. »Es ist nicht schrecklich. Du kannst nur hoffen, dass sie sich wieder fängt.«

Er hob den Kopf. »Und was, wenn nicht?«

»Dann musst du einen Weg finden, trotzdem weiterzumachen. Mehr kannst du nicht tun. Du hast noch deine ganze Zukunft vor dir, Brian, und du musst jede Minute davon so gut nutzen, wie du kannst. Auch wenn du sonst nichts aus der ganzen Angelegenheit gelernt hast, dann doch hoffentlich das.«

»Was ist mit dir?«

»Ich habe darüber nachgedacht, mir eine Arbeit zu suchen.«

»Im Ernst?« Er hatte sie nie mit einem Job erlebt.

»Ich muss etwas tun. Ich kann nicht ewig hier rumsitzen und Whiskey trinken. Es ist an der Zeit, dass ich mich aufraffe und herausfinde, was ich als Nächstes unternehmen will.«

»Freut mich, das zu hören. Ich hatte mir schon Sorgen um dich gemacht.«

Sie gab ihm einen Kuss auf die Stirn. »Das tut mir leid.«

»Ist es wirklich in Ordnung, wenn ich nach Michigan ziehe?«

»Du wirst mir wie verrückt fehlen, aber ich komme schon klar. Versprochen.«

* * *

Zwei Mal musste Brian bei der Abschlussfeier die Bühne betreten: einmal, um das Zeugnis abzuholen, das die Schulbehörde Carly gewährte, obwohl sie an den Prüfungen nicht teilgenommen hatte, und das andere Mal, um sein eigenes entgegenzunehmen. Beide Male standen seine Klassenkameraden auf und jubelten ihm zu. Er hatte es abgelehnt, eine Rede über die fünf Mitglieder ihrer Klasse zu halten, die bei dem tragischen Unfall ums Leben gekommen waren. Ihre leeren Stühle waren mit Fotos, Blumen und Luftballons geschmückt, genau wie Carlys.

Während der Jahrgangssprecher der Reihe nach über die verstorbenen Freunde redete, spürte Brian, wie alle Blicke auf ihm ruhten, und er bemühte sich, nicht die Fassung zu verlieren. Bis Sam erwähnt wurde, riss er sich zusammen. Tina West, eine talentierte Sopranistin aus ihrer Klasse, schloss die Ansprache mit dem Lied »Wind Beneath My Wings«. Da er erkannte, dass in dem großen Zelt auf dem Rasen der Highschool kein einziges Auge trocken blieb, gab er es auf, die Tränen zurückzuhalten.

Nach der Abschlussfeier luden seine Eltern den Rest der Familie zu sich nach Hause zu Kaffee und Kuchen ein, und jeder bemühte sich ehrlich um Feierstimmung. Brian öffnete die Geschenke und aß den Schokoladenkuchen, den seine Mutter für ihn gebacken hatte, aber die gezwungene Atmosphäre erdrückte ihn förmlich. Ständig erwartete er, dass Sam auftauchte und darüber scherzte, dass an der Highschool von Granville wohl jeder den Abschluss schaffte. Sobald er dem Ganzen entkommen konnte, schnappte er sich Carlys Zeugnis und lief zu ihr nach Hause.

Sie saß auf der Veranda, fast als hätte sie ihn erwartet.

Mit einem Kuss auf ihre Wange reichte er ihr das Papier in der Lederhülle, das sie zur Highschool-Absolventin erklärte. »Gratuliere.«

Sie strich über den schwarzen Ledereinband.

»Sie haben eine hübsche Gedenkrede für die Gang gehalten und Sam mit eingeschlossen, was echt cool war. Danach hat Tina dieses Lied aus ›Freundinnen‹ gesungen, und ich hab mir die Augen aus dem Kopf geheult, wie alle anderen auch.«

Sie griff nach seiner Hand und zog ihn auf die Schaukel.

Nachdem sie eine Weile stumm hin und her geschwungen waren, meinte Brian: »Ich fasse nicht, dass wir die Highschool hinter uns haben.«

Sie reagierte mit einem kleinen, traurigen Lächeln.

Unfähig, dem Drang zu widerstehen, beugte er sich vor und küsste sie. Da sie sich nicht zurückzog, wie er es eigentlich erwartet hatte, legte er ihr eine Hand in den Nacken und drängte mit der Zunge gegen ihre Lippen.

Sie wandte sich von ihm ab.

»Carly, Baby, ich bitte dich. Du fehlst mir, *unsere Beziehung* fehlt mir. Ich vermisse es, mit dir zu schlafen. Wenn du mich so liebst, wie du immer behauptet hast, dann sprich mit mir. Ich brauche dich.«

Sie umklammerte seine Hand und weinte stumm, als wäre selbst das Geräusch beim Weinen zu viel für sie.

Abrupt riss er sich los und stand auf. »Ich schaffe das nicht mehr. Ich weiß nicht, wie ich dir helfen soll, und du sagst es mir nicht. Wenn ich jetzt gehe, dann für immer. Sobald du wieder mit mir sprechen willst, weißt du, wo du mich finden kannst.«

Mit ihren Augen flehte sie ihn an, zu bleiben, aber er zwang sich dazu, sich von ihr abzuwenden. Er stieg die Stufen hinab und marschierte durch das Tor, das er hinter sich zuschlug.

* * *

Die Woche, nachdem Brian sie verlassen hatte, war die schlimmste in Carlys Leben, sogar schlimmer als die Woche direkt nach dem Unfall. Ohne dass sie sich auf seine Besuche freuen konnte, gab es nichts mehr, wofür es sich zu leben lohnte. Von einigen Ausflügen ins Bad abgesehen, verließ sie das Bett nicht mehr, und sie weigerte sich, zu essen oder zu duschen.

»Das ist doch alles totaler Mist«, durchdrang eines Morgens die Stimme ihres Vaters die Stille.

»Sei still, Steve«, zischte ihre Mutter. »Sie hört dich noch.«

»Soll sie doch. Es reicht nicht nur mir, sondern auch Brian.«

»Sie ist traumatisiert und braucht Zeit, um darüber hinwegzukommen.«

»Es ist fünf Wochen her, Carol. Brian hat dasselbe erlebt wie sie, und er weigert sich nicht, zu reden, zu essen oder das Bett zu verlassen.«

Mit gedämpfter Stimme versuchte ihre Mutter, ihren Vater zu beruhigen. Carly drehte das Gesicht ins Kissen, damit sie nichts mehr hören musste. *Glaubt er wirklich, dass ich so leben* will? Sie wollte viel lieber im Café arbeiten, wie sie es seit Jahren jeden Sommer tat. Sie wollte sich nach der Arbeit mit Brian zum Schwimmen verabreden und ihn unter der Weide am See lieben. Sie wollte, dass alles wieder war wie früher.

Sie hörte, wie sich ihre Schwestern unterhielten, die sich für die Arbeit fertig machten.

»Die will doch bloß Aufmerksamkeit«, schimpfte Caren. Sie hatte vor Kurzem ihr erstes Jahr an der University of Connecticut beendet.

»Warum sollte sie das tun?«, fragte Cate, die gerade ihr Studium am Boston College abgeschlossen hatte. »Brian ist stinksauer auf sie, genau wie Dad. Warum sollte sie das wollen? Das sieht ihr gar nicht ähnlich. Außerdem weißt du, wie sehr sie Brian liebt. Sie würde ihn niemals vertreiben.«

*Danke, Cate.* Sie vernahm, wie ihr Vater das Auto startete, und erkannte erleichtert, dass er zur Arbeit fahren würde. Da sie sich immer ziemlich nahegestanden hatten, hasste sie es, dass sie ihn verärgert hatte. Als jüngstem der vier Holbrook-Kinder hatte es ihr stets gefallen, Daddys kleiner Engel zu sein. Jetzt waren die beiden wichtigsten Männer in ihrem Leben sauer auf sie. Sie wusste, dass die beiden sie einfach nur besonders lieb hatten und ihr Rückzug aus dem Leben ihnen Angst einjagte, aber das machte es nicht leichter.

Ihre Mutter betrat das Zimmer und riss die Vorhänge auf. »Ich habe dir ein Schaumbad eingelassen.«

Carly zuckte unter dem plötzlichen Sonnenlicht zusammen, wehrte sich jedoch nicht, als ihre Mutter ihr die Decke wegzerrte und sie aus dem Bett zog, ins Bad führte und dort entkleidete, als wäre sie noch ein Kleinkind. Dann ließ Carly sich in die Wanne gleiten und von der Wärme der duftenden Schaumbläschen einhüllen.

Während sie das Shampoo in Carlys lange Locken massierte, erklärte ihre Mutter: »Das Ganze läuft jetzt folgendermaßen: Du kannst dir so viel Zeit nehmen, wie du brauchst, um das Geschehene zu verarbeiten, aber du wirst jeden Tag aufstehen, du wirst dich waschen und essen und im Haushalt helfen. Dein Vater hat recht. Das hier geht schon viel zu lange. Ich weiß, dass du unfassbar traurig bist. Das sind wir alle, doch genug ist genug, Carly. Hast du verstanden?«

Mit feuchten Wangen nickte Carly knapp.

Carol trocknete ihr die Tränen. »Brian hat vorhin angerufen, um nach dir zu fragen.«

Carly hob den Kopf, um zu sehen, ob es stimmte.

»Er liebt dich sehr, aber das weißt du ja. Er hat mir verraten, dass ihr euch am Abend des Unfalls verlobt habt. Du hattest nicht mal die Gelegenheit, uns davon zu erzählen. Wahrscheinlich dachtest du, es würde uns verärgern, dass du so jung schon heiraten willst, was? Damit hättest du wohl gar nicht mal so falschgelegen, jetzt allerdings …« Sie spülte Carly das Haar aus und wischte sich dabei die eigenen Tränen weg. »Möchtest du Brian nicht heiraten und nach Michigan ziehen, wie ihr es vorhattet? Ist es nicht das, was du willst, Liebes?«

Wieder nickte Carly.

»Dann musst du dich uns mitteilen. All die Gefühle, die du verdrängst, fressen dich noch innerlich auf. Du wirst dich viel besser fühlen, wenn du sie rauslässt.« Sie griff unter Carlys Kinn und zwang sie dazu, ihrem Blick zu begegnen. »Versuchst du es? Bitte?«

Carly öffnete den Mund, aber es kam kein Ton heraus.

Traurig drückte Carol ihr einen Kuss auf die Wange. »Schon gut, Liebes. Wir versuchen es morgen noch einmal.«

* * *

Carlys Mutter lud Brian zu ihrem jährlichen Grillfest am vierten Juli ein. Tagelang lief Carly vor dem Feiertag wie auf glühenden Kohlen, weil sie nicht wusste, ob er auftauchen würde. Seit zwei Wochen hatte sie ihn nicht getroffen, dermaßen lange waren sie in den vier Jahren, die sie nun schon ein Paar waren, nie getrennt gewesen. Jeder Tag ohne ihn fühlte sich wie ein ganzes Jahr an.

Am Morgen des Vierten nahm sie sich besonders viel Zeit dafür, sich fertig zu machen. Sie zog die weißen Shorts an, die er mochte, und ein rotes Neckholder-Top, in dem sie sich besonders attraktiv fühlte. Zum ersten Mal seit dem Unfall spürte sie einen Hauch Interesse aufkeimen, und sie schöpfte Hoffnung, dass es endlich aufwärtsgehen würde.

Als sie vor dem Spiegel stand, stellte sie erschrocken fest, wie bleich ihr Gesicht war. Ihre einst lebhaften braunen Augen wirkten matt und eingesunken.

Ihr kränkliches Aussehen bewirkte, dass sie etwas sagen wollte. *Nur ein Wort,* dachte sie. *Komm schon, es hört doch keiner.* Als nichts geschah, räusperte sie sich und versuchte es erneut. Nichts. *Das mache ich nicht absichtlich.* Verblüfft erkannte sie, dass das stimmte. Bis zu diesem Moment war sie sich nicht gänzlich sicher gewesen. *Ich will reden, aber ich kann es nicht. Ich weiß auch nicht, warum.*

Noch immer überwältigt von dieser Erkenntnis, verbrachte sie den Rest des Vormittags damit, ihrer Mutter in der Küche zu helfen. Ihre Schwestern schauten mit ihren Freunden hin und wieder rein, und ihr Bruder Craig war mit seiner Frau Allison aus Boston angereist. Im Haus ging es zu wie in einem Taubenschlag, und ihr Vater wirkte endlich entspannt. Vielleicht hatte er beschlossen, sich heute mal nicht aufzuregen.

Sie legte letzte Hand an den Kartoffelsalat, ehe sie ihn ihrer Mutter reichte.

Mit dankbarem Lächeln nahm Carol ihr die Schüssel ab und bedeckte sie mit Folie. »Danke für deine Hilfe, Liebes.« In den vergangenen Jahren hatte Carly den Vormittag mit Brian und ihren Freunden am See verbracht und wäre erst zum Essen nach Hause gegangen.

Gegen ein Uhr waren die Vorbereitungen erledigt, also trat sie auf die Veranda. Schwül lastete der Tag auf ihr, und die Stromleitungen an der South Road summten in der Hitze. Gegenüber kehrten die Durhams von der Parade in der Innenstadt zurück und luden Stühle und eine Kühlbox aus dem Van. Der kleine David Durham, dessen Babysitter Carly schon seit mehreren Jahren war, winkte ihr zu. Sie winkte zurück, wobei sie sich wünschte, er würde zu ihr kommen, wie er es sonst auch tat. Stattdessen drehte er sich weg und lief hinter seinen Eltern ins Haus. Womöglich hatte er Angst vor ihr, weil sie nicht mehr sprach.

Ihre Mutter hatte Brian für halb zwei eingeladen, aber er hatte nicht zugesagt. Um Viertel nach zwei war Carly davon überzeugt, dass er nicht mehr erscheinen würde. Der Rauch vom Grill waberte um das Haus und trug das Gelächter und Gesprächsfetzen vom Garten heran. Sie wollte gerade aufstehen, um nach drinnen zu gehen, als er am Tor auftauchte, wo er zögernd verharrte. Mit vor Aufregung rasendem Herzen eilte sie die Treppe hinab und öffnete ihm das Tor.

Erleichtert, vielleicht sogar erfreut, nahm er ihr Gesicht zwischen die Hände und küsste sie.

Sie schlang ihm die Arme um den Hals und stürzte sich in den Kuss, mit dem ersten Anflug von Ausgelassenheit, den sie seit dem Unfall verspürte.

Offenbar fühlte er es auch. »Carly«, flüsterte er. »Du hast mir so unfassbar gefehlt.« Gieriger als eben noch küsste er sie ein zweites Mal, als hätte er Angst, er bekäme keine weitere Chance dazu. »Es tut mir leid, was ich dir letztes Mal an den Kopf geworfen habe. Ich war frustriert.«

Sie küsste ihn erneut, zeigte ihm auf die einzige Art, die ihr blieb, dass sie das verstand.

»Ich kann dir noch immer an den Augen ablesen, was du fühlst«, flüsterte er an ihrem Mund. »Daran hat sich nichts geändert.« Lange hielten sie sich aneinander fest, bis Carlys Mutter in der Haustür erschien.

»Ach, hallo, Brian«, begrüßte Carol ihn freundlich. »Entschuldigt. Lasst euch von mir nicht stören. Nehmt euch so viel Zeit, wie ihr braucht. Wenn ihr was essen wollt, kommt einfach nach hinten.«

»Danke, Mrs Holbrook.« Sobald sie wieder allein waren, blickte er Carly erleichtert an. »Einige andere Dinge haben sich dagegen ganz schön verändert, nicht wahr?«

Sie belohnte ihn mit dem ersten echten Lächeln seit dem Unfall.

* * *

Im Garten standen Picknicktische mit rot-weiß karierten Decken, Caren und Cate spielten Krocket, und Craig half ihrem Vater am Grill. Carlys Schwägerin Allison ruhte sich auf dem Liegestuhl aus, eine Hand auf ihrem Babybauch. Im Oktober erwartete sie ihr erstes Kind.

»Craig, bringst du Brian bitte etwas zu trinken?«, rief Carol ihrem Sohn zu.

»Danke«, erwiderte Brian.

Craig holte eine eiskalte Dose aus der Kühlbox. »Schön, dich zu sehen, Brian.« Sie schüttelten einander die Hände. »Ich habe an dich gedacht. Wie geht's dir?«

»Na ja. Und dir?«

»Kann nicht klagen.« Er schaute glücklich zu seiner Frau. »Ich genieße die letzten Monate relativer Freiheit.«

»Wie läuft's in der Anwaltskanzlei, Brian?«, erkundigte sich Steve Holbrook vom Grill aus.

»Nicht schlecht. Manchmal ist es recht langweilig, aber es ist schön, mal in den Beruf reinschnuppern zu können und zu erleben, wie alles funktioniert.«

Carly hing an seinen Lippen, denn sie wollte unbedingt wissen, was er getrieben hatte, seit er das letzte Mal hier gewesen war.

»Wenn du erst mal ein paar Monate lang die Post ausgeteilt und für die Anwälte Kaffee geholt hast, wirst du dich fragen, warum du jemals Winkeladvokat werden wolltest«, scherzte Steve.

Brian lächelte. »Noch haben sie es mir nicht verdorben.«

Mit einem kleinen Lachen bat Carol ihre Tochter, ihr dabei zu helfen, das restliche Essen rauszutragen.

Carly folgte ihrer Mutter ins Haus und holte die bedeckten Schüsseln aus dem Kühlschrank. Sie war bereits mehrmals zum Picknicktisch gelaufen, als ihr Vater endlich verkündete, dass das Fleisch vom Grill fertig war.

»Bringt mir einen Teller«, rief Steve. »Schnell.«

Carol reichte Carly die Servierplatte, und sie eilte sofort raus. Als sie auf die Terrasse trat, wendete ihr Vater gerade die Rippchen. Das Fett tropfte ins Feuer und ließ die Flammen zischend in die Höhe schießen.

Carly ließ die Platte fallen, die auf dem Steinboden zersplitterte. Unfähig, den Blick von den lodernden Flammen zu lösen, erstarrte sie und zitterte am ganzen Körper.

Brian war sofort bei ihr und führte sie weg. »Schon gut, Baby.« Er setzte sich mit ihr in den Schatten und hielt sie fest an sich gedrückt. »Ich bin bei dir.«

# Kapitel 5

Der Rest der Familie drängte sich um Brian und Carly, bis Carol sie wegscheuchte. »Craig und Caren, räumt bitte die Scherben weg.« Nachdem die anderen Platz gemacht hatten, ging sie vor Carly in die Hocke. »Das wird schon wieder, Schatz«, tröstete sie ihre Tochter. »Keinem ist was passiert.«

Brian streichelte Carly über die Locken und hielt sie fest, bis das Zittern nachließ.

Es war ihr schrecklich peinlich, dass ihretwegen alle beunruhigt waren, und sie war fürchterlich sauer auf sich selbst, weil sie zuließ, dass der Grill Erinnerungen wachrief, die zu besiegen sie viel Kraft gekostet hatte. Immer seltener träumte sie vom Feuer, und allmählich hatte sie geglaubt, dass sie ihre Angst hinter sich zu lassen begann. Jetzt wusste sie, dass dem nicht so war.

»Alles wieder gut?«, fragte Brian sanft, und seine Miene zeigte Sorge und Liebe.

Sie nickte knapp und zwang sich zu einem Lächeln. Dann ließ sie sich von ihm aufhelfen. Es gefiel ihr nicht, dass er sich ihretwegen sorgte. Er hatte schließlich seinen Bruder verloren. Sie sollte ihm helfen, das zu überwinden, statt ihm noch mehr Grund zur Sorge zu geben. Also klopfte sie sich das Gras von der Hose und setzte sich an den Picknicktisch.

Die anderen ließen sich ebenfalls nieder und langten zu.

Während die anderen aßen, schob Carly das Essen auf ihrem Teller hin und her. Am Tisch herrschte gedrückte Stille. Sie hob den Kopf und erwischte ihre

Eltern dabei, wie sie sie mit sorgenvoller Miene betrachteten. Sie schienen um Jahre gealtert zu sein, seit sie zum letzten Mal genauer hingeschaut hatte. Auch das war ihre Schuld.

Brian griff unter dem Tisch nach ihrer Hand und drückte sie liebevoll.

Da bemerkte Carly, wie Caren sie von der anderen Seite des Tisches aus finster anstarrte.

»Was ist los, Caren?«, erkundigte sich ihre Mutter.

»Nichts.«

»Offensichtlich hast du etwas zu sagen«, hakte Carol nach. »Warum spuckst du es nicht einfach aus, damit wir den Tag wieder genießen können?«

»Ist es das, was wir tun? Den Tag genießen?«

»Caren«, warnte Steve sie.

»Wollt ihr wirklich einfach ignorieren, was sie unserer Familie antut?«, entgegnete Caren. »Ich hatte gehofft, dass wir vielleicht *einen* Tag mal Ruhe vor Carly und ihren Problemen haben, aber ich schätze, das wird nicht passieren.«

»Die Flammen haben sie eben erschreckt«, verteidigte Brian seine Freundin.

»*Alles* erschreckt sie.« Caren schob den Teller von sich und stand auf. »Ich bin es echt leid, sie mit Samthandschuhen anfassen zu müssen, als wäre sie aus Glas und könnte jederzeit zerbrechen. Warum benehmen wir uns so, als wäre jemand aus *unserer* Familie gestorben?« An Carly gewandt schrie sie: »Brian hat seinen *Bruder* verloren, doch er läuft nicht rum wie ein wandelnder Toter und verlangt, dass sich alle um ihn kümmern.«

»Es reicht, Caren«, erwiderte Carol in einem Tonfall, der keine Widerworte duldete.

Carly erhob sich und verschwand im Haus. Bevor die Fliegengittertür hinter ihr zuschlug, hörte sie, wie ihr Bruder brummte: »Toll gemacht, Caren.«

»Sei still, Craig. Du wohnst nicht hier, du hast keine Ahnung, wie es ist.«

Carly hörte, wie Brian ihr nach oben in ihr Zimmer folgte. Auf dem Bettrand fasste er nach ihrer Hand. Entmutigt stützte sie das Kinn auf die angezogenen Knie.

»Kümmere dich nicht um Caren. Die musste nur mal Dampf ablassen.«

Durch das Fenster hörte sie das Pfeifen der Raketen, was sie an einen anderen vierten Juli vor einigen Jahren erinnerte, an dem Pete am See ein Feuerwerk gezündet hatte.

»Erinnerst du dich noch an Petes Böller?«

Überrascht weiteten sich ihre Augen. Sie nickte. Sie hatte vergessen, wie oft sie das Gleiche dachten.

Abrupt stand er auf, ging zu ihrem Schreibtisch und nahm einen Notizblock. Dann schnappte er sich noch einen Kugelschreiber und kehrte zum Bett zurück. Er legte den Block vor sie und hielt ihr den Kuli hin. »Rede mit mir.«

Sie nahm den Stift, kaute auf der Kappe und betrachtete Brians attraktives Gesicht. Früher war seine Haut Anfang Juli bereits golden gebräunt gewesen, aber nicht dieses Jahr. Sie beugte sich über den Zettel und schrieb den einen Satz, den sie ihm am meisten mitteilen wollte: »Carly Holbrook liebt Brian Westbury.« Dann zog sie ein Herz um die Worte, wie sie es seit Jahren in jeden ihrer Notizblöcke malte.

Er war erfreut, das konnte sie sehen. »Jetzt erzähl mir etwas, das ich noch nicht weiß.«

Sie schrieb: »Ich tue das nicht absichtlich. Ich möchte sprechen, doch ich kann es nicht.«

»Auch das weiß ich schon, Schatz. Nicht eine Sekunde lang habe ich geglaubt, dass das Absicht ist.«

»Aber du warst wütend auf mich.«

Er schüttelte den Kopf. »In letzter Zeit bin ich wütend auf das Leben.«

»Geht mir genauso.«

Einen Moment lang erwiderte er ihren Blick. »Bei der Untersuchung des Unfalls gibt es einen neuen Hinweis.«

Sie hob die Brauen.

Also berichtete er ihr von dem Mann, den er ein paar Monate vor dem Unfall auf der Straße gesehen hatte. »Dad ist dem nachgegangen und hat von zwei weiteren Fahrern gehört, die gemeldet hatten, dass jemand an der Tucker Road rumlungert. Er hat noch niemanden aufgetrieben, der ihn auch an jenem Abend gesehen hat, aber er gibt nicht auf. Ich hab Dad wissen lassen, dass Sam nie derart rücksichtslos gefahren wäre, wie er das angeblich zum Zeitpunkt des Unfalls getan hat.«

»Das denke ich auch«, schrieb Carly. »Ich hoffe, dein Dad findet einen Weg, Sams Namen reinzuwaschen.«

»Die Leute in der Stadt meinen, dass wir uns an Strohhalme klammern. Sie behaupten, Dad würde seine Position missbrauchen.«

Carly schüttelte den Kopf.

»Wenn es auch nur die geringste Chance gibt, dass es nicht Sams Schuld war, sollten wir dann nicht alles daransetzen, die Wahrheit herauszufinden?«

»Natürlich solltet ihr das«, schrieb sie. »Kümmere dich nicht um das, was andere sagen.«

Er streckte ihr die Arme entgegen.

Erleichtert legte sie den Stift beiseite und hielt sich an ihm fest.

»Wenn mich vor alldem jemand gefragt hätte, wann ich mit dir am glücklichsten bin, dann hätte ich das hier genannt.« Er zog sich zurück, um sie zu küssen, und fügte lächelnd hinzu: »Ich hätte erklärt, dass es unter der Weide am besten zwischen uns lief.« Mit den Lippen berührte er ihre glühenden Wangen, bevor er weitersprach, die Stimme ganz belegt. »Aber da ich mich während der zwei schlimmsten Monate meines Lebens nicht mit dir unterhalten konnte, hat sich meine Meinung darüber, was ich am meisten an dir liebe, ganz schön verschoben. Ich kann mit dir über Gott und die Welt reden. Mir war nie klar, wie wichtig mir das war, bis ich es verloren habe.«

Mit feucht schimmernden Augen streichelte sie ihm das Gesicht.

Eine Weile drückte er sie fest an sich. »Wie wäre es mit einem Spaziergang?«

Sie schüttelte den Kopf.

»Wir werden die Tucker Road meiden.«

Zu beschämt, um zu gestehen, dass ihr Zuhause der einzige Ort war, an dem sie sich noch sicher fühlte, wurde ihr bei dem bloßen Gedanken daran, das Grundstück zu verlassen, vor Panik ganz schlecht. Einmal hatte sie es bis zum Tor geschafft und sich fest vorgenommen, um den Block zu gehen, doch ihr Herz hatte so heftig geklopft, dass sie gefürchtet hatte, sie würde gleich einen Infarkt bekommen. Das Atmen war ihr schwergefallen, und ihr war schlecht geworden.

Sie hatte gemeint, den Verstand zu verlieren, und das wiederum hatte ihr solche Angst eingejagt, dass sie es nicht erneut versucht hatte. Brian und ihre Familie waren so auf ihr Schweigen konzentriert, dass ihnen bisher nicht aufgefallen war, dass sie sich nicht dazu überwinden konnte, durch das Tor zu gehen. Nach dem, was vorhin vorgefallen war, war sie nicht bereit, dem Berg an »Problemen«, wie ihre Schwester es genannt hatte, ein weiteres hinzuzufügen.

Brian spürte ihr Zögern. »Schon gut. Ein andermal.«

Nachdem ihre Schwestern losgezogen waren, um sich mit ihren Freunden zu treffen, überredete Brian sie dazu, ihr Zimmer zu verlassen. Den Rest des Tages verbrachten sie mit ihren Eltern, Craig und Allison. Brians Eltern kamen kurz auf einen Drink vorbei, und nachdem die Sonne untergegangen war, verließen sie mit den Holbrooks das Haus, um sich im Stadtpark das Feuerwerk anzuschauen.

»Bist du sicher, dass du nicht mitkommen willst?«, fragte Brian Carly zum zehnten Mal.

Sie setzte eine freundliche Miene auf und bedeutete ihm mit einer Geste, dass er ruhig gehen könne, wenn er wolle.

Er stieß sich vom Boden ab, um die Schaukel wieder in Gang zu setzen. »Nicht ohne dich.«

Sie spürte seine Überraschung, als sie sich umdrehte und ihre Lippen auf seine drückte.

Er schlang die Arme um sie, und all das angestaute Verlangen und die Frustration der letzten zwei Monate brachen sich in dem Kuss Bahn. Seine Zunge strich über ihre und erinnerte sie an die Leidenschaft, die sie teilten, seit sein Mund auf dem Ball der achten Klasse zum ersten Mal vorsichtig ihren berührt hatte. Nichts, weder die Zeit noch das Alter, ja noch nicht mal eine Tragödie, konnte sie eindämmen.

Sie löste sich von ihm und fragte sich, ob sie so benommen aussah, wie sie sich fühlte.

»Entschuldige, Schatz. Ich wollte dich nicht bedrängen.«

Sie stand auf und streckte ihm eine Hand entgegen. Verdutzt verschränkte er die Finger mit ihren. Sie zog ihn auf die Füße.

»Carly?«

Stumm führte sie ihn nach drinnen und stieg die Treppe rauf.

»Wohin gehen wir?«

Sie warf ihm über die Schulter ein Lächeln zu. Hinter der Tür drehte sie sich schließlich zu ihm und schob ihm die Hände unter das T-Shirt.

Er erschauerte. »Carly, Schatz, das ist keine gute Idee.«

Amüsiert zog sie eine Braue hoch, dann langte sie nach dem Knopf an seinen Shorts.

»Was, wenn deine Eltern früher heimkommen?«

Kurz entschlossen durchquerte sie das Zimmer und schloss ab.

Er stöhnte. »Das ist doch verrückt. Wir sollten nicht …«

Sobald sie wieder bei ihm war, drängte sie ihn zum Bett und zog ihm das Shirt über den Kopf.

»O Gott«, ächzte er. »Werden wir uns wirklich in einem *Bett* lieben?«

Sie nickte. Nur einmal hatten sie bisher diesen Luxus genießen können, als sie nach Michigan gereist waren, um sich den Campus anzusehen und eine Wohnung zu suchen. Da ihnen bloß eine Nacht im Hotel vergönnt gewesen war, hatten sie das Beste daraus gemacht.

Er zog sie auf sich und öffnete den Neckholder. Zärtlich umfing er ihre Brüste und erklärte: »Ich liebe dich, Carly. Ich werde dich für immer und ewig lieben.«

Wie dringend wollte sie ihm sagen, dass sie ihn ganz genauso sehr liebte!

»Ich weiß, Schatz«, flüsterte er. »Das lese ich in deinen Augen.«

Sie beugte sich vor und nahm seine Unterlippe zwischen die Zähne, was ihn aufkeuchen ließ.

Rasch streifte er die Shorts ab und drückte sie fest an sich. »Nimmst du noch die Pille?«

Sie nickte.

»Hast du gehofft, dass wir wieder zusammenkommen wie jetzt?«

Unter neuen Tränen nickte sie wieder.

Er schob ihr die Beine auseinander und drang in sie. »Nein, schließ nicht die Augen, Carly. Ich will, dass du mich ansiehst.« Einige Minuten lang erwiderte er ihren Blick, dann neigte er den Kopf und fuhr mit der Zunge über eine Brustwarze.

Sie schmolz unter ihm dahin, stumm selbst im Griff der Leidenschaft.

Er beherrschte sich lange genug, um sie erneut zum Höhepunkt zu bringen. Diesmal begleitete er sie.

»Carly«, keuchte er an ihrem Ohr, was einen Schauer durch sie sandte. »Du hast keine Ahnung, wie oft ich an unser letztes Mal unter der Weide gedacht habe.« Er hob den Kopf. »Du auch?«

Sie nickte, streckte aber die Arme aus, damit er wieder zu ihr zurückkehrte. Mit einem sanften, liebevollen Kuss wollte sie ihm verzweifelt all das zeigen, was sie ihm am liebsten erzählt hätte. Sobald sie spürte, wie er erbebte, wusste sie, dass er es verstand. Sie hatte vergessen, wie sich sein Körper auf ihrem anfühlte, wie es war, ihn in sich aufzunehmen, sein Brusthaar an ihrem Busen, seine Rückenmuskeln, die sich spannten, wenn er sie liebte. Er wollte sich auf die Seite rollen, doch sie hielt ihn zurück.

Fragend hob er eine Braue. »Noch mal?«

Lächelnd nickte sie.

* * *

»Wir sollten irgendwann rausfinden, wie es weitergehen soll«, überlegte er, das Gesicht ihr zugewandt. »Ich meine, wir sind noch immer verlobt, oder?«

Mit einem Finger auf seinen Lippen bedeutete sie ihm, dass dies nicht die Zeit für ernste Themen war.

»Uns bleibt nur noch ein Monat bis zur Orientierungswoche für die Erstsemester«, rief er ihr ins Gedächtnis.

Als wüsste sie nicht, wie viele Wochen, Tage und Stunden ihnen blieben. Schon bald würde sie ihm verraten müssen, dass sie die Universität schriftlich gebeten hatte, ihr Stipendium um ein Jahr zu verschieben. In einem Monat wäre sie definitiv nicht so weit, dass sie durchs halbe Land reisen könnte, selbst wenn er an ihrer Seite wäre.

Irgendwie musste sie ihm das beibringen. Danach musste sie herausfinden, wie sie die einsamen Wochen ohne ihn überstehen sollte, bis er über Thanksgiving und Weihnachten nach Hause kam. Aber das Gespräch konnten sie an einem anderen Tag führen. Heute wollte sie es einfach bloß genießen, nach zwei langen Wochen, in denen sie sich gefragt hatte, ob sie ihn jemals wiedersehen würde, endlich wieder bei ihm zu sein.

»Ich habe übrigens letztens bei Miss Molly's zu Mittag gegessen. Mrs Hanson lässt dir ausrichten, dass du jederzeit zur Arbeit zurückkehren kannst, wenn du so weit bist. Sie meinte, dort wäre immer eine Stelle für dich frei. Nett, nicht?«

Den Kopf auf seiner Brust, nickte sie.

Aus der Ferne lauschten sie dem Feuerwerk und warteten, bis das ratternde Finale verklungen war, ehe sie aufstanden und sich anzogen.

Auf dem Weg nach draußen hielt er sie noch einmal zurück. »Danke hierfür. Ich war ganz verloren ohne dich, Carly.« Sie zog ihn zu einem weiteren Kuss runter.

Als ihre Eltern zurückkehrten, saßen sie wieder auf der Hollywoodschaukel.

* * *

Danach fanden sie ihre Routine. Er arbeitete jeden Tag in der Kanzlei in der Stadt, und die Abende und Wochenenden verbrachte er bei ihr. Manchmal unterhielten sie sich mittels Zettel und Stift, manchmal waren sie einfach zufrieden damit, zusammen zu sein, ohne sich den Problemen stellen zu müssen, die noch nach einer Lösung verlangten.

Zwei Wochen nach dem vierten Juli bat er sie erneut, mit ihm spazieren zu gehen. »Wir müssen ja nicht zur Weide«, drängte er. »Wir können uns einen neuen

Ort suchen. Ich möchte mal nur mit dir zusammen sein, Carly. Hier sind wir nie unter uns.«

Sie schüttelte den Kopf.

Bemüht, nicht die Fassung zu verlieren, fragte er: »Kannst du nicht, oder willst du nicht?«

Sie griff nach dem Zettel und dem Stift und schrieb: »Kann nicht.«

Er starrte die beiden Wörter auf dem weißen Papier einige Sekunden lang an, bevor er den Kopf hob. »Was soll das heißen?« Bisher hatte er gedacht, sie würde sich zu Hause verstecken, damit sie sich nicht einer Welt ohne ihre Freunde stellen musste. Jetzt fragte er sich, ob sich mehr dahinter verbarg, und ein eisiger Knoten der Angst zog ihm den Magen zusammen, was ihn an den Abend des Unfalls erinnerte, als man ihr Beruhigungsmittel hatte geben müssen, damit sie mit dem Schreien aufhörte. »Hast du das Gefühl, du könntest nicht von hier weg?«

Mit zögerndem Nicken bestätigte sie seine Furcht.

»Carly, Schatz, komm schon. Was soll denn passieren? Ich bin direkt bei dir.« Die Hand fest um ihre gelegt, stand er auf und ging zu den Stufen der Veranda, entschlossen, ihr zu beweisen, dass sie sich irrte.

Mit aller Kraft wehrte sie sich gegen ihn und kämpfte wie wild darum, sich von ihm zu befreien.

Er drehte sich um, und bei dem panischen Ausdruck auf ihrem Gesicht hielt er abrupt inne. Eine halbe Ewigkeit betrachtete er sie, und dabei schlug sein Herz immer schneller. »Wenn du das Grundstück nicht verlassen kannst, wie willst du dann nach Michigan?«

Sie senkte den Blick.

Da verstand er es plötzlich. »Du bleibst hier, nicht wahr?« Frustriert fuhr er sich durchs Haar und versuchte, den Tiefschlag zu verarbeiten. »Wann wolltest du mir das sagen?«

Sie hob den Stift auf, der runtergefallen war, und schrieb: »Bald.«

Er war fassungslos. »Bald? Wir wollten in *zwei Wochen* los, Carly.«

»Glaubst du wirklich, dass ich in dem Zustand wegziehen kann?«, kritzelte sie hastig.

»Warum nicht? Du kannst dich frei bewegen und die Seminare besuchen und schaffst alles, was andere auch können.«

»Außer Reden!« Mehrmals unterstrich sie das Wort »Reden«.

»Du kannst Zettel schreiben. Ich spreche für dich. Wir schaffen das, Carly. Das *weiß* ich einfach. Es gibt nichts, was wir nicht durchstehen können, solange wir nur zusammen sind.«

»Ich kann nicht.«

Um die aufkommende Panik zu unterdrücken, atmete er tief durch. »Was ist mit unserer Verlobung? Du hast versprochen, mich zu heiraten.«

»Das will ich auch. Daran hat sich nichts geändert. Das wird es nie.«

»Was dann? Wir heiraten und verbringen den Rest unseres Lebens in einem Haus, das du kaum verlassen kannst? Willst du wirklich, dass ich so lebe?«

»Ich hoffe, dass es irgendwann besser wird.«

»Was, wenn nicht? Wo bleibe dann ich?«

»Ich brauche mehr Zeit. Entschuldige.«

Er kniete sich vor sie und nahm ihre Hände. »Hör mal«, setzte er an. Ganz plötzlich hatte er das Gefühl, als ob sein Leben von den nächsten paar Minuten abhinge. »Das Beste, was wir für uns tun können, ist, diese verdammte Stadt zu verlassen und ein neues Leben anzufangen, irgendwo, wo wir nicht von unseren Erinnerungen und den Geistern der Vergangenheit heimgesucht werden.«

Mit feuchten Augen wandte sie das Gesicht ab.

Eine Hand an ihrem Kinn, drehte er es wieder zu sich. »Das ist unsere Chance, von vorne anzufangen. Die Uni ist bezahlt, wir haben eine Wohnung, und nach allem, was geschehen ist, garantiere ich dir, dass unsere Eltern sich riesig freuen werden, wenn wir heiraten und in Michigan zusammenleben. Wir können alles haben, wovon wir jemals geträumt haben, aber alleine schaffe ich das nicht. Du musst mir helfen, Carly. Du musst es versuchen.« Seine Stimme brach. »Bitte.«

Tränen rollten ihr über die Wangen, als sie den Blick von ihm losriss, um zu schreiben: »Ich bin noch nicht so weit. Vielleicht fühle ich mich nächstes Jahr stärker.«

Nachdem er ihre Worte gelesen hatte, musterte er sie lange. Dann erhob er sich schweigend, ging die Stufen hinab und verschwand durch das Tor.

* * *

Am nächsten Tag rief er an, um ihr mitzuteilen, dass er bei seinen Eltern zu Abend essen und nicht vorbeikommen würde, um sie zu besuchen. Am zweiten Tag behauptete er, er müsste lange arbeiten. Danach war sie davon überzeugt, dass es ihr nun doch gelungen war, ihn für immer zu verjagen. Am dritten Abend aber tauchte er auf, genauso wie an den folgenden Abenden. Allerdings war er still und in sich zurückgezogen.

Sie spürte, wie er sich von ihr abwandte, als bereitete er sich auf die langen Monate der Trennung vor, die am Horizont lauerten. Als es nur noch zwei Tage bis zu seiner Abreise waren, ertrug sie sein brütendes Schweigen nicht länger. Sie schrieb: »Rede mit mir.«

Nach längerer Stille erklärte er: »Ich habe eine Entscheidung getroffen.« Ein harter Ausdruck lag auf seinem Gesicht, der ihr Unbehagen bereitete.

»Was?«

»Wenn ich übermorgen aufbreche, werde ich nicht zurückkehren. Nie wieder.«

»WARUM?«

»Ich brauche den Neuanfang, den ich erwähnt hatte. Ich muss hier weg, weg von all den schlechten Erinnerungen.«

»Weg von mir?«

»Nein.« Er griff nach ihrer Hand. »Ich möchte, dass du mich begleitest. Das habe ich dir auf jede erdenkliche Weise gezeigt. Selbst wenn du nicht zur Uni gehst, könntest du doch bei mir wohnen und bei mir sein. Du hast dich dagegen entschieden. Jetzt muss ich meine eigenen Entscheidungen treffen.«

»Was ist mit deinen Eltern?« Verzweiflung legte sich auf ihr Herz, wie sie sie nie zuvor empfunden hatte.

»Sie verstehen, dass ich das Ganze nie überwinden werde, wenn ich alle paar Monate wieder zurückkomme. Also werden sie stattdessen mich besuchen. Sie haben genauso wenig das Bedürfnis, die Feiertage hier zu verbringen, wie ich. Zu Weihnachten fahren wir vielleicht Ski oder unternehmen eine Kreuzfahrt. Keine Ahnung. Das haben wir noch nicht beschlossen.«

Sie zwang sich dazu, die einzige Frage zu stellen, die wirklich wichtig war: »Was ist mit uns?«

Da schluckte er schwer. »Wenn du mich dazu zwingst, ohne dich abzureisen, wenn du mir das antust, Carly, dann gibt es uns nicht mehr.«

Ihr Körper erbebte unter stummen Schluchzern. Der Notizblock rutschte von ihrem Schoß und landete mit einem dumpfen Geräusch auf dem Boden.

Er schloss sie in die Arme. »Ich liebe dich von ganzem Herzen, das werde ich immer. Aber ich kann mein Leben nicht hintanstellen, bis du das überwunden hast, was mit dir los ist. Ich habe meinen Bruder verloren, Carly, und außer dir jeden meiner besten Freunde. Ich habe dasselbe gesehen wie du – dasselbe schreckliche Ereignis erlebt –, trotzdem habe ich es geschafft, weiterzumachen. Mir ist nicht klar, warum dir das nicht gelingt.« Erst trocknete er ihre Tränen, dann seine eigenen. »Ich weiß, dass du Sam lieb hattest, doch er war *mein* kleiner Bruder. Ich habe ihn mehr geliebt als du. Wenn ich das sage, klinge ich wie ein Mistkerl, denn das hier ist kein Wettbewerb, aber mein Verlust ist schwerer als deiner.«

Sie schämte sich, denn sie wusste, dass er recht hatte. Trotzdem half ihr das nicht, zu verstehen, warum ihre Reaktion derart übertrieben ausfiel. Es gab keine Erklärung. Sie streichelte sein Gesicht und versuchte, ihm mit den Augen, die er so gut zu lesen verstand, zu vermitteln, was sie empfand.

»Denk über meine Worte nach. Ich hab morgen jede Menge zu tun, weshalb ich dich nicht besuchen kann, aber bevor ich am Donnerstagmorgen aufbreche, schaue ich noch mal vorbei. Meine Eltern fahren mich hin und fliegen zurück. Wenn du deine Meinung änderst, dann ist im Auto noch Platz für dich.« Er küsste sie auf die Wange und auf den Mund. »Es wird Zeit, dass du dich zusammenreißt, Carly. Wenn du mich liebst, wie du behauptest, dann solltest du allmählich für uns kämpfen.«

Völlig verzweifelt blickte sie ihm nach. Er tat, was er musste, um zu überleben, das verstand sie – besser als jeder andere. Doch wie konnte sie ohne ihn leben, nachdem sie ihn über vier Jahre lang inniglich geliebt hatte? Was für ein Leben blieb ihr, wenn sie es nicht mit ihm teilen konnte?

Zwei Nächte lang lag sie wach und versuchte, die Kraft aufzubringen, die sie brauchte, um ihre Ängste zu überwinden und ihr Leben wieder in die Hand zu nehmen. Sie stellte sich vor, wie sie durch das Tor schritt und zu Brian und seinen Eltern ins Auto stieg. Aber dann fiel ihr wieder ein, wie das Feuer ihre Freunde verschlungen hatte, und da wusste sie, dass sie auf keinen Fall in einen Wagen steigen konnte. Als an dem Tag, an dem er abfahren würde, die Sonne aufging, akzeptierte sie, dass sie es nicht schaffen würde, nicht mal für ihn. Sie war noch nicht so weit. Eines Tages vielleicht, allerdings nicht heute.

Gegen zehn Uhr hielt er wie versprochen vor dem Haus. Sie hörte, wie sich ihre Mutter unten mit seinen Eltern unterhielt und wie er die Stufen zu ihrem Zimmer raufstieg, wo sie auf ihn wartete.

Enttäuscht verzog er das Gesicht, sobald er erkannte, dass sie nicht gepackt hatte. Die Hände auf den Hüften und den Kiefer angespannt, blieb er reglos stehen und betrachtete sie, als wollte er sich ihren Anblick einprägen, ihn in sein Herz und seinen Kopf einbrennen, um ein Leben ohne sie führen zu können. »Ich habe keine Ahnung, was ich jetzt tun soll«, gestand er schließlich. »Ich hätte nie gedacht, dass es zwischen uns so enden würde.«

Sie reichte ihm den Zettel, den sie um fünf Uhr morgens geschrieben hatte. Darauf stand: »Jeder Traum, den ich jemals hatte, beginnt und endet mit dir. Ganz egal, wie viel Zeit auch verstreicht, ich werde für dich da sein, wenn du nach Hause kommen willst. Ich werde dich immer lieben. Nur dich.«

Nach dem Lesen schwammen seine Augen in Tränen, und er steckte sich das Papier in die Hemdtasche. Dann griff er nach ihr.

Die Arme um seine Taille geschlungen, lehnte sie den Kopf an seine Brust.

Er drückte sie fest an sich.

Sie war sich nicht sicher, ob zehn Minuten verstrichen waren oder nur eine, als er flüsterte: »Brian Westbury liebt Carly Holbrook.« Dann war er nach einem Kuss auf ihre Stirn fort.

Sie stürzte ans Fenster und zog den Vorhang beiseite, um zu sehen, wie ihre Mutter ihn und seine Eltern zum Auto brachte. Am Tor umarmte sie ihn und wischte ihm über das Gesicht. Er sagte etwas, woraufhin Carol ihn erneut umarmte.

Er stieg zu seinen Eltern in den Wagen. Ein letztes Mal winkte er Carlys Mom zu, dann fuhren sie los.

Noch lange nachdem das Auto verschwunden war, starrte Carly aus dem Fenster. Schließlich ließ sie den Vorhang los, und er fiel zurück, versperrte ihr den Blick auf die Welt.

Mai 2010

*Eine Zeit zum Zerreißen und eine Zeit zum Zusammennähen, eine Zeit zum Schweigen und eine Zeit zum Reden.*

Koh 3,7

# KAPITEL 6

Michael Westbury schaltete das Radio ein, holte das Tiefkühlessen aus der Mikrowelle und ließ es mit einem Fluch auf die Herdplatte fallen. Er vergaß ständig, wie heiß der Dampf war. Schnell drehte er den Hahn auf und hielt seine Hand unter das kalte Wasser. Nachdem er einen Augenblick gewartet hatte, zog er den Deckel von der Plastikschale und machte sich über die gebratene Pute mit Kartoffeln her.

Beim Essen ging er die Akten durch, die er vom Revier mit nach Hause genommen hatte, und trank eines der beiden Light-Biere, die er sich jeden Abend nach der Arbeit gönnte. Zur vollen Stunde wechselte er zu einem Nachrichtensender aus New York. »Das Urteil wurde verkündet«, informierte der Sprecher die Hörer vor der Werbepause, die ewig zu dauern schien.

Er schob die Akten beiseite und nahm einen langen Schluck aus der Bierflasche. »Komm schon«, flüsterte er. Mit vor Anspannung rasendem Herzen ertrug er die endlosen Werbespots.

»Die Geschworenen haben Barry Gooding aus New York, der seine Frau Giselle vor zwei Jahren im gemeinsamen Penthouse auf grausame Weise erstochen haben soll, für schuldig im Sinne der Anklage befunden.«

»Ja.« Michael stieß eine Faust in die Luft. »Jawohl.«

»Staatsanwalt Brian Westbury kommentierte das Urteil folgendermaßen: ›Es ist ein guter Tag für die Stadt New York und für die Angehörigen von Giselle Gooding. Der Gerechtigkeit wurde Genüge getan.‹«

Brians Tonfall wirkte reserviert und professionell, aber Michael hörte die Freude in der Stimme seines Sohns.

»Ich möchte meinen Kollegen in der Staatsanwaltschaft danken, die in den vergangenen zwei Jahren mit mir daran gearbeitet haben, diesen Mörder von der Straße zu holen. Jetzt können die beiden Kinder der Goodings, deren Mut und Tapferkeit uns allen ein Vorbild gewesen sind, endlich einen Schlussstrich unter die Sache ziehen. Staatsanwalt Stein wird heute Abend eine Pressekonferenz geben. Von ihm erfahren Sie den Rest. Vielen Dank.«

»Gut gemacht, mein Junge«, flüsterte Michael. »Hervorragende Arbeit.« Er schnappte sich das Telefon und wählte eine Nummer in Florida. »Hast du's gehört?«, fragte er, kaum dass Mary Ann abgenommen hatte.

»Es lief gerade im Fernsehen. Unser Junge, was?«

»Ich platze fast vor Stolz«, gestand er.

Sie lachte. »Das kann ich mir vorstellen. Hat er dich schon angerufen?«

»Bisher nicht. Ich bin mir sicher, dass die Medien ihn ganz schön in Beschlag nehmen und er erst mal eine Flasche Champagner köpft.«

»Er wird dich heute bestimmt noch anrufen.«

»Ich weiß.« Michael stocherte mit der Gabel in den Überresten seines Abendessens. »Wie ist das Wetter bei dir?«

»Herrlich. Ich wünschte, du wärst hier.«

»Ich komme nächstes Wochenende runter.«

»Ich schätze, so lange kann ich es gerade noch aushalten.«

Kurz schwieg er, doch dann zwang er sich, sie zu fragen: »Alles in Ordnung bei dir?«

»Definiere ›in Ordnung‹«, erwiderte sie.

»Schon klar. Geht mir genauso. Fünfzehn Jahre. Kann man kaum glauben.«

»Das Leben hat wirklich Nerven, einfach weiterzumachen, als wäre nichts geschehen, was?«

»Ja.« Er pulte an der Ecke des Bierflaschenetiketts. »Ich frage mich, was aus ihm geworden wäre.«

»Bei seinem guten Aussehen und seiner charmanten Art wäre er unterdessen vermutlich Multimillionär.«

Darüber musste Michael lachen. »Dann könnte ich endlich in Rente gehen, und wir könnten das ganze Jahr über in Florida auf großem Fuß leben.«

»Wär’ mir recht.« Mit sanfter Stimme fügte sie hinzu: »Du verstehst, warum ich jetzt nicht dort sein kann, oder, Mike?«

»Natürlich.«

»Wenn du mit Brian sprichst, bitte ihn doch, mich anzurufen, sobald sich der Staub etwas gelegt hat.«

»Ich denke, du wirst noch heute oder morgen von ihm hören.«

»Bringst du diese Woche für mich ein paar Blumen zum Friedhof?«

»Na klar.«

»Sag ihm, dass seine Mutter an ihn denkt.«

Michaels Kehle schnürte sich zusammen, aber er brachte die Worte trotzdem raus: »Mach ich.«

»Ich liebe dich.«

»Ich dich auch, Baby.«

Er beendete den Anruf und legte das Telefon auf den Tisch. Danach versuchte er sich wieder den Akten zu widmen, konnte sich jedoch nicht mehr konzentrieren. Also schob er den Küchenstuhl zurück, stand auf, warf die Plastikschale vom Essen in den Mülleimer und ging durch den Flur. Dort ließ er die Hand auf dem Knauf zu Sams Zimmer ruhen und bemühte sich, die nötige Kraft aufzubringen, um die Tür zu öffnen.

Es sah genau so aus, wie Sam es zurückgelassen hatte: Die Kleidung war auf dem Boden verteilt, drei Paar Turnschuhe in Größe zweiundvierzig lagen dazwischen verstreut, Zettel auf allen Oberflächen, Regale voller Trophäen und Andenken und ein zerwühltes Bett. Selbst Jahre nach dem Unfall hatte der Raum noch nach ihm gerochen – eine angenehme Mischung aus Schweiß, Rasierwasser und jugendlichem Leichtsinn. Jetzt wirkte es muffig und leblos.

Gelegentlich meinte Michael seine Jungs noch immer durch das Haus rennen zu hören, ob als Kleinkinder, Pfadfinder-Wölflinge, Spieler in der Little League oder Sportstars an der Highschool. Die beiden, die einander derart ähnelten, dass selbst er manchmal kurz hatte überlegen müssen, bevor er sie beim Namen rief, hatten ständig miteinander rumgehangen, sich so nahegestanden, waren immer zu zweit gewesen, bis einer von ihnen plötzlich nicht mehr da gewesen war.

In den chaotischen Jahren, in denen er gearbeitet und eine Familie ernährt hatte, hatte er keine Zeit gehabt, sich auf den Tag vorzubereiten, an dem es im Haus wieder still sein würde. Erst als es zu spät gewesen war, hatte er erkannt, dass die Stille einem Vater das Herz brechen konnte.

Wenn sie zu Hause war, wischte Mary Ann hin und wieder Staub bei Sam, aber ansonsten hielten sie die Tür geschlossen. Sie hatten darüber gesprochen, das Zimmer leer zu räumen, hatten sich bisher allerdings nie dazu durchringen können. Er vermutete, dass sie längst weggezogen wären, würde ihnen nicht der Gedanke im Nacken sitzen, dass sie sich dann um Sams Sachen würden kümmern müssen.

Er setzte sich aufs Bett und griff nach einem Foto auf dem Nachttisch. Auf der einen Seite des Doppelrahmens sah er Sam und Jenny, herausgeputzt für den Ball der Elftklässler. Auf der anderen Seite befand sich ein Gruppenbild der acht Freunde, die sich alle für denselben Ball in Schale geworfen hatten. Sanft strich er mit den Fingern über das Foto und wischte den Staub weg, der sich darauf gesammelt hatte. *Was für hübsche Kinder*, dachte er. *Was für ein schrecklicher Verlust.*

Er und Mary Ann hatten sich vier Kinder gewünscht, waren aber nur mit zweien gesegnet worden – eins direkt nach dem anderen. Jahrelang hatten sie versucht, noch weitere in die Welt zu setzen, doch als das nicht geklappt hatte, hatten sie sich darauf gestürzt, jede Minute mit ihren beiden Söhnen zu genießen. Die anderen sechs auf dem Bild waren ihnen wie eigene Kinder ans Herz gewachsen, und sie hatten den Tod eines jeden Einzelnen betrauert – und zusätzlich die Last getragen, die damit einherging, dass sie die Eltern desjenigen waren, der am Steuer gesessen hatte.

Zum Glück hatten sie von den anderen Eltern nicht mal den Hauch einer Schuldzuweisung zu spüren bekommen. Wahrscheinlich sahen sie es als reinen Zufall an, dass in jener Nacht ausgerechnet Sam Westbury den Wagen gelenkt hatte. Es hätte genauso gut eines von ihren Kindern sein können.

Nicht ein Tag war in den letzten fünfzehn Jahren vergangen, an dem er nicht an Sam gedacht und sich die verbleibenden Fragen zum Unfallhergang gestellt hatte. Fragen, die nie zu seiner Zufriedenheit beantwortet worden waren. Nach mehr als dreißig Jahren in Uniform wusste er allerdings, dass er den Namen seines Sohnes einzig mit der einen Sache reinwaschen konnte, die er nicht besaß: mit handfesten Beweisen.

Trotz steter, unermüdlicher Anstrengungen hatte er nie auch nur das Geringste entdeckt, womit sich etwas anderes nachweisen ließe als das, was sie bereits wussten: dass das Auto von seinem Sohn gefahren worden war, der die Kurve auf der Tucker Road mit mindestens sechzig Stundenkilometern genommen hatte – zwanzig über der zulässigen Höchstgeschwindigkeit – und in die riesige Eiche gekracht war, woraufhin der Wagen in Flammen aufging.

Seit dem Unfall hatten zwei weitere Fahrer darüber berichtet, dass sie einen Mann mitten auf der Tucker Road hatten stehen sehen, aber Michael und seine Beamten hatten ihn nie gefunden. Jahrelang hatten sie die Patrouillen in dem Gebiet verschärft, leider ergebnislos. Da sie es nicht länger ertrug, dass die Situation ihn immer wieder runterriss, hatte Mary Ann ihn gebeten, das Ganze zu vergessen. Doch das konnte er nicht. Solange er lebte, würde er daran arbeiten, den Ruf seines Sohnes reinzuwaschen.

Er stellte das Foto zurück auf Sams Nachttisch, verließ das Zimmer und schloss die Tür hinter sich. In dem Raum, der einst Brians gewesen war, hatte Mary Ann jetzt ihre Nähmaschine und Michael seinen Computer stehen. Der Gegensatz war auffällig: ein Schrein für den Jungen, der gestorben war, und in Brians alten vier Wänden nichts, was an den Sohn erinnerte, der noch lebte. Nicht, dass ihm das was ausmachen würde. Er hatte Wort gehalten und war, seit er sein Studium am College angefangen hatte, nie wieder nach Hause zurückgekehrt.

Das Telefon klingelte, und Michael eilte in die Küche, um abzuheben.

»Hallo?«

»Hi, Dad, hast du die Nachrichten verfolgt?«

Michael lächelte über den selten gehörten fröhlichen Unterton in der Stimme seines Sohns und die Geräusche einer Party im Hintergrund. »Hab ich. Gratuliere, Brian.«

»Danke. Was für eine Erleichterung. Der Mistkerl ist so schuldig wie die Nacht dunkel, aber er hatte einen verdammt guten Verteidiger. Diesmal bin ich richtig ins Schwitzen geraten.«

»Du hast gute Arbeit geleistet.« Michael hatte jedes Wort zu dem Fall gelesen und wusste, dass Brian nichts dem Zufall überlassen hatte.

»Meine Augen brennen von dem Champagner, mit dem man mich im Büro übergossen hat.«

»Genieß die Feier. Du hast es dir redlich verdient.«

»Man fragt sich schon, wie ein Typ so etwas vor den Augen seiner Kinder tun kann.«

»Er ist ein Monster, und dank dir ist er heute Abend genau da, wo er hingehört. Wo sind die Kinder jetzt?«

»Sie leben bei Giselles Schwester in Missouri, und wie ich höre, geht es ihnen viel besser. Sie haben sich während der Verhandlung ganz fantastisch verhalten.«

»Das habe ich in der Zeitung gelesen.«

»Ihre Zeugenaussagen haben die Sache definitiv besiegelt. Hoffentlich können sie das Ganze jetzt hinter sich lassen und ein relativ normales Leben führen.«

»Mit etwas Glück werden sie sich kaum daran erinnern«, meinte Michael, auch wenn er das bezweifelte. Manche Sachen vergaß man nie. »Mom lässt dir ebenfalls ihre Glückwünsche ausrichten.«

»Ich ruf sie an, sobald wir fertig sind.« Brian schwieg kurz, bevor er fragte: »Wie fühlt sie sich?«

»Sie scheint die Ohren steifzuhalten.«

»Und du?«

»Geht schon. Nicht einfach zu dieser Zeit im Jahr, mehr nicht.«

»Ja. Ich könnte dich besuchen, wenn du an dem Tag nicht allein sein willst.«

»Was?«, scherzte Michael. »Du willst nach Hause kommen?«

»Würde ich, wenn du mich brauchst.«

»Ich weiß.« Sein guter Junge war zu einem vorbildlichen Mann herangewachsen. »Aber das ist nicht nötig. Wir werden schon bald mal wieder ein Wochenende in New York verbringen. Mom wird hinfliegen, und dann treffen wir uns alle dort.«

»Saul hat erwähnt, dass ich mir freinehmen soll, jetzt, da die Verhandlung durch ist.«

»Wann hattest du denn das letzte Mal Urlaub? Einen richtigen, meine ich.«

»Er behauptet, es wäre sechs Jahre her, doch ich denke, es sind eher drei.«

»Ich glaube ihm.«

Das brachte Brian zum Lachen. »Was zum Henker soll ich denn mit Urlaub anfangen?«

»Ach, ich weiß nicht, vielleicht kannst du dich mal entspannen? Ein Buch lesen? Dich flachlegen lassen?«

»Himmel, Dad«, schnaubte Brian. »Ist das nötig?«

»Absolut nötig für deine Gesundheit und dein Wohlbefinden.«

»Schon gut, die Unterhaltung ist vorbei. Ich rufe jetzt meine Mutter an, der nie in den Sinn käme, so etwas zu mir zu sagen.«

Lachend erwiderte Michael: »Du musst auch mal außerhalb der Staatsanwaltschaft leben.«

»Hab ich versucht, zwei Mal sogar, und wie du weißt, habe ich dabei festgestellt, dass ich als Arbeitstier besser bin als als Ehemann.«

Michael verzog das Gesicht. »Entschuldige. Ich bin zu weit gegangen.«

»Jetzt werd mal nicht zu ernst, Dad. Es gefällt mir besser, wenn du mir Feuer unterm Hintern machst, selbst wenn's peinlich ist.«

Ein Klopfen an der Hintertür erklang, und Michael sprang auf. »Es ist offen«, rief er. An Brian gewandt verabschiedete er sich: »Gratulation noch mal. Ich bin unglaublich stolz auf dich.«

»Danke, Dad.«

»Ruf deine Mutter an.«

»Wird erledigt.«

»Wir hören uns.«

Er beendete den Anruf, während sein Stellvertreter Matt Collins, noch immer in Uniform, die Küche betrat.

»Entschuldige die Störung«, sagte Matt. »Ich hab die Akten dabei, wegen denen du angerufen hast.«

»Du störst nicht. Danke für die Papiere.« Er legte sie auf den Stapel auf seinem Tisch. »Das war Brian. Hast du schon gehört, dass er gewonnen hat?«

»Es kam im Radio. Du freust dich bestimmt.«

»Ich freue mich, und ich bin erleichtert«, gestand Michael. »Bier?«

»Klar. Ich bin nicht mehr im Dienst.«

Michael öffnete zwei Flaschen und reichte eine an Matt weiter. »Hast du dich nach deinem Urlaub schon wieder in die Arbeit reingefunden?«

»Gib mir noch einen Tag, dann läuft der Laden wieder.«

»Wie steht's in Milwaukee?«

»Gut. Meine Eltern genießen die Rente, und die Kinder meiner Schwester werden immer größer. Es war schön, mal wieder zu Hause zu sein.«

»Freut mich, dass es dir gefallen hat.«

»Brian hat also einen großen Sieg eingefahren?«

»Ja. Er klang richtig glücklich.«

»Aus gutem Grund.« Matt folgte Michael ins Wohnzimmer. »Was für eine Verhandlung. Nach diesem Sieg werden ihm die Leute die Tür einrennen.«

»Er wird ständig von Headhuntern kontaktiert, aber er liebt die Arbeit in New York. Außerdem ist sein Boss ein anständiger Kerl, der ihm eine Menge Spielraum lässt. Es läuft richtig gut bei ihm.«

»Schön, dass er glücklich ist und sich gut schlägt. Er hat es verdient.«

»Und wie.« Michael trank einen Schluck. Er hatte nie vergessen, wie fürsorglich sich der Mann in der finstersten Stunde von Brians Leben um seinen

Sohn gekümmert hatte. Matt Collins war viel mehr als nur ein Kollege. »Irgendwelche Vorkommnisse?«

»Hier nicht. Die Schicht ist ganz ruhig verlaufen.« Matt stellte die Flasche auf den Couchtisch. »Vor einer Stunde haben wir allerdings gehört, dass wieder jemand vergewaltigt worden ist. Diesmal in Smithfield.«

»Verdammte Scheiße«, zischte Michael. »Noch eine Jugendliche?«

»Sechzehn.«

»Dieselbe Vorgehensweise?«

Matt nickte. »Hat sie gefesselt und splitterfasernackt im Wald zurückgelassen. Sie lag die ganze Nacht da.« Mit finsterer Miene fügte er hinzu: »Er hat ihr übel mitgespielt. Aber wieder ein sauberer Job. Keine DNS-Spuren.«

»Lass mich raten: eine beliebte Cheerleaderin?«

»Richtig.«

Michael fuhr sich erschöpft über das Gesicht. »Eine hier, eine in Smithfield, eine in Cranston. Aber ohne DNS bleibt uns nur die Vorgehensweise, die sie verbindet.«

»Es muss einfach derselbe Kerl sein.«

»Wir haben es mit einem Serientäter zu tun. Morgen setze ich mich mit den anderen Dienststellenleitern zusammen, um eine Sonderkommission zu bilden.«

»Ich werde für Granville die Führung übernehmen, wenn du möchtest«, bot Matt an.

»Das wäre gut.«

»Vorhin hab ich noch mal am Computer recherchiert. Hab bei den landesweiten ungelösten Fällen ein paar Parameter eingegeben und einen interessanten Treffer erzielt. Erinnerst du dich an das junge Paar in Pawtucket, das vor fünf Jahren ermordet worden ist?«

»Der Autoüberfall?«

»Ja, genau.«

»Was ist damit?«

»Die beiden waren gefesselt und vergewaltigt worden. Keine DNS. Kein Haar, keine Faser, nichts.«

»Wie alt waren die Opfer?«

»Sie war neunzehn, er einundzwanzig. Ich hab den Artikel aus dem *Providence Journal* aufgerufen. Bevor sie ihren Abschluss gemacht hat, war sie Captain der Cheerleader auf der Shea High School.«

»Himmel«, flüsterte Michael.

»Es könnte noch andere geben. Soll ich weitersuchen?«

»Ja, aber verlier erst mal kein Wort darüber. Wir wollen keine Panik auslösen, bis wir mehr wissen.«

»Einverstanden. Ich halte dich auf dem Laufenden.«

»Das gefällt mir nicht.«

»Mir auch nicht.«

* * *

Am nächsten Tag verließ Michael gegen Mittag das Revier. Nach einem kurzen Abstecher zum Blumenladen fuhr er zum Friedhof und parkte seinen Dienstwagen am Fuße des Hügels. Mit einer Vase pastellfarbener Tulpen stieg er zu dem großen Granitstein hinauf, auf dem WESTBURY stand. Darunter waren die Worte »Samuel Michael, 5. April 1978–19. Mai 1995, geliebter Sohn, Enkel, Bruder & Freund« eingraviert. Michael hockte sich hin, zupfte Unkraut vom Rand des Grabsteins und stellte die Tulpen auf den Sockel.

Jedes Mal, wenn er hier war, traf es ihn erneut, wie falsch sich das alles anfühlte. Die Leute hatten damit recht, dass Eltern ihre Kinder nicht überleben sollten. Es war unnatürlich, und die Zeit heilte die Wunde nicht, wie dieselben Leute behaupteten. Man lernte nur, damit zu leben und zu akzeptieren, dass sie für immer ein Teil von einem sein würde, etwas, das man wie einen schweren Koffer ständig mit sich herumschleppte.

»Mom lässt dich grüßen«, flüsterte er, kam sich dabei irgendwie albern vor. Er glaubte nicht, dass Sam ihn hören konnte. Von ganzem Herzen wollte er es für möglich halten, doch der Pragmatiker in ihm bezweifelte es. Da er es Mary Ann allerdings versprochen hatte …

»Sie ist in Florida, aber sie wollte, dass ich dir sage, wie lieb sie dich hat und dass sie an dich denkt – immer, und diese Woche ganz besonders. Das Haus in Florida würde dir gefallen, Sammy. Es gibt einen Pool in der Anlage und in der Nähe einen Strand. Wir ziehen wahrscheinlich dorthin, wenn ich jemals beschließe, in Rente zu gehen. Mal schauen. Brian hat seinen großen Fall gewonnen. Gestern Abend haben sie ihn deswegen interviewt. Es ist schon ziemlich beeindruckend, wenn man das Radio einschaltet und hört, wie der eigene Sohn derart viel Autorität und Erfahrung ausstrahlt.« Er rieb etwas Erde vom Grabstein. »Also, ich wollte bloß kurz Hallo sagen und dich wissen lassen …« Seine Augen wurden feucht. »Du fehlst mir jeden Tag, und ich liebe dich.«

Er stand auf und betrachtete den Stein eine Weile, bevor er sich abwandte. Überrascht fand er sich Jennys Mutter Jean Randall gegenüber, die auf ihn wartete.

Sie trat auf ihn zu. »Entschuldige, Mike, ich wollte dich nicht stören.«

»Tust du nicht.« Er gab ihr einen Kuss auf die Wange. »Wie läuft's bei dir, Jean?«

Ein trauriges Lächeln legte sich auf ihr Gesicht. »Ach, du weißt ja.«

»In dieser Woche ist es immer besonders schwer.«

»Selbst nach fünfzehn Jahren.«

Er nickte zustimmend und zeigte auf das Papier, das sie in der Hand hielt. »Was hast du da?«

»Nur Müll, den ich auf Jennys Grab gefunden habe. Im Ernst, mir ist nicht klar, warum die Leute so etwas auf dem Friedhof tun müssen.«

»Warum? Was ist es denn?«

Sie hielt ihm den Zettel hin, auf dem in grellroter Tinte stand: CHEERLEADER-HURE.

Ihm stockte der Atem, aber er bemühte sich, eine neutrale Miene aufzusetzen. »Das lag auf ihrem Grab?«

»Direkt vor dem Grabstein.«

»Ist es okay, wenn ich den Zettel an mich nehme? Ich würde ihn gerne untersuchen lassen. Vielleicht können wir herausfinden, woher er kommt.«

»Ich möchte wegen Müll eigentlich nicht so ein Trara machen.«

»Ich will nicht, dass das ungestraft bleibt.«

Sie reichte ihm den Zettel. »Da hast du recht.«

Vorsichtig nahm er das Stück Papier an einer Ecke zwischen Zeigefinger und Daumen. »Ich lass es dich wissen, wenn wir was rausfinden.«

»Wie geht es Mary Ann?«

»Gut. Sie liebt Florida.« Er zwang sich zum Small Talk, wollte allerdings viel lieber den Zettel in eine Beweistüte stecken und den Friedhof nach weiteren Dingen absuchen, die sich dort eventuell entdecken ließen.

»Schaffst du es denn auch manchmal da runter?«

»Alle zwei Wochen für ein paar Tage. Wann immer ich Zeit habe.«

»Grüß sie mal von mir.«

»Tu ich gern. Bob war in letzter Zeit gar nicht in der Lodge. Ich wollte ihn deswegen mal anrufen.«

»Er ist grad etwas unpässlich, also bleibt er zurzeit lieber daheim.«

»Hoffentlich nichts Ernstes.«

»Nur die Zeit im Jahr«, erwiderte sie achselzuckend. »Brian war gestern im Fernsehen. Er sieht wundervoll aus, so attraktiv und ganz erwachsen. Du bist doch sicher stolz auf ihn.«

»Auf jeden Fall. Aus ihm ist was geworden.«

Kurz studierte sie Sams Grab, richtete den Blick aber gleich wieder auf Michael. »Du musst bestimmt wieder zur Arbeit.« Sie drückte ihm den Arm. »Pass auf dich auf, Mike.«

»Du auch. Sag Bob, er soll sich bei mir melden, wenn ihm nach Besuch ist.«

»Mach ich.«

Er wartete, bis sie den Hügel hinabgelaufen war und die Straße zum Stadtpark überquert hatte, bevor er nach seinem Handy griff. »Hi, Matt, ich bin's, Michael. Kannst du bitte zum Friedhof kommen? Am besten sofort.«

# KAPITEL 7

Am Tag nach der Urteilsverkündung kam Brian ins Büro, um sich dem Chaos zu stellen, das sich während der zweimonatigen Verhandlung angesammelt hatte. Er ließ sich auf den Schreibtischstuhl fallen und betrachtete die sich auftürmenden Stapel aus Briefen und Fachzeitschriften. Wenn er den Computer hochfahren würde, fände er in seinem E-Mail-Postfach ohne Zweifel eine ähnliche Ansammlung vor. Entschlossen schnappte er sich den Papierkorb und ging den ersten der drei riesigen Papierstapel durch.

Immer wieder steckten Kollegen, die gestern nicht in der Staatsanwaltschaft gewesen waren, die Köpfe rein, um ihm zu gratulieren.

»Danke«, antwortete er jedes Mal.

Da sein Papierkorb rasch überquoll, machte er sich draußen auf die Suche nach Mülltüten und geriet dabei ins Sichtfeld seines Vorgesetzten Saul Stein am anderen Ende des offenen Raums.

»Verdammt.« Mit einem Fluch flüchtete er in sein Büro.

Saul kam direkt zu ihm. »Was wollen Sie denn hier?«

»Offiziell bin ich gar nicht da.« Brian deutete auf seine Jeans und das Polohemd. »Keine Krawatte.«

Saul kniff die Augen zu. »Ich dachte, ich hätte mich gestern klar ausgedrückt, als ich Sie davon in Kenntnis gesetzt habe, dass ich Sie mindestens zwei Wochen lang nicht sehen will.«

»Schauen Sie sich doch mal dieses Katastrophengebiet an. Wann soll ich mich denn sonst darum kümmern?«

»In zwei Wochen.«

»Ich entwickle langsam Komplexe. Mögen Sie mich nicht mehr, Saul?«

»Werden Sie bloß nicht unverschämt, Westbury. Ich hab Ihnen geraten, sich Urlaub zu nehmen. Sie haben dermaßen viele Überstunden angesammelt, dass eine Kündigung die Stadt in den Ruin treiben würde.«

»Ich habe nicht vor zu kündigen, aber ich nutze einen Urlaubstag, um mein Büro aufzuräumen.« Er warf einen Zettel nach dem anderen in den Mülleimer. »Glücklich?«

Mit einem vernichtenden Blick in seine Richtung wanderte Saul zur Kommode unter dem Fenster und nahm eines der drei Fotos hoch, die Brian dort aufgestellt hatte. »Sind Sie das?«

»Ja, ich habe ein Bild von mir selbst aufgestellt, falls Sie mich so sehr schinden, dass ich vergesse, wie ich aussehe.« Er musste über Sauls finstere Miene lachen. »Das ist mein Bruder.«

»Ach, Sie haben sich also nicht einfach irgendwo materialisiert, Sie haben tatsächlich eine Familie. Warum besuchen Sie ihn nicht?« Er stellte das Foto wieder hin und drehte sich zu Brian um.

Den überraschte es, wie heftig der Schmerz war, der ihn durchzuckte. Dass es noch immer derart wehtat … »Er ist, ähm, gerade unpässlich.« In den acht Jahren in der Staatsanwaltschaft hatte er niemandem, mit dem er zusammenarbeitete, von seinem Bruder erzählt, den er verloren hatte.

»Was ist mit Ihren Eltern?«, bohrte Saul weiter. »Wollen die Ihre hässliche Visage nicht hin und wieder zu Gesicht bekommen?«

»Sie haben mich gestern in den Nachrichten gesehen. Das reicht ihnen erst mal.«

Entnervt ließ sich Saul auf den Stuhl vor dem Schreibtisch fallen und hakte die Daumen unter die blauen Hosenträger. »Sie treiben mich noch zur Weißglut, Westbury.«

»Was wollen Sie deswegen unternehmen? Mich feuern?« Nachdem der größte Teil des ersten Stapels im Müll gelandet war, widmete sich Brian dem nächsten. Die Handyrechnung mit dem roten »Überfällig«-Stempel legte er beiseite, dann griff er nach einem gefalteten und mit einer Klammer zusammengehefteten gelben Flyer. Sein Herz setzte einen Schlag aus, kaum dass er den Absender aus Granville erkannte.

Er klappte ihn auf. »Klassentreffen des Jahrgangs 1995 der Highschool von Granville. Kommt nach Granville, um alte Freunde wiederzutreffen und euch an die guten Zeiten zu erinnern.« Das Treffen sollte am vierten Juli stattfinden und mit einem Grillfest am See starten. Beim Betrachten des Prospekts überkam ihn Sehnsucht – nach seiner Heimatstadt, seinen alten Freunden und der sorgenfreien Zeit, die viel zu abrupt geendet hatte.

»Was ist das?«, fragte Saul.

Über seinen Erinnerungen hatte er seinen Boss völlig vergessen. »Nichts.« Er warf den Flyer auf den Stapel mit den überfälligen Rechnungen.

»Spaß beiseite«, fuhr Saul fort. »Ich will, dass Sie sich freinehmen.« Als Brian widersprechen wollte, hob er eine Hand. »Sie haben beim Prozess gegen Gooding Großes geleistet – es war geradezu fantastisch. Aber Sie nützen der Bevölkerung von New York – oder mir – nichts, wenn Sie sich nicht eine Pause gönnen und sich erholen.«

»Es gibt nichts, was ich lieber tue als meine Arbeit.«

»Das ist auf so viele Arten armselig, dass ich sie gar nicht erst aufzählen werde. Sie sind noch jung, und ich kann mir vorstellen, dass die Frauen Sie nicht völlig abstoßend finden. Es gibt bestimmt eine, die sich danach sehnt, Zeit mit dem gefeierten Anwalt zu verbringen, der den Mistkerl Gooding hinter Gitter gebracht hat.«

»Gibt es nicht.«

»Sie erinnern mich an mich selbst in Ihrem Alter«, erklärte Saul. »Ich habe fünf Kinder, die einfach erwachsen geworden sind, während ich mich in meinem Büro verkrochen habe.«

»Ich verkrieche mich nicht.«

Saul tat so, als hätte Brian gar nichts gesagt. »Ich höre nur selten von ihnen, und meine Ex-Frau ist mit meinem früheren besten Freund verheiratet.«

Die Geschichte war allseits bekannt, aber den Schmerz bemerkte Brian zum ersten Mal.

»Sie sind ein guter Kerl, Brian, und ein verdammt talentierter Staatsanwalt. Ich will nicht, dass Sie wie ich alt und allein enden.« Damit erhob er sich. »Sie bekommen also keinen neuen Fall, bevor Sie Urlaub genommen haben.«

»Aber …«

»Zwei Wochen. Nicht eine Minute davon hier – ich habe Spione, die es mir verraten werden, wenn Sie sich blicken lassen. Sie können Sie vielleicht besser leiden, doch ich bin ihr Boss.« Auf dem Weg durch die Tür ergänzte er: »Die zwei Wochen fangen an, sobald Sie heute von hier verschwinden.«

Kaum war Saul außer Sicht, lehnte Brian sich wütend zurück. *Was zum Henker soll ich zwei Wochen lang tun, wenn ich nicht arbeiten kann?* Der Gedanke daran, diese Zeit füllen zu müssen – so viel Zeit zum Denken zu haben –, löste fast so was wie Panik in ihm aus.

Er griff nach dem Flyer für das Klassentreffen und las ihn erneut. Die Sehnsucht traf ihn in letzter Zeit in ganz ungewöhnlichen Momenten, inmitten der Verhandlung zum Beispiel, die sein Leben mit Beschlag belegt hatte wie noch nie etwas zuvor. Vielleicht löste der Jahrestag des Unfalls diese Melancholie aus. Woran auch immer es lag, es ging ihm allmählich auf die Nerven. Er zerknüllte die Einladung und warf sie in den Müll.

Unter dem zweiten Zettelstapel förderte er einen übel riechenden Karton zutage, in dem sich mal chinesisches Essen befunden hatte. »Igitt.« Angewidert von dem Gestank stopfte er ihn in die Mülltüte. Unter dem Karton steckte am Schreibtischkalender die Visitenkarte des Psychologen, der mit den Gooding-Kindern zusammengearbeitet hatte, um sie auf ihre Zeugenaussagen gegen ihren Vater vorzubereiten. Das jüngere der beiden Kinder, Christian, war erst fünf Jahre alt gewesen, als er mit angesehen hatte, wie sein Vater seine Mutter erstochen hatte.

Brian löste die Karte vom Kalender. Dr. Thomas Pellingrino, Spezialist für Kinder, die Missbrauch, Vernachlässigung und Gewalt erfahren hatten. Bei Christian Gooding hatte er wahre Wunder gewirkt, der sich unter der Betreuung des Psychologen von einem verschlossenen Kind zu einem wortgewandten Zeugen gewandelt hatte. Die Karte in der Hand, fragte Brian sich – nicht zum ersten Mal –, ob Dr. Pellingrino in der Lage wäre, Carly zu helfen.

*Carly.*

Inzwischen dachte er nicht mehr jeden Tag an sie. Wenn er in einem Job funktionieren wollte, der seine volle Aufmerksamkeit erforderte, konnte er es sich einfach nicht erlauben, dass Gedanken an sie seinen Verstand vereinnahmten. Auch wenn andere Bilder aus jener Zeit verblasst waren, erinnerte er sich an sie mit einer Klarheit, die fast schon verstörend wirkte. Ihr Duft, wie sich ihre Locken um seine Finger wickelten, ihre seidige Haut, ihr Lachen, diese sanften braunen Augen, die nichts vor ihm verbargen, und die seelische Verbundenheit, nach der er sein halbes Leben lang bei anderen gesucht, die er aber nie gefunden hatte. Ja, er hatte sie nicht vergessen.

Es gab sich große Mühe, seine Eltern nicht nach ihr auszuhorchen, also hatte er keine Ahnung, wie ihr Leben verlaufen war. Selbst wenn er sich einredete, dass ihn das nicht interessierte, wusste er doch, dass er sich selbst belog. Alles wollte er erfahren, und dieses Verlangen war in den letzten Monaten gewachsen. *Warum jetzt? Nach all diesen Jahren, warum steigt jetzt diese Sehnsucht in mir auf?*

Er warf Dr. Pellingrinos Visitenkarte ins Schubfach seines Schreibtisches, das ihm als Adresskartei diente, stand auf und trat an die Kommode. Dort nahm er das Foto von Sam in die Hand. Wehmütig betrachtete er das Strahlen im Gesicht seines Bruders und fragte sich, ob jemals jemand daran dachte, dass ein bestimmter Moment, eingefangen in einem Bild, eines Tages das Einzige sein mochte, was von ihm noch übrig wäre. Zwischen dem Foto von Sam und dem von Brian und seinen Eltern auf der Abschlussfeier nach seinem Jurastudium befand sich das Gruppenbild vom Ball der elften Klasse. Er stellte Sams Bild zurück und hob das andere hoch, um es eingehend zu betrachten. Ausnahmsweise gestattete er sich, sich zu erinnern, zu empfinden, zu wünschen und zu bedauern.

Zum ersten Mal seit Jahren löste er den Rücken vom Rahmen und zog ein weiteres Bild hervor, eines, das er hinter dem Gruppenfoto versteckt hatte. Diese beiden und das von Sam waren die einzigen Fotos, die er von zu Hause mit-ge-nom-men hatte. Auf dem hier schlang er die Arme von hinten um Carly. Ihre Hände ruhten auf seinen, ihr Handgelenk schmückte ein kleiner Strauß, und die kastanienbraunen Locken fielen ihr über die Schultern, die das pfirsichfarbene Kleid unbedeckt ließ. Ihr glückliches Lächeln verriet ihm, dass sie nirgends lieber sein wollte als in seinen Armen.

Sie fehlte ihm. Wie eine Sturmflut erfasste ihn das Gefühl und ließ ihn matt und erschöpft vor Verlangen zurück. Gestern, nachdem im Gericht der Sprecher der Geschworenen das Urteil verkündet hatte, auf das er seit Monaten wartete – *schuldig* –, war sein erster Impuls gewesen, es Carly zu erzählen. Hunderte von Fällen hatte er verhandelt und dieses Wort schon unzählige Male vernommen, aber zum ersten Mal wollte – *musste* – er es ihr mitteilen. Warum? Warum jetzt?

*Es muss am Jahrestag des Unfalls liegen*, überlegte er. Er gönnte sich einen letzten wehmütigen Blick auf das Foto, bevor er es wieder verbarg und den Rahmen zusammensteckte. *Das ist jetzt schon der fünfzehnte Jahrestag. Warum ist es diesmal anders?* Diese Frage konnte er sich nicht beantworten, genauso wenig, wie er sich diese plötzliche Sehnsucht nach dem, was einst gewesen war, erklären konnte.

Er holte sein Portemonnaie aus der Tasche. Noch ehe er den Zettel aus dem Fach zog, wo er ihn aufbewahrte, rief er sich ins Gedächtnis, dass dies – besonders in seinem aktuellen mentalen Zustand – eine schlechte Idee war. Das qualitativ hochwertige Papier war mit dem Alter ganz weich geworden, und die Knicke zeichneten sich deutlich ab. Vorsichtig faltete er es auf, weil er nicht bloß Angst vor dem hatte, was draufstand, sondern auch vor dem, was es in ihm auslöste.

*Jeder Traum, den ich jemals hatte, beginnt und endet mit dir. Ganz egal, wie viel Zeit auch verstreicht, ich werde für dich da sein, wenn du nach Hause kommen willst. Ich werde dich immer lieben. Nur dich.*

Ihre Stimme, ihre Aura erfüllten ihn dermaßen intensiv, dass es sich anfühlte, als hätte er sie erst vor fünf Minuten getroffen.

»Sinnlos«, murmelte er, ehe er das Papier wieder einpackte. »Das ist doch sinnlos.« Damit steckte er das Portemonnaie zurück in die Gesäßtasche und schwor sich, so weiterzuleben wie in den letzten fünfzehn Jahren und die Vergangenheit da zu lassen, wo sie hingehörte. Dank seiner Entschlossenheit hatte er einen Fuß vor den anderen gesetzt und war bis hierher gelangt. Sie durfte ihn jetzt nicht im Stich lassen.

Wie besessen arbeitete er zügig den dritten Stapel durch. Dann schrieb er Schecks für die überfälligen Rechnungen und kramte in der obersten Schublade, bis er ein paar Briefmarken fand. Es dauerte eine weitere Stunde, bis er seine E-Mails erledigt hatte. Nachdem es nichts mehr gab, was er aufräumen musste, sammelte er die Wäsche von der Couch, auf der er in letzter Zeit manche Nacht verbracht hatte, stopfte sie in seine Sporttasche und stellte sie neben der Tür ab.

Dann kehrte er zu seinem Schreibtisch zurück, nahm sein Handy und merkte beinahe überrascht, dass er noch immer Empfang hatte, obwohl er seit Monaten die Rechnungen nicht bezahlt hatte. »Hallo, Mom«, grüßte er sie, sobald sie abgehoben hatte.

»Hallo. Was für eine Überraschung. Zwei Mal in zwei Tagen?«

»Gewöhn dich nicht dran«, scherzte er.

»Meine Freunde hier sind hellauf begeistert, dass du im Fernsehen warst.«

»Vorhin habe ich ein Telefoninterview mit MSNBC geführt, das könnte mittlerweile auch ausgestrahlt werden.«

»Ich halte danach Ausschau. Hast du letzte Nacht ein wenig schlafen können?«

»Nicht viel. Ich war noch immer ziemlich aufgedreht.«

»Es war aber auch alles aufregend.«

»Auf jeden Fall. Hör mal, Mom, ich habe mich gefragt …«

»Was denn, Schatz?«

»Meinst du, ich könnte dich für eine Woche besuchen kommen? Saul will mich loswerden.«

»Ist das dein Ernst? Das fände ich wundervoll.«

Das freute ihn. »Du darfst mich aber nicht bemuttern, als wäre ich sechs, okay?«

»Ich verspreche nichts. Wann bist du hier?«

»Wäre heute Abend zu früh?«

Sie schwieg kurz, und er hätte schwören können, dass er Tränen in ihrer Stimme hörte, als sie endlich antwortete: »Nein, Brian, heute Abend wäre nicht zu früh.«

* * *

An seinem letzten Nachmittag in Florida lag Brian auf einem Liegestuhl neben seiner Mutter und schaute zwei Jungs beim Frisbeespielen zu. Nach einem geschäftigen Tag hatte sich der Strand geleert, nur ein paar Gruppen saßen noch verstreut auf der breiten Sandfläche. Er konnte sich nicht erinnern, wann er das letzte Mal so entspannt gewesen war. Ungern gestand er sich ein, dass Saul wohl recht gehabt hatte.

»Worauf hast du zum Abendessen Lust?«, fragte Mary Ann.

»Ich dachte, du döst.«

»Habe ich auch. Jetzt denke ich über einen Drink und was zu essen nach.«

Darüber musste er lächeln. Sie hatten viel Spaß zusammen, und trotz heftiger Einwände hatte er es genossen, von seiner Mutter verwöhnt zu werden. »Ich hätte nichts gegen das mexikanische Restaurant, wo wir letztens waren.«

»An deinem letzten Abend sollte ich für dich kochen.«

»Das wäre viel zu anstrengend.«

»Sonst bin ich nie so faul. Du hast mich total verdorben.«

»Ich dachte gerade, dass du *mich* verdorben hast. Wie soll ich denn jetzt wieder arbeiten?«

»Wie ich dich kenne, wirst du derart schnell wieder in den Arbeitsmodus schalten, dass du den Urlaub völlig vergisst.« Sie griff nach seiner Hand. »Ich bin echt froh, dass du da bist, besonders da Dad seinen Besuch abblasen musste.«

»Ich frage mich, was ihn dermaßen beschäftigt, dass er sich die Gelegenheit entgehen lässt, Zeit mit uns zu verbringen.«

»Was auch immer es sein mag, er redet nicht darüber.« Sie ließ seine Hand los und fuhr sich durch das kurze blonde Haar. Selbst mit Ende fünfzig war Mary Ann Westbury noch immer eine attraktive Frau.

»Ich ruf ihn an, wenn ich zurück bin, und schau, ob ich es ihm entlocken kann«, schlug er vor.

»Wenn dir das gelingt, verrat es mir.«

»Du weißt, dass das nicht möglich ist. Wir alle, die wir in der Justiz arbeiten …«

»Müssen zusammenhalten«, vollendete sie seinen Satz leidgeprüft. »Du weißt, wohin ihr zwei euch das stecken könnt.«

Er lachte.

»Er ist so irre stolz auf dich. Das sind wir beide.«

»Das bedeutet mir viel.« Ganz plötzlich erkannte er, dass er kaum noch Zeit hatte, die Frage zu stellen, für die er schon die ganze Woche den Mut aufzubringen versuchte. »Mom?«

»Hmm?«

»Kann ich dich was fragen?«

Etwas in seiner Stimme veranlasste sie dazu, sich zu ihm umzudrehen. »Natürlich.«

Er zögerte, denn ihm war klar, dass er kurz davor stand, eine Tür zur Vergangenheit aufzustoßen, für die er vielleicht nicht bereit war, auch jetzt noch nicht.

»Was ist denn, Schatz?« Sorge erschien auf ihrem Gesicht und klang aus ihrer Stimme.

Er atmete tief durch und fragte: »Triffst du zu Hause in Granville manchmal Carly?«

Überrascht musterte sie ihn eine Weile, ehe sie antwortete: »Ständig.«

»Wohnt sie noch immer bei ihren Eltern?«

»Nein.«

Sein Herz raste wie wild, während er darauf wartete, dass sie weitersprach.

»Sie arbeitet bei Miss Molly's«, fügte sie hinzu.

»Dann redet sie also wieder?«

Sie schüttelte den Kopf.

»Wie kann sie kellnern, wenn sie nicht spricht?«

»Jeder in der Stadt kennt sie. Sie teilen ihr mit, was sie wollen, und sie bringt es ihnen. Ist ziemlich unkompliziert.«

Plötzlich musste er mehr wissen. Er musste *alles* wissen. »Wie lange ist es her, dass sie ausgezogen ist? Wie ist das passiert?«

»Nach dem, was Carol mir erzählt hat, ist Steve, ein Jahr nachdem du dein Studium angefangen hast, der Geduldsfaden gerissen. Er hat Carly gesagt, dass sie sich entweder einen Job suchen oder zur Uni gehen soll, aber sie würde nicht länger auch nur eine Minute wie eingesperrt in dem Haus verbringen. Er drohte ihr, sie rauszuwerfen, sollte sie sich weigern.«

Von dem Wunsch beseelt, mehr zu erfahren, und voller Fragen beherrschte er sich und hörte ihr stattdessen zu.

»Bis dahin hat Carol sie wohl gedeckt, aber auch sie war an ihre Grenzen gestoßen und konnte nicht länger zusehen, wie ihr hübsches, talentiertes Mädchen in seinem Zimmer versauerte. Also hat sie sich auf die Seite ihres Mannes gestellt. Sie meinte, es wäre einer der schlimmsten Momente ihres Lebens gewesen. Am nächsten Tag ist Carly in ihrer Uniform runtergekommen und nach draußen gegangen, als hätte sie das jeden Tag getan.«

»Wow.« Er stieß einen langen Atemzug aus. Er fragte sich, was es für Carly bedeutet hätte – für sie beide –, wenn Mr Holbrook ihr das Ultimatum ein Jahr früher gestellt hätte.

»Nach ungefähr zwei Jahren hat sie dann die Wohnung über Carson's gemietet.«

Er hatte den Gemischtwarenladen in der Innenstadt von Granville vor Augen.

»Da wohnt sie immer noch.«

Schweigend betrachtete er den Sonnenuntergang und versuchte, sich Carlys Leben vorzustellen.

»Sie geht überallhin zu Fuß. Ständig begegne ich ihr irgendwo in der Stadt. Sie freut sich dann immer und hat für mich und deinen Dad stets eine Umarmung übrig.«

»In ein Auto steigt sie weiter nicht?«

»Nein.« Kopfschüttelnd stellte sie das Rückenteil ihres Liegestuhls ein wenig höher. »Du hast nie nach ihr gefragt, also habe ich es dir nicht erzählt, als all das geschehen ist. Ich nahm an, dass du es nicht wissen wolltest.«

»Es war nicht so, dass ich es nicht *wollte.* Mir erschien es nur besser, einen klaren Schlussstrich zu ziehen.«

»Was hat sich jetzt geändert?«

Er zuckte die Achseln. »In letzter Zeit habe ich viel an zu Hause gedacht. Ich bin mir nicht sicher, warum. Ich schätze, es liegt am Jahrestag des Unfalls.«

»Wenn du an zu Hause denkst, dann ist es natürlich, dass dir auch Carly in den Sinn kommt.«

»Schätze schon.«

Sie hob eine Augenbraue. »Brian? Was ist los?«

Es sollte ihn nicht überraschen, dass ihre Intuition bei ihm anschlug. »Sie fehlt mir.«

Ihr Blick war sanft und voller Gefühle. »Natürlich tut sie das.«

»Ich habe sie schon immer vermisst, mich aber nicht weiter damit befasst. Erst musste ich mich auf die Uni konzentrieren, dann auf die Arbeit. In letzter Zeit fehlt sie mir allerdings mehr denn je. Ich verstehe nicht, warum das jetzt hochkocht.«

»Vielleicht wird es allmählich zu anstrengend, vor der Vergangenheit wegzulaufen.«

»Das tue ich doch gar nicht«, erwiderte er hitzig.

»Natürlich tust du das.«

»Was hätte ich denn anders machen sollen?«

»Es gab nichts, was du anders hättest machen *können.*«

»Ich kann dir nicht folgen.«

»Als du aufs College gegangen bist und beschlossen hast, nie wieder zurückzukehren, haben wir dir nicht geglaubt. Dad hat dir bis Thanksgiving gegeben, ich bis Weihnachten.«

»Ihr wart sicher enttäuscht, weil ihr euch geirrt habt.«

»Nein. Wir waren beeindruckt, Brian. Eine solche innere Stärke erlebt man selten bei einem derart jungen Menschen.«

»Es hat sich nicht wie Stärke angefühlt. Es wirkte wie Feigheit.«

»Warum denkst du das?«

»Sie auf diese Weise zu verlassen, abzuhauen, als sie am Boden zerstört war, war schlicht falsch. Es war einfacher, sie zurückzulassen. Dazubleiben hätte echten Mut erfordert.«

Sie wirkte fassungslos. »Wie kannst du das nur sagen? Es hat dich alle Kraft gekostet, die du hattest, wegzugehen. Dein Mut war beeindruckend.«

»Ehrlich, Mom«, widersprach er, »damit übertreibst du ein wenig, meinst du nicht?«

»Nein, gar nicht. Du hast dich von Sams Verlust nicht aus der Bahn werfen lassen. Wenn das nicht tapfer ist, dann weiß ich es auch nicht. Du hast einfach nicht zugelassen, dass das Ereignis dein Leben ruiniert.«

»Hat es das nicht?«

Verwirrt zog sie die Brauen zusammen.

»Mein Leben ist meine Arbeit. Nachdem Saul mich dazu gezwungen hat, Urlaub zu nehmen, bin ich praktisch in Panik geraten. Zum Glück hatte meine Mom Lust, eine Woche lang mit mir rumzuhängen. Ich habe keine Ahnung, was ich nächste Woche tun soll.«

»Brian«, flüsterte sie, und in ihren Augen schimmerten Tränen.

»Lange war ich ganz zufrieden damit, auf diese Weise zu leben. Warum sollte es mir plötzlich nicht mehr reichen?«

»Du hast genügend Enttäuschungen erlebt.«

»Meinst du Beth und Jane?«

»Unter anderem.«

»Sie haben mich nicht enttäuscht. Als Beth mir erzählt hat, dass sie einen anderen kennengelernt hat, war ich erleichtert.«

»Sie war echt lieb. Ich wünschte, ihr hättet es irgendwie hinbekommen.«

»Ich habe sie nicht geliebt. Mir gefiel es, Zeit mit ihr zu verbringen, deshalb habe ich sie geheiratet. Sie hat mehr als das verdient, und bei Joe hat sie es gefunden. Ich freue mich für sie.«

»Dass du Jane nicht geliebt hast, wusste ich«, verkündete sie voller Abneigung.

»Jane und ich hatten eine Abmachung. Wir hatten denselben Job, dasselbe irre Arbeitspensum, denselben Ehrgeiz, und wir waren es beide leid, die ganze Zeit allein zu sein.«

»Allein wärst du besser dran gewesen. Diese Frau hatte nichts Warmes an sich.«

»Ich habe sie nicht wegen ihrer Wärme geheiratet«, erwiderte er mit anzüglichem Lächeln.

»O bitte, sei still.« Sie stöhnte. »Wenn ihr also ›eine Abmachung‹ hattet, was ist dann schiefgegangen? Nicht, dass es mir das Herz gebrochen hätte, dass ihr euch getrennt habt, aber ich habe mich immer gefragt, was passiert ist.«

»Sie hat die Regeln geändert, indem sie mehr wollte.«

»Das hat dich nicht enttäuscht?«

»Nicht so, wie du denkst. Wenn man nicht verliebt ist, ist es nicht wichtig.« Kurz hielt er inne, dann fügte er hinzu: »Weißt du, was sie mir an den Kopf geworfen hat, bevor sie gegangen ist?«

»Ich ahne, dass es mir nicht gefallen wird …«

»Sie hat gemeint, mit mir zusammen zu sein wäre, als würde man in einen Osterhasen beißen, und statt köstlicher Schokolade muss man erkennen, dass der Hase innen hohl ist und die Schokolade nur Schau.«

»Das ist doch *unfassbar*«, schnaubte sie. »Du bist ein liebevoller, wunderbarer Mensch, der für eine wie sie viel zu gut war.«

»Sie hatte aber recht, Mom.« Einige Minuten lang starrte er aufs Meer hinaus. »Wusstest du, dass ich, seit ich ausgezogen bin, nie jemandem gesagt habe, was am 19. Mai 1995 passiert ist? Wirklich niemandem? Weder Beth noch Jane noch sonst wem.«

Erschrocken sah sie ihn an. »Was erzählst du ihnen dann von Sam?«

»Dass er bei einem Autounfall ums Leben gekommen ist.«

»Ach, Brian«, seufzte sie. »Kein Wunder, dass du Heimweh hast. Das frisst dich innerlich ja regelrecht auf.« Eine Weile saßen sie schweigend da und beobachteten, wie der Himmel in Pink und Orange erstrahlte. Schließlich erklärte sie: »Weißt du, manchmal muss man zurück, bevor man vorwärtsgehen kann.«

»Allmählich glaube ich, dass du damit recht hast.«

# Kapitel 8

Bei Miss Molly's war an diesem Montagmorgen ganz schön was los. Das Café stammte geradewegs aus den Fünfzigern mit seinem schwarz-weiß karierten Boden, den verchromten Stühlen, den Tischen mit ihren roten, gelben und schwarzen Resopaloberflächen und den kleinen Jukeboxen. Da zwei der Kellnerinnen mit Magen-Darm-Grippe flachlagen, musste Carly doppelt so viele Tische wie sonst bedienen.

Fröhlich wie der Frühlingstag vor der Tür trug sie in ihrer gelben Uniform die volle Kanne Kaffee von Tisch zu Tisch und blieb vor drei jungen Männern stehen, die sie seit der Grundschule kannte und die an den meisten Wochentagen hier frühstückten, wenn sie in der Stadt arbeiteten. Tony Russo, Luke McInnis und Tommy Spellman waren in der Baufirma von Tonys Vater angestellt und setzten sich stets in Carlys Servierbereich.

»Irre viel los heute«, meinte Tommy, während sie die Kaffeetassen füllte.

Sie verdrehte zustimmend die Augen, ehe sie sich dem nächsten Tisch zuwandte. Dann trug sie die Kanne zurück zur Warmhalteplatte, zog den Notizblock aus der Tasche und näherte sich einem Tisch, an dem ein älteres Paar saß, das sich gerade die Speisekarte durchlas. Eine ungeschriebene Regel im Laden lautete, dass sich Carly nie um Gäste kümmern musste, die sie nicht kannte, aber da sie heute unterbesetzt waren, blieb ihr keine andere Wahl.

Mit einem freundlichen Lächeln setzte sie die Spitze des Stifts auf den Notizzettel, bereit, die Bestellung entgegenzunehmen.

Der Mann blickte finster zu ihr hoch. »Wollen Sie nur da rumstehen, Mädel?«, brummte er.

Sie tippte mit dem Stift auf den Notizblock, in der Hoffnung, ihn dazu anzuregen, etwas zu bestellen und ansonsten den Mund zu halten.

»Was ist los mit Ihnen?«

Ihr Herz schlug wie wild. So etwas geschah nicht allzu oft. Sie zeigte auf ihre Kehle.

»Was für ein Laden stellt jemanden ein, der nicht reden kann?«, fragte er seine Frau mit dröhnender Stimme.

Carly traf häufig Menschen, die annahmen, wenn sie nicht sprechen konnte, dann könne sie wohl auch nicht hören.

»Das reicht, Paul«, mahnte seine Frau streng. An Carly gewandt sagte sie: »Ich nehme den Blaubeermuffin und einen Kaffee.«

Carly schenkte ihr ein dankbares Lächeln.

»Machen Sie sich über mich lustig, Mädel?«

Steif vor Schreck spürte sie, wie ihre Wangen glühten.

»Paul!«

Hinter Carly meldete sich Luke McInnis zu Wort: »Gibt es ein Problem?«

»Kümmern Sie sich um Ihre eigenen Angelegenheiten«, fuhr der Mann ihn an.

Carly bemerkte, dass es im Café still geworden war und sich alle ihr zugewandt hatten, was ihr über die Maßen peinlich war.

Luke beugte sich aus seiner unfassbaren Höhe zu dem Mann runter, bis er nur noch wenige Zentimeter von seinem Gesicht entfernt war. »So springt niemand mit Carly um, verstanden?«

Molly Hanson, die großmütterliche Frau, der das Café gehörte, nahm Carly beiseite. »Ich denke, Sie sollten besser woanders essen«, riet sie dem Paar mit freundlicher Stimme. Ihre Augen jedoch blickten streng und unnachgiebig.

»Also wirklich«, schnaubte der Mann. »Ich weiß ja nicht, was für einen Laden Sie hier führen …«

»Einen, in dem Sie nicht willkommen sind.«

Die Frau stand auf, griff nach ihrer Tasche und lief mit entschuldigender Miene zur Tür raus. Ihr Ehemann drängte sich auf dem Weg nach draußen an Molly und Luke vorbei.

Kaum waren sie fort, tätschelte Molly Carly die Schulter und kehrte hinter den Tresen zurück.

»Alles in Ordnung?«, erkundigte sich Luke bei ihr. Sein dunkles Haar war von der Baseballkappe, die er vorhin getragen hatte, ganz zerdrückt, und seine blauen Augen wirkten besorgt.

Carly nickte. Die anderen Gäste widmeten sich wieder ihrem Frühstück und führten ihre Gespräche in gewohnter Lautstärke.

»Sicher?«, hakte er nach.

Sie bemühte sich um ein Lächeln und nickte erneut. Bevor er gehen konnte, griff sie nach seinem Arm und drückte ihn.

Er sah auf ihre Hand runter und dann zurück in ihr Gesicht. »Gern geschehen.«

* * *

Carlys Schicht endete um zwei Uhr mittags. Den Vorfall noch immer im Hinterkopf, verließ sie Miss Molly's und ging langsam die Main Street entlang. Unterwegs nickte sie den Leuten zu, die sie grüßten. Blumenkästen voller bunter, duftender Blüten standen vor den verschiedenen Läden an der Hauptstraße. Sie stieg die Stufen zu ihrem Apartment im ersten Stock über Carson's hinauf. Auf dem oberen Treppenabsatz stellte sie fest, dass ihr Fleißiges Lieschen dringend gegossen werden musste.

In ihrer fröhlich und unkonventionell eingerichteten Wohnung zog sie sich das gelbe Kleid aus, warf es in den Wäschekorb und streckte die Glieder, die nach acht Stunden auf den Beinen schmerzten. Jetzt, mit dreiunddreißig, spürte sie das

Ziehen stärker, und es hielt länger an als früher. Sie löste das lange Haar aus dem Pferdeschwanz, den sie bei der Arbeit trug, bürstete sich die wilden Locken und band sie zu einem neuen Pferdeschwanz. Ihr Sofa lockte sie, aber sie blieb standhaft und zog sich stattdessen Jeansshorts und ein altes T-Shirt an. Dann goss sie die Geranien und das Fleißige Lieschen, pflückte ein paar Blumen aus einem anderen Keramiktopf und trug sie nach drinnen, um dort eine Vase für sie zu suchen.

Dann schnappte sie sich ihre Tragetasche mit den Gartengeräten und eine Flasche Wasser aus dem Kühlschrank und lief die Treppe hinunter. So gerne sie auch ein Nickerchen gehalten hätte, sie konnte dem warmen Frühlingstag nicht widerstehen. Im April hatte sie genug Zeit gehabt, um zu faulenzen, denn der Regen hatte sie viel zu oft nachmittags im Haus festgehalten.

Sie ging durch die Innenstadt und bog nach rechts auf die Tucker Road ab. Es hatte drei Jahre und mehrere Anläufe gebraucht, bis sie zur Unfallstelle hatte zurückkehren können. Nachdem sie endlich den Mut aufgebracht hatte, die letzte Kurve auf der Straße entlangzugehen, hatte sie entsetzt festgestellt, dass die Stelle von Unkraut überwuchert war, das die sechs Kreuze mit den verblassten Namen ihrer Freunde fast völlig verdeckte.

Beim ersten Mal hatte es sie überrascht, dass von dem Feuer keine Spur übrig war, weil die Stelle, an der ihre Freunde ein so schreckliches Ende gefunden hatten, von den Pflanzen gänzlich zugewachsen war. Die weiße Farbe der Kreuze war von Moos überzogen und abgeblättert gewesen.

Im darauffolgenden Monat war sie mehrmals wiedergekommen, einmal mit Farbeimer und Pinseln, ein anderes Mal mit einer Gartenschere und einem Müllbeutel.

Heute bemerkte sie zufrieden, wie farbenfroh die Wildblumen blühten, die sie im April ausgesät hatte. An den Kreuzen jätete sie Unkraut und beschnitt die Löwenmäulchen und Schmuckkörbchen, damit sie den Blick auf die Kreuze von der Straße aus nicht versperrten.

Diese Stelle zu pflegen hatte sich als therapeutisch erwiesen. Für sie war es etwas, das sie für ihre Freunde tun konnte, die sie verloren hatte, eine Art, die

Erinnerung an sie zu würdigen. Nur wenn sie hier war, gestattete sie sich, die Bilder aus jenem lange zurückliegenden Frühling an die Oberfläche zu holen. Sie fragte sich, was aus ihnen geworden wäre, wären sie noch am Leben. Wäre Toby bei der Marine? Hätte Pete jemals sein Versprechen seinen Eltern gegenüber gehalten, von seinen Reisen zurückzukehren und zu studieren? Würde Jenny bei dem schicken Friseur arbeiten, der letztes Jahr in der Innenstadt eröffnet hatte? Oder hätte sie mittlerweile ihren eigenen Kosmetiksalon?

Sie fragte sich auch, ob sie und Michelle ihre Kinder gemeinsam großziehen würden, wie ihre Mütter es getan hatten. Sie nahm an, dass Sam in die Fußstapfen seines Vaters getreten wäre und auf dem Polizeirevier arbeiten würde und dass Sarah vermutlich Ärztin geworden wäre. Sich vorzustellen, wie ihr Leben verlaufen wäre, tröstete sie, denn dann konnte sie sich ganz kurz der Fantasie hingeben, dass sie irgendwo da draußen waren und ihr Leben führten. Welchen Weg ihr eigenes Leben eingeschlagen hätte, musste sie sich nicht vorstellen. Sie wusste es. Sie wäre mit Brian verheiratet, und sie hätten mittlerweile mindestens drei Kinder.

In der letzten Woche war die ganze Stadt, insbesondere aber die Leute bei Miss Molly's, wegen seines großen Erfolgs ganz aus dem Häuschen gewesen. Carly hatte das Interview mit ihm aufgezeichnet und immer wieder abgespielt. Über die Jahre hatte sie zwar Bilder von ihm in der Zeitung entdeckt, doch den tieferen Klang seiner Stimme zu hören hatte sie zutiefst überrascht. Das markant gute Aussehen erinnerte sie an eine jüngere Version seines Vaters.

Sie war unglaublich stolz auf Brian. Er hatte genau das durchgezogen, was er sich vorgenommen hatte, und war offenbar ein beeindruckend guter Anwalt. Es überraschte sie ganz und gar nicht, dass er Staatsanwalt geworden war. Es sah ihm ähnlich, dass er den Leuten helfen wollte, und der öffentliche Dienst lag ihm schließlich in den Genen.

Nachdem sie das Unkraut herausgezogen und Müll eingesammelt hatte, trat sie einen Schritt zurück und betrachtete ihr Werk. Sie wünschte sich, sie könnte ihnen sagen, wie sehr sie jeden Einzelnen von ihnen liebte und wie sehr sie ihr fehlten, aber sie nahm an, dass sie es wussten. Sie stellte sich gerne vor, wie sie im Himmel gemeinsam dieselben Dinge unternahmen wie hier und einfach weitermachten, als wäre nichts geschehen. Da sie genau wusste, wie es sich anfühlte, allein zu sein, linderte die Vorstellung, ihre Freunde wären noch zusammen, die Trauer.

Sie wollte sich gerade abwenden, da entdeckte sie ein Stück Papier, das zwischen den Wildblumen hervorragte. Sie hob den weißen Zettel auf und las die grellrote Schrift: »HUREN UND ARSCHLÖCHER«. Geschockt und angewidert stopfte sie das Papier rasch in die Mülltüte. Wer würde denn so etwas ausgerechnet hierhin legen?

Angst durchzuckte sie, weil sie plötzlich das überwältigende Gefühl überkam, dass sie beobachtet wurde. Sie schaute nach links und rechts, konnte jedoch niemanden entdecken. Sie sagte sich, dass sie sich albern verhielt, und sammelte ihre Gartenwerkzeuge ein, schnappte sich den Müllbeutel und eilte die Tucker Road entlang. Das Adrenalin ließ sie schneller laufen als sonst, bis sie förmlich zum Haus ihrer Eltern rannte.

Um zur South Road zu gelangen, musste sie am Haus von Brians Eltern vorbei. Siebenhundertachtundsechzig Schritte später stand sie vor dem Tor zu dem Haus, in dem sie aufgewachsen war. Jedes Mal, wenn sie diesen Weg nahm, erinnerte sie sich an den Abend, an dem sie und Brian die Schritte zwischen ihren Häusern gezählt hatten. Erfüllt von Nostalgie, die sie nicht mehr so traurig stimmte wie früher, öffnete sie mit dem Schlüssel die Haustür.

Obwohl die Fenster einen Spaltbreit offen standen, roch es im Innern muffig, da ihre Eltern vor einer Woche nach Europa abgereist waren. Sie würden erst in drei Wochen zurückkehren, und obwohl sie sich freute, dass sie endlich in Rente waren und ihr Leben genießen konnten, fehlten sie ihr doch. Ihre Mutter war die einzige Person in ihrem Leben – von ihren Nichten und Neffen einmal abgesehen –, die auch ohne Worte mühelos mit ihr kommunizieren konnte.

Sie goss die Pflanzen ihrer Mutter und warf die Werbung in den Müllbeutel, den sie mitgebracht hatte. Dann schob sie den Riegel an der Hintertür auf und brachte die Tüte zur Mülltonne im Garten. Sobald sie den Gummideckel anhob, keuchte sie erschrocken auf. Auf dem Beutel, der bereits in der Tonne lag, befand sich ein weiterer Zettel. Darauf stand »HURE«, in derselben grellroten Tinte wie auf dem Papier von der Unfallstelle.

Sie ließ den Deckel und die Mülltüte in ihrer Hand fallen und rannte ins Haus. Hastig schob sie den Riegel wieder vor. Mit zitternden Händen griff sie nach dem Telefon und wählte den Notruf.

»Notfallzentrale, was für einen Notfall haben Sie?«

Vor Furcht wie erstarrt stellte sie wütend fest, dass sie kein Wort hervorbringen konnte.

»Notfallzentrale, was für einen Notfall haben Sie?« Da Carly nichts erwiderte, fuhr die Telefonistin fort: »Bitte legen Sie nicht auf. Ich schicke Ihnen einen Streifenwagen zur South Road 22. Wenn Sie in der Lage sind, die Tür zu öffnen, drücken Sie bitte die Raute.«

Carly tat, wie ihr geheißen.

»Warten Sie kurz. Die Polizei ist unterwegs.«

Kaum hörte sie die Sirenen, lief sie mit dem schnurlosen Telefon ans Fenster, um nach ihnen Ausschau zu halten. Zwei Streifenwagen hielten am Bürgersteig. Carly öffnete die Haustür und ließ Matt Collins und einen Streifenpolizisten rein.

»Carly?«, fragte Matt. »Was ist los?«

Sie führte sie in die Küche, wo ihre Eltern ein Whiteboard für sie aufbewahrten. Rasch berichtete sie den Beamten von den Zetteln, die sie gefunden hatte, und von dem Gefühl, beobachtet zu werden. Sobald sie all das aufgeschrieben hatte, blickte sie auf und sah den finsteren Ausdruck auf Matts Gesicht.

Er forderte Verstärkung an, um den Tatort abzusichern, und bat Carly, ihm die Zettel zu zeigen.

Kurze Zeit später wimmelte es im Haus und im Garten von Polizisten. Chief Westbury traf ein, zehn Minuten nachdem Matt Bericht erstattet hatte. Etwas an der ernsten Art, mit der die Polizei die Beweisstücke behandelte, ließ sie angsterfüllt vermuten, dass sie solche Nachrichten nicht zum ersten Mal in den Händen hielten.

»Was ist los?«, schrieb sie dem Polizeichef.

»Wir sind uns nicht sicher. Alles in Ordnung, Carly? Du bist leichenblass.«

»Mir geht's gut. Etwas außer Fassung, aber sonst fehlt mir nichts.«

Er setzte sich neben sie aufs Sofa, während seine Beamten ihre Arbeit fortsetzten. »Hast du bei der Unfallstelle jemanden bemerkt?«

Sie schüttelte den Kopf. »Ich hatte nur das Gefühl, als würde ich beobachtet.«

»War es das erste Mal?« Es war stadtbekannt, dass sie sich um die Gedenkstätte kümmerte.

»Ja.« Ein paar Minuten lang blieben sie schweigend sitzen, bevor sie tief durchatmete und schrieb: »Sie sind bestimmt stolz auf ihn.«

Er studierte ihre Worte eine Weile, ehe er den Kopf hob. »Ja«, flüsterte er fast. »Und wie.«

Nach kurzem Zögern fragte sie: »Wie läuft es bei ihm?« In all den Jahren, seit er sein Zuhause verlassen hatte, hatte sie sich bei keinem seiner Elternteile jemals nach ihm erkundigt.

»Ganz gut. Er arbeitet zu viel, hat aber gerade erst eine Woche bei Mary Ann in Florida verbracht. Sie haben sich köstlich amüsiert.«

Sie nickte und widerstand dem überwältigenden Verlangen, ihn auszuhorchen.

»Weißt du«, meinte er vorsichtig, »ich bin mir sicher, dass er liebend gern von dir hören würde, falls du ihm einen Brief schreiben möchtest. Ich gebe dir seine Adresse.«

Mit traurigem Lächeln schüttelte sie den Kopf. »Es ist besser so.«

»Carly …«

Matt Collins betrat das Zimmer. »Chief, auf dem Weg zwischen Gartentor und Mülltonnen haben wir einen Teil eines Fußabdrucks entdeckt.«

Michaels Gesicht erhellte sich. »Den will ich mir doch gleich mal ansehen.« Er drückte Carly die Hand, dann stand er auf und folgte seinem Deputy nach draußen.

* * *

Zwei weitere Stunden lang suchte die Polizei jeden Zentimeter des Gartens ab, ohne etwas zu entdecken. Anschließend fuhren die Spurensicherer los, um eine

Routineuntersuchung der Unfallstelle durchzuführen, die von Carlys Gartenarbeit zuvor bereits kontaminiert worden war. Michael hatte sie angewiesen, sie dennoch zu untersuchen.

Sobald sie fort waren, trat er durch die Hintertür ins Haus. Sie hatten Fingerabdrücke von Carly genommen, um ihre auf dem Zettel erkennen zu können, den sie bei den Wildblumen an der Tucker Road aufgesammelt hatte.

»Hast du eine Nummer, unter der ich deine Eltern erreichen kann?«

»Wenn Sie sich bei ihnen melden, wird sie das bloß erschrecken«, schrieb sie. »Ich bitte Caren, sie anzurufen, wenn es Ihnen nichts ausmacht.«

»Selbstverständlich, das ist völlig in Ordnung. Es wird langsam dunkel, wohin gehst du jetzt?«

»Nur zu Caren.« Das Haus ihrer Schwester lag nur einen guten Kilometer von dem ihrer Eltern entfernt.

»Ich bring dich hin.«

»Das ist nicht nötig«, widersprach sie.

»Ich bring dich trotzdem.« Der strenge Ausdruck auf seinem Gesicht ließ sie lächeln.

»Danke.« Nur ungern gestand sie sich ein, wie froh sie darüber war, dass er darauf beharrte. Wenn sie tatsächlich jemand beobachtete, dann schadete es sicher nicht, wenn ihr der Polizeichef Geleitschutz gab.

Michael prüfte ein letztes Mal den Riegel an der Hintertür und wartete, bis Carly die Haustür abgeschlossen hatte. Dann reichte er ihr den Arm. »Meine Dame?«

Dankbar hakte sie sich bei dem Mann unter, der in einem anderen Leben ihr Schwiegervater gewesen wäre, und ließ sich von ihm zu ihrer Schwester bringen.

# KAPITEL 9

Michael saß im Konferenzraum des Polizeireviers, der als Kommandozentrale für die laufende Ermittlung diente. Fotokopien der Beweisstücke hingen an einer Pinnwand. Den größten Teil einer Wand nahm eine Karte von Rhode Island, Connecticut und Massachusetts ein. Vier rote Reißzwecken markierten die Stellen, an denen die letzten Überfälle stattgefunden hatten.

Fünf kleinere blaue Pins markierten die Orte, an denen die Zettel gefunden worden waren – drei auf dem Friedhof und zwei, die Carly entdeckt hatte. Ein gelber Pin kennzeichnete zusätzlich den ungelösten Autoüberfall in Pawtucket, der Ähnlichkeiten mit den Attacken aufwies, sich aber in einem Punkt deutlich unterschied: Die Opfer waren getötet worden.

Da sich die meisten Reißzwecken rund um das kleine Granville sammelten, waren sich Michael, die anderen Bezirksleiter und die Beamten der Staatspolizei einig, dass der Sexualstraftäter, der womöglich auch ein Mörder war, unter den Einwohnern der Stadt zu finden war. Diese Schlussfolgerung beunruhigte Michael zutiefst, dessen Aufgabe es war, Granvilles Bewohner zu beschützen. Dass jemand, den er kannte, in der Lage sein sollte, solche Verbrechen zu begehen, erschien ihm unvorstellbar.

Die vierte rote Reißzwecke befand sich hinter der Grenze in Connecticut. Da der Fall damit mehrere Bundesstaaten und Zuständigkeitsbereiche umfasste, hatten die Mitglieder der Sonderkommission zugestimmt, das FBI einzuschalten. Sie würden sich am Morgen mit den Bundesbeamten treffen.

Matt Collins betrat den Raum. »Mike? Ich dachte, du wärst schon aufgebrochen.«

»Ach, hallo«, grüßte Michael ihn. »Was gibt's?«

»Wir haben die Laborergebnisse zu den neuen Zetteln.«

»Lass mich raten: nichts?«

Mit finsterer Miene bestätigte Matt: »Genau. Auf dem von der Tucker Road waren bloß Carlys Fingerabdrücke.« Mit blauen Pins steckte er die Kopien der neuesten Zettel an die Wand. »Den Fußabdruck untersuchen sie noch.«

»Ich gebe es ja ungern zu, aber ich bin ganz froh, dass das FBI auf dem Weg hierher ist.« Unter anderen Umständen wäre Michael die Einmischung mehr als unrecht gewesen.

»Das hier wächst uns über den Kopf«, pflichtete ihm Matt bei.

»Es ist jemand, den wir kennen.« Er musste es laut aussprechen.

Matt setzte sich auf die andere Seite des Konferenztischs. »Ja.«

Eindringlich betrachtete Michael die Karte.

»Was geht dir durch den Kopf, Mike?«

»Ich frage mich nur …«

»Was?«

Michael hob den Blick von der Karte und konzentrierte sich auf seinen Freund. »Das bleibt zwischen uns.«

»Natürlich.«

»Außerdem möchte ich klarstellen, dass ich als Polizist spreche, nicht als trauernder Vater.«

»Du glaubst, es gibt eine Verbindung zwischen diesem Täter und dem Unfall, nicht wahr?«

»Lass mich ausreden«, verlangte Michael. »Ein paar Wochen vor dem Unfall hat Brian einen Mann auf der Straße gesehen, genau da, wo sich später der Unfall ereignet hat. Er musste ausweichen, um ihn nicht zu erwischen, behielt allerdings die Kontrolle über den Wagen. Bedenke, dass unser Täter offenbar mit beliebten Kindern ein Hühnchen zu rupfen hat.«

Matt nickte zustimmend.

»Da hockt also eine Gruppe Cheerleader und Sportler in einem Auto, das jeden Tag die Tucker Road hoch- und runterdüst. Wie schwer ist es, in dieser Stadt im Auge zu behalten, wo sich Kinder aufhalten, die alles gemeinsam unternehmen?«

Nachdenklich rieb sich Matt über die blonden Bartstoppeln.

»Ist es nicht zumindest *denkbar*?« Er hasste die Verzweiflung, die er in seiner Stimme hörte.

»Ich weiß, dass du dir das wünschst.«

»Aber?«

»Ein Typ, der auf der Straße steht, widerlegt nicht die Tatsache, dass Sam zu schnell gefahren ist.«

Michael lehnte sich zurück. »Zugegeben, trotzdem hätte er vielleicht nicht die Kontrolle über das Auto verloren, wenn er nicht versucht hätte, jemandem auszuweichen, der nur darauf gewartet hat, dass einer der Westbury-Jungs vorbeifährt.«

»Sagen wir mal, es wäre wirklich so passiert, wie du glaubst.« Matt stand auf, nahm einen Stift und schrieb »19. Mai 1995: Unfall auf Tucker Road« auf das Whiteboard. »Der nächste Vorfall ereignete sich am 6. Juli 2000.« Unter dem Unfall fügte er der Liste den Autoüberfall hinzu.

»Das ist der nächste *bekannte* Vorfall.«

»Schon klar.«

Michaels Miene verfinsterte sich, doch er bemühte sich, still zu bleiben.

»Fünf Jahre nachdem er angeblich den Autounfall inszeniert hat, bei dem sechs allseits beliebte Jugendliche ums Leben gekommen sind, stiehlt er den Wagen eines jungen Pärchens, vergewaltigt sie und bringt sie anschließend um. Sind wir uns bei den Fakten einig?«

»Ja.«

»Die Vorgehensweise stimmt nicht überein.« Matt hob die Hände, um sein Argument zu unterstreichen. »Innerhalb von fünf Jahren steigert er sich davon, auf einer Straße zu stehen, zu Entführung, Vergewaltigung und Mord?«

»Ich gebe zu, es ist weit hergeholt«, räumte Michael mit Blick auf das Whiteboard ein. Plötzlich erstarrte er.

»Was?«

Er stand auf und lief zur Tafel. »Erinnerst du dich noch an den Kurs zu Ermittlungstaktiken an der Akademie?«

»Ja, und?«

Ohne die Augen vom Board zu nehmen, fuhr Michael fort: »Da haben sie uns erklärt, dass wir nach Mustern suchen sollen, richtig?«

»Worauf willst du hinaus, Mike?«

»Schau dir die Jahre an: 1995, 2000.« Er griff nach dem Stift und fügte das Jahr 2010 hinzu, wobei er zwischen dem Autoüberfall und den kürzlich erfolgten Übergriffen eine Lücke ließ. Dort kritzelte er »2005«, mit einem Fragezeichen. Dann wandte er sich an Matt. »Bis du die Daten aufgeschrieben hast, habe ich es nicht erkannt.«

»Ein Jubiläumstäter?«

Lange starrten die beiden Männer einander an.

»Ich rufe mal eine landesweite Liste mit ungelösten Fällen für 2005 auf«, schlug Matt schließlich vor.

»Überprüfe auch 1990. Vielleicht hat es nicht mit dem Unfall angefangen.«

Auf dem Weg zur Tür hielt Matt inne und drehte sich zu seinem Freund um. »Wenn wir dem nachgehen, Mike, dann musst du darauf gefasst sein, dass die Leute deine Beweggründe in Zweifel ziehen.«

»Sollen sie behaupten, was sie wollen. Wenn ich recht habe, können wir Sams Namen reinwaschen, das ist es mir wert.«

* * *

Da er es kaum erwarten konnte, dass die zweite Hälfte seines nicht ganz freiwilligen Urlaubs vorüberging, nutzte Brian die Zeit für lange Spaziergänge durch seine Nachbarschaft in Tribeca und machte Ausflüge nach SoHo, Chinatown und Little Italy. Einmal lief er bis zum Battery Park, dem südlichsten Punkt Manhattans, wo der Hudson auf den East River traf. Dort schaute er den Fähren dabei zu, wie sie zwischen Manhattan, der Freiheitsstatue und Ellis Island hin und her pendelten, und erwog, selbst mal dorthin zu fahren, was ihm dann aber doch zu viel Mühe zu kosten schien.

Ein andermal wanderte er durch die gentrifizierte Lower East Side und über die Brooklyn Bridge. In Brooklyn bestellte er sich einen Kaffee in einem Diner, der ihn an Miss Molly's und Carly erinnerte. Wie er es schon die ganze bisherige Woche über getan hatte, verdrängte er auch jetzt den Gedanken und trat den Rückweg über die Brücke nach Manhattan an. Schließlich besuchte er noch ein paar Galerien in SoHo. So viel Zeit hatte er in den gesamten acht Jahren, die er schon in der Stadt wohnte, nicht als Tourist verbracht.

Wenn er nicht draußen rumlief, kümmerte er sich um die Wäsche, holte seine Sachen aus der Reinigung und werkelte an der Eigentumswohnung, die er sich in seinem ersten Jahr in New York gekauft hatte. Damals war ihm der Preis wie ein kleines Vermögen vorgekommen, inzwischen hatte die Wohnung allerdings an Wert gewonnen und war mittlerweile tatsächlich ein Vermögen wert.

Während er sich die Zeit vertrieb, bis er wieder arbeiten durfte, bemühte er sich, nicht an sein neu erwachtes Heimweh und sein Verlangen danach, Carly wiederzusehen, zu denken. Nachdem er in Florida mit seiner Mutter darüber gesprochen hatte, hatte er beschlossen, dass seine eigenartigen Gefühle dem aufwühlenden Jahrestag des Unfalls und der anstrengenden Verhandlung geschuldet waren. Der Gedanke daran, nach Hause zu fahren und sich seiner Vergangenheit zu stellen, erfüllte ihn mit einer Angst, wie er sie nur selten verspürt hatte. Kurzerhand deutete er das als Zeichen dafür, dass er besser nicht daran rühren sollte.

Am Mittwoch aß er mit seiner Ex-Frau Beth und ihrem Ehemann Joe zu Abend, die ein paar Tage in der Stadt waren.

»Gut siehst du aus, Brian«, bemerkte sie, kaum dass sie sich im Restaurant an den Tisch gesetzt hatten. »Gebräunt und ausgeruht.«

»Besser als sonst?«, fragte er mit selbstironischem Lächeln.

»Du meinst, weiß und bleich?«, scherzte Joe. Er war ein massiger Ire mit strahlend blauen Augen und einem sonnigen Gemüt. Brian hatte ihn stets gemocht.

»Vielen Dank«, erwiderte er mit einem kleinen Lachen. »Die Schwangerschaft scheint dir zu bekommen, Beth. Du strahlst förmlich.«

Sie schnaubte fröhlich. »Ich strahle, und wie. Ich bin riesig.«

»Du bist hinreißend.« Joe küsste seiner Frau die Hand.

Sie hatte kurzes dunkles Haar und große braune Augen, die ihn einst an Carly erinnert hatten. Enttäuscht hatte er jedoch feststellen müssen, dass die Ähnlichkeit rein oberflächlich war. Beth war freundlich und liebevoll, aber sie war nicht Carly.

Beim Abendessen quetschten ihn die beiden über die Einzelheiten des Prozesses aus, den sie von Chicago aus verfolgt hatten. Kaum war Joe zur Toilette verschwunden, griff Brian nach Beths Hand. »Es ist schön, dich so glücklich zu sehen.«

»Ich bin mehr als bloß glücklich. Ich bin geradezu ekstatisch.«

Das bewies die überschäumende Freude in ihrem Gesicht.

»Ich kann es kaum erwarten, Mutter zu werden. Und wie sieht es bei dir aus, Brian? Immer noch nur Arbeit, kein Vergnügen?«

Er zuckte die Achseln. »Ich liebe meinen Job. Das weißt du.«

»Arbeit allein garantiert nicht, dass man glücklich ist, aber ich werde nicht meine Zeit damit verschwenden, dich davon zu überzeugen. Du bist ein hoff-nungs-lo-ser Fall.« Sie betrachtete ihn eindringlich. »Ich mach mir Sorgen um dich.«

Er war gerührt. »Kann ich dir eine eigenartige Frage stellen?«, wandte er sich dann an sie.

Sie lächelte breit. »Wie kann ich das ablehnen?«

»Als wir zusammen waren, hast du da jemals gedacht, ich wäre … innen leer?« Er zögerte. »Als würde …«

»Etwas fehlen?«

Er nickte.

»Ständig. Nach außen hast du stets so selbstsicher und von dir selbst überzeugt gewirkt, innen jedoch …«, sie zuckte die Achseln, »nicht unbedingt. Ich habe mich immer gefragt, warum.«

»Ich war dir gegenüber schrecklich ungerecht, Beth. Das tut mir leid.«

»Muss es nicht. Meine Beziehung mit dir war notwendig, damit ich dahin gelangen konnte, wo ich jetzt bin. Ich möchte, dass du das findest, was ich mit Joe habe, Brian. Das hast du verdient.«

Wie konnte er ihr verraten, dass er es einst gehabt hatte, ihm aber den Rücken gekehrt hatte? »Mach dir um mich keine Gedanken«, erwiderte er. »Ich bin ganz zufrieden.«

Sie musterte ihn skeptisch, aber weil Joe in dem Moment an den Tisch zurückkehrte, lenkten sie ihr Gespräch in weniger ernste Bahnen.

Nachdem er sie zum Taxi gebracht hatte, schlenderte er langsam nach Hause. Poster vom Tribeca-Filmfestival hingen noch immer an den Telefonmasten und in den Ladenfenstern. Ihm gefiel, dass er nie wusste, wem er in seiner kunterbunten Nachbarschaft begegnen würde. Einmal hatte er im gleichen Café gegessen wie Robert De Niro und war auf dem Bürgersteig an Meryl Streep vorbeigelaufen.

Zu Hause hängte er das Handy an den Strom und entdeckte, dass er einen Anruf von seinem Vater verpasst hatte. Seine Uhr verriet ihm, dass es schon nach zehn Uhr war, aber er rief trotzdem zurück.

»Hallo«, meldete sich Michael.

»Entschuldige, dass es schon so spät ist. Hab ich dich geweckt?«

»Nein, ich war wach. Wie geht's dir? Wie läuft der Urlaub?«

»Mir ist sterbenslangweilig, und ich muss noch vier Tage durchhalten.« Michael lachte.

»Ich war grad mit Beth und Joe aus, deshalb hab ich deinen Anruf verpasst.«

»Wie steht's bei ihr?«

»Sie ist im sechsten Monat schwanger und genießt das Leben. Sie lässt dich und Mom grüßen.«

»Das ist lieb von ihr. Ich gratuliere ihr zum Kind.«

»Also, was ist los? In letzter Zeit hast du dich ganz schön bedeckt gehalten.«

»Ich stecke bis über beide Ohren in einer Ermittlung.«

»Davon sind wir ausgegangen, weil du uns letzte Woche in Florida sitzen gelassen hast«, scherzte Brian.

»Glaub mir, ich wäre viel lieber bei euch gewesen.« Dann fasste er den Fall für seinen Sohn kurz zusammen.

Brian ließ sich auf die Couch sinken. »Himmel, Dad. Glaubst du wirklich, dass es einer aus Granville ist?«

»Schaut so aus.«

»Was ist mit den Überfällen in den anderen Städten?«

»Wir glauben, dass das falsche Fährten sind, um Granville aus dem Fokus zu nehmen.«

»Also entführt und vergewaltigt er drei junge Frauen in anderen Städten, nur um die Polizei an der Nase herumzuführen?«

»Das war vermutlich nicht der einzige Zweck. Ihm ist es auch gelungen, drei hübsche, beliebte Cheerleader zu traumatisieren, von der Vierten hier vor Ort ganz zu schweigen.« Er teilte ihm seine Theorie zu dem Unfall und dem Fünf-Jahres-Muster mit.

»Du glaubst, es ist der Typ von der Straße?«, erkundigte sich Brian ungläubig.

»Wir suchen nach einer Verbindung. Matt meint, die Vorgehensweise passt nicht, und da hat er recht, aber was das Ganze verbindet, ist doch, dass alle Opfer beliebte Teenager waren. Außerdem war jede der jungen Frauen, das Opfer beim Autoüberfall mit eingeschlossen, Cheerleaderin.«

»Das FBI wird einen Profiler mitbringen. Der wird dir sagen, dass du nach einem Einzelgänger suchst, der von beliebten Kindern schikaniert oder ignoriert worden ist.«

»Wenn das mit dem Unfall anfing, könnte es sich um jemanden handeln, mit dem du und Sam zur Schule gegangen seid.«

»Ich hab mein Jahrbuch hier. Das kann ich mal durchblättern, um zu schauen, ob mir jemand ins Auge springt.«

»Das wäre hilfreich, danke.« Nach einer kurzen Pause fuhr Michael fort: »Hör mal, es gibt da noch etwas, was ich dir erzählen sollte.«

»Und das wäre?«

»Die letzten beiden Zettel hat Carly entdeckt – einen an der Unfallstelle und den anderen am Haus ihrer Eltern.«

»Wie bitte? Was hatte sie denn an der Unfallstelle verloren?«

»Sie kümmert sich darum. Pflanzt Blumen, jätet Unkraut.«

Brian fuhr sich mit der Hand durchs Haar, während er diese Information aufnahm, und wurde von einer Mischung aus Hilflosigkeit und Angst überflutet. »Er war am Haus ihrer Eltern. Mom hat behauptet, dass sie immer zu Fuß unterwegs ist. Sie ist völlig schutzlos.«

»Du hast mit Mom über Carly gesprochen?«

»Ich habe mich nur erkundigt, wie es ihr geht. Interpretier da nicht mehr rein, als da ist.«

»Interessant, denn sie hat sich heute nach dir erkundigt.«

»Ach wirklich?«

Michael lachte leise. »Keine Sorge, ich interpretier da nicht mehr rein, als da ist.«

»Dad, sie könnte in Gefahr schweben. Du musst etwas unternehmen.«

»Wir behalten sie im Auge. Sie ist allerdings sehr unabhängig, sie wird es uns also nicht leicht machen.«

»Glaubst du, dass sich die Zettel rein zufällig an Orten befunden haben könnten, an denen sie von ihr gefunden werden würden?«

»Da bin ich mir nicht sicher. Sie wohnt nicht mehr zu Hause, doch jeder, der sie kennt, weiß, dass ihre Eltern diesen Monat in Europa sind. Es ist also möglich, dass dem Typen klar war, dass sie sich in ihrer Abwesenheit um das Haus kümmern würde. Ich wäre stärker beunruhigt, wenn der Zettel bei ihrer Wohnung hinterlegt worden wäre.«

»Du musst mir versprechen, dass du sie beschützt, Dad. Du darfst nicht zulassen, dass ihr was passiert.«

»Ich tue alles, was ich kann, um die ganze Stadt zu beschützen«, versicherte ihm Michael, aber er klang erschöpft. »Morgen wenden wir uns mit dem, was wir haben, an die Öffentlichkeit. Außerdem besuchen wir die Highschool und warnen die Schüler, dass sie sich bis auf Weiteres in Gruppen halten und aufeinander achtgeben sollen. Wenn es sein muss, werde ich eine Ausgangssperre verhängen, damit sie abends zu Hause bleiben. Schwer zu verkaufen wäre das nicht. Seit Tanya Lewis angegriffen worden ist, sind alle völlig durch den Wind.« Er bezog sich auf die Highschool-Schülerin aus Granville, die im Januar vergewaltigt worden war.

»Wie geht's ihr?«

»Sie erholt sich noch zu Hause. Es waren zwei Operationen notwendig, um den Schaden, den dieses Monster angerichtet hat, zu beheben.«

»Ich fasse einfach nicht, dass so etwas in Granville passieren kann.«

»Ich weiß. Matt habe ich vorhin auch gesagt, wie froh ich bin, dass das FBI sich mit einschaltet. Wir brauchen ihre Hilfe.«

»Also, dann lass ich dich mal schlafen. Ich bin für dich da, falls du mit jemandem reden musst.«

»Danke.«

»Das wäre schon was, wenn du den Typen mit dem Unfall in Verbindung bringen könntest, oder?«, überlegte Brian leise.

»Wir beide hatten ja schon immer den Verdacht, dass mehr dahintersteckt.«

»Die Leute haben behauptet, wir würden uns an Strohhalme klammern«, rief Brian ihm ins Gedächtnis. »Pass auf Carly auf, Dad. Ich bitte dich.«

»Mach ich. Ich halte dich auf dem Laufenden.«

Nachdem sie das Gespräch beendet hatten, blieb Brian noch eine Weile im Dunkeln sitzen. Alles, was sein Vater ihm erzählt hatte, wirbelte ihm im Kopf herum. Beim Gedanken daran, dass Carly in Gefahr sein könnte, wurde ihm ganz schlecht vor Angst. Schließlich schlüpfte er in eine Jogginghose und ein T-Shirt und legte sich hin. Allerdings blieb er stundenlang wach und ging die Fakten des

Falls im Kopf durch wie ein Staatsanwalt, nicht wie ein besorgter Sohn, trauernder Bruder oder reumütiger Ex-Freund.

Wenn diese Verbrechensserie mit dem Unfall angefangen hatte, lag es dann nicht nahe, dass der Täter auf jemanden im Auto abgezielt hatte? *Oder auf jemanden, der nicht im Wagen saß.* Abrupt setzte er sich auf. Der Unfall hatte sich auf der Straße ereignet, die zu seinem Haus und dem von Carly führte. *War sie das eigentliche Ziel? Oder ich?*

»Okay, reiß dich zusammen«, ermahnte er sich, denn er erkannte, wie heftig er keuchte und wie sein Herz raste, genau so, als schwebte er – oder jemand, den er liebte – in unmittelbarer Lebensgefahr. Unfähig, das Gefühl abzuschütteln, dass er da nicht falschlag, stand er auf und nahm das Handy in die Hand. Während er darauf wartete, dass sein Vater ranging, lief er in dem kleinen Wohnzimmer auf und ab.

»Westbury«, murmelte Michael, die Stimme vom Schlaf noch belegt.

»Dad.«

»Brian? Was ist los? Himmel, es ist vier Uhr früh.«

»Tut mir leid, aber ich habe nachgedacht … Was, wenn die Person, die er mit dem Unfall umbringen wollte, nicht im Auto war?«

»Ich kann dir nicht folgen«, erwiderte Michael gähnend.

»Was, wenn er davon ausgegangen ist, dass Carly mit den anderen im Wagen sitzen würde, wie sie es sonst auch immer tat?«

Schweigen.

»Dad?«

»Willst du damit andeuten, dass er es auf Carly abgesehen hat?«

»Er hat die Zettel an Stellen hinterlegt, an denen sie die Dinger wahrscheinlich finden würde.«

»Woher weißt du, dass nicht du das Ziel warst?«

»Weil er Frauen bevorzugt – junge Frauen. Cheerleaderinnen.«

»Carly ist nicht mehr jung. Zumindest nicht nach seinen Maßstäben.«

»Mom meint, sie hat sich nicht verändert.«

»Das stimmt«, räumte Michael ein. »Ich verstehe dich, mein Junge, wirklich. Doch wenn er es auf Carly abgesehen hätte, hätte er dann nicht längst etwas unternommen?«

»Vielleicht stellt er Frauen nach, die ihn an Carly erinnern. Er könnte sich auf das Hauptereignis vorbereiten.«

»Das ist ganz schön weit hergeholt, Brian.«

»Erinnerst du dich noch an den Rat, den du mir erteilt hast, als ich in der Staatsanwaltschaft anfing? Ich vertraue meinem Bauchgefühl, Dad.«

»Ich werde es bei unserem Meeting morgen erwähnen und auch mit ihr reden, damit sie auf sich aufpasst.«

»Danke.« Brian atmete tief durch. »Entschuldige, dass ich dich geweckt habe.«

»Kein Problem. Jetzt hör auf deinen alten Herrn, schalte dein Staatsanwalts- gehirn aus, und leg dich hin, okay?«

»Jawohl, Sir«, erwiderte Brian mit einem müden Lächeln. »Ich ruf dich morgen an.«

# KAPITEL 10

Am nächsten Morgen saß Michael am Konferenztisch und lauschte der Zusammenfassung der bekannten Fakten. Ihm drehte sich vor Ekel der Magen um. Er hatte die Berichte gelesen, die grausigen Fotos gesehen und sich die schaurigen Schilderungen der Opfer eingeprägt, aber all das erneut zu hören, mit dem Verdacht im Kopf, dass der Mann, den sie verfolgten, auch für den Tod seines eigenen Sohns verantwortlich sein könnte … Das war fast mehr, als er ertrug.

»Mehrfach penetriert«, berichtete die Kriminalbeamtin aus Smithfield. »Das Opfer liegt noch immer im Krankenhaus und erholt sich von den drei Vergewaltigungen, an die sie sich erinnert. Vermutlich waren es mehr, doch sie hat zum Glück das Bewusstsein verloren. Außerdem leidet sie unter den Folgen der Unterkühlung, weil sie die Nacht nackt und gefesselt im Wald verbracht hat.«

»Der Wald könnte ebenfalls zur Signatur gehören, wie die Zettel«, kommentierte der Bundesbeamte Nathan Barclay.

Die anderen nickten zustimmend. Michael fiel es schwer, die Fassung zu wahren. Wut drohte ihn zu überwältigen. Jedes der Opfer war die Tochter von jemandem, genau wie Sam sein Sohn gewesen war.

»Wie kann es sein, dass der Typ keine DNS-Spuren hinterlässt?«, wunderte sich der FBI-Agent Jeff DiNardo.

»In unserem Fall hat er sie dazu gezwungen, sich mit etwas den Mund auszuspülen, das nach Glasreiniger roch«, erklärte die Kollegin aus Cranston. »Das hat die DNS in ihrem Mund für unsere Zwecke unbrauchbar gemacht.«

»Das war bei uns genauso«, meinte Matt Collins.

»Sie haben auch alle berichtet, dass er immer zwei Kondome verwendet hat, außer bei der oralen Vergewaltigung.«

»Himmel, wozu das denn?«, brummte Barclay.

»Was meinen Sie damit?«, wollte Michael wissen, den der lässige Tonfall des Mannes störte.

»Es ist eine Tatsache, dass die meisten Kerle sie hassen, weil man schon mit einem von diesen Dingern praktisch nichts empfindet, geschweige denn mit zweien«, bemerkte Barclay.

»Sie meinen also, ihm geht es nicht um sexuelle Befriedigung?«, hakte Matt nach.

Barclay zuckte die Achseln. »Vielleicht hat der Typ ein völlig zufriedenstellendes Sexleben daheim und ist hierbei nur darauf aus, Jugendliche zu foltern, ganz einfach.«

Michael wollte entgegnen, dass an der Sache nichts einfach war. Wenn er in den Jahren in seinem Job etwas gelernt hatte, dann dass es bei Vergewaltigungen nie um sexuelle Befriedigung ging.

»Behalten wir im Hinterkopf, dass der Kerl vielleicht gar kein Einzelgänger ist, sondern ein Familienmensch, mit einer Frau und zwei Komma fünf Kindern zu Hause«, merkte Barclay an.

»Was wissen wir noch über ihn?«, erkundigte sich DiNardo.

»Er ist groß«, berichtete Matt. »Der Bericht des Labors, das den halben Schuhabdruck aus dem Garten der Holbrooks – wo einer der Zettel gefunden wurde – analysiert hat, deutet darauf hin, dass er von einem Arbeitsstiefel mit mindestens Größe achtundvierzig stammt.«

»Den Hausbesitzer konnten wir als Bigfoot ausschließen?«, vergewisserte sich Barclay.

Matt nickte. »Steve Holbrook trägt Schuhgröße vierundvierzig und sein Sohn, der seit über einem Monat nicht daheim war, vierundvierzigeinhalb.«

»Bis zu welcher Größe führen die meisten Läden Schuhe?«, fragte Barclay. »Siebenundvierzig?«

»Richtig«, bestätigte Matt. »Ich trage achtundvierzig und bestelle mir Schuhe bei Gleason's. Ich könnte bei ihnen um eine Liste der anderen Anwohner bitten, die dort größere Schuhe kaufen, und schauen, ob einer von ihnen ein Sohlenprofil hat, das zu dem Abdruck passt.«

»Gut«, meinte Barclay.

»Äh, wir wissen außerdem, dass seine Füße nicht das einzig Große an ihm sind.« Matts Gesicht lief vor Verlegenheit rot an. »Ein durchschnittlich großer … Mann … hinterlässt nicht dieselben Schäden wie der Kerl bei den Frauen. Sie alle haben zu Protokoll gegeben, dass er äußert gut bestückt ist.«

»Große Füße, großer Schwanz«, kommentierte DiNardo.

Michael warf ihm einen finsteren Blick zu.

»Tut mir leid«, bemerkte DiNardo zerknirscht.

»Es gibt weitere Gemeinsamkeiten«, fuhr Matt fort. »Wir haben ja schon erwähnt, dass es nur Cheerleaderinnen getroffen hat, aber sie alle waren auf dem Weg zur Schule oder zurück zu Fuß unterwegs. Deshalb konnte er sie überhaupt erwischen.«

»Wir haben errechnet, dass es unglaublich viel Zeit, Geduld und Planung erfordert, die Cheerleader an vier Schulen in zwei verschiedenen Bundesstaaten ausfindig zu machen und dann an jeder Schule eine zu finden, die völlig schutzlos ist«, erklärte die Beamtin aus Danielson, das in Connecticut lag.

»Genau das dachte ich auch«, erwiderte Barclay. »Entweder hat der Kerl flexible Arbeitszeiten oder einen Saisonjob, weshalb er im Winter freihat.«

»In unserer Stadt erfolgte der Angriff am Ende des Frühlings«, warf die Kollegin aus Smithfield ein.

»Er könnte ihn schon vorher geplant haben«, gab DiNardo zu bedenken.

»Wir müssen eine Mitteilung an alle Highschools von Rhode Island, Connecticut und Massachusetts schicken, um sie vor einem Serienvergewaltiger zu warnen, der es auf Cheerleader abgesehen hat, die ihren Schulweg zu Fuß zurücklegen«, teilte Barclay der Verwaltungsassistentin mit, die er mitgebracht hatte.

Nickend tippte sie die Notizen in ihren Laptop.

»Sie sollten Colleges, Universitäten, Volkshochschulen und Berufsfachschulen ebenfalls auf die Liste setzen«, mischte sich der Polizeichef von Pawtucket ein. »Das Opfer vom Autoüberfall – eine ehemalige Highschool-Cheerleaderin – war in seinem ersten Jahr am Rhode Island College.«

Barclay nahm den Vorschlag mit einer Geste an seine Assistentin auf. »Reden wir über verbindende Elemente. Sie haben den Autoüberfall erwähnt, bei dem sich die Cheerleaderin und der Mangel an DNS wiederfinden.«

»Richtig«, bestätigte der Chief aus Pawtucket. »Allerdings ist er in diesem Fall einen Schritt weiter gegangen und hat die Opfer ermordet.«

»Das ist zudem die einzige Sexualstraftat gegen einen Mann«, fügte Matt hinzu.

»Schildern Sie noch mal die Einzelheiten zu diesem Fall«, forderte DiNardo ihn auf.

»Der Mann war einundzwanzig, die Frau neunzehn. Sie waren etwa ein Jahr zusammen. Am 6. Juli 2000 hielten sie vor einem Gemischtwarenladen auf der Broad Street. Er ließ den Motor laufen und kaufte sich eine Cola. Die Sicher-heits-kameras zeigen, dass er allein im Geschäft war, wir nehmen daher an, dass der Täter sich auf den Rücksitz geschlichen hat und die Frau mit einer Waffe bedrohte, während der Mann im Laden war. Das Auto wurde sechzehn Kilometer entfernt in einem Waldgebiet entdeckt.«

»Schon wieder der Wald«, stellte Barclay fest. Er forderte seine Assistentin auf: »Notieren Sie bitte, dass wir bewaldete Gebiete in der Mitteilung erwähnen müssen.«

»Die Leichen der Opfer wurden im Auto aufgefunden, in einer Sexposition«, fuhr der Polizeichef von Pawtucket fort. »Sie waren erwürgt worden, nackt, gefesselt und blutverschmiert. Wie die anderen Opfer waren sie mehrmals auf verschiedene Arten vergewaltigt worden, und die Autopsie zeigte, dass sich ihre Verletzungen mit denen der jüngsten Opfer decken. Der Mangel an Haar oder Fasern im Wagen führt zu der Vermutung, dass die Übergriffe außerhalb des Autos stattfanden. Wir haben die Zeit vom Gemischtwarenladen mit der Todeszeit verglichen und ausgerechnet, dass er fünf oder sechs Stunden mit ihnen zusammen war, ehe er sie ermordet hat.«

Er ließ diese Information erst mal sacken, bevor er ergänzte: »Zehn frustrierende Jahre später haben wir noch immer keinen einzigen Verdächtigen.«

Nachdem er fünfzehn Jahre lang den Mann auf der Straße gesucht hatte, konnte Michael die Enttäuschung seines Kollegen nachempfinden.

»Fassen wir also zusammen«, versuchte Barclay das zweistündige Meeting abzuschließen. »Wir haben vier neue schwere Sexualstraftaten und eine Reihe Nachrichten, die in Granville nicht nur auf den Gräbern verstorbener Cheerleaderinnen entdeckt wurden, sondern auch bei einer Gedenkstätte für die sechs Cheerleader und Sportler, die bei einem Autounfall ums Leben gekommen sind, sowie beim Haus einer ehemaligen Cheerleaderin aus Granville. Zusätzlich gibt es einen Autoüberfall, bei dem mehrere Elemente mit der neuesten Überfallserie übereinstimmen. Ohne den Mangel an DNS hätte ich behauptet, es wäre reiner Zufall, dass eines der Opfer dabei eine Cheerleaderin war. Außerdem passt es nicht, dass die beiden ermordet wurden, allerdings kann ich eine Verbindung nicht ausschließen.«

»Wenn man die gleiche Vergewaltigungsart und den Mangel an DNS dazunimmt«, überlegte DiNardo mit einem Schulterzucken, »dann klingt es für mich nach demselben Kerl.«

»Im Moment gehen wir mal davon aus, dass die Fälle zusammengehören«, beschloss Barclay. »Sonst noch was?« Da niemand antwortete, schloss er: »Sie alle haben bisher ausgezeichnete Arbeit geleistet. Ich möchte ein weiteres Mal betonen, dass wir hier sind, um zu helfen, nicht um jemandem auf den Schlips zu treten. Wir treffen uns also übermorgen um neun wieder hier, um uns neu zu orientieren. In der Zwischenzeit werde ich heute Mittag eine Pressekonferenz abhalten, um die Öffentlichkeit zu warnen. Die mögliche Verbindung zum Autoüberfall möchte ich noch nicht erwähnen. Es hat keinen Zweck, den Angehörigen der Opfer Hoffnung zu machen, bevor wir mehr wissen. Vielen Dank.«

Alle unterhielten sich angeregt, während sie ihre Akten und Habseligkeiten einsammelten. Sobald sie zur Tür traten, überwand Michael seine Bedenken. »Einen Moment.«

»Chief Westbury?«, fragte Agent Barclay. »Sonst noch was?«

Michael fing Matts Blick auf. Matts Miene mahnte ihn zur Vorsicht. *Aber wenn es eine Chance gibt, und sei sie auch noch so klein ...* »Es könnte da noch etwas geben.«

»Ich höre«, meinte Barclay.

»Um ganz ehrlich zu sein, sollte ich erwähnen, dass die Unfallstelle, an der einer der Zettel gefunden wurde ...«

»Was ist damit?«, wollte DiNardo wissen.

»Mein jüngster Sohn ist bei dem Unfall ums Leben gekommen.«

»Das tut mir sehr leid«, erklärte Barclay ernst.

»Mir auch«, fügte DiNardo hinzu.

Michael bedankte sich. »Etwa einen Monat vor dem Unfall war mein ältester Sohn spätabends auf dem Heimweg und musste einem Mann ausweichen, der mitten auf der Straße stand, genau da, wo sich später der Unfall ereignete.« Hastig legte er ihnen seine Theorie dar. Sobald er fertig war, wartete er atemlos auf ihre Reaktion.

»Ich habe in den Jahren 1990 und 2005 nach ungelösten Fällen gesucht«, warf Matt ein. »1990 ist mir nichts ins Auge gefallen, doch 2005 haben zwei Highschool-Schülerinnen – eine aus Providence und eine weitere aus Cumberland – versuchte Entführungen auf dem Heimweg von der Schule gemeldet. Sie konnten ihm entkommen – eine hat ihn da getreten, wo's wehtut, die andere hat behauptet, er wäre weggerannt, als sich ihnen ein Auto näherte.«

»Keine Beschreibung des Täters?«, fragte Barclay.

Matt schüttelte den Kopf. »Alle Frauen, die er überfallen hat, haben erzählt, er hätte sie von hinten angegriffen und eine Maske getragen. Allerdings haben sie berichtet, dass er groß gewesen sei. Wenn also Chief Westburys Theorie stimmt, dass es alle fünf Jahre geschieht, dann hat es der Täter 2005 zweimal erfolglos versucht. Ich habe auch alle Jahre dazwischen seit 1995 geprüft, aber nichts gefunden, was dazu passen könnte.«

Michael sah zu Matt und hoffte, seine Miene spiegelte die Dankbarkeit für die Unterstützung seines Deputys wider.

Die Hände in die Hüften gestemmt, betrachtete Barclay Michael.

Lange wusste er nicht, ob er bloß als trauernder Vater abgetan werden würde, der hoffte, seinen Sohn zu entlasten.

Schließlich sagte Barclay: »Hören wir uns den Rest an.«

* * *

Obwohl der Laden gerade zur Mittagsstunde brummte, kam bei Miss Molly's alles zum Erliegen, als das reguläre Fernsehprogramm für die Bekanntmachung des Bundesbeamten Nathan Barclay unterbrochen wurde, dass ein Serienvergewaltiger es offenbar auf beliebte junge Cheerleader in Rhode Island und Connecticut abgesehen hatte.

Chief Westbury stand auf dem Podium neben ihm, während der FBI-Beamte erklärte, dass die Ermittlungen sich auf Granville konzentrierten, weil ein paar beunruhigende Zettel an fünf Orten in der Stadt aufgefunden worden waren darunter die Gräber der drei Cheerleaderinnen, die 1995 bei einem Autounfall auf der Tucker Road ums Leben gekommen waren.

Da Carly zum ersten Mal davon hörte, versagten ihr die Beine den Dienst, und sie musste sich auf einen Hocker am Tresen setzen.

Agent Barclay warnte die jungen Leute des Ortes davor, allein unterwegs zu sein, und ermahnte sie, die Augen offen zu halten. Besonders eindringlich wandte er sich an Frauen, die früher mal Cheerleaderinnen gewesen waren. »Wir suchen nach einem gefährlichen Verbrecher, der es auf Cheerleader und ehemalige Cheerleader abgesehen hat«, schloss er. »Dennoch bitte ich, bis wir ihn geschnappt haben, *alle* jungen Frauen, äußerst wachsam zu sein, ganz besonders in bewaldeten Gebieten.«

Die zwanzigminütige Pressekonferenz endete, ohne dass der Bundesbeamte den Journalisten für Fragen zur Verfügung stand. Von den Neuigkeiten ganz verstört, unterhielten sich die Gäste bei Miss Molly's mit gedämpften Stimmen statt in der üblichen ausgelassenen Lautstärke.

Molly Hanson legte Carly eine Hand auf die Schulter. »Alles in Ordnung, Schatz? Du machst ein Gesicht, als hättest du ein Gespenst gesehen.«

Mit einem Nicken versuchte Carly, das Unbehagen abzuschütteln, das sie überkommen hatte.

»Beunruhigend«, schrieb sie. »Es könnte jemand sein, der hier jeden Tag an einem meiner Tische sitzt.«

Der Gedanke sandte einen kalten Schauer der Angst durch sie, während sie sich in dem Raum voller vertrauter Gesichter umschaute. Das hier waren Menschen, die sie schon ihr ganzes Leben lang kannte. Die Vorstellung, dass sie oder jemand anderes Grund haben sollte, sich vor einem von ihnen zu fürchten, erschien ihr absurd.

Molly strich ihr sanft über eine Wange. »Schaffst du es, weiterzuarbeiten?«

Verlegen, weil die Nachrichten sie dermaßen aus der Fassung gebracht hatten, nickte Carly, stand auf und griff nach der Kaffeekanne, um die Tassen der Gäste aufzufüllen.

»Carly«, rief ihre Kollegin Debby hinterm Tresen und winkte sie heran. Leise teilte sie ihr mit: »Chief Westbury hat nach dir gefragt. Er möchte, dass du hier auf ihn wartest, wenn deine Schicht vorbei ist, damit er sich mit dir unterhalten kann.«

Carly lächelte dankbar und begann, den Gästen nachzuschenken, wobei sie sich fragte, ob der Chief sie wegen der Zettel befragen wollte, die sie gefunden hatte. Was könnte es sonst sein? *Ich schätze, das werde ich sehr bald herausfinden.*

* * *

Michael Westbury begab sich kurz vor zwei Uhr vom Revier zu Miss Molly's und spürte dabei die Blicke der Stadt auf sich. Wäre er ein ganz normaler Bürger, dann, nahm er an, würde auch er sich fragen, warum der Mann, der in der Stadt für Sicherheit sorgen sollte, so elendiglich versagt hatte.

Desmond Kane, ein Mitglied der freiwilligen Feuerwehr, hielt ihn vor der Eisenwarenhandlung auf.

»Was wissen Sie, Mike?«

»Nicht so viel, wie ich sollte«, brummte Michael. Er begutachtete Desmonds Füße, die in gewöhnlich großen Schuhen steckten.

»Glauben Sie wirklich, dass der Kerl hier lebt?«

Michael zuckte die Achseln. »Das Einzige, wobei ich mir sicher bin, ist, dass er nicht gut auf Cheerleader zu sprechen ist.«

»Wie ich höre, hat er Tanya Lewis ganz schön zugerichtet«, meinte Desmond, dem die Neugierde darauf, was genau ihr angetan worden war, deutlich ins Gesicht geschrieben stand.

Es widerte Michael an, dass die Leute stets alle Einzelheiten erfahren wollten, ganz besonders bei Sexualstraftaten. Wenn sie die Fotos sehen und die Berichte lesen könnten, wären sie nicht dermaßen wissbegierig. Die Bilder hatten sich ihm in den Verstand gebrannt, und das wünschte er seinem schlimmsten Feind nicht. »Passen Sie auf sich auf, Desmond«, verabschiedete er sich, ehe er weiterging.

Miss Molly's war bereits wie leer gefegt, und Carly räumte mit den anderen Kellnerinnen auf. Zur Begrüßung schaute sie lächelnd hoch, als Michael das Café betrat und sich in eine Ecknische setzte.

Sie brachte ihm eine dampfende Tasse Kaffee und tätschelte sich mit fragend hochgezogenen Augenbrauen den Bauch.

»Ich brauch nichts, danke.«

Mit den Fingern schlug sie etwas Kleines vor.

Er lächelte. »Also gut. Die Wahl überlass ich dir.«

Wenig später kehrte sie mit einem Stück von Mollys berühmtem Scho-ko-la-denkuchen zurück.

Er stöhnte. »Mary Ann wird ausflippen, wenn sie nächste Woche nach Hause kommt und feststellt, wie dick ich geworden bin.«

Protestierend verzog Carly das Gesicht und schüttelte den Kopf.

»Ich will dich gar nicht bei der Arbeit stören, ich kann warten, bis du fertig bist.«

Sie hielt beide Hände hoch, um ihm zu bedeuten, dass sie noch zehn Minuten brauchte.

»Lass dir Zeit. Ich werde derweil diesen sündhaften Kuchen genießen, den du mir aufgenötigt hast.«

Fröhlich lächelnd verschwand sie und füllte für den nächsten Morgen die Sahnekännchen und Zuckerdosen auf. Als sie sich in der Nische zu ihm gesellte, waren die restlichen Angestellten schon gegangen. Molly drehte das »Geöffnet«-Schild an der geschlossenen Tür um, begrüßte Michael kurz und zog sich dann in ihr Büro im hinteren Teil des Gebäudes zurück, um sich um den Papierkram zu kümmern.

Carly holte Zettel und Stift hervor. »War heute ein anstrengender Tag für Sie?«, schrieb sie.

»Anstrengender Monat.«

»Sie wirken erschöpft.«

»Zurzeit schlafe ich nicht gut.«

»Glauben Sie wirklich, dass es jemand aus der Stadt ist?«

»Leider ja.« Er legte die Gabel beiseite und wischte sich den Mund mit einer Serviette ab. »Carly … Ich will dir keine Angst einjagen, aber …« Zunächst ging er sicher, dass sie wirklich allein waren. »Es ist möglich, wenn auch nicht zweifelsfrei bewiesen, dass es eine Verbindung zum Unfall gibt.«

Eine Weile starrte sie ihn an, bevor sie schrieb: »Der Typ auf der Straße?«

»Ja. Brian hat dir davon erzählt?«

Sie nickte. »Nach dem Unfall, sobald es ihm wieder eingefallen ist.«

»Ich rufe nur ungern die Erinnerungen an jene Nacht wieder wach, doch wir haben von dir nie eine Aussage darüber bekommen, was du gesehen hast. Deshalb muss ich dich jetzt fragen …«

Ihr Nicken gab ihm die Erlaubnis, fortzufahren.

»War außer dir und Brian noch jemand dort? Hast du vor dem Eintreffen der Polizei und der Feuerwehr noch jemanden bemerkt?«

Er beobachtete, wie sie mit den Gedanken abschweifte, zurück zu jenem schicksalhaften Abend. Da sie zitterte, griff er nach ihrer Hand. »Lass dir Zeit, Liebes. Ich weiß, dass es nicht leicht ist, daran zu denken.«

»Ich kann noch immer das Feuer riechen«, notierte sie, dann riss sie sich sichtbar zusammen, damit sie ihm berichten konnte, was er wissen musste. »Aber es war sonst niemand dort, zumindest soweit ich mich erinnere. Ich war nicht ganz bei mir, nachdem ich gesehen hatte …« Mit Tränen in den Augen hob sie den Kopf.

»Was hast du gesehen?« Sein Magen zog sich zusammen, während er auf die Details wartete, die er eigentlich nicht erfahren wollte.

»Wie sie brannten. Ich schrie und konnte nicht aufhören, als hätte ich meinen Körper verlassen und würde jemand anderem zuschauen. Es war surreal.«

Er drückte ihr mitfühlend die Hand. »Ich muss dir noch mehr erzählen, Fakten zu dem Fall, die wir nicht öffentlich gemacht haben. Dass ich dir das nicht extra sagen muss, ist mir klar, aber es sind Dinge, die niemand sonst erfahren soll.«

In ihrem Lächeln lag die ganz Absurdität davon, dass er ausgerechnet sie bat, ein Geheimnis zu bewahren.

Weil er sich um ihre Sicherheit sorgte und wusste, dass er ihr vertrauen konnte – selbst dann, wenn sie hätte reden können –, teilte er ihr seine Theorie über das Muster mit den fünf Jahren mit. »Wir glauben, dass es mit dem Autounfall angefangen hat. Das bedeutet, dass es wahrscheinlich jemand ist, mit dem du, Brian und die anderen zur Schule gegangen seid.« Er schwieg kurz, damit sie die Information verdauen konnte, ehe er weitersprach: »Hast du noch deine Jahrbücher aus der Highschool?«

Sichtbar erschüttert von seinen Enthüllungen, nickte sie.

»Kannst du sie heute Abend durchblättern? Wir suchen nach jemandem, der vielleicht Probleme mit dir, Brian oder einem der anderen aus dem Auto hatte. Jemand, den es störte, wie leicht ihr es seiner Meinung nach in der Schule, beim

Sport und sonst hattet, ganz im Gegensatz zu ihm. Wenn dir einer auffällt, zu dem diese Kriterien passen, dann schreib mir seinen Namen auf. Denk auch an die Jungs, mit denen du und die anderen Mädchen vor Brian, Sam, Pete und Toby ausgegangen seid.«

Ihm missfiel der irgendwie überforderte Ausdruck auf ihrem Gesicht, aber er fuhr dennoch fort, denn er wusste, dass er keine andere Wahl hatte. »Ich habe gestern Abend noch mit Brian über den Fall gesprochen. Dabei hat er etwas Interessantes gesagt.«

Bei der Erwähnung seines Sohnes hellte sich ihr Gesicht auf, was ihn aus Gründen, denen nachzugehen er keine Zeit hatte, freute. »Ihm ist eingefallen, dass die Person, die der Täter an jenem Abend auf der Tucker Road umbringen wollte, vielleicht gar nicht im Wagen saß.«

Sie atmete scharf ein.

»Du könntest in Gefahr sein, Carly«, meinte er leise. »Es ist denkbar, dass die Zettel, die du gefunden hast, absichtlich an jenen Orten hinterlassen worden sind, an denen du wahrscheinlich auf sie stoßen würdest.«

»Warum ich?«, schrieb sie mit leicht bebender Hand.

»Das weiß ich nicht. Darüber musst du nachdenken. Erinnere dich an die Zeit zurück, bevor du mit Brian zusammen warst. Wer könnte sauer gewesen sein, weil du einen neuen Freund hattest?«

»Das ist zwanzig Jahre her«, kritzelte sie.

»Deshalb sollst du dir auch etwas Zeit dafür nehmen. Lass uns außerdem über deinen Tagesablauf reden.«

Sie verzog verdutzt das Gesicht. »Meinen Tagesablauf?«

»Ja, was du normalerweise wann tust.« Er wollte noch nicht erwähnen, dass seine Polizisten ein Auge auf sie halten würden. »An welchen Tagen arbeitest du hier?«

Zögernd schrieb sie: »Sonntag bis Donnerstag, von sechs bis vierzehn Uhr.«

»Gibt es bestimmte Dinge, die du regelmäßig nach der Arbeit erledigst?«

Sie nickte. »Montags kümmere ich mich im Frühling und Sommer um die Unfallstelle, und dienstags passe ich ein paar Stunden auf meine Nichte und meinen Neffen auf, damit Caren ein paar Besorgungen erledigen kann. Mittwochs arbeite ich ehrenamtlich im Tierheim und gehe häufig mit den Hunden spazieren.«

»Du bist ganz schön beschäftigt«, erwiderte Michael.

Sie zuckte die Achseln und fuhr fort: »Im Sommer schaue ich mir donnerstagnachmittags Zoës Baseballspiele im Columbia Park an. Freitags ruhe ich mich aus, erledige die Wäsche und andere Sachen im Haushalt. Die Samstage verbringe ich bei den Spielen, die meine anderen Nichten und Neffen gerade bestreiten – Fußball, Baseball oder Lacrosse.«

»Am Sonntag besuchst du nachmittags die Messe in St. Mary's, richtig?«

Sie nickte. »Danach esse ich mit meinen Eltern zu Abend, wenn sie in der Stadt sind. Das war's eigentlich auch schon.«

Da er ahnte, was hätte sein können, stimmte ihn der Mangel an Freunden und einem Mann im Leben einer solch wunderbaren Frau traurig. Manche mochten meinen, es wäre nur ein kleines Leben, aber es wäre noch kleiner gewesen, hätte ihr Vater sie nicht gezwungen, in die Welt zurückzukehren.

»Sie werden jemanden dafür abstellen, mir auf Schritt und Tritt zu folgen, nicht wahr?«, notierte sie mit resignierter Miene.

»Ich habe meinem Sohn versprochen, auf dich aufzupassen«, erklärte er mit einem schiefen Grinsen.

Sie riss den Kopf hoch.

»Er sorgt sich um dich.« Ihm war klar, dass er da in etwas rumstocherte, das er vermutlich besser in Ruhe hätte lassen sollen.

»Vielleicht sollte *ich* mich um *ihn* sorgen. Auch er war nicht im Auto.«

Er schüttelte den Kopf. »Der Typ hat es auf Frauen abgesehen.«

»Wenn die Theorie stimmt, könnte er auf Brian neidisch sein. Vielleicht hatte er es auf uns beide abgesehen.«

»Kann sein«, räumte Michael ein. »Da du allerdings hier bist und er nicht, mache ich mir mehr Sorgen um dich.« Damit griff er in seine Tasche und zog eine kleine Sprühdose hervor, die er vor sie auf den Tisch stellte.

Mit gerecktem Kinn fragte sie stumm, was das war.

»Pfefferspray. Ich möchte, dass du es immer und überall bei dir hast. Wann immer du die Wohnung verlässt, sollst du es mitnehmen. Benutze es, wenn du dich bedroht fühlst, selbst von jemandem, den du kennst und dem du vertraust.« Er beugte sich vor, stützte die Unterarme auf den Tisch und nahm ihre Hände. »Es wird jemand sein, den du kennst, Carly, jemand, den wir alle kennen. Wenn du bloß eine Sekunde zögerst, könnte das fatal sein. Verlass dich auf dein Bauchgefühl. Wenn es signalisiert, dass du in Gefahr schwebst, dann stimmt das vermutlich auch.«

Sie zog eine Hand weg und strich mit den Fingern über die Minisprühdose.

Er zeigte ihr, wie sie sie benutzen musste. »Ziel auf das Gesicht, vorzugsweise die Augen.«

Erschaudernd starrte sie das Spray eine Weile an.

»Was denkst du?«

Sie nahm den Stift und schrieb: »Ich habe Angst.«

»Ich werde Himmel und Hölle in Bewegung setzen, um dich zu beschützen. Okay?«

Mit blasser, ängstlicher Miene schaute sie ihm ins Gesicht und nickte.

# KAPITEL 11

Der Mai ging in den Juni über, und die Anspannung hing genauso schwer in der Luft wie die Schwüle, die wie eine nasse Decke über der kleinen Stadt lag und wie jedes Jahr die Rückkehr des Sommers in den Nordwesten von Rhode Island ankündigte. Über Lattenzäune hinweg, auf der Post, in den Läden auf der Main Street, am Tresen von Miss Molly's und beim Autohändler am Rande der Stadt spekulierten die Leute nervös darüber, wer von ihnen wohl ein Monster war.

Ein gemeinschaftlicher Seufzer der Erleichterung ging durch die ganze Stadt, weil der aktuelle Jahrgang an der Highschool von Granville seinen Abschluss ohne weiteren Zwischenfall machte. Tanya Lewis, die sich zumindest körperlich von ihren Verletzungen erholt hatte, wurde von ihren Klassenkameraden bei der Abschlussfeier herzlich willkommen geheißen. Zu Beginn der Sommerferien wachten verängstigte Eltern ganz genau über die Aktivitäten ihrer Töchter. Die jungen Frauen, die an die Freiheiten der Highschool gewöhnt waren, wehrten sich gegen die Einschränkungen.

Diese Gegenwehr hielt Michael Westbury nachts wach, denn er wartete besorgt darauf, dass eine der Jugendlichen seiner Stadt genug hatte, allein loszog und von jemandem angegriffen wurde, der genau für diesen Fall auf der Lauer gelegen hatte. Da die Ermittlungen ins Stocken geraten waren, konnten seine Beamten mitsamt der Verstärkung durch die Staatspolizei und das FBI einfach nur abwarten.

Ein Gerichtsbescheid hatte Gleason's veranlasst, eine Liste von den Männern herauszugeben, die extragroße Schuhe bestellten. Darauf standen vier mögliche Verdächtige, aber jeder von ihnen konnte ausgeschlossen werden. Einer war in den Sechzigern und passte nicht ins Profil. Ein anderer war gar nicht im Land gewesen, als zwei der Vergewaltigungen geschehen waren. Die anderen beiden hatten wasserdichte Alibis. Die wenigen Namen, die Brian und Carly ihm aus den Jahrbüchern nannten, hatten letztendlich auch keine Spuren ergeben, denen er folgen konnte. Die meisten von ihnen lebten in einem anderen Bundesstaat, einer war gestorben, und ein weiterer litt an Multipler Sklerose.

Michael ließ Streifenpolizisten dort patrouillieren, wo sich die Jugendlichen im Sommer trafen – im Columbia Park, im Stadtpark, am Seeufer, im Kino und an der Bowlingbahn. Sie waren angewiesen, jeder jungen Frau, die allein die Straße entlanglief, anzubieten, sie nach Hause zu fahren.

Die Wochen verstrichen, und Michael fiel auf, dass die Leute allmählich das Interesse verloren, das solche Vorfälle in einer Kleinstadt stets auslösten. Die Leute hatten ohne Punkt und Komma darüber geredet, aber schließlich war ihnen die Luft ausgegangen. Es beunruhigte ihn, dass die ursprüngliche Panik nachzulassen schien und sich die Menschen allmählich wieder entspannten. Das wollte er nicht. Er wollte, dass sie sich Sorgen machten und Angst hatten, damit sie aufmerksam blieben.

Wenn sie es tatsächlich mit einem Täter zu tun hatten, der alle fünf Jahre zuschlug, dann blieben ihm noch sechs Monate. Er war vermutlich high von seinem Erfolg zum Jahresanfang und genoss es, die Gesetzeshüter an der Nase herumzuführen. Die Sonderkommission glaubte, dass er erneut zuschlagen würde, bevor das Jahr vorüber war. Daher blieb Michael wachsam, auch wenn sich alle anderen in der Stadt wieder beruhigten.

Die Hitze war erdrückend, die Anspannung lähmend und das ständige Aufpassen ermüdend. Aber das Warten … ja, das Warten war die Hölle.

* * *

Carly klatschte gerne. Wenn sie sich einem Applaus anschloss, dann hatte sie zumindest kurz das Gefühl, dass sie sich nicht von anderen auf den Tribünen unterschied, die Zoës Strikeout bejubelten. Zoë hatte ihren Pferdeschwanz aus kastanienbraunen Locken – die gleichen Locken, die alle Holbrook-Frauen hatten – durch die Öffnung hinten in ihrer Baseballkappe gezogen, und ihre langen Beine wirkten in der weißen Baseballhose sogar noch länger, während sie um den Hügel des Pitchers herumtanzte.

»Ich habe die Hoffnung noch nicht aufgegeben, dass sie sich eines Tages wie ein Mädchen benimmt«, murmelte Carlys Schwester Cate, während sie dabei zuschaute, wie Zoë den letzten Batter ins Aus schickte.

Fröhlich winkte Zoë ihrer Familie zu, ehe sie zu den Jungs auf der Spielerbank lief.

»Sie ist ganz und gar ein Mädchen, und die Jungs lieben sie«, verteidigte Carlys Mutter Carol ihre Enkelin.

»Sie lieben ihren Fastball«, entgegnete Cate.

Carly musste über die ewige Debatte lächeln. Zoë hatte darauf bestanden, der Little League beizutreten, da war sie kaum sechs Jahre alt gewesen. Seitdem hatte sie jedes Jahr gespielt, ohne viel darauf zu geben, dass sie das einzige Mädchen in der Liga war. Jetzt war sie mit ihren vierzehn Jahren ein Star in der sommerlichen Sandlot League.

Freudestrahlend erklomm Cates Mann Tom Murphy die Stufen zu ihnen. »Habt ihr das gesehen? Sie hat alle Batter rausgeschickt. Das ist mein Mädchen.«

Verlegen über seinen Überschwang zog Cate ihn neben sich auf den Stuhl und bedeutete ihm, still zu sein. »Es gucken schon alle«, flüsterte sie.

»Na und?«

Der Wortwechsel amüsierte Carly. Tom war ein Bär von einem Mann, der seine Frau und seine Kinder leidenschaftlich liebte, und es war ihm egal, wer das wusste. Neid auf die Ehe ihrer Schwester und ihre wundervolle Familie stieg in Carly auf.

»Dad, können wir zum Imbiss?«, fragte der zehnjährige Steve.

»Klar, auf geht's.«

»Keine Cola mehr«, rief Cate ihnen hinterher. »Und bringt Lilly auch was mit.«

Tom hob eine Hand, um seine Frau wissen zu lassen, dass er sie gehört hatte.

Die sechsjährige Lilly kuschelte sich auf ihren Lieblingsplatz: Carlys Schoß.

Carly kitzelte das Mädchen und freute sich über das Lachen, mit dem sie belohnt wurde.

»Da ist Tante Caren«, quietschte Lilly und rannte zu ihren Cousins.

Erschöpft bahnte sich Caren mit dem vierjährigen Justin und der zweijährigen Julia im Schlepptau einen Weg vom Parkplatz zu ihnen.

Carly beobachtete, wie Lilly Julia an der Hand nahm und sie zur Tribüne führte. Justin und Julia kletterten auf Carlys Schoß, und sie schlang die Arme um die beiden.

Lilly überließ ihren Lieblingsplatz den kleineren Kindern und ließ sich mit einem langmütigen Seufzer neben ihr nieder.

Carly vergrub die Nase in Julias duftender blonder Lockenpracht und genoss den süßen Duft ihres Babyshampoos.

»Wie steht's?«, erkundigte sich Caren.

»Sechs zu null für uns«, antwortete Cate. »Du hast verpasst, wie Zoë sie alle auf die Bank geschickt hat.«

»Verdammt«, entfuhr es Caren.

»Verdammt«, wiederholte Julia, und die Erwachsenen mussten lachen.

»In letzter Zeit ist sie wie ein Papagei.« Caren stieß ihre Tochter sanft in die Seite. »Sie konnte sich nicht entscheiden, was sie anziehen wollte, deshalb sind wir zu spät.«

»Hübsches Kleid«, rief Julia.

»Sehr hübsch«, stimmte Carol ihr zu, die eine Hand nach dem Kind ausstreckte. »Sag Tante Carly, dass sie dich mit deiner Oma teilen soll.«

Carly drückte Julia fester an sich, und es freute sie, als das Mädchen fröhlich lachte. Schließlich reichte sie das Kind an seine Oma weiter.

»Guck mal«, rief Justin. »Zoë ist dran.«

»Komm schon, Zoë«, brüllten die anderen.

Carly klatschte Justins Händchen aneinander, während sie zuschaute, wie Zoë geduldig auf ihren Wurf wartete. Sie hatte den Pitcher zu einem Full Count gereizt, ehe sie endlich den Ball traf und ihn weit ins Outfield schoss. Sie rannte über die Bases, während zwei Runner punkteten, bis sie gegen den Second Baseman prallte und gerade noch so aufs Mal rutschte, bevor der Ball aus dem linken Outfield angeschossen kam.

»Himmelherrgott«, ächzte Cate, die das Gesicht hinter den Händen verbarg.

Freudestrahlend sprang Zoë auf und stieß die Faust triumphierend in Richtung Spielerbank, wo ihre Mannschaftskameraden sie kräftig bejubelten. Der Second Baseman der anderen Mannschaft lag weiter flach auf dem Rücken im Dreck.

Zoë so voller Lebensfreude zu erleben ließ Carlys Herz vor Glück überfließen, und ausnahmsweise erfüllte sie ein Gefühl vollkommener Zufriedenheit.

* * *

Nach dem Spiel war Carly gerade mit ihrer Mutter zu Cates Haus unterwegs, wo sich die ganze Familie zum Grillen treffen wollte, als ihr Handy ihr eine neue Textnachricht meldete. Vor einer Woche hatte sie der Bitte von Chief Westbury und ihren Eltern nachgegeben und sich ein Handy besorgt, das GPS hatte. Der Gedanke daran, dass es eines Tages nötig sein könnte, sie darüber aufzuspüren, war erschreckend, daher versuchte sie, nicht darüber nachzudenken.

Sie klappte es auf und las die neueste Nachricht vom Chief.

»Wo steckst du?«

»Bei meiner Mutter«, antwortete sie.

»Wollte nur kurz checken.«

»Entspannen Sie sich«, schrieb sie zurück.

»Ist das Michael?«, fragte Carol.

Kopfnickend verdrehte sie die Augen.

»Er macht sich bloß Sorgen um dich. Wie wir alle.«

Carly hakte sich bei ihrer Mutter unter.

Plötzlich blieb Carol stehen und betrachtete ihre Tochter. »Du schläfst nicht gut, oder? Du wirkst müde.«

Carly zuckte die Achseln.

»Ich auch nicht. Bist du sicher, dass wir dich nicht davon überzeugen können, bei uns einzuziehen, bis das Ganze vorbei ist?«

Belustigt schüttelte sie den Kopf.

»Ich weiß, ich weiß. Erst drohen wir damit, dich rauszuwerfen, dann flehen wir dich an, wieder zurückzukommen. Die Ironie ist mir nicht entgangen, keine Sorge.«

Die Party war schon in vollem Gange, als sie Cates Haus erreichten. Carens Mann Neil war direkt von der Arbeit hergefahren und schob Justin und Julia auf den Schaukeln an. Er winkte Carly und ihrer Mutter zu, als sie durch das Gartentor kamen.

Wenig später gesellte sich Carlys Vater zu ihnen, der vorher noch mit Freunden Golf gespielt hatte. Das Handy am Ohr, stürmte Zoë durch die gläserne Schiebetür, die auf die Terrasse führte. Sie hatte geduscht und sich einen Jeansrock und ein Spaghettiträgertop angezogen. Carly legte einen Arm um ihre Nichte, gab ihr einen Kuss auf die feuchten Locken und stellte überrascht fest, dass sie Wimperntusche und Lidschatten trug.

Zoë klappte das Handy zu und erwischte Carly dabei, wie sie ihr Gesicht musterte.

»Wie sieht es aus?«, fragte Zoë verschwörerisch.

Carly hob einen Daumen.

Dankbar hauchte Zoë ihrer Tante einen Kuss auf die Wange und bat sie: »Verrat's nicht meiner Mom.« Dann rannte sie davon. Carly vermutete, Cate wäre begeistert, wenn sie wüsste, dass ihr kleiner Wildfang sich schminkte.

Sie aßen, spielten mit den Kindern eine mörderische Runde Krocket und rösteten draußen Marshmallows über der Feuerstelle, als eine Gruppe von Zoës Freundinnen durch das Gartentor in den Garten trat.

»Mom«, rief sie. »Kann ich ins Kino?«

»Wie kommst du hin?«

»Zu Fuß?«

»Auf keinen Fall«, rief Tom. »Ich fahre euch.«

»Aber Dad …«

»Keine Diskussion, Zoë Ann. Darüber haben wir schon gesprochen.«

Zoë trat ins Gras. »So ein Mist. Ich bin doch schon in der Zehnten.«

»Von uns bekommst du keine Hilfe, Schatz«, sagte Steve Holbrook. »Da sind wir ganz der Meinung deines Vaters.«

»Es ist eine Verschwörung«, verkündete Zoë und grinste. Sie blieb nie lange sauer.

»Ich hol die Schlüssel«, erklärte Tom. »Ihr teilt euren Eltern bitte mit, wohin ihr wollt und dass ich euch sowohl hin- als auch zurückfahre.«

»In Ordnung, Mr Murphy«, erklang es im Chor.

Sobald Tom mit den Mädchen verschwunden war, meinte Caren: »Sie tun mir leid.«

»Uns allen«, stimmte Carol ihr zu. »Es ist schlimm, so zu leben.«

»Selbst wenn sie den Kerl hoffentlich bald geschnappt haben, werden wir viel vorsichtiger sein als zuvor«, stellte Neil fest. Er hatte sich die schweren Stiefel ausgezogen, die er zur Arbeit in der Baufirma trug, die ihm und seinem Bruder gehörte. Die anderen hatten ihn bereits gründlich wegen der Bräune geneckt, die mitten auf dem Schienbein anfing.

»Zum Glück wissen die jüngeren Kinder nicht, was ihnen entgeht, weil sie nie die Freiheiten genießen werden, die Zoë hatte«, bemerkte Cate. »Es war schwierig, ihr die Flügel zu stutzen, wo sie doch gerade erst angefangen hatte, flügge zu werden.«

»Was immer nötig ist, um sie zu beschützen«, erwiderte Steve.

Carly machte die Unterhaltung traurig. Bis sie den Mörder erwischt hatten, würden ihre Nichten und Neffen das schlichte Vergnügen eines Spaziergangs am Strand im Mondlicht genauso wenig kennen wie das Gefühl, sich unter der

Trauerweide zu küssen. Der Mann, vor dem sie alle Angst hatten, hatte viel mehr angerichtet, als zu morden und junge Menschen zu terrorisieren. Er hatte das Gefüge der Kleinstadt für immer verändert.

# KAPITEL 12

Carly brachte ihre letzte Schicht vor dem Wochenende des vierten Juli hinter sich. Tony Russo, Luke McInnis und Tommy Spellman hockten in ihrer üblichen Nische und tranken Wasser anstelle von Kaffee.

»Ziemlich schwül da draußen«, meinte Tony, als Carly ihnen das Essen brachte und ihre Gläser auffüllte.

»Gehst du zum Klassentreffen, Carly?«, fragte Luke.

Sie schüttelte den Kopf.

»Warum nicht?«, wollte Tommy wissen. »Ohne dich ist es nicht dasselbe.«

Sie zuckte die Achseln. Welchen Sinn sollte das haben? Es war ja nicht so, als könnte sie sich mit irgendwem unterhalten oder hätte etwas Aufregendes zu erzählen, selbst wenn sie es könnte. Außerdem wollte sie sich ganz sicher nicht anhören, wie erfolgreich und glücklich ihre Klassenkameraden waren. Sie hätte bereits viele Jahre mit Brian verheiratet sein und Kinder haben sollen, die sie liebte – seine Kinder.

Bis vor Kurzem hatte sie nicht viel Energie daran verschwendet, wegen etwas verbittert zu sein, was sie nicht kontrollieren konnte. Aber jetzt, da sie sich vor dem Mann fürchtete, der ihr und ihren Freunden so viel genommen hatte, kochten alte Gefühle in ihr hoch, die sie längst begraben geglaubt hatte.

Die Männer versuchten jeweils andere Taktiken, um sie dazu zu bewegen, am Klassentreffen teilzunehmen, doch sie schüttelte nur amüsiert über ihre Be-mü-hun-gen den Kopf und widmete sich den anderen Tischen.

Bevor ihre Freunde das Café verließen, trat Luke zu ihr. »Bist du ganz sicher, dass du nicht zum Klassentreffen kommen willst? Du, äh, du könntest mich begleiten, wenn du möchtest. Es wird bestimmt lustig.«

Überrascht hob sie den Kopf. *Will er sich mit mir verabreden?* Sie war dermaßen aus der Übung in solchen Angelegenheiten, dass sie sich nicht sicher war, allerdings schien es ganz so.

»Alle würden sich freuen, wenn du dabei wärst«, fügte er hinzu.

Die einzige Person aus ihrer Klasse, die sie wiedersehen wollte, wäre nicht da, aber das konnte sie ihm ja nicht verraten.

»Danke für die Einladung, Luke«, schrieb sie hinten in ihren Notizblock. »Trotzdem muss ich leider ablehnen.«

Die Enttäuschung auf seinem attraktiven Gesicht überraschte sie, doch er erholte sich schnell wieder. »Du weißt nicht, was dir entgeht«, antwortete er mit seinem charmanten Lächeln.

Wieder schüttelte sie den Kopf.

»Na gut. Schönen vierten Juli.«

»Ebenfalls«, schrieb sie.

Auf dem Heimweg war sie sich der Anwesenheit eines Polizisten bewusst, der sie auf der Main Street im Auge behielt. Die Läden und Wohnungen waren mit festlichen Wimpeln geschmückt, und die Streifen auf der Straße waren zur Vorbereitung auf die Parade rot und blau angemalt worden. Aus Gründen, die ihr nicht ganz klar waren, deprimierte sie die Festtagsstimmung. Sobald sie zu Hause war, schickte sie ihrer Mutter eine Nachricht, um ihr mitzuteilen, dass sie Kopfschmerzen hatte und ihre Wohnung heute nicht mehr verlassen würde.

Es störte sie, sich ständig bei anderen melden zu müssen, aber die Alternative wäre natürlich viel schlimmer. Ihre Eltern und Chief Westbury wussten immer, wo sie sich aufhielt. Sie nahm an, dass es ein kleiner Preis für ihre Sicherheit war.

Nachdem sie eine Aspirin genommen hatte, legte sie sich aufs Sofa und blickte zu der Jukebox, die in ihrem kleinen Wohnzimmer eine ganze Wand einnahm. Vor ein paar Jahren war sie am Haus von Tobys Eltern vorbeigelaufen und hatte das Musikgerät zusammen mit anderen Möbelstücken am Bürgersteig entdeckt – zum Mitnehmen für jeden, der sie wollte. Also hatte sie sich auf den orange karierten Sessel gesetzt, der früher im Keller gestanden hatte, und gewartet.

Tobys Vater war sichtlich überrascht gewesen, sie dort vorzufinden, als er von der Arbeit zurückkehrte. Seit Carly ihn das letzte Mal gesehen hatte, war er ganz schön gealtert, und sie erkannte sofort den gleichen Schmerz in seinen Augen wie bei Brians Eltern.

»Carly? Was machst du denn hier?«

Zur Antwort legte sie eine Hand auf die Jukebox und schaute zu ihm hoch, mit, wie sie hoffte, flehender Miene.

»Die willst du haben?«

Sie nickte.

»Mrs Garrett gestaltet den Keller um, und das alte Gerät hat zu viel Platz weggenommen. Wir benutzen es gar nicht mehr oft. Du kannst es gerne haben.«

Spontan umarmte sie ihn, was ihn ebenfalls zu überraschen schien.

Er räusperte sich und fragte: »Hast du denn überhaupt Platz dafür?«

Mit einem weiteren Nicken klatschte sie fröhlich in die Hände.

Glücklich, dass sie sich so freute, bot Mr Garrett ihr an: »Ich frage ein paar meiner Freunde, ob sie mir am Samstag helfen, sie bei dir vorbeizubringen, in Ordnung?«

Seitdem stand die Jukebox in ihrer Wohnung. Zunächst hatten sie die Erinnerungen, die damit einhergingen, traurig gestimmt, und sie hatte sich gefragt, ob es richtig gewesen war, Mr Garrett darum zu bitten. Aber mit der Zeit waren die Erinnerungen verblasst, und jetzt war sie froh, dass sie dieses wichtige Souvenir aus den besten Jahren ihres Lebens bei sich hatte.

Vielleicht lag es daran, dass sie wusste, dass Brian an sie dachte und sich um ihre Sicherheit sorgte, oder es war das ganze Gerede von dem Klassentreffen.

Schuld könnte auch der Feiertag sein, der für sie stets melancholisch gefärbt war, da sie Brian an einem vierten Juli zum letzten Mal geliebt hatte. Was immer der Grund dafür sein mochte, sie wollte sich gestatten, an ihn zu denken, sich an ihre Beziehung zu erinnern und an ihre gemeinsame Liebe, bevor die Katastrophe ihr jede Hoffnung und jeden Traum geraubt hatte.

Also stand sie von der Couch auf, trat an die Jukebox und schaltete sie ein. Zum ersten Mal, seit ihr das Gerät gehörte, wählte sie D8, dann kehrte sie zum Sofa zurück und ließ sich von der Musik an jenen letzten herrlichen Abend vor einem halben Leben zurücktragen.

Fast konnte sie Brians Arme um sich spüren und den muffigen Geruch von Tobys Keller riechen. Tränen flossen ihr über die Wangen, aber sie wischte sie nicht weg. Sie lauschte auf das leise Flüstern und Kichern der anderen Pärchen, die zu Van Morrisons »Tupelo Honey« tanzten.

Sie sehnte sich nach Brian. Wie lange war es her, dass sie ihn das letzte Mal dermaßen schmerzlich vermisst hatte? Nachdem die ersten Jahre irgendwie verstrichen waren und sie endlich akzeptiert hatte, dass er nicht zurückkehren würde, hatte sie sich nicht mehr erlaubt, sich so nach ihm zu sehnen wie in diesem Augenblick. Wenn sie doch noch einmal ein paar Minuten, vielleicht einen Nachmittag mit ihm verbringen könnte … Was würde sie nicht für eine weitere Stunde geben, in der sie ihn einfach nur anschauen konnte! Sie redete sich ein, dass ihr das genügen würde.

Das Lied endete und riss sie aus der Benommenheit. Sie wischte sich die Tränen vom Gesicht, stand auf und putzte die makellose Wohnung. Es hatte keinen Zweck, rumzusitzen und sich selbst zu bemitleiden. Diese kleinen Momente der Schwäche duldete sie nicht oft, denn sie brachten sie nicht weiter. Er hatte sein Leben, sie hatte ihres. Wie sie schon seinem Vater mitgeteilt hatte: Es war besser so.

* * *

Mitte Juli in Manhattan war nichts für schwache Nerven, dachte Brian, als er die kurze Entfernung vom Gerichtshof zur Staatsanwaltschaft zu Fuß zurücklegte. Nachdem er wieder in seinem Büro war, nahm er sein Handy, das er hier vergessen hatte, bevor er zum Gericht aufgebrochen war, und entdeckte, dass seine Mutter versucht hatte, ihn zu erreichen. Da es ihr nicht ähnlichsah, zwei Mal in der Woche anzurufen, schon gar nicht zwei Mal in einer Stunde, zog sich sein Magen zusammen, während er darauf wartete, dass sie abnahm.

»Mom? Hallo, was ist los?«

»Ach, hallo, Schatz. Tut mir leid, dass ich dich bei der Arbeit störe. Ich weiß, wie beschäftigt du bist.«

»Schon gut, mach dir deswegen keine Gedanken. Was ist los?«

»Ich sorge mich um deinen Vater und muss mit jemandem darüber sprechen.«

Während er sich an den Schreibtisch setzte, lockerte er sich die Krawatte und öffnete den obersten Knopf an seinem Hemd. »Ist er krank?«

»Nein. Ich fürchte, es ist dieser Fall«, erklärte sie. »Er arbeitet vierzehn Stunden am Tag, sieben Tage die Woche, und schläft nicht gut. Er scheint zu glauben, dass es seine Aufgabe ist, Granville eigenhändig vor diesem Typen zu beschützen. Ich weiß nicht, wie lange er noch durchhält.«

»Es geht ihm nicht nur darum, die Stadt zu beschützen, er will auch Sams Namen reinwaschen. Es ist etwas ganz Persönliches.«

»Das ist mir klar, bloß habe ich ihn bisher nie so erlebt, Brian. Er ist wie besessen.«

»Ich bin mir nicht sicher, ob es was nützt, aber ich werde mal mit ihm telefonieren.«

»Das wäre sehr hilfreich. Auf dich hört er. Also, wie läuft es bei dir? Wieder vollauf beschäftigt?«

»Selbstverständlich«, erwiderte er mit einem kleinen Lachen.

»Welchen Fall hat Saul dir diesmal aufgedrückt?«

»Ein paar Drogensachen, einen Einbruch und zwei Fälle, an denen Gangs beteiligt sind. Nichts, was mich ins Fernsehen bringt.«

»Ach, ich hasse den Gedanken, dass du dich mit Junkies und kriminellen Banden beschäftigen musst.«

Brian lachte. »Was zum Henker weißt du denn von Junkies?«

»Mehr, als du denkst«, entgegnete sie ungehalten. »Ich gucke *Law & Order*.«

»Ich habe dir doch gesagt, dass du dir diese Sendungen nicht antun sollst. Unsere Arbeit ist viel langweiliger und gewöhnlicher als das in der Glotze.«

»Hast du noch weitere Jobangebote bekommen?«

»Ein paar.«

»Vielleicht solltest du dir überlegen, eins davon anzunehmen.«

»Und die Junkies und Gangs aufgeben? Ich würde sterben vor Langeweile.«

»Werde nicht flapsig.«

»Himmel«, lachte er. »Das Wort habe ich schon seit Jahren nicht mehr gehört.« Es erinnerte ihn sofort an früher, wenn er und Sam auf dem Rücksitz vom Kombi Ärger mit ihrer Mutter bekommen hatten. »Mom? Dad hat weiter ein Auge auf Carly, oder?«

»Er und ihre Eltern lassen sich von ihr Textnachrichten schicken, damit sie immer wissen, wo sie sich aufhält.«

»Gute Idee.«

»Also, dann werde ich deine Zeit nicht länger beanspruchen, Schatz. Ich weiß es sehr zu schätzen, dass du nachher Dad anrufst.«

»Wenn du der Meinung bist, es wäre besser, dass ich nach Hause fliege, Mom, dann mach ich das.«

»Das würde ich nie von dir verlangen.«

»In letzter Zeit erscheint es mir zunehmend albern, nicht nach Granville zu kommen. Irgendwann muss ich das ja mal. Was soll ich denn tun, wenn ihr neunzig seid? Jemanden einstellen, der sich um euch kümmert?«

Sie lachte schnaubend. »Wie wäre es, wenn wir darüber in dreißig Jahren nachdenken?«

»Ruf mich an, wenn du mich brauchst. Tag oder Nacht, ja?«

»Geht klar. Ich hab dich lieb, Brian.«

»Ich dich auch.« Damit legte er auf und lehnte sich zurück, um über ihre Worte nachzudenken. Der Stress forderte seinen Tribut von seinem Vater, und trotz des jugendlichen Bildes, das Brian von ihm hatte, war er doch schon fast sechzig. Wenn dieser Fall so viel Zeit in Anspruch nahm, dann könnte es Monate dauern, bis seine Eltern mal ein Wochenende in New York verbringen konnten. Während er die Nummer seines Vaters wählte, stellte er sich vor, wie er mit dem Flugzeug von LaGuardia nach Providence reiste. Dort würde seine Mutter ihn abholen und ihn nach Granville bringen. Keine große Sache, nicht wahr?

*Na klar …*

»Ist das der berühmte Staatsanwalt aus der großen Stadt New York, der mich da anruft?«, fragte Michael.

Er lächelte, erleichtert über den kleinen Scherz seines Vaters. »Der einzig wahre. Wie läuft's, Dad?«

»Unverändert. Wir warten und beobachten.«

»Mom macht sich Sorgen um dich.«

»Hat sie dich deswegen angerufen?«, fragte Michael genervt. »Damit hätte sie dich nicht behelligen sollen.«

»Warum nicht? Du arbeitest dich noch kaputt, du bist schließlich keine dreißig mehr.«

»Nicht?«

»Werde nicht flapsig«, witzelte Brian.

Michael lachte. »Du hast wirklich mit deiner Mutter gesprochen.«

»Also, gibt's was Neues?«

»Nicht das Geringste. Wir haben das Wochenende vom Vierten damit zugebracht, das Klassentreffen im Auge zu behalten, aber dabei ist nichts rausgekommen: keine Rumtreiber, nichts Ungewöhnliches, null. Es verlief völlig ereignislos. Ich hab allerdings ein paar deiner alten Freunde getroffen, und sie haben sich alle nach dir erkundigt. Sie haben erwähnt, dass sie die Gooding-Verhandlung verfolgt hatten.«

»Cool. Klingt ganz so, als würdest du alles unternehmen, was in deiner Macht steht.«

»In der Stadt wimmelt es von Polizisten und Bundesbeamten. Du würdest Granville nicht wiedererkennen.«

»Na ja, es scheint zu funktionieren.«

»Ich schätze schon«, erwiderte Michael müde. »Ein Teil von mir will das Jahr einfach nur ohne weitere Vorfälle hinter sich bringen, denn ich weiß, dass ich mit dem Fünf-Jahres-Muster recht habe. Andererseits will ich auch nicht noch mal fünf Jahre auf eine Gelegenheit warten, diesen Mistkerl zu schnappen. Moment mal.«

Brian hörte gedämpfte Stimmen am anderen Ende der Leitung.

»Ich muss los«, erklärte Michael.

Er konnte die Anspannung in der Stimme seines Vaters hören. »Was ist denn?«

»Wir haben gerade vom Südende der Stadt gehört, dass ein Hund ohne die Jugendliche zurückgekehrt ist, die ihn ausgeführt hatte.«

»Nein!«

»Ich rufe dich an, sobald ich kann«, versprach Michael und legte auf.

* * *

Mit blinkenden Lichtern auf dem Dach seines Zivilfahrzeugs raste Michael durch die Stadt, während ihm das Adrenalin durch die Adern schoss. Auf dem Weg versuchte er, Matt Collins zu erreichen, der sich auf Michaels Befehl hin ein paar Tage freigenommen hatte. Seit Wochen arbeiteten sie ohne Unterlass, und der Stress forderte allmählich seinen Tribut.

»Verdammt«, brummte er, nachdem er erkannt hatte, dass Matts Handy ausgeschaltet war – noch etwas, das er seinem Stellvertreter ausdrücklich aufgetragen hatte. »Matt, ich bin's, Mike. Ruf mich zurück, wenn du die Nachricht abhörst.«

*Vielleicht ist der Hund dem Mädchen nur entwischt. Vielleicht hat es gar nichts zu bedeuten.* Er glaubte nicht wirklich daran. Er erreichte die wohlhabende Gegend kurz nach dem FBI und einigen Streifenpolizisten. Die Nachbarn hatten ihre Häuser verlassen, um die Vorgänge zu beobachten.

Agent Barclay stand in der Einfahrt des Elternhauses der vermissten jungen Frau und versuchte, von der hysterischen Mutter eine Aussage aufzunehmen.

»Er hat sie, nicht wahr?« Sie krallte sich in Barclays Hemd. »Sie müssen etwas unternehmen, bevor er ihr wehtut. Machen Sie etwas!«

»Ma'am, wir unternehmen alles in unserer Macht Stehende«, versicherte Barclay ihr in einem professionellen Ton, den Michael nur bewundern konnte. Nathan nahm die Hand der Frau. »Aber dafür brauchen wir Ihre Hilfe. Haben Sie ein aktuelles Foto von Alicia für uns?«

Sie blickte zu ihrem Sohn im Teenageralter, der sogleich ins Haus rannte.

»Hat sie ein Handy?«, erkundigte sich Michael.

Die Frau wischte sich die Tränen von den Wangen und nickte. »Sie trägt es immer bei sich, auch wenn sie Chester Gassi führt.«

Als er seinen Namen hörte, rannte ein gelber Labrador zu ihr, der seine Leine hinter sich herschleifte.

Abgelenkt schob sie ihn weg. »Als ich versucht habe, sie anzurufen, war das Handy ausgeschaltet.« Wieder brach sie zusammen. »Ihr Handy ist *nie* ausgeschaltet.«

»Der Hund beschützt sie nicht?«, wollte Barclay wissen.

»Er ist noch ein Welpe.« Sie schniefte. »Er liebt jeden.«

Michael musste sich zusammenreißen, um sie nicht zu fragen, wie es sein konnte, dass ihre fünfzehnjährige Tochter *allein* – während ein Vergewaltiger die Gegend unsicher machte – mit einem Hund draußen rumlief, dessen Zuneigung mit einem Tätscheln oder einem Leckerbissen gekauft werden konnte. Genau wie er befürchtet hatte, war der anfängliche Schock verblasst, und die Leute waren unvorsichtig geworden. Sein schlimmster Albtraum war wahr geworden.

Ein teurer Sportwagen kam mit quietschenden Reifen am Bürgersteig zum Stehen. In Hemd und Krawatte gekleidet sprang Alicias Vater aus dem Auto und rannte über die Einfahrt zu seiner Frau. »Haben sie sie gefunden?«, fragte er panisch.

»Nein«, stöhnte sie. Dann gaben die Beine unter ihr nach, und sie sank aufs Gras.

Ihr Mann hockte sich neben sie und legte einen Arm um sie.

»Wäre es denkbar, dass sie bei einer Freundin ist und vergessen hat, Ihnen Bescheid zu geben?«, erkundigte sich Barclay.

»Alicia lässt uns immer wissen, wo sie ist«, teilte ihr Vater ihm mit. »Immer. Außerdem würde sie nie zulassen, dass Chester unbeaufsichtigt rumläuft. Sie hat ihn großgezogen, versorgt ihn, seit er zwei Monate alt war. Sie liebt ihn.«

»Was sind ihre Hobbys?« Noch hielt Michael sich davon zurück, die eine Frage zu stellen, die er und Barclay unbedingt beantwortet haben wollten.

»Sie spielt Fußball in der Sommerliga.«

»Und während des Schuljahres?«

»Sie ist Junior-Cheerleaderin.«

Er und Nathan Barclay wechselten einen Blick, während Michael das Blut in den Adern gefror.

# KAPITEL 13

Zoë Murphy war untröstlich. Sie kannte Alicia Perry seit der Vorschule, und auch wenn Alicia ein Jahr älter war als sie, waren sie weiter befreundet geblieben und mochten einander sehr. Da das Mädchen zwei Tage später immer noch nicht wieder aufgetaucht war, gab sich Zoës Familie die allergrößte Mühe, sie aufzuheitern.

Carly fand sie auf der Schaukel im Garten von Cates und Toms Haus. Nachdem sie sich neben ihre Nichte gesetzt hatte, erkannte sie, dass ihre Wangen ganz feucht waren. Sie griff nach ihrer Hand.

Zoë legte die Finger um ihre. »Danke, dass du hier bist.«

Schweigend saßen sie eine Weile da, hielten sich an den Händen und schaukel-ten langsam. Dabei spürte Carly, wie sehr sie sich nach allem sehnte, was sie bei dem Unfall verloren hatte, und nach jedem. Wenn sie bei Zoë war, ganz gleich, ob in guten oder schlechten Zeiten, verlangte es sie stets nach all den Dingen, die in ihrem Leben fehlten, ganz besonders nach dem Ehemann und den Kindern, die sie mittlerweile haben sollte.

»Mom und ich haben vorhin geredet«, erklärte Zoë. »Sie hat mir erzählt, was du durchgemacht hast, als du in der zwölften Klasse warst. Das tut mir so leid, Tante Carly. Ich wusste nicht, dass die Kreuze auf der Tucker Road zu deinen Freunden gehören. Ich kann mir nicht vorstellen, wie das für dich gewesen sein muss.«

Sie drückte Zoës Hand und ließ sie dann los, um Notizblock und Stift aus der Tasche zu ziehen. »Alicia geht es bestimmt gut.« Das Wort unterstrich sie mehrmals.

»Er tut ihr weh«, flüsterte Zoë.

»Sie ist stark«, schrieb Carly.

Zoë nickte.

»Du musst auch stark sein.«

»Ich versuch's ja.«

Carly stand auf und umarmte das Mädchen.

Schluchzend schlang Zoë die Arme um ihre Tante und klammerte sich an ihr fest.

* * *

Am dritten Tag zwang das Verschwinden von Alicia die Stadt auf eine Art in die Knie, die ältere Anwohner an die Woche nach dem Unfall auf der Tucker Road erinnerte. Von einer Mahnwache im Kerzenschein am zweiten Abend abgesehen, behielten die Leute ihre Kinder drinnen und beschränkten ihre Ausflüge auf das Nötigste. In den Kirchen wurde jeden Tag ein Gottesdienst gehalten, und an der Highschool standen den Schülern Notfallseelsorger zur Seite.

Bei Miss Molly's war es stiller, als Carly es jemals erlebt hatte. Die wenigen Gäste, die da waren, gehörten zu den lokalen und nationalen Medien, die am Stadtpark ihre Übertragungswagen aufgestellt hatten. Die meisten nationalen Nachrichtensender hatten über die Story berichtet, und ein Sender hatte Alicia und dem Fall eine ganze Stunde gewidmet und sogar ein Interview mit Chief Westbury ausgestrahlt.

»Wenn du früher Feierabend machen willst, dann nur zu«, schlug Molly ihr vor.

Verlegen, weil sie dabei erwischt worden war, wie sie zum Fenster rausschaute, statt zu arbeiten, zuckte Carly die Achseln. Es gab eigentlich nichts, was sie tun wollte. Ihre Sorgen darüber, was das arme junge Mädchen gerade durchstehen musste, hatten sie erschöpft und ausgelaugt.

»Wie du möchtest, Schatz«, versicherte Molly ihr und tätschelte ihr die Schulter.

»Hey, Carly«, wandte sich Debby an sie. »Chief Westbury hat angerufen. Er möchte, dass du ihn bei der Weide am See triffst, sobald deine Schicht vorbei ist. Er meint, er müsse dir dort etwas zeigen.«

Bei dem Gedanken, den Chief an dem Platz zu treffen, an dem sie und sein Sohn sich früher geliebt hatten, begannen ihre Wangen zu glühen. *Was könnte er mir denn ausgerechnet dort zeigen wollen?* Nervös zog sich ihr Magen zusammen. Die Weide war der einzige Ort aus ihrem alten Leben, an den sie nie zurückgekehrt war. Die Erinnerungen waren einfach zu schmerzhaft. Aber wenn der Chief sie brauchte, dann würde sie hingehen.

Da im Café nicht viel aufgeräumt werden musste, machte sie sich um Punkt zwei Uhr auf den Weg zum See. Voller Unbehagen bemerkte sie, dass an diesem Nachmittag die Beamten auf der Main Street fehlten, denn die gesamte Polizei suchte noch immer verzweifelt nach Alicia. Sie griff in ihre Tasche und legte die Finger um das stets in Griffweite befindliche Pfefferspray.

Zwanzig Minuten später erreichte sie den vereinbarten Treffpunkt, konnte jedoch nirgends eine Spur vom Chief entdecken. Trotz der Krise, die sich in der Stadt entfaltete, genossen ein paar Familien den warmen Tag am Seeufer. Vermutlich konnte man die Kinder nicht für immer im Haus halten, besonders im Sommer nicht.

*Wo steckt er nur?* Sie zog das schmale Handy aus ihrer Gesäßtasche und schickte ihm eine Nachricht: »Wo bleiben Sie? Ich bin am See.«

Während sie auf eine Antwort wartete, ging sie zur Trauerweide, wo sofort Erinnerungen auf sie eindrangen. Was konnte es schon schaden, wenn sie kurz in den von den herabhängenden Zweigen gebildeten Raum schaute? Sie betastete den Blättervorhang und sammelte den Mut dafür, ihn auseinanderzuschieben. Schließlich schloss sie die Lider, atmete tief durch und trat hindurch. Als sie die Augen wieder öffnete, erblickte sie Alicia Perrys leblosen, nackten Körper an dem Platz, an dem sie und Brian sich geliebt hatten.

Sie öffnete den Mund und schrie.

* * *

Michael lief im Konferenzraum auf und ab und lauschte den Berichten der Streifenpolizisten und Detectives, die gerade ihre Schicht beendet hatten. »Nichts Neues«, erklärten sie auch am dritten Tag. »Keine Spur von ihr.«

»Als wäre sie einfach verschwunden, Chief«, meinte der jüngere Streifenpolizist, sichtlich erschüttert.

»Das ist sie ja auch«, erwiderte Michael scharf, genervt von der dümmlichen Aussage. »Jeder, der zur zweiten Schicht bleiben kann, tue das bitte.« Die Ausgaben für die Überstunden seiner Abteilung drohten, die Stadt in den Bankrott zu treiben, aber das war im Moment seine geringste Sorge.

Frustriert ging er in sein Büro und schlug die Tür hinter sich zu. Er fühlte sich machtlos und völlig erschöpft. Abgesehen von kurzen Abstechern nach Hause, um zu duschen und sich umzuziehen, hatte er seit Alicias Verschwinden rund um die Uhr gearbeitet, ohne dass er heute näher daran wäre, sie aufzufinden, als vor drei Tagen. Zum vielleicht zehnten Mal stand er vor dem Fernseher und schaute sich das Video von der Mahnwache an. Jedes Gesicht war ihm vertraut, doch die Kamera hatte nichts Ungewöhnliches eingefangen, kein Anzeichen von einem Monster in ihren Reihen.

Hilflosigkeit und Erbitterung schnürten ihm die Brust zusammen, als er sich auf den Stuhl hinter seinem Schreibtisch fallen ließ. Er warf sich zwei Tabletten gegen Sodbrennen ein und stützte den Kopf in die Hände. Matt hatte angerufen. Er hatte seinen Urlaub abgebrochen und würde morgen zurück sein.

In seiner Abwesenheit hatte Michael angefangen, sich immer mehr auf Nathan Barclay zu verlassen, der sich als echt anständiger Kerl erwies – für einen Bundesbeamten wenigstens. Und er musste zugeben, dass Barclay unglaublich hilfreich war und ihn gut unterstützte. Da das FBI in dem Fall genauso schlecht weiterkam, fühlte er sich selbst weniger wie ein Versager.

Eine Woche vor Alicias Entführung war Barclays Antrag auf weitere Verstärkung abgelehnt worden. Seit dem Kidnapping waren dem Fall vier weitere Bundesbeamte zugeteilt worden. Er betete darum, dass es für Alicia nicht zu spät wäre, und hoffte, mit den zusätzlichen Leuten würde es diesmal zu einer Verhaftung kommen.

Die Lider geschlossen, atmete Michael tief aus. Sie hatten nichts in der Hand. Kein einziges Beweismittel, keinen Hinweis, dem sie nachgehen könnten. Sie konnten nichts tun, außer abzuwarten. Bluthunde waren Alicias Fährte vierzig Meter weit gefolgt, bis sie abrupt geendet hatte. Das ließ eigentlich nur den Schluss zu, dass sie mit einem Auto transportiert worden war. Die Befragung der Nachbarschaft hatte keinen einzigen Zeugen gebracht, und mehrere Suchaktionen via Hubschrauber waren ebenso ergebnislos geblieben.

Wenn Michael sich vorstellte, wie das junge Mädchen wahrscheinlich misshandelt wurde, schmerzte ihm der Magen ebenso heftig wie die Brust. Es war schon zu viel Zeit vergangen. Sie hätten sie längst finden müssen. So lange behielt er sie sonst nie. Bilder von Alicia quälten ihn, wie sie verletzt, nackt und allein im Wald lag und darauf hoffte, dass jemand sie entdeckte.

»Verflucht«, flüsterte er, eine Hand auf der Brust. »Dieses verdammte Sodbrennen bringt mich noch um.«

Da meldete sein Handy den Eingang einer Nachricht. »Was zum Henker?« Er las Carlys Text ein zweites Mal. »Warum wartet sie am See auf mich?« Einen Herzschlag später setzte die Panik ein. Er sprang auf die Füße und stürzte zur Tür, wo er abrupt stehen blieb, weil sich ein schmerzhaftes Stechen durch seine Brust zog. Im Türrahmen krümmte er sich und versuchte, durch den Schmerz hindurchzuatmen.

»Chief«, rief der Dispatcher. »Sie haben sie gefunden. Alicia wurde entdeckt.«

»Carly«, presste er hervor und griff sich an die Brust.

»Chief?« Der Telefonist warf den Kopfhörer beiseite und rannte zu Michael. »Was ist los?«

Michael brach zusammen. »Finden Sie Carly Holbrook«, keuchte er. »Am See.«

* * *

Brian verhandelte gerade über eine außergerichtliche Einigung, als Sally, eine der Sekretärinnen, mit einer Nachricht von seiner Mutter zu ihm trat. Er warf einen Blick auf den rosa Zettel. »Tut mir leid, das werden wir ein andermal erledigen müssen.«

»Wo wollen Sie hin?«, stammelte der Verteidiger, aber Brian war schon zur Tür hinaus.

Auf dem Flur reichte Sally ihm sein Handy und hielt ihm die Anzugjacke hin. »Fahren Sie erst mal schnell nach Hause und packen ein paar Sachen, ich buche unterdessen einen Flug.«

Dreißig Minuten später quälte sich sein Taxi durch den zähen Verkehr auf dem FDR Drive, was ihm zu viel Zeit ließ, sich seinen Schuldgefühlen hinzugeben. Er hätte unverzüglich nach Hause fliegen sollen, als seine Mutter ihm zum ersten Mal von ihren Sorgen um seinen Vater erzählt hatte. Er hätte seine eigenen selbstsüchtigen Bedenken beiseiteschieben und das tun sollen, was für seine Eltern am besten gewesen wäre. Schließlich war er ihr einziges Kind. Wenn sein Vater jetzt starb ... auf der Polizeiwache zusammengebrochen ... Was hieß das eigentlich? Herzinfarkt? Schlaganfall? Was hatte »zusammengebrochen« zu bedeuten?

Nachdem Sally ihm seine Flugdaten übermittelt hatte, wählte er ein weiteres Mal die Nummer seiner Mutter. Mary Ann ging nicht ran, was seiner Angst nur neue Nahrung gab. *Was ist da los?* Immer wieder versuchte er vergeblich, sie zu erreichen, bevor er schließlich um halb sechs ins Flugzeug nach Providence stieg.

Eineinhalb Stunden später landeten sie auf dem T.-F.-Green-Flughafen, und Brian befand sich zum ersten Mal seit fast fünfzehn Jahren wieder auf dem Boden von Rhode Island. Kaum hatte das Flugzeug aufgesetzt, schaltete er sein Handy wieder ein. Eine Nachricht von seiner Mutter ließ ihn wissen, dass sein Vater stabil war und für Untersuchungen ins Rhode Island Hospital eingeliefert worden war. Sofort rief er sie zurück.

»Er liegt in Zimmer siebenhundertzweiundzwanzig«, teilte sie ihm mit tränenerstickter Stimme mit. »Er wird sich freuen, dass du hier bist. Danke, Brian. Ich weiß, wie schwer es dir fällt, nach Hause zurückzukehren. Bis bald.«

Ihm wurde bewusst, dass es ihm unter den gegebenen Umständen ganz und gar nicht schwergefallen war. Er hastete durch den Flughafen, der viel größer war, als er ihn in Erinnerung hatte, und trat in den schwülen Abend, um sich ein Taxi zu nehmen.

»Rhode Island Hospital«, sagte er beim Einsteigen. »Beeilen Sie sich bitte.«

Die Fahrt über die Interstate 95 von Warwick nach Providence erschien ihm unwirklich, denn nichts hatte sich verändert. Die Kurven auf der Thurbers Avenue waren genauso heimtückisch wie in seiner Erinnerung, und auf dem Gebäude der Kammerjägerfirma hockte noch immer die große blaue Termite, die die Anwohner Nibbles Woodaway nannten. In der Ferne zeichnete sich die Kuppel des State House vor dem Himmel ab, als der Taxifahrer die Abfahrt zum Krankenhaus nahm.

Brian warf dem Fahrer zwei Zwanziger hin und sprang aus dem Wagen. Im siebten Stock fragte er im Schwesternzimmer nach seinem Vater und wurde zu einer Tür am Ende des langen Korridors geschickt. Er nahm sich einen Moment, um sich auf das vorzubereiten, was ihn drinnen erwarten würde, ehe er die Tür aufdrückte.

Seine Mutter drehte sich um und warf sich ihm mit einem glücklichen Aufschrei in die Arme.

»Du hast den Jungen nicht wirklich wegen dieser Sache nach Hause beordert, oder?«, bemerkte Brians Vater schwach vom Bett aus.

Beinahe überwältigt davon, seine Stimme zu hören – und dass er sich gut genug fühlte, um sich zu beschweren –, ließ Brian seine Mutter los und beugte sich vor, um seinem Vater einen Kuss auf die Stirn zu geben. »Sei still, Dad.«

Michael wirkte blass, und sein Haar war vollständig ergraut, seit Brian ihn vor einigen Monaten das letzte Mal gesehen hatte, doch ansonsten schien ihm nichts zu fehlen. Vor purer Erleichterung hätte er selbst zusammenbrechen können.

»Du hättest nicht kommen sollen«, brummte Michael, auch wenn er nach der Hand seines Sohns griff. »Es ist nichts. Nur heftiges Sodbrennen.«

Brian wandte sich an seine Mutter. »Und was ist es wirklich?«

»Zum Glück kein Herzinfarkt«, beruhigte sie ihn. »Sie wollen ausschließen, dass seine Arterien verstopft sind, deshalb sollen morgen ein paar Untersuchungen durchgeführt werden. Sie glauben, es könnte eine Panikattacke gewesen sein.«

»Dämliche Zeitverschwendung. Ich muss zur Arbeit zurück.« Michael richtete sich auf, wobei er an den Kabeln zog, über die die Messgeräte mit seiner Brust verbunden waren.

»Du bleibst hier, Dad. Zumindest vorerst.«

»Sie haben sie gefunden«, teilte Michael ihnen mit ernster Miene mit. »Alicia Perry ist gefunden worden, und mehr will man mir nicht verraten. Ich bin der verdammte Polizeichef. Das hier ist *mein* Fall, und ich muss wissen, was los ist.«

Mary Ann trat an die andere Seite des Betts und drückte ihren Mann sanft zurück in die Kissen. »Du darfst dich nicht aufregen, Michael. Der ganze Stress ist dafür verantwortlich, dass du überhaupt erst hier gelandet bist.«

»Wenn du willst, dass ich mich nicht aufrege, dann musst du *bitte* rausfinden, ob sie Carly gefunden haben und ob mit ihr alles in Ordnung ist.«

»Carly?«, fragte Brian. »Was hat sie damit zu tun?«

»Ich habe eine Nachricht von ihr erhalten, bevor ich zusammengeklappt bin«, erklärte Michael mit einer Geste zu den Monitoren. »Dass sie am See auf mich wartet. Ich hatte sie nie darum gebeten, sich dort mit mir zu treffen, deshalb muss ich wissen, wo Carly ist und ob es ihr gut geht.«

»Mom?«, wandte Brian sich an seine Mutter, die eigene Brust ganz eng vor Angst. »Weißt du, was mit ihr ist?«

Mary Ann schien abzuwägen, ob sie ihnen erzählen sollte, was sie wusste. Dann legte sie Michael eine Hand auf die Schulter. »Schatz, Alicia ist tot.«

»Nein, nein, nein!«

»Dad, immer mit der Ruhe.«

Mary Ann atmete zitternd ein. »Carly hat sie unter der Trauerweide am See entdeckt.«

»Unter der Weide?«, keuchte Brian. »Bist du sicher, dass sie dort war?«

Seine Mutter nickte. »Dave DeSilva hat mich zu Hause abgeholt und zu deinem Dad gefahren.« Das war einer der Streifenpolizisten von Granville. »Er hat mir erzählt, was passiert ist. Carly ist in Sicherheit. Da waren Leute am Strand, die ihre Schreie gehört haben und hingelaufen sind. Einer von ihnen hat die Polizei gerufen.«

»Sie hat geschrien?«, fragte Michael ungläubig.

Sie nickte. »Hat Dave zumindest behauptet.«

»Warum sollte er Alicia ausgerechnet dort ablegen?«, wunderte sich Michael.

»Ich weiß vielleicht, warum.« Brian schluckte schwer, als ihm klar wurde, was das alles zu bedeuten hatte.

Seine Eltern betrachteten ihn aufmerksam.

»Dort haben Carly und ich uns getroffen, wenn wir, äh, allein sein wollten.« Er konnte kaum glauben, wie peinlich es ihm selbst im Alter von dreiunddreißig Jahren war, seinen Eltern so etwas zu gestehen. »Da waren wir am Abend des Unfalls.«

Michael verdaute die Information kurz und blickte dann seinen Sohn an. »Wusste sonst jemand davon, dass das euer Versteck war?«

»Ich habe es nie jemandem verraten, und ich bezweifle, dass Carly das getan hat.«

»Wer auch immer dieser Kerl ist, er wusste davon, deshalb hat er Carly dorthin geschickt, damit sie Alicias Leiche findet.« Michael platzte förmlich, weil er unbedingt das Bett verlassen wollte. »Jeglicher Zweifel, den ich vielleicht daran gehegt habe, dass das Ganze wirklich mit Carly und dem Unfall zu tun hat, ist gerade verpufft. Ruf im Revier an«, wies er Mary Ann an. »Sag Nathan Barclay, dass ich mit ihm sprechen muss. Heute Abend noch.«

»Michael, das kann doch sicher bis morgen …«

»Heute Abend, Mary Ann«, beharrte er in einem Tonfall, der keine Widerrede duldete.

* * *

Es war beinahe Mitternacht, als Agent Barclay Brian und seine Mutter in seinem Wagen mit zurück nach Granville nahm. Brian saß auf dem Rücksitz, fühlte sich niedergeschlagen, ausgelaugt und verlegen, nachdem er gründlichst dazu befragt worden war, wie oft er und Carly bei der Weide gewesen waren, was genau sie dort getan hatten und ob er sich sicher war, dass niemand davon gewusst hatte. Das waren Geheimnisse seiner Jugend, Geheimnisse, die er nie ausgerechnet seinen Eltern hatte verraten wollen, vor allem aber Geheimnisse, von denen er nie erwartet hätte, dass sie mal Teil einer Mordermittlung werden würden.

»Sind Sie sicher, dass Carly in Sicherheit ist?«, fragte er Barclay. Er hatte vorhin erfahren, dass sie die Nacht bei ihren Eltern verbrachte.

»Wir haben Polizisten am Haus stationiert, die alles im Auge behalten, keine Sorge.«

*Klar, keine Sorge.* »Hat sie wirklich geschrien, als sie die Leiche gefunden hat?«

»Ja. Offenbar konnte sie den Leuten, die angelaufen kamen, sogar mitteilen, dass unter dem Baum eine Leiche lag.«

»Erstaunlich«, murmelte Brian. »Das müssen die ersten Worte gewesen sein, die sie seit über fünfzehn Jahren gesprochen hat.«

»Hat man mir so berichtet.«

»Heißt das, dass sie wieder reden kann?«, wollte Mary Ann wissen.

»Wir wissen noch nicht, ob es vorübergehend ist oder nicht«, erklärte Barclay. »Sie war völlig außer sich, also haben wir beschlossen, sie heute Abend nicht wegen einer Aussage zu bedrängen.«

»Arme Carly«, meinte Brian. »Als hätte sie nicht schon genug durchgemacht.«

Mary Ann drehte sich auf dem Beifahrersitz um und griff nach Brians Hand. »Tut mir leid, Schatz. Das ist nicht unbedingt die Heimkehr, die ich mir für dich gewünscht hatte.«

Er zuckte die Achseln und rang sich ein schiefes Lächeln ab. »Ich bin mitten in einer Katastrophe abgehauen, warum sollte ich nicht in einer zurückkehren?«

Sie überquerten die Stadtgrenze nach Granville, und Brian war froh, dass sie aus dieser Richtung nicht über die Tucker Road fahren würden. Der Tag war schlimm genug gewesen, ohne dass er sich dem auch noch stellen musste. Im Dunkeln konnte er kaum etwas erkennen, was ihm ganz recht war. Dafür wäre morgen noch Zeit.

Ein paar Minuten später hielt Barclay vor dem Haus an, das in Brians Abwesenheit einen weißen Anstrich erhalten hatte. Er half seiner Mutter aus dem Wagen und dankte dem Beamten für die Fahrt.

»Lassen Sie mich wissen, was bei Ihrem Dad rauskommt«, bat Barclay.

»Mach ich.«

Damit fuhr Barclay weiter, und Brian stand mit seiner Mutter in der Einfahrt seines Elternhauses und erinnerte sich an die Nacht, in der er mit Officer Beckett auf seine Eltern gewartet hatte, nachdem Sam ums Leben gekommen war. Bei der Erinnerung daran überlief ihn ein Schauer. »Das Weiß gefällt mir«, zwang er sich auf dem Weg die Stufen rauf zu sagen.

»Mir auch. Haben wir, glaube ich, vor vier Jahren so gestrichen. Das Braun war mir zu düster geworden, ich war es leid.«

Als er das Haus betrat, war es, als wäre er in der Zeit zurückgereist. Die Möbel waren neu, aber genauso aufgestellt wie früher. Der Geruch hatte sich nicht verändert – eine würzige Mischung aus Potpourri und Kerzen –, und die alten Schulfotos von ihm und Sam hingen noch immer an der Wand.

»Tut mir leid, ich hatte keine Zeit, dein Zimmer herzurichten oder deinen Besuch vorzubereiten«, entschuldigte sich Mary Ann und klang erschöpft. Mit hängenden Schultern führte sie ihn an der geschlossenen Tür zu Sams Zimmer vorbei.

Er legte ihr die Hände auf die Schultern, drehte sie zu sich um und zog sie in die Arme, wo sie sich endlich gehen ließ.

»Entschuldige«, schluchzte sie. »Ich hatte nur solche Angst, als es hieß, dein Dad wäre zusammengebrochen, und es tut so gut, dich hierzuhaben, auch wenn ich weiß, dass es dir nicht leichtfällt.«

»Schon gut. Das muss dir nicht leidtun. Nichts davon. Heute Abend bin ich genau da, wo ich hingehöre.«

Brian Westbury war endlich nach Hause gekommen.

August 2010

*Eine Zeit für die Klage und eine Zeit für den Tanz … Eine Zeit zum Umarmen und eine Zeit, die Umarmung zu lösen, eine Zeit zum Suchen und eine Zeit zum Verlieren.*

Koh 3,4–6

# Kapitel 14

Da Carly ihr Bett damals beim Umzug in ihre neue Wohnung mitgenommen hatte, schlief sie in Cates altem Zimmer, das für die Enkelkinder ihrer Eltern eingerichtet worden war. Eine Wiege nahm eine Ecke ein, zusammen mit einem schmalen Einzelbett, dessen Decke mit Disneyfiguren bedruckt war und in dem Carly jetzt lag und so tat, als schliefe sie.

Als ob sie schlafen könnte.

Jedes Mal, wenn sie die Augen schloss, sah sie Alicia Perrys geschundenen Körper vor sich. Sie hatte auf dem Rücken gelegen, die Beine gespreizt, damit die Person, die sie entdeckte, auch ganz sicher erkennen konnte, was sie durchgemacht hatte. Der Mörder hatte es so eingerichtet, dass ausgerechnet sie die junge Frau fand, etwas, das sie noch nicht ganz verarbeitet hatte. Die Bedeutung erschien ihr überwältigend.

Dass sie geschrien, tatsächlich *geschrien* hatte, als sie die Leiche gesehen hatte, konnte sie ebenfalls kaum fassen. Sie hatte einfach den Mund geöffnet und getan, was viele andere an ihrer Stelle ebenfalls getan hätten. Offenbar war sie laut genug gewesen, dass die Menschen in der Ferne sie gehört hatten und zu ihr gerannt waren.

In dem Chaos mit der Polizei, das der finsteren Entdeckung gefolgt war, hatte sie ihre Stimme nicht noch einmal getestet, um herauszufinden, ob der Schrei und die Worte, mit denen sie sich an jene gewandt hatte, die ihr zu Hilfe geeilt waren, eine einmalige Angelegenheit gewesen waren oder ein Wunder inmitten dieser

Katastrophe. Auf den Befehl des Bundesbeamten hin, der die Ermittlungen leitete, hatte eine Polizistin aus Granville sie nach Hause gefahren und ihren besorgten Eltern erklärt, was passiert war.

Wie damals nach dem Unfall hörte sie durch die Wand, wie sie sich in ihrem Schlafzimmer über sie unterhielten.

Ihre Mutter weinte. »Sie schwebt in Lebensgefahr, Steve. Das spüre ich. Warum sollte er sonst so tun, als wäre er Michael Westbury, und sie an den Ort locken, an dem er das arme Mädchen zurückgelassen hatte? Warum Carly?«

»Ich weiß es nicht, Schatz, aber Michael meint, dass das alles mit dem Unfall zusammenhängt. Zugegeben, ich hatte mich auch gefragt, ob er einfach nur verzweifelt Sams Namen reinwaschen will und deshalb eine Verbindung zum Unfall sucht, allerdings scheint es mir mittlerweile durchaus wahrscheinlich.«

»Jetzt liegt er im Krankenhaus, vielleicht wegen einem Herzinfarkt«, sagte Carol. »Das ist alles einfach unfassbar.«

Bei den Worten stand Carly auf und betrat ihr Schlafzimmer. Das Blut rauschte ihr in den Ohren. Sie hatte sich schon gewundert, dass Michael nicht zum See gekommen war, doch niemand hatte seinen Namen erwähnt.

»Schatz?« Carol setzte sich auf, sobald sie ihre Tochter im Türrahmen bemerkte. »Was ist los?«

Carly betrachtete ihre Eltern, dann fragte sie: »Was ist mit Chief Westbury?« Ihre Stimme klang heiser, weil sie sie so lange nicht benutzt hatte, aber sie würde sich nicht beklagen.

»Oh!« Carol sprang aus dem Bett. »O mein Gott. Steve, hast du das gehört?«

»Hab ich.« Seine eigene Stimme klang belegt. »Glaubst du, du könntest das wiederholen?«

»Hatte er einen Herzinfarkt?«, wollte Carly wissen.

Carol brach in Tränen aus und schloss ihre Tochter in die Arme. »Hör dich nur mal an. Deine Stimme klingt tiefer, reifer, trotzdem bist das ganz und gar du. Ach, das bist *eindeutig* du.«

Steve umarmte die beiden, und zu dritt standen sie lange einfach bloß da.

Schließlich löste sich Carly von ihren Eltern. »Ich will wissen, was mit ihm los ist.«

»Das ist noch nicht klar, Liebes.« Carol legte die Hände an Carlys Gesicht. »Er ist auf dem Revier zusammengebrochen, und man hat ihn ins Rhode Island Hospital gebracht. Mehr hat man uns nicht gesagt.«

»Können wir Mrs Westbury anrufen?«

»Es ist schon spät«, erwiderte Carol.

»Das ist mir egal. Ich muss wissen, ob es ihm gut geht.«

»Ich ruf sie an«, bot Steve an, die Augen auf Carly gerichtet, als hätte er Angst, am Ende nur zu träumen.

Carol führte Carly zum Bett und drückte sie auf die Matratze.

Den Kopf auf der Schulter ihrer Mutter, genoss Carly ihren Trost.

»Wann hast du gemerkt, dass du wieder reden kannst?«, erkundigte sich Carol, die mit den Fingern durch Carlys lange Locken strich.

»Als ich Alicia unter der Weide entdeckt und geschrien habe. Ich muss ständig an sie denken. Da war überall Blut … zwischen ihren Beinen, auf ihrer Brust …«

»Mein armes Baby. Was für ein grausiger Anblick.«

»Mom?«

»Was?«

»Früher haben Brian und ich uns unter der Weide geliebt.«

Carols Hand erstarrte, und sie setzte sich auf.

»Ich weiß, dass du das vermutlich gar nicht wissen willst, aber …«

»Er hat sie absichtlich dorthin gelegt. Damit will er dir zeigen, dass er weiß, was ihr getan habt.«

»Das denke ich auch.«

»O Gott, Carly. Gott.«

»Ich habe Angst«, flüsterte Carly.

Carol drückte sie fester an sich. »Dir wird nichts passieren. Das lasse ich nicht zu.«

In dem Moment kehrte Steve zurück.

»Was hat sie gesagt?«, fragte Carol. »Ist alles in Ordnung?«

»Es war zwar kein Herzinfarkt, trotzdem wird man ihn über Nacht dabehalten und genauer untersuchen.«

Carly und ihre Mutter wechselten einen erleichterten Blick.

»Es gibt da noch etwas, das ihr vermutlich wissen solltet«, fuhr er zögernd fort.

»Was denn?«, erkundigte sich Carly.

»Brian ist zu Hause.«

* * *

Ein namenloser, gesichtsloser Mann, der ihr wehtun wollte, verfolgte Carly in ihren Träumen. Sie rannte, bis ihre Brust schmerzte und ihre Beine unter ihr nachzugeben drohten. Er jagte sie durch die Stadt zum See und stieß sie unter die Weide. Sie wehrte sich, die Zweige schlugen ihr ins Gesicht. Dann war sie plötzlich wieder ein Kind. Brian war da, und er schwebte in Gefahr. Sie wollte ihn warnen, konnte aber nicht sprechen.

Ein Auto brannte. Drinnen saß ihre Familie, die Familie, die sie mit Brian gehabt hätte. *Ihre Kinder brannten in dem Auto.* Voller Panik stürzte sie auf sie zu, doch jemand hielt sie mit kräftigen Armen zurück, die sich nicht freundlich anfühlten. Da war er wieder, der böse Mann, und diesmal hatte er Zoë. Erneut stand Carly unter der Weide, nur statt Alicia fand sie Zoë, leblos und misshandelt.

Sie erwachte mit einem gedämpften Schrei, einem Ton aus ihrem eigenen Mund, der sie erschreckte. Ihr Körper war schweißgebadet, ihr Herz raste. Noch immer lag sie im Bett ihrer Eltern, wo sie neben ihrer Mutter geschlafen hatte. Sie atmete tief durch, bis ihr Herz sich schließlich wieder beruhigte. Während sie dalag und sich von dem schlimmen Albtraum erholte, erschien ein Bild von Alicia Perry vor ihrem geistigen Auge. Alicias Mörder hatte dafür gesorgt, dass dieses Bild sie für immer verfolgen würde.

Alicias Familie und ihre Freunde taten ihr unendlich leid, einschließlich Zoë. Heute würden sie ohne die Hoffnung aufwachen, an die sie sich seit Alicias

Verschwinden geklammert hatten. Das Gefühl kannte sie. Sie kannte es bloß allzu gut.

Da fiel es ihr abrupt wieder ein.

*Brian ist zu Hause.*

War er in diesem Moment wirklich nur siebenhundertachtundsechzig Schritte von ihr entfernt? Der Gedanke spendete ihr Trost und eine Zufriedenheit – und Vorfreude –, die sie nicht mehr empfunden hatte, seit er sie verlassen hatte. Sie fragte sich, ob sie ihn treffen würde.

*Du darfst nicht enttäuscht sein, wenn nicht. Er ist hier, um sich um seinen Vater zu kümmern. Aber würde er wirklich in die Stadt kommen, ohne mich zu sehen? Ganz besonders nach dem, was gestern passiert ist? Ich schätze, das werde ich bald erfahren. Vielleicht treffe ich ihn sogar heute schon.* Ihr Herz setzte einen Schlag lang aus. *Lass das, Carly.*

»Bist du wach?«, flüsterte ihre Mutter von der Tür aus.

Carly wollte nicken, dann fiel ihr ein, dass das gar nicht mehr nötig war. »Ja.«

»Es ist nicht über Nacht verschwunden«, freute sich Carol. Sie trat näher und setzte sich auf die Bettkante. »Ich hatte schon Angst.«

Carly war den Klang ihrer Stimme und das eigenartige Vibrieren in ihrer Kehle nicht mehr gewohnt. »Ich klinge komisch.«

»Du klingst erwachsen. Deine Stimme ist einfach eingerostet, aber das nehmen wir gerne in Kauf.«

»Tut mir leid, dass ich Dad aus dem Bett vertrieben hab.«

»Es diente einem guten Zweck und hat ihn nicht gestört.« Sie nahm Carlys Hand. »Wie fühlst du dich?«

»Irgendwie schuldig.«

»Warum denn das?«

»Weil ich nur daran denken kann, dass Brian zu Hause ist. Ist das nicht schrecklich, wo doch im Moment viel wichtigere Dinge geschehen?«

»Wäre ich an deiner Stelle, wäre das heute auch mein erster Gedanke.«

»Es war nicht mein *erster* Gedanke«, gestand Carly. »Allerdings mein zweiter, dritter, vierter und fünfter.«

Carol lachte leise, wurde aber sogleich wieder ernst. »Ich möchte nicht, dass du dir falsche Hoffnungen machst.«

»Genau davor habe ich mich gerade gewarnt. Keine Sorge, ich weiß. Ich werde ihn womöglich nicht mal treffen.«

»Ich bin mir sicher, dass er wegen dem, was dir gestern passiert ist, völlig aufgelöst ist.«

Carly zuckte die Achseln. »Mag sein.«

Carol streckte die Arme aus, und Carly setzte sich auf und ließ sich von ihrer Mutter umarmen. »Ich kann dir gar nicht sagen, wie gut es tut, hier bei dir zu sein und mit dir zu reden. Wenn du wissen willst, woran ich heute Morgen als Erstes gedacht habe: definitiv daran.«

Sie genoss den Trost, den sie in den Armen ihrer Mutter fand. »Hast du schon mit Cate gesprochen? Wie verkraftet Zoë das Ganze?«

Carol schüttelte bekümmert den Kopf. »Es ist schrecklich. Sie war die ganze Nacht wach.«

»Ich möchte zu ihr.« Damit stand Carly auf. »Wenn jemand versteht, wie es gerade in ihr aussieht, dann ich.«

»Ich habe vorhin aus deiner Wohnung etwas Kleidung und andere Dinge geholt, die du brauchen könntest«, erklärte Carol. »Es liegt alles im Kinderzimmer.«

»Danke. Ich weiß, ich sollte eigentlich zu alt dafür sein, dass sich meine Mutter um mich kümmert, aber gerade jetzt fühlt es sich richtig gut an.«

»Das freut mich, denn Dad und ich wollen, dass du bei uns bleibst, bis sie den Typen geschnappt haben.«

»Vorgestern hätte ich mich noch gewehrt, doch ich habe meine Meinung geändert.«

»Gut, dann ist das geklärt. Warum duschst du nicht rasch und ziehst dich an, während ich uns Frühstück zubereite?«

»Ich muss mich bei Molly melden.« Carly verstummte. »Ich fasse nicht, dass ich mit ihr *telefonieren* kann – wie die meisten anderen Menschen auf der Welt auch.«

Carol umarmte ihre Tochter. »Es ist ein Wunder – ein wahres Wunder. Mach dir wegen Molly keine Gedanken, sie hat vorhin angerufen und lässt dir ausrichten, dass du erst wieder zur Arbeit kommen sollst, wenn du so weit bist.«

»Das ist lieb von ihr. Sie war echt gut zu mir.« Sie zögerte kurz. »Glaubst du, ich konnte schon eine Weile reden, ohne es zu wissen? Ich habe es nicht oft versucht, eigentlich nicht mehr seit dem Notruf, nachdem ich die Zettel gefunden hatte. Da wart ihr in Europa. Wäre es nicht denkbar, dass ich es schon vorher konnte?«

»Das hättest du gespürt«, versicherte Carol ihr.

»Ja, ich schätze schon.« Ganz überzeugt war sie nicht.

* * *

Nach dem Frühstück gingen Carly und ihre Mutter das kurze Stück bis zu Cates Haus, wo Tom sie zur Begrüßung umarmte. »Lass mal hören«, forderte er sie auf und nahm Carlys Gesicht zwischen seine großen Hände.

»Hallo, Tom«, begrüßte sie ihn mit einem kleinen Lächeln.

»Wow«, staunte er. »Du klingst total wie Caren.«

Carly verzog das Gesicht. »Überhaupt nicht.«

»Doch, tust du.«

»Echt, Mom?«

Carol lachte und hielt die Hände hoch. »Da mische ich mich nicht ein.«

»Ich vergebe dir«, wandte sich Carly an Tom, »denn es gibt da etwas, das ich dir schon lange sagen wollte.«

»Das wäre?«

»Du bist ein guter Kerl, Tom Murphy, und meine Schwester hat Glück, dass sie dich gefunden hat. Wir alle haben Glück.« Dann stellte sie sich auf die Zehenspitzen und gab ihm einen Kuss auf die Wange, die vor Verlegenheit ganz rot geworden war.

»Danke«, brummte er.

»Wie geht's Zoë?«, erkundigte sich Carly.

»Schrecklich.« Er schüttelte den Kopf. »Wie soll man mit einer Vierzehnjährigen über so etwas reden?«

»Sag ihr die Wahrheit«, erklärte Carly, ohne zu zögern. »Denn sonst erfährt sie es von jemandem, dessen Eltern *ihm* die Wahrheit verraten haben.«

»Das hat Cate auch gemeint.«

»Kann ich zu ihr?«

»Sie ist in ihrem Zimmer. Cate hast du gerade verpasst. Sie hat Steve und Lilly zu Caren gebracht, damit wir uns heute ganz auf Zoë konzentrieren können.«

»Wenn sie mich fragt, was ich gesehen habe, was soll ich ihr dann antworten?«, fragte Carly.

Tom betrachtete ihr Gesicht. »So viel, wie sie deiner Meinung nach verträgt, schätze ich.«

Mit einem Nicken stieg Carly die Stufen hinauf und öffnete die Tür. Die Vorhänge waren zugezogen, und Zoë lag auf dem Bett. Behutsam fragte Carly: »Kann ich reinkommen?«

»Oh«, keuchte Zoë und setzte sich auf.

Carly war dankbar, dass ihre wundersame Heilung ihre Nichte vorübergehend von ihrer Trauer ablenkte.

»Mom hat erwähnt, du hättest deine Stimme wieder, aber sie zu hören …«

Carly schlüpfte neben ihr unter die Decke. »Dein Dad behauptet, ich würde wie Tante Caren klingen. Was denkst du?«

»Ein bisschen vielleicht.«

Carly stieß ihr sanft in die Seite. »Gar nicht wahr.«

Zoës Lächeln wirkte gezwungen.

»Kann ich was sagen, von dem ich mir in den letzten vierzehn Jahren schon tausend Mal gewünscht habe, es aussprechen zu können?«

Zoë nickte.

»Ich habe dich unendlich lieb. Gleich, als ich dich das erste Mal erblickt habe, hast du mir das Herz gestohlen.«

Bei diesen Worten brach Zoë in Tränen aus und schmiegte sich in Carlys ausgestreckte Arme.

»Warum ist das passiert?«, flüsterte sie unter herzzerreißendem Schluch -zen. »Warum?«

»Ich weiß es nicht. Ich wünschte, ich könnte es dir erklären. Auch ich habe mir diese Frage immer wieder gestellt, nachdem meine Freunde gestorben waren. Manchmal frage ich mich das heute noch.«

»Dad hat erzählt, dass du sie gefunden hast.«

»Ja.«

»War es schlimm?«

Carly nickte und war dankbar, dass Zoë nicht nachhakte.

»Ich will, dass er für das, was er ihr angetan hat, stirbt«, erwiderte sie heftig. »Bin ich deshalb ein schlechter Mensch?«

»Nein, Schatz. Das ist ganz natürlich. Du willst, dass die verantwortliche Person bestraft wird. Chief Westbury, die Polizei und das FBI tun alles in ihrer Macht Stehende, um ihn aufzuspüren. Wenn sie ihn gefunden haben, werden sie dafür sorgen, dass er zur Rechenschaft gezogen wird.« Sie war sich nicht sicher, wen sie damit mehr überzeugen wollte, sich selbst oder Zoë. »Er wird dafür bestraft werden.«

»Werde ich mich jemals wieder normal fühlen, Tante Carly?«, fragte sie mit leiser, gebrochener Stimme.

Carly atmete tief durch. »Es dauert vielleicht eine Weile, aber eines Tages wirst du aufwachen und überrascht feststellen, dass die Sonne scheint, die Glüh-würmchen zurück sind und der Jasmin in voller Blüte steht.« Unter der Flut von Erinnerungen an einen längst vergangenen Sommer, in dem sie selbst ein ebenso untröstliches Mädchen gewesen war, zog sich ihr Herz zusammen. Flüsternd fügte sie hinzu: »Eines Tages wirst du dich besser fühlen, doch das heißt nicht, dass du Alicia vergessen hast. Es bedeutet nur, dass das Leben weitergeht. Selbst wenn du glaubst, das wäre nicht möglich.«

»Hast du das so empfunden?«

»Ganz genau so.«

»Dabei hast du *sechs* Freunde verloren. Das kann ich mir gar nicht vorstellen. Eine ist schon schlimm genug.«

»Trauer ist nicht messbar, Schatz.«

»Vermisst du sie noch?«

»Jeden Tag, aber ich sage mir dann, dass ich sie damit am Leben erhalte, selbst wenn es nur in meinem Herzen und meinem Kopf ist. Ergibt das Sinn?«

Zoë nickte.

Carly zog sie enger an sich und hielt sie fest, bis sie spürte, dass sie in einen ruhelosen Schlaf gesunken war. Sie bettete Zoës Kopf auf das Kissen und betrachtete sie im Schlaf. Ihr Gesicht war vom Weinen ganz verschwollen und rot, und das machte Carly wütend. Dass derselbe Mann wahrscheinlich für beide Tragödien verantwortlich war ... Sie mussten ihn einfach finden – und das schon bald. Es reichte.

* * *

Den ganzen Tag war Carly total nervös. Immer wieder schauten Leute bei ihren Eltern vorbei, um sich nach ihr zu erkundigen. Molly und Debby besuchten sie, nachdem das Café geschlossen hatte. Sie waren noch immer da, als Matt Collins und Agent Nathan Barclay auftauchten, um Carlys Aussage zu dem aufzunehmen, was am See geschehen war.

Außerdem verhörten sie Debby wegen des Anrufs, den sie von dem Mann entgegengenommen hatte, der sich als Chief Westbury ausgegeben hatte.

»Er klang genau wie er«, beharrte Debby. »Mir ist nie in den Sinn gekommen, dass er es nicht sein könnte. Es tut mir unendlich leid, Carly.« Ihre sanften braunen Augen füllten sich mit Tränen. »Wenn dir etwas zugestoßen wäre ...«

»Mir ist nichts passiert«, versicherte Carly ihrer Freundin.

Jedes Mal, wenn sie den Mund öffnete, schauten alle sie an. Es würde wohl eine Weile dauern, bis sie sich daran gewöhnt hätten, dass sie wieder sprechen konnte.

Wenig später verabschiedeten Molly und Debby sich wieder. Während Matt und Agent Barclay Carlys Geschichte aufnahmen, klingelte es erneut. Diesmal war es eine Nachbarin, die Brownies vorbeibrachte. Carly hasste es, dass sie Brian erwartete und jedes Mal aufs Neue enttäuscht war, wenn sich der Besuch als jemand anderes herausstellte. *So viel dazu, dass du dir keine falschen Hoffnungen machen wolltest.*

»Wie geht es Chief Westbury?«, erkundigte sie sich bei Matt.

»So weit gut. Alle Untersuchungen seines Herzens sind ohne Befund geblieben, also haben sie ihn mit der Anweisung nach Hause geschickt, sich ein paar Tage zu schonen.«

»Was für eine Erleichterung.«

»Laut Mary Ann sorgt er sich allerdings unglaublich um dich«, fügte Matt hinzu. »Ich bin mir sicher, dass er sich bei dir melden wird.«

Agent Barclay reichte Carly seine Karte. »Rufen Sie uns an, wenn Ihnen noch etwas einfällt.«

»In Ordnung.«

Carlys Mutter brachte die beiden zur Tür und kehrte ins Wohnzimmer zurück. »Was möchtest du zum Abendessen haben? Such dir aus, was du willst.«

»Mir fehlt dein Hackbraten«, gestand Carly.

»Dann essen wir Hackbraten. Möchtest du dich vor dem Abendessen kurz hinlegen? Du wirkst ziemlich erschöpft.«

»Das bin ich auch.« Sie streckte sich auf der Couch aus.

Carol deckte sie mit einer dünnen Decke zu.

Dankbar lächelte Carly sie an. »Du verwöhnst mich, Mom.«

»Was ich zutiefst genieße. Schlaf jetzt.«

Carly nickte auf dem Sofa ein. Sie verpasste ein paar Anrufe und dass ihr Vater nach Hause kam. Ehe sie sichs versah, rüttelte ihre Mutter sie wach. »Schatz? Das Abendessen ist fertig.«

Carly setzte sich auf und hatte Mühe, den Schlaf abzuschütteln.

»Fühlst du dich etwas besser?«

»Ja«, antwortete sie gähnend.

»Chief Westbury hat vorhin angerufen. Er will unbedingt mit dir reden. Ich hab ihm versprochen, dass wir nach dem Abendessen zu ihm fahren.«

Erschrocken blickte sie zu ihrer Mutter hoch.

»Falls dir danach ist.«

»Natürlich«, erwiderte sie in einem, wie sie hoffte, beiläufigen Tonfall. »Warum denn nicht?«

Mit einem ungläubigen Schnauben legte Carol die Decke zusammen und warf sie über die Rückenlehne der Couch. »Was auch immer du sagst.«

# KAPITEL 15

Nach dem Abendessen ging Carly unter die Dusche. Sich selbst versuchte sie weiszumachen, dass sie das bloß tat, weil sie nach ihrem Nickerchen verschwitzt aufgewacht war, doch sie wusste es besser. Sie kämmte sich ihre langen Locken, bis sie glänzten und geschmeidig waren, dann betrachtete sie kritisch ihr Spiegelbild.

*Ich frage mich, was er sehen wird, wenn er mich anschaut. Was werde ich sehen, wenn ich vor ihm stehe? Hat er sich dermaßen verändert, dass ich meinen Brian in dem Mann, der er jetzt ist, nicht mehr wiedererkenne? Wird er denken, dass auch ich mich verändert habe? Vielleicht erkennt er ja mich nicht wieder.*

Da sie nie viel Make-up benutzte, trug sie nur ein wenig Wimperntusche und etwas Lipgloss auf, ehe sie ins Kinderzimmer ging und einen Rock, ein ärmelloses Oberteil und Ledersandalen anzog. Ein letztes Mal überprüfte sie ihr Äußeres im großen Spiegel hinter der Tür zu Carens altem Zimmer, bevor sie sich nach unten begab.

»Du siehst hinreißend aus«, sagte Carol.

»Aber nicht, als hätte ich mich rausgeputzt, oder?«

»So hinreißend wie immer.«

»Mein Herz rast, und meine Handflächen sind ganz feucht«, gestand sie.

Carol griff nach ihren Händen. »Ich wäre beunruhigt, wenn deine Hände *nicht* feucht wären.«

»Wessen Hände sind feucht?«, fragte Steve, der sich an der Haustür zu ihnen gesellte.

Carly wandte sich ihm zu. »Niemandes. Lasst uns gehen.«

Carol nahm einen Korb mit den restlichen Brownies von der Nachbarin und dem zusätzlichen Hackbraten mit, den sie für die Westburys zubereitet hatte. Dann traten sie in den lauen Sommerabend und brachten den kurzen Weg hinter sich.

*Siebenhundertachtundsechzig Schritte …* Hatte es jemals derart lange gedauert, siebenhundertachtundsechzig Schritte zu laufen? Bis sie endlich vor dem Haus der Westburys standen, musste Carly sich bewusst daran erinnern, zu atmen – ein, aus, ein, aus.

Carol spürte wohl die Nervosität ihrer Tochter, denn sie legte ihr einen Arm um die Schultern.

Mit einem fröhlichen Lächeln und einer Umarmung für jeden von ihnen öffnete Mary Ann ihnen die Tür.

Carol reichte ihr den Korb mit den Speisen. »Damit du mal einen Abend nicht kochen musst.«

»Das duftet herrlich, Carol. Vielen Dank. Möchtet ihr etwas zu trinken? Wie wäre es mit einem Bier, Steve?«

»Da sag ich nicht Nein.«

»Klingt für mich auch gut«, meinte Carol.

»Ich möchte nichts, danke, Mrs Westbury«, lehnte Carly ab.

»Carly.« Mary Ann streckte die Hand aus und streichelte Carly die Wange. »Wie schön, deine Stimme zu hören, aber du bist jetzt alt genug, um mich Mary Ann zu nennen.«

»Ist es nicht wunderbar, dass sie wieder reden kann?« Carols Augen wurden feucht, und sie wischte sich ungeduldig die Tränen weg. »Ich hatte mir vorgenommen, deswegen nicht mehr zu weinen, doch jetzt geht das schon wieder los.«

Steve legte tröstend einen Arm um seine Frau.

»Kommt rein.« Mary Ann führte sie die kurze Treppe zum Wohnzimmer rauf, wo Michael mit hochgelegten Beinen im Fernsehsessel saß.

Er klappte die Fußstütze runter und stand auf. »Ich kann dir gar nicht sagen, wie froh ich bin, dich zu sehen, junge Dame.«

Während sie sich insgeheim fragte, wo zum Henker Brian steckte, durchquerte Carly den Raum und umarmte den Chief. »Sie haben mich ganz schön erschreckt«, flüsterte sie.

»Du mich auch, Schatz«, erwiderte er mit belegter Stimme. »Gestern Nachmittag hab ich deinetwegen bestimmt zehn Jahre meines Lebens eingebüßt.«

Carly drückte ihn lange an sich, bevor sie sich zurückzog und sein Gesicht betrachtete. Er wirkte blass, doch ansonsten gab es kein Anzeichen für das, was er hinter sich hatte. »Alles in Ordnung? Mit Ihrem Herzen?«

»Gesund und munter«, versicherte er ihr lächelnd.

Jeder Nerv in ihrem Körper spannte sich plötzlich, und sie wusste, ohne sich umzudrehen, dass Brian gerade ihre Mutter umarmte und ihrem Vater die Hand gab.

»Da bin ich aber erleichtert«, zwang sie sich, ihr Gespräch mit dem Chief fortzusetzen. »Sie müssen besser auf sich achtgeben.«

»Fang du nicht auch damit an«, stöhnte Michael. »Ich dachte, wir wären Freunde.«

»Das sind wir.« Sie stieß ihn sanft an. »Deshalb will ich ja, dass Sie uns noch eine Weile erhalten bleiben.«

»Ich fasse einfach nicht, dass du mit mir redest, als hättest du nie damit aufgehört.«

»Daran muss ich mich selbst erst wieder gewöhnen.«

»Mein Sohn wartet geduldig darauf, dich zu begrüßen«, flüsterte er laut genug, dass es alle hören konnten.

»Ihr Sohn ist hier?«, übernahm sie seinen Flüsterton. »Das wusste ich ja gar nicht.«

Alle lachten, was es ihr ermöglichte, sich endlich umzudrehen. Da stand er also, ihr Brian, nur älter und, falls das überhaupt möglich war, noch attraktiver, als sie es sich hätte vorstellen können. Weder die Fotos in der Zeitung noch die Bilder aus dem Fernsehen waren ihm gerecht geworden. Sie fühlte sich, als hätte man ihr die Luft aus den Lungen gesaugt. Stocksteif stand sie da, bis er zu ihr kam.

»Mom meinte, du hättest dich gar nicht verändert«, sagte er. »Ich wollte nicht glauben, dass das möglich ist, doch es scheint ganz so, als hätte sie recht.«

Sie hatte ganz vergessen, wie groß er war. Als sie den Kopf hob, stellte sie fest, dass der Blick seiner haselnussbraunen Augen auf ihr ruhte, und wusste nicht mehr, was sie tun sollte. Von einem ganzen Wirrwarr verschiedenster Gefühle überwältigt, wollte sie ihn an sich drücken, ihn küssen, ihn halten, ihn nie wieder loslassen …

Er löste das Problem für sie, indem er sie in die Arme schloss.

Zu ihrer Überraschung fiel es ihr schwer, gleich zu reagieren. Dann jedoch legten sich ihre Hände wie von selbst auf seinen Rücken, und sie entspannte sich in der Umarmung, wobei sie sich bemühte, nicht zu weinen. *Nicht vor den anderen. Später vielleicht, aber nicht jetzt.*

Sie vernahm heftiges Schniefen und erkannte, dass eine oder gar beide Mütter sich nicht zusammenreißen konnten.

»Also«, rief Mary Ann übertrieben fröhlich. »Was ist mit den Getränken?«

Die anderen folgten ihr in die Küche, sodass Brian und Carly kurz allein sein konnten.

Er ließ sie los, dennoch konnte sie den Blick nicht von ihm losreißen. Ihm schien es genauso zu gehen.

»Es ist schön, dich zu sehen.« Das war eine maßlose Untertreibung.

»Dich auch.« Er wickelte sich eine ihrer Locken um den Finger.

Die vertraute Geste raubte ihr den Atem.

»Und deine Stimme zu hören …«

Sie schluckte schwer und musste sich ins Gedächtnis rufen, dass eine Reaktion von ihr erwartet wurde. *Was würde er denken, wenn ich ihn küsse?* »Es war ein merkwürdiger, verrückter Tag.«

»Ich weiß, was du meinst. Heute Morgen bin ich in meinem alten Zimmer aufgewacht und hatte keine Ahnung, wo ich war.«

»Ich bin im Bett meiner Mutter aufgewacht, weil ich zu große Angst davor hatte, allein zu schlafen.«

»Als ich gehört habe, was gestern passiert ist …« Es schien ihn einiges an Überwindung zu kosten, die Hand von ihrem Haar zu nehmen. Sie landete auf ihrer Schulter. »Ist bei dir alles in Ordnung?«

Gerührt von seiner Sorge und abgelenkt von dem Gefühl seiner warmen Hand auf ihrer Schulter antwortete sie: »Es gibt gute und schlechte Momente.« Vor Verlegenheit begannen ihre Wangen zu glühen. »Du hast sicher erfahren, wo er sie hingebracht hat.«

Nickend erwiderte er: »Darüber sollten wir vermutlich reden, aber glaubst du, ich könnte erst mal …«

»Was denn?«, fragte sie, von der Intensität in seinen Augen völlig aus der Fassung gebracht.

»Ich würde dich gern noch einmal in meinen Armen halten.«

Sie trat zu ihm, und diesmal ließ sie den Tränen freien Lauf.

* * *

Brian hielt sie länger, als er sollte. Er hatte sich vorgenommen, cool zu bleiben, doch sobald er sie erblickt hatte, hatten sich seine guten Absichten in Luft aufgelöst. Den feuchten Augen nach zu urteilen, war das Wiedersehen für sie genauso bewegend wie für ihn.

»Carly«, flüsterte er. »Wein bitte nicht.«

»Tut mir leid.« Sie löste sich von ihm und wischte sich übers Gesicht. »Ich scheine nichts dagegen tun zu können. Ich habe mir vorgestellt, wie es wohl wäre, wenn wir uns begegnen, aber nichts hätte mich hierauf vorbereiten können.«

Während er ihr Gesicht zwischen seinen Händen hielt, berührte er mit seinen Lippen ihre Stirn. »Auch ich habe an dich gedacht. Öfter, als ich vermutlich zugeben sollte. Als ich ins Wohnzimmer gekommen bin und du gerade meinen Dad umarmt hast, habe ich erkannt, wie eigenartig es ist, dass du ihm näherstehst als mir.«

»Das war nicht meine Entscheidung«, rief sie ihm mit einem traurigen Lächeln in Erinnerung.

»Stimmt«, musste er zugeben. »Ich sollte dich jetzt besser loslassen, damit wir zu unseren Eltern gehen können, aber viel lieber würde ich dich an die Hand nehmen und mit dir von hier verschwinden.«

»Wohin denn?« Dieser verwegene und geradezu gefährliche Zug an ihm war neu – und aufregend.

Er behielt ihre Hände in seinen. »Egal wohin.«

»Ich hatte mich gefragt, ob ich dich überhaupt sehen würde, solange du zu Hause bist«, gab sie zu.

»Hast du echt gedacht, ich käme hierher und würde dich nicht treffen wollen?«, erkundigte er sich ungläubig.

»Ich wusste es nicht.«

»Doch, das wusstest du.«

Sie begegnete seinem Blick. »Vielleicht wäre es besser gewesen, wir wären uns nicht wiederbegegnet.«

»Sicherer vermutlich, nur nicht unbedingt besser. Ganz sicher nicht besser.«

In dem Moment spürten sie es beide – alles, was sie jemals füreinander empfunden hatten, war noch immer da. Wahrscheinlich sogar stärker denn je.

»Brian …«

»Lassen wir unsere Eltern nicht länger warten. Nachher bringe ich dich heim.«

»Wie in alten Zeiten?«, fragte sie glücklich.

Er erwiderte ihr Lächeln. »Nur besser.«

* * *

»Ich hatte ganz vergessen, wie still es hier ist«, bemerkte Brian, als sie zwei Stunden später das Haus seiner Eltern verließen.

»Im Vergleich zu New York ist es wohl fast überall still. Wie erträgst du das nur?«

Er zuckte die Achseln. »Ich merke es kaum noch. Anfangs war es überwältigend – die ganzen Menschen, der Lärm und das Chaos. Aber man gewöhnt sich dran.«

Ihre Hände stießen gegeneinander, und er nutzte die Gelegenheit, seine Finger mit ihren zu verschränken. Bei der Berührung hatte sie das Gefühl, als durchzuckte sie ein Stromschlag. Dass sie mit Brian Westbury Händchen haltend durch die laue Sommernacht spazieren würde, als wären keine fünfzehn Jahre vergangen, seit sie das letzte Mal seine Hand gehalten hatte … Was von ihrem gesunden Menschenverstand übrig war, drängte sie dazu, loszulassen, bevor es zu spät war, doch irgendwie brachte sie es nicht über sich. Vor wenigen Wochen noch hatte sie gedacht, dass ihr eine Stunde mit ihm genügen würde. Wie dumm sie gewesen war.

»Es hat mich überrascht, dass du nach New York gezogen bist.« Sie wollte alles über sein Leben wissen, jede Einzelheit, seit er das letzte Mal bei ihr gewesen war. »Ich hätte nie gedacht, dass du in der großen Stadt landen würdest.«

»Mich hat eher der Job gereizt als der Ort. Mit dem Oberstaatsanwalt Saul Stein lässt sich ausgezeichnet zusammenarbeiten.«

»Ich habe die Gooding-Verhandlung verfolgt«, gestand sie ihm. »Ich war so stolz auf dich, Brian.«

»Das bedeutet mir viel. Danke.«

»Warum hast du nicht in Harvard Jura studiert?«

»Weißt du denn alles über mich?«, fragte er mit einem leisen Lachen.

Verlegen schaute sie auf den Bürgersteig.

Da blieb er stehen und drehte sich zu ihr um. »Es schmeichelt mir, dass du mich nicht vergessen hast.«

»Dich vergessen?« Ein ersticktes Lachen entrang sich ihr. »Man kann mit Sicherheit behaupten, dass ich dich *nicht* vergessen habe.«

Die Hände an ihrem Gesicht, fragte er: »Gab es einen anderen?«

Sie schüttelte den Kopf.

»Carly«, flüsterte er. Dann küsste er sie.

Seine Lippen legten sich weich, aber fest auf ihre, und einen Moment lang genoss sie einfach die Gefühle, die sie durchströmten. Sein Kuss war ihr vertraut und dennoch völlig neu. Dann brach die Realität über sie herein und erinnerte sie daran, dass er nicht lange in Granville bleiben würde. Sie konnte nicht zulassen, dass er ihr das antat. Ein zweites Mal würde sie das nicht überleben. Eine Hand auf seiner Brust, schob sie ihn sanft von sich. »Nicht.«

»Entschuldige. Ich konnte nicht widerstehen. Du hast mir gefehlt. Ich wusste gar nicht, wie sehr, bis ich dich heute Abend gesehen habe.«

»Bitte, lass das«, flehte sie. »Wir können nicht da weitermachen, wo wir aufgehört haben, als wäre nichts geschehen. In ein paar Tagen kehrst du nach New York zurück, und ich werde wieder allein hier zurückbleiben, das ertrage ich nicht noch einmal. Letztes Mal war es schon schlimm genug.«

»Möchtest du wissen, warum ich nicht nach Harvard gegangen bin?«

Sie nickte, dankbar, dass das Gespräch sich auf emotional weniger aufwühlendes Gebiet verlagerte.

»Weil ich derart am Boden zerstört war, nachdem ich dich hier zurückgelassen hatte, dass mein erstes Studienjahr eine einzige Katastrophe war. Ich wäre das Stipendium los gewesen, wenn meine Mutter – in ihrer unendlichen Weisheit – nicht bei meiner Studienberaterin erwähnt hätte, dass ich meinen Bruder verloren hatte. Sie bat sie, mich im Auge zu behalten, also hat die Beraterin ein gutes Wort für mich eingelegt. Im zweiten Jahr habe ich das Ruder rumgerissen, trotzdem hat sich mein Notendurchschnitt nie erholt. Ich hatte großes Glück, dass ich von der juristischen Fakultät der Northwestern University aufgenommen wurde.«

Sprachlos lehnte sie den Kopf an seine Brust.

Er legte die Arme um sie und erklärte leise an ihrem Ohr: »Als ich in Ann Arbor ankam, war es schon zu spät, um den Mietvertrag für unsere Wohnung zu kündigen, also war ich da allein, wo wir unser gemeinsames Leben beginnen wollten. Es gab Tage, an denen war ich von der Trauer dermaßen gelähmt, dass ich das Bett nicht verlassen, geschweige denn am Unterricht teilnehmen konnte.«

»Brian«, hauchte sie.

»Ich war mir sicher, dass ich die richtige Entscheidung getroffen hatte, aber fortzugehen war einfach gewesen, verglichen damit, Tag für Tag ohne dich zu sein.«

Jäh riss sie sich von ihm los und rannte zum Haus ihrer Eltern, als wäre ihr der Teufel auf den Fersen.

Brian lief ihr hinterher, bekam sie am Arm zu fassen. »Carly. Warte!«

Sie wand sich aus seinem Griff und eilte weiter.

Am Gartentor ihrer Eltern holte er sie ein und zog sie in seine Arme.

»Wir können hier nichts anfangen, wenn du mich dann wieder verlässt«, rief sie, nicht nur von ihrer Flucht ganz außer Atem, sondern auch wegen des Gefühlsaufruhrs, den er in ihr entfesselt hatte.

»Wenn wir wieder was anfangen, dann werde ich dich nie wieder verlassen. Denselben Fehler begehe ich nicht noch einmal.« Er drückte seinen Mund auf ihren und küsste sie heiß und leidenschaftlich und voller Sehnsucht.

Diesmal griff sie nach ihm, legte die Arme fest um seinen Hals und erwiderte seinen Kuss, bis ihr von dem wilden Verlangen ganz schwindlig wurde. Seit er sie das letzte Mal im Arm gehalten hatte, hatte sie nichts auch nur annähernd Ähnliches mehr empfunden.

Keuchend löste er seine Lippen von ihren und bedeckte ihr Gesicht, ihr Kinn und ihren Hals mit Küssen.

Ihr wurden die Knie weich, und allein sein fester Griff hielt sie aufrecht.

»Ich habe überall nach dir gesucht«, flüsterte er. »Deshalb habe ich eine Frau geheiratet, die mich an dich erinnert hat, und eine andere, die dir ganz und gar nicht ähnlich war. Danach habe ich erkannt, dass es für mich bloß eine gibt, nämlich dich, Carly. Ich werde nirgendwohin gehen, bis dieser Kerl geschnappt wurde und du in Sicherheit bist. Wenn es dann an der Zeit ist, dass ich abreisen muss, kommst du entweder mit mir mit, oder ich bleibe hier.«

Mit seinen Lippen strich er über ihr Ohr, und sie erschauerte.

»Wenn du heute Nacht im Bett liegst, möchte ich, dass du darüber nachdenkst, okay?«

Irgendwie schaffte sie es, zu nicken.

Erneut küsste er sie, lange und innig, und als er sich schließlich von ihr trennte, lag sein Herz in seinen Augen. »Bis morgen.« Damit öffnete er das Tor und schob sie hindurch. Er wartete, bis sie im Haus war.

Dort stützte sie die Stirn gegen die Fliegengittertür.

Mit einem Winken drehte er sich um und verschmolz mit der Sommernacht.

# KAPITEL 16

Zur Mittagsstunde am nächsten Tag klopfte Brian an die Haustür der Holbrooks.

Carol öffnete ihm.

»Hallo, Mrs Holbrook.«

»Hallo, Brian. Komm rein. Ach, und nenn mich doch bitte Carol.«

Sobald er im Haus stand, fühlte er sich, als hätte er sein zweites Zuhause betreten. »Ist Carly da?«, erkundigte er sich, wie er es früher auch immer getan hatte.

»Sie arbeitet.«

Überrascht erwiderte er: »Wirklich? Wie ist sie denn zum Café gekommen?«

»Steve hat sie heute früh in die Stadt mitgenommen. Sie ist entschlossen, zur Normalität zurückzukehren und sich von dem Typen nicht wieder in die Isolation im Haus ihrer Eltern drängen zu lassen.«

Das freute ihn. »Schön für sie.«

»Wie geht es deinem Dad heute?«

»Er wird ungeduldig, weil er noch nicht wieder arbeiten darf. Der Arzt meinte, er dürfe erst am Montag wieder anfangen, aber ich fürchte, dass er meine Mutter bis dahin in den Wahnsinn getrieben hat.«

Lachend umarmte Carol ihn. »Es ist einfach schön, dich wiederzusehen.«

»Sie auch. Es tut gut, wieder zu Hause zu sein.«

»Tatsächlich? Das Ganze ist … okay für dich?«

»Um ehrlich zu sein, frage ich mich, warum ich derart lange weggeblieben bin. Das erscheint mir gerade ziemlich albern.«

»Du hast getan, was du tun musstest, um das furchtbare Ereignis zu überstehen. Das Leben ist zu kurz für Schuldgefühle.«

»Nach ein paar Stunden mit Carly scheine ich davon gänzlich durchdrungen zu sein.« Er folgte ihr in die Küche und nahm die Cola entgegen, die sie ihm eingoss.

»Ihr beide«, seufzte sie kopfschüttelnd. »Seit ihr dreizehn Jahre alt wart, hat euch etwas ganz Besonderes verbunden.«

»Das stimmt, und nachdem ich von hier verschwunden bin, hing ich dem Irrglauben an, dass ich es wiederfinden würde, wenn ich nur lange genug danach suchte.«

»Und das hast du nicht?«

»Nicht mal ansatzweise.«

»Ich liebe alle meine Kinder«, setzte Carol an. »Aber Carly … Sie ist etwas ganz Besonderes. Dir muss ich ja nicht erzählen, wie empfindsam sie ist. Ihre Nichten und Neffen beten sie an. Ich schätze, Kinder brauchen keine Worte, um das Herz einer Person zu verstehen.« Sie blickte zu ihm hoch. »Wenn du ihre Hoffnungen schürst, bloß um danach wieder in dein altes Leben zurückzukehren – ich bin mir nicht sicher, ob sie sich dann noch einmal davon erholen wird. Es hat letztes Mal sehr lange gedauert.«

Er streckte die Hand über die Theke und ergriff ihre. »Ich versichere Ihnen das Gleiche wie ihr gestern Abend: Wenn wir auch nur den Hauch dessen zurückgewinnen, was einst zwischen uns war, dann werde ich dem nicht ein weiteres Mal den Rücken kehren. Das verspreche ich Ihnen.«

»Ich werde dich beim Wort nehmen.«

»Nur zu.« Er trank einen langen Schluck von der eiskalten Cola. »Wie kommt sie nach der Arbeit wieder nach Hause?«

»Ich wollte sie abholen. Ihre Schicht endet um vierzehn Uhr.«

»Macht es Ihnen was aus, wenn ich das übernehme?«

»Nur zu«, wiederholte sie seine Worte freundlich.

* * *

Brian verließ das Haus der Holbrooks und begab sich zur Tucker Road, denn wenn er noch eine Weile hierbleiben würde, konnte er das genauso gut gleich hinter sich bringen. Sobald er sich der Unfallstelle näherte, verkrampfte sich sein Magen nervös. Es brauchte nicht viel, nicht einmal nach so langer Zeit, um den Schrecken jener Nacht wieder aufleben zu lassen … den Anblick, die Geräusche, den Geruch.

Dank der Mühe, die Carly unübersehbar investiert hatte, wirkte die Stelle beinahe festlich. Die Farbkleckse der Wildblumen um die sechs Kreuze waren fast unheimlich in ihrer Schönheit. Er hockte sich hin, pflückte ein Schmuckkörbchen, das zu welken begonnen hatte, und ließ die Blüte zwischen den Fingern baumeln, während er die Namen auf den Kreuzen las. Mit jedem dieser Namen waren unzählige Erinnerungen verknüpft, Erinnerungen, die jetzt, da er wieder zu Hause war, erneut in ihm aufstiegen.

Er strich mit der Hand über Sams Kreuz und spürte, wie sich der vertraute Kummer einstellte. Hastig stand er auf und verdrängte ihn. Heute wollte er nicht traurig sein, denn es war der erste Tag seit Langem, an dem er aufgewacht war und an etwas – *jemand* – anderes als die Arbeit gedacht hatte. Seit fünfzehn Jahren hatte er sie nicht gesehen, und im Moment erschienen ihm weitere fünfzehn Minuten ohne sie schon zu lang.

Wäre er klug, würde er nach New York zurückkehren, solange er noch konnte. Aber er war es leid, den Klugen zu mimen, er war es leid, sich so zu fühlen, als würde die Hälfte von ihm fehlen. Also begab er sich in die Stadt, zu der einzigen Person auf der Welt, die diese Leere füllen konnte.

Die kleine Stadt unterschied sich kaum von seiner Erinnerung, allerdings gab es mehr Läden und mehr Autos auf den Straßen. Im Stadtpark drängten sich die Trucks der verschiedenen Medien, und die Polizeipatrouillen auf der Main Street mahnten unablässig daran, dass ein Verrückter auf freiem Fuß war. Unterwegs erkannte er ein paar Leute, doch sie bemerkten ihn nicht.

Miss Molly's war völlig unverändert. Kaum hatte er das Café betreten, entdeckte er sogleich Carly, die sich gerade in einer Ecknische unbeschwert mit drei Männern unterhielt. Als hätte sie auf ihn gewartet, drehte sie sich um, und ihre Blicke begegneten sich. Sein Herzschlag geriet ins Stocken.

Er fragte sich, ob auch andere im Café die Spannung spürten, die zwischen ihnen aufflammte, als er auf sie zutrat und sie mit einem Kuss auf die Wange begrüßte. »Hallo.«

Verblüfft murmelte sie: »Hi.«

»Brian Westbury«, rief einer der Typen aus der Sitznische.

Er wandte die Augen lange genug von Carly, um Tommy, Luke und Tony zuzunicken, die er seit der Grundschule kannte.

»Willst du dich zu uns setzen?«, lud Luke ihn ein und nahm die Füße von der anderen Seite der Nische weg, damit Brian sich dazugesellen konnte.

»Klar.«

»Kann ich dir was bringen?«, wollte Carly wissen.

Dass ihre Wangen glühten, fand er ganz hinreißend. Es gefiel ihm, wie seine bloße Anwesenheit sie aus der Fassung brachte. »Was empfehlt ihr?«, wandte er sich an die anderen.

»Mollys Burger sind noch immer die besten«, versicherte Tony ihm.

»In Ordnung«, erwiderte Brian. »Medium, bitte.«

Ohne ihn anzusehen, eilte Carly davon, um die Bestellung aufzugeben.

Mit einem leisen Lachen schaute er ihr hinterher.

»Wie lange bist du denn in der Stadt?«, wollte Tommy wissen.

* * *

Carly hielt sich zurück, während die Anwohner nach und nach zur Nische traten und Brian begrüßten. Irgendwann verschwanden die anderen, weil sie zur Arbeit mussten.

Wenig später verließ Molly ihren Platz hinter dem Grill, um Carly den Burger zu bringen, den sie für Brian bestellt hatte. »Setz dich zu deinem jungen Mann, solange er isst.«

»Er ist nicht mein junger Mann«, widersprach Carly, obwohl sie schon den ganzen Tag lang ständig an ihn dachte und an das, was er ihr am gestrigen Abend anvertraut hatte. »Außerdem ist meine Schicht noch nicht vorbei.«

»Jetzt schon.« Molly stieß sie an. »Schnapp dir was zu trinken, und geh.«

Sie tat es und setzte sich in der Nische Brian gegenüber.

Mit amüsiert erhobener Augenbraue fragte er: »Musst du nicht arbeiten?«

»Befehl vom Boss. Genießt du deinen Moment im Rampenlicht?«

Er bedeutete ihr, sich näher zu ihm zu beugen.

Vorsichtig lehnte sie sich über den Tisch.

»Irre ich mich, oder sind alle fett und alt geworden?«

Sie lachte.

»Von deinen und meinen Eltern einmal abgesehen.«

»Mit unseren Genen haben wir Glück.«

»Du auf jeden Fall.« Er gab Ketchup auf die Pommes. »Ich fasse einfach nicht, dass du noch genauso aussiehst wie mit achtzehn. Das ist anderen Frauen gegenüber echt nicht fair.«

»Wenn du genau hinschaust, erkennst du die Lachfältchen.«

»Da muss ich schon richtig nah ran«, erklärte er mit gesenkter Stimme. »Nachher.«

Ihre Wangen liefen hochrot an.

Er musste über ihre Reaktion lachen. Dann schob er den Teller in die Mitte des Tisches, damit sie sich welche von den Pommes nehmen konnte. »Du kaust immer noch auf dem Strohhalm rum.«

Sie blickte nach unten und stellte überrascht fest, dass er recht hatte. »Stimmt wohl.«

»Heute Nachmittag hat man mich mit deinem Begleitschutz beauftragt.«

Der Gedanke daran, den Nachmittag mit ihm zu verbringen, erfüllte sie mit Aufregung und Vorfreude. Sie hatte weiter Angst, dass sie träumen könnte. Saß Brian ihr wirklich gegenüber und unterhielt sich mit ihr, wie er es immer getan hatte, als hätte sich zwischen ihnen nichts verändert? Wie viel Zeit blieb ihnen, bis er wieder abreisen musste?

»Was denkst du gerade?«

»Dass ich einfach nicht fassen kann, dass du wirklich hier bist.«

»Und?«

»Woher weißt du, dass da noch mehr ist?«

»Ich kann dir an den Augen ablesen, was du fühlst. Wie früher.«

»Brian …«

Er aß den Burger auf und schob den Teller beiseite. Dann griff er nach ihren Händen. »Verrat es mir.«

»Ich habe mich gefragt, wie lange du wohl noch hier bist.«

»Heute früh habe ich mit meinem Boss telefoniert und mich einen Monat lang beurlauben lassen.«

Sie atmete scharf ein. »Das kannst du doch nicht einfach machen.«

»Wie soll ich denn zur Arbeit zurückkehren, solange du in Gefahr bist und mein Vater sich in ein frühes Grab schindet?«

»Ein ganzer Monat.« Sie ließ sich zurücksinken. »Kannst du dir das leisten?«

Er lachte. »Ja, das kann ich. Da ich erst vor Kurzem zum ersten Mal seit sechs Jahren Urlaub hatte, bleiben mir acht Wochen. Selbst wenn ich keine Urlaubstage mehr hätte, wäre es kein Problem. Ich hab genug Geld auf dem Konto.«

Weiter bemüht, zu verstehen, dass ihr ein ganzer Monat mit ihm blieb, fragte sie: »Warum arbeitest du so viel?«

»Weil ich nichts Besseres zu tun habe.« Er drückte ihr die Hand. »Bis jetzt jedenfalls. Können wir von hier verschwinden?«

Sie schaute sich um und stellte erstaunt fest, dass das Café wie leer gefegt war. »Klar.«

Er zahlte und steckte ihr einen Zehn-Dollar-Schein in die Schürze.

»Wofür ist der denn?«

»Für die reizende Bedienung, die mir den besten Burger serviert hat, den ich seit Jahren gegessen habe.«

»Das ist ja mehr als die Rechnung.« Sie versuchte, ihm das Geld zurückzugeben.

»Sei nicht albern.«

Damit verließen sie den Laden und wanderten gemächlich über die Main Street.

»Möchtest du dich umziehen?«, fragte er.

»Liebend gerne. Wonach ist dir dann?«

Er zuckte die Achseln. »Was unternimmst du für gewöhnlich donnerstags?«

»Da besuche ich das Baseballspiel meiner Nichte Zoë, aber das wurde heute abgesagt.«

»Deine Nichte spielt Baseball?«

»Sie ist ein fantastischer Pitcher«, erklärte sie, bevor sie ihn die Treppe zu ihrer Wohnung über Carson's raufführte.

»Das muss ich sehen.«

»Hoffentlich ist ihr nächste Woche wieder danach. Alicia Perry war eine gute Freundin von ihr. Das geht ihr ganz schön an die Nieren.«

Er schüttelte den Kopf. »Die Arme. Wir können das nachvollziehen, nicht wahr?«

»Leider nur allzu gut.«

Sie schloss die Tür auf und trat vor ihm ein.

»Oh, wow.« Er pfiff anerkennend. »Was für eine tolle Wohnung. Sie passt zu dir.« Beeindruckt schlenderte er ins Wohnzimmer und blieb abrupt vor der Jukebox stehen. Als er sich zu ihr umdrehte, stand ihm die Überraschung ins Gesicht geschrieben.

Sie löste das Haar aus dem Pferdeschwanz und schüttelte es aus. »Tobys Eltern wollten sie loswerden, also hab ich Mr Garrett gebeten, sie mir zu überlassen.«

Ehrfürchtig strich er mit den Händen über die alte Musikbox. »Ich erinnere mich noch an den letzten Abend. Jeder Moment ist für immer in meinen Verstand geätzt.«

»In meinen auch. Ich habe die Jukebox jetzt schon drei Jahre, hab mich allerdings erst vor Kurzem überwinden können, ›Tupelo Honey‹ zu spielen. Ich hab geheult wie ein Schlosshund.«

»Vor ein paar Jahren habe ich das Lied mal gehört. Da habe ich einige meiner Kollegen nach der Arbeit auf einen Drink begleitet, und wir waren in einer Kneipe in der Nähe der Staatsanwaltschaft. Ich hatte richtig Spaß.«

So, wie er das erzählte, war das wohl nicht oft der Fall gewesen, was sie traurig stimmte.

»Da ertönte plötzlich das Lied über die Lautsprecher. Es war dermaßen laut, dass ich es gar nicht hätte bemerken dürfen, aber mir war, als wären alle anderen Geräusche verstummt. Es war das erste Mal seit jenem Abend, dass ich es wieder gehört habe, und ich hab mich gefühlt, als hätte mich jemand in den Magen geboxt.«

Sie trat zu ihm und legte ihm die Hände auf die Brust.

Zwar bedeckte er sie zärtlich mit seinen, trotzdem war er tausend Meilen entfernt, gefangen in seiner Erinnerung. »Ich hatte schon davon gehört, dass ein Lied die Leute in der Zeit zurückversetzen kann, doch ich hatte das nie zuvor erlebt. Ich stand vom Tisch auf und lief nach draußen, weil ich es einfach nicht ausgehalten habe. Ich weiß noch, wie ich in einer Seitengasse neben der Kneipe an der Backsteinmauer runtergerutscht bin und mir die Augen aus dem Kopf geweint habe.«

Sie schlang die Arme um ihn und drückte ihn lange stumm an sich. »Meinst du, wenn wir es uns gemeinsam anhören, erschaffen wir eine neue Erinnerung, um den Schmerz der alten für uns beide ein wenig zu lindern?«

Er sah zu ihr runter. »Das könnte funktionieren.«

Also begab sie sich zu dem Gerät, stöpselte den Stecker ein und wählte den Song. Als sie wieder vor ihm stand, spürte sie plötzlich einen Anflug von Verlegenheit.

Er zog sie schützend in die Arme und hielt sie fest, während die ersten Klänge des Lieds den Raum erfüllten. Sie tanzten nicht, sondern wiegten sich lediglich hin und her.

»Ich wollte dich unbedingt von dort wegbringen«, erinnerte er sich. »Damals konnte ich nur daran denken, mit dir allein zu sein. Ich wünschte, ich hätte gewusst, dass es die letzten Minuten waren, die ich mit meinem Bruder verbringen würde, mit ihnen allen.«

»Wünschst du dir jemals, wir wären mit ihnen mitgefahren?«

Er zog sich von ihr zurück, damit er ihr ins Gesicht blicken konnte. »Es gab Zeiten, in denen glaubte ich, es wäre einfacher gewesen. Aber dann muss ich daran denken, dass meine Eltern dann beide Söhne verloren hätten, und dann weiß ich, dass es einen Grund dafür gibt, dass ich nicht mit im Auto saß, genau wie du.«

»Manchmal bin ich mir nicht sicher, was dieser Grund sein soll. Mein Leben ist sehr eng. Ich habe die Stadt seit über fünfzehn Jahren nicht verlassen. Zwar habe ich meinen Job, meine Familie, meine Nichten und Neffen … allerdings nicht viel mehr.«

»Das ist drei Mal so viel wie das, was ich habe. Selbst deine Wohnung ist ein echtes Zuhause. Meine hat ein Sofa, einen Fernseher und zwanzig Anzüge im Schrank.« Leise sang er das Lied mit, wie damals, vor all den Jahren.

»Ich hatte mir immer vorgestellt, dass du in New York ein glamouröses Leben führst.«

Er schnaubte lachend. »Wenn du nur wüsstest, wie langweilig und leer es ist.«

»Du hast doch bestimmt Freunde, Leute, mit denen du was unternimmst.«

»Eigentlich nicht. Ich habe mich nie bemüht, Freundschaften zu schließen. Das Risiko schien es mir nicht wert zu sein.«

Tränen brannten in ihren Augen. »Unsere Leben sind sich ähnlicher, als ich es mir je vorgestellt hätte.«

»In Florida hat meine Mutter behauptet, es sei mutig von mir gewesen, zu verschwinden und einfach weiterzuleben, trotz allem, was geschehen ist. Sie meinte, ich hätte nicht zugelassen, dass es mein Leben zerstört. Aber irgendwie hat es das doch, genau wie deins. Wenn ich daran denke, was wir hätten haben können, verglichen mit dem, was wir haben …«

Sie hob den Kopf.

Sanft drückte er seinen Mund auf ihren. »Was hältst du davon, als neue Erinnerung?«

»Fühlt sich gut an«, erwiderte sie atemlos.

Er barg das Gesicht in ihren weichen Locken. »Finde ich auch.« Dann endete das Lied, und drei weitere begannen und verklangen, ehe er den Kopf von ihrer Schulter nahm. »Irgendwie war das heute komisch. Die Leute schienen mich nicht zu erkennen, bis ich bei dir bei Miss Molly's war.«

»Du hast dich ganz schön verändert – siehst noch besser aus als früher, falls das überhaupt möglich ist. Tatsächlich erinnerst du mich an deinen Dad, als ich ihn zum ersten Mal getroffen habe.«

»Meinst du?«

»Absolut.«

»Hättest du mich wiedererkannt, wenn du mich nicht schon in der Nachrichtensendung gesehen hättest?«

»Ich würde dich überall wiedererkennen.«

Er schob die Finger in ihr Haar und drehte ihr Gesicht, um sie erneut zu küssen. »Ich liebe dich noch immer, Carly. Sobald ich dich gestern Abend erblickt habe, wusste ich, dass ich dich immer geliebt habe und immer lieben werde.«

Erstaunt riss sie die Augen auf. »Du hast nie aufgehört? Selbst als du verheir…«

Mit einem Finger an den Lippen brachte er sie zum Schweigen. »Ich habe nie aufgehört.« Dann griff er in die Gesäßtasche. »Ich möchte dir etwas zeigen.«

Sie beobachtete, wie er sein Portemonnaie hervorzog und einen Zettel aus einem der Fächer nahm. Sobald sie erkannte, was es war, atmete sie scharf ein. »Den hast du noch?«

»Ich trage ihn bei mir, seit ich an jenem Morgen in unser Auto gestiegen bin. Wenn ich glaubte, ich würde es keine Minute mehr ohne dich aushalten, hab ich ihn hervorgeholt und erneut gelesen. Die Erinnerung daran, dass du mich liebst, hat mir die Kraft gegeben, weiterzumachen.«

Tränen rannen ihr über die Wangen. »Wenn du mich dermaßen vermisst hast, warum bist du dann nicht einfach zurückgekommen?«

»Weil ich gelobt hatte, es nicht zu tun. Mein alberner Stolz und eine Menge Sturheit haben mich davon abgehalten.«

»Diese Sturheit hat dich durchs College und durchs Jurastudium getragen«, erinnerte sie ihn. »Vergiss das nicht.«

»Bin ich zu lange weggeblieben?« Er steckte das Portemonnaie zurück in die Gesäßtasche und wischte mit den Daumen über ihre feuchten Wangen.

»Nein«, flüsterte sie. »Was ich auf den Zettel geschrieben habe, meinte ich auch so. Du bist der Einzige, den ich jemals geliebt habe, der Einzige, den ich jemals lieben werde.«

Er drückte sie fest an sich. »Mehr muss ich nicht wissen. Wir schaffen das schon irgendwie, Carly, und diesmal wird uns nichts davon abhalten, alles zu bekommen. Nichts.« Damit hob er sie hoch und küsste sie.

Sie klammerte sich an seine Schultern und keuchte auf, als sie spürte, wie seine Hände über ihre Beine strichen und sie um seine Hüften legten.

Ihr Rock störte ihn, also schob er ihn hoch und aus dem Weg.

Sie umschlang ihn fester.

Ein Stöhnen entrang sich ihm.

Als sie plötzlich das Gefühl hatte, zu fallen, riss sie die Augen auf. Sie landete auf dem Sofa.

Er schob sich über sie und betrachtete sie eindringlich.

Kurz entschlossen fuhr sie mit den Händen unter sein Hemd, um seine warme Haut zu spüren.

»Ich will dich«, sagte er leise, bevor er die Lippen auf ihre drückte. »Aber ich fürchte, das alles geht zu schnell.« Er atmete scharf ein, als sie mit den Fingern in seine Shorts glitt.

Lächelnd fragte sie: »Ist das zu schnell für dich?«

Die Frage beantwortete er ihr mit einem leidenschaftlichen Kuss, und sie legte wieder die Beine um ihn und hob die Hüften, um sich an ihn zu drängen.

»Carly«, erwiderte er heiser. »Bist du dir sicher?«

Mit einem Nicken zog sie ihn für einen weiteren Kuss zu sich.

Beim Aufknöpfen des gelben Kleids strichen seine Finger über ihre Brust. Er ließ sich dabei Zeit, und sein Mund folgte seinen Fingern. Seine haselnussbraunen Augen glühten förmlich vor Leidenschaft, sobald er einen Blick auf den Spitzen-BH erhaschte. »Trägst du stets derart heiße Unterwäsche zur Arbeit?«, wollte er wissen, ehe er den BH öffnete und beiseiteschob.

»Heute habe ich was Besonderes angezogen – nur für den Fall.«

Er lachte leise. »Für welchen Fall?«

»Für den Fall, dass ich echt Glück habe.« Die Finger in seinem Haar, führte sie ihn dahin, wo sie ihn sich am meisten wünschte, und keuchte auf, als er eine Brustspitze tief in den Mund saugte. Sie wandte den Kopf ab, als wollte sie vor den überwältigenden Empfindungen fliehen. Doch als sie die Augen öffnete, sah sie durch den Glaseinsatz der Tür einen Schatten und schrie auf. Jemand beobachtete sie.

Hektisch schob sie Brian von sich. »Er war hier«, rief sie. »Er hat uns zugeschaut.«

Brian sprang von der Couch und rannte zur Tür.

Mit zitternden Händen knöpfte sie sich das Kleid zu.

Gleich darauf kehrte er mit finsterer Miene zurück. »Er ist weg. Ruf die Polizei.«

# Kapitel 17

Brian legte den Arm um Carly, während sie Matt Collins und Nathan Barclay berichtete, was sie gesehen hatte.

»Bist du sicher, dass du nichts von seinem Gesicht erkannt hast?«, wollte Matt noch einmal wissen.

»Das hat sie doch schon gesagt«, fuhr Brian ihn an, bereute es aber sofort. Matt erledigte schließlich nur seinen Job. »Tut mir leid.«

»Muss es nicht«, erwiderte Matt. »Ich weiß, wie frustrierend das für dich sein muss. Für uns ist es das auch.«

Der Mann, der ihn an dem Abend, an dem sein Bruder gestorben war, so einfühlsam unterstützt hatte, war trotz der vielen Jahre, die inzwischen vergangen waren, erstaunlich jung geblieben. Das blonde Haar trug er kurz geschoren, und lediglich ein paar Falten in den Augenwinkeln deuteten darauf hin, dass er Mitte vierzig war.

»Er trug einen Hut, der sein Gesicht beschattet hat«, erklärte Carly. »Und er war groß. Tut mir leid, dass ich nicht mehr weiß.«

»Leute von uns durchkämmen bereits die Innenstadt«, versicherte ihr Barclay.

»Ich bin mir sicher, dass er längst fort ist«, meinte Brian. »Tun Sie mir einen Gefallen, und erzählen Sie meinem Vater erst mal nichts davon. Er soll es ruhig angehen, und das wird ihn nur unnötig aufregen.«

»Ich fürchte, dafür ist es vermutlich schon zu spät«, entgegnete Matt mit einem müden Lächeln. »Du weißt doch, dass er das Ohr am Polizeifunk hat.«

»Großartig«, brummte Brian. »Ich ruf ihn an.«

Wenig später verließen die Polizisten Carly und Brian mit dem Versprechen, sie über die Ermittlungen auf dem Laufenden zu halten.

Brian brachte sie zur Tür, dann kehrte er zu Carly zurück und setzte sich neben sie auf die Couch. Er nahm ihre Hand und stellte erschrocken fest, wie kalt sie war. Mit beiden Händen rieb er ihre Finger, dann fragte er: »Woran denkst du?«

»Daran, dass er uns ständig alles wegnimmt«, gestand sie leise. »Deinen Bruder, all unsere Freunde, die Weide, uns.« Sie drehte sich zu ihm, und die Trauer in ihrem Blick versetzte ihm einen Stich. »Wir waren kurz davor, uns zu lieben, und ich wollte es. Unbedingt.«

»Das werden wir noch«, versicherte er ihr. »Wenn es so weit ist, wird uns der Kerl nicht dabei beobachten. Das garantiere ich dir.«

»Das hat er doch schon.« Ein Schauder durchlief sie. »Unter der Weide, da hat er uns beobachtet.«

»Das macht mich ganz krank.« Er hätte nie gedacht, dass er in der Lage wäre, jemanden umzubringen, aber wenn er nur eine Minute mit dem Typen allein wäre … Nur eine Minute. Mehr bräuchte er nicht, um sich für Sam, Carly und die anderen zu rächen. Es wäre gelogen, würde er behaupten, er würde nicht auch für sich selbst Rache wollen.

»Du bist ganz angespannt, Brian.«

»Ich wünschte bloß, ich könnte dich irgendwie aus der Stadt und von alldem hier wegbringen.«

»Das fände ich schön.«

»Nur wegen dieser Auto-Sache, da weiß ich nicht, wie wir das anstellen sollen.«

»Ich hatte gedacht, dass ich vielleicht allmählich so weit bin.«

Überrascht schaute er sie an. »Im Ernst?«

Sie biss sich auf die Unterlippe und nickte. »Ich bin es so leid, Angst zu haben. Wenn du bei mir bist, dann könnte ich es vielleicht schaffen.«

Darüber dachte er kurz nach. »Dad hat Mom vor ein paar Jahren ein Cabrio gekauft. Du hast es wahrscheinlich schon mal gesehen.«

»Es ist so niedlich, wie sie in dem kleinen roten Wagen durch die Stadt düst.«

Bei dem Gedanken, was der Polizeichef wohl davon halten würde, dass seine Frau durch die Stadt »düste«, musste Brian lachen. »Ich bin mir sicher, dass sie ihn uns leihen würde. Wenn das Verdeck unten ist, könnte es dir die erste Fahrt erleichtern.«

»Was, wenn ich es nicht schaffe? Wärst du dann enttäuscht von mir?«

»Natürlich nicht.« Er gab ihr einen Kuss auf die Wange. »Wenn es zu viel für dich ist, dann kann ich den Psychologen anrufen, der die Gooding-Kinder auf die Verhandlung vorbereitet hat. Er ist auf Traumata spezialisiert, und ich hatte mich gefragt, ob er nicht vielleicht auch dir helfen könnte.«

»Du hast an mich gedacht?«

»Ich habe ständig an dich gedacht. An dem Tag vor Gericht, nachdem die Geschworenen Gooding für schuldig befunden haben, warst du die Erste, der ich davon erzählen wollte.«

Einen stillen Moment lang umarmte sie ihn. »Es gibt da etwas, das ich dir zeigen will.« Sie lief ins Schlafzimmer und kehrte mit einem Fotoalbum zurück.

»Was hast du da?«

Sie reichte es ihm. »Auch ich habe an dich gedacht.«

Er öffnete das Buch und erkannte verblüfft die Ausschnitte aus der lokalen Zeitung, in denen von seinen Abschlüssen an der Michigan und der Northwestern und seiner Anstellung als Staatsanwalt in Manhattan berichtet wurde. Bei der Erwähnung seiner beiden Ehen zuckte er zusammen. »Ich hatte mich schon gefragt, ob du davon weißt«, murmelte er.

»Lies weiter.«

Im Rest des Albums befanden sich Artikel über seine größeren Fälle, die er vor Gericht gebracht hatte, und die Gooding-Verhandlung nahm den Hauptteil der letzten Seiten ein. »Wie bist du nur an all diese Berichte gelangt?«, fragte er fassungslos.

»Ich habe die *New York Times* abonniert«, gestand sie beinahe verlegen. »Ich wollte wissen, was du so treibst.«

»Ich weiß nicht, was ich dazu sagen soll. Dass ich dir derart wichtig war … Ich bin beeindruckt und ein wenig beschämt.«

Sie gab ihm einen Kuss. »Carly Holbrook liebt Brian Westbury«, flüsterte sie.

Überwältigt von den vertrauten Worten legte er das Buch auf den Couchtisch und schlang die Arme um sie. »Und er liebt sie ebenfalls.«

»Bring mich fort von hier, bitte.«

»Du hast die nächsten zwei Tage frei, oder?«

Sie nickte.

»Dann ruf deine Eltern an, und pack deine Sachen. Ich weiß genau, wohin wir fahren sollten.«

* * *

Beklommen näherte sich Carly dem kirschroten Cabriolet. Hinter ihr sahen Brian und seine Eltern zu.

»Glaubst du, du schaffst es?«, wollte Brian wissen.

»Ich möchte es, aber ich fürchte, ich verliere den Mut, sobald wir losfahren.«

Er legte ihr die Hände auf die Schultern. »Wenn du Angst bekommst, dann kehren wir sofort um. Versprochen.«

Sie drehte sich um. »Danke, dass Sie uns Ihr Baby ausleihen, Mary Ann.«

Lächelnd drückte sie Carly. »Ist mir ein Vergnügen.«

Michael gab ihr einen Kuss auf die Wange. »Ich bin schon stolz auf dich, weil du es überhaupt versuchst. Du lässt ihn nicht gewinnen.«

Etwas an der Aussage bewirkte, dass sie neuen Mut fasste. Sie griff nach Brians Hand. »Lass uns losfahren, bevor ich einen Rückzieher mache.«

Er hielt ihr die Tür auf und hockte sich hin, um sie anzuschnallen. Die Hände auf ihren Beinen, küsste er sie. »Alles okay?«

Sie nickte.

»Wir sehen uns in ein paar Tagen«, rief er seinen Eltern zu und umrundete den Wagen. »Ihr könnt mich auf dem Handy erreichen.«

»Viel Spaß«, verabschiedete Mary Ann sie.

Dann startete Brian den Motor und ließ das Auto gemächlich aus der Einfahrt rollen. Er blickte zu Carly. Auf ihrem Gesicht lag ein unlesbarer Ausdruck, und sie ballte die Hände im Schoß zu Fäusten. Auf dem Weg zur Stadt raus fuhr er einen Umweg, um die Tucker Road zu meiden.

»Alles in Ordnung?«

Sie nickte.

»Deine Knöchel sind ganz weiß.« Er schob seine Hand zwischen ihre. »Ich hatte ganz vergessen, wie gerne ich fahre. In der Stadt komme ich nicht oft dazu.«

Sie riss den Kopf zu ihm rum. »Wie lange ist es denn schon her?«

Er lachte. »Es wäre wohl besser, wenn ich dir das nicht verrate.«

»Brian!«

Lachend erwiderte er: »Entspann dich. In Florida hab ich Mom die ganze Zeit rumkutschiert.«

Sie schloss die Augen und hielt das Gesicht in die warme Sommerbrise. »Du hattest recht mit dem Cabrio. Hier fühle ich mich nicht eingesperrt.«

»Wie fühlst du dich dann?«

»Frei«, flüsterte sie. »Ich fühle mich frei.«

* * *

Auf dem Weg gen Süden überraschte es Brian, wie gut er sich noch in seinem Bundesstaat auskannte. Die Überlandstraße vermied er absichtlich, und er behielt stets den Rückspiegel im Blick, um sicherzugehen, dass sie nicht verfolgt wurden. Als sie schließlich über die Stadtgrenze von East Greenwich kamen, war er sich sicher, dass sie ihm entronnen waren.

»Du hast mir noch immer nicht verraten, wohin wir fahren.«

»Da waren wir schon ein paarmal, einmal auch mit Toby und Michelle. Du erinnerst dich vermutlich nicht mehr«, ärgerte er sie, denn er wusste, dass sie genau wie er nichts von ihren gemeinsamen Jahren vergessen hatte.

Sie dachte eine Weile darüber nach. »Ach, jetzt weiß ich es: Newport, richtig?«

»Verdammt, du hast es erraten.«

Fröhlich klatschte sie in die Hände, dann beugte sie sich vor und gab ihm einen Kuss auf die Wange. »Das ist perfekt.«

Es erstaunte ihn, dass ihre Freude ebenso rasch nachließ, wie sie aufgetaucht war. »Was ist los? Wird es dich zu stark an Toby und Michelle erinnern?«

»Nein.«

»Was dann?«

»Jetzt, in diesem Moment, fühle ich mich besser als jemals zuvor seit dem Unfall. Ich hatte fast vergessen, dass ich mich so gut fühlen kann.«

»Das ist doch schön, oder nicht?«, fragte er, erfreut von ihren Worten.

»Ich habe aber auch ein schlechtes Gewissen.«

»Warum?«

»Es erscheint mir selbstsüchtig, nach allem, was geschehen ist. Zoë ist wegen Alicia am Boden zerstört, und vielleicht tötet und quält dieser Typ junge Frauen wegen einem Groll, den er auf mich hegt. All diese zerstörten Familien und Kinder. Nur meinetwegen.«

Er lenkte den Wagen an den Straßenrand und griff nach ihr. »Baby, hör mal. Es gibt nichts, weswegen du dich schuldig fühlen solltest. Dieser Kerl ist ein Psychopath, seine Handlungen haben nichts mit dir zu tun.« Auf der Suche nach den Worten, die sie aufmuntern würden, fragte er: »Erinnerst du dich noch daran, wie John Hinckley auf Präsident Reagan geschossen und anschließend behauptet hat, er hätte es für Jodie Foster getan?«

Sie nickte.

»Hat irgendjemand Jodie Foster dieses Verbrechen vorgeworfen?«

»Nein, aber ich bin mir sicher, dass sie deswegen ein schlechtes Gewissen hatte.«

»Es war nicht ihre Schuld, genau wie das hier nicht deine Schuld ist. Wir werden rausfinden, dass der Typ ein sehr unglückliches Leben hatte und neidisch auf uns war. Die Schuld darfst du nicht dir zuschreiben, Liebling. Du hast nichts falsch gemacht.«

»Ich zerbreche mir nur die ganze Zeit den Kopf darüber, ob ich mal gemein zu jemandem war, ohne es zu wollen, oder ob ich jemanden enttäuscht habe, weil ich mit dir zusammen bin, doch mir fällt einfach niemand ein.«

»Es ist vermutlich jemand, von dem du nicht mal wusstest, dass er Gefühle für dich hat. Himmel, es könnte jeder sein. Du warst das hübscheste Mädchen an der Schule, und ich konnte mein Glück gar nicht fassen, als ich mich mit dir verabreden wollte und du Ja gesagt hast.«

»Das hast du mir noch nie verraten.« Sie streichelte sein Gesicht. »Ich dachte immer, *ich* hätte großes Glück gehabt.«

Er nahm ihre Hand und drückte die Lippen auf ihre Handfläche. »Wir hatten beide Glück, und die anderen wussten es. Dass zwischen uns etwas Besonderes lief, war jedem klar, der uns kannte. Das ist aber nicht unsere Schuld. Du musst also kein schlechtes Gewissen haben, okay?«

»Ich geb mir Mühe.«

»Was denn? Da ist mehr, nicht wahr?«

»Es ist nur …«

»Was, Schatz?«

»Ich habe etliche Fragen wegen dem, was mit mir geschehen ist. Warum habe ich meine Stimme verloren, wie habe ich sie zurückerlangt? Ich verstehe nicht, warum ich vor einem Monat bei meinem Versuch, die Polizei zu rufen, kein Wort rausbringen konnte, doch kaum hatte ich Alicia entdeckt, war meine Stimme wieder da. Warum, denkst du, ist das so?«

»Ich wünschte, ich könnte es dir erklären.«

»Ich schätze, das werde ich nie wirklich verstehen.«

»Weißt du, ich bin mir sicher, dass mein Freund, der Psychologe in New York, es mit dir durchsprechen würde. Ich könnte ihn nächste Woche anrufen und einen Termin vereinbaren, wenn du Interesse hast.«

»Meinst du wirklich, er würde das machen?«

»Wir haben bei dem Gooding-Fall sehr eng zusammengearbeitet und so manchen Abend bei kaltem chinesischen Essen verbracht. Er würde das sicher für mich tun, wenn ich ihn darum bitte.«

»Danke.«

»Schenkst du mir jetzt vielleicht ein kleines Lächeln?«

»Ich schaffe etwas Besseres als ein Lächeln.«

Seine Stimme klang rau vor Verlangen, als er fragte: »Ach ja?«

»Ja.«

Sanft drückte er seinen Mund auf ihren und stellte erstaunt fest, dass sie ihn festhielt, damit er sich nicht gleich wieder von ihr lösen konnte.

Ihr Mund öffnete sich einladend.

Er hatte ganz vergessen, wie wunderbar ihre Küsse sein konnten, so süß und doch so heiß, dass er dahinschmolz. Ihre Zungen begegneten einander in einem Tanz, der ihm vertrauter war als alles andere im Leben. Da er es nicht länger ertrug, mehr von ihr zu wollen, zog er sich zurück.

Dem benommenen Ausdruck auf ihrem Gesicht nach ging es ihr genauso.

Er küsste die Hand, die sich um seine gelegt hatte, und dann erneut ihre Lippen. »Ganz plötzlich habe ich das dringende Bedürfnis, das Hotel zu erreichen.«

»Da ich dasselbe Bedürfnis zu hegen scheine, warum stehen wir dann noch hier rum?«

Lachend legte er den Gang ein. Kurz bevor er das Gaspedal durchtreten konnte, erinnerte er sich daran, dass er langsam fahren sollte, um ihr keine Angst einzujagen.

* * *

Die Sonne senkte sich über die Narragansett Bay, als sie die Newport Bridge überquerten und die Ausfahrt zu der Stadt am Meer nahmen.

»Es ist genauso schön wie in meiner Erinnerung«, meinte Carly, als sie über die Kopfsteinpflasterstraßen mit den Häusern aus der Kolonialzeit und den Gaslaternen fuhren. »Ich fasse nicht, dass ich jahrelang keine Stunde von alldem hier entfernt gelebt habe.«

»Jetzt, da du deine Angst vor Autos überwunden hast, steht dir wieder die ganze Welt offen. Du kannst überallhin und alles tun, was du willst.«

»Wenn du es so ausdrückst, dann ist es schon fast zu viel.«

»Willst du vielleicht studieren?«

Sie zuckte die Achseln und legte den Kopf auf die Nackenstütze des Ledersitzes.

»Im Ernst, wenn du alles tun könntest, was du wolltest, was wäre es dann?«

Sie wandte ihm das Gesicht zu und erwiderte: »Keine Ahnung.«

»Komm schon«, drängte er. »Es muss doch etwas geben.«

»Wenn ich dir das sage, dann wirst du sicherlich austicken.«

»Werd ich nicht.«

Sie lachte. »Glaub mir, das wirst du.«

»Okay, jetzt muss ich es wissen.« Da sie es ihm weiter nicht verraten wollte, versuchte er es mit Betteln: »Carly, komm schon. Erzähl es mir.«

Ganz kurz zögerte sie, dann verriet sie es ihm: »Ich will ein Baby.« Sie sprach es so leise aus, dass er sie fast nicht gehört hätte.

Fast.

Er riss den Blick von der Straße und schaute zu ihr.

»Ich wusste, dass du austickst.«

»Wirke ich denn so?«, fragte er.

»Und wie.« Sie prustete vor Lachen. »Du siehst aus, als wärst du grad vom Bus überrollt worden.«

»Gar nicht wahr.«

»Doch.«

Sie zogen sich immer noch gegenseitig auf, als er vor dem Hotel in der Innenstadt hielt und die Schlüssel an den Mann vom Parkservice übergab. Die zwei kleinen Reisetaschen trug Brian selbst, und wenig später nahmen sie den Fahrstuhl in den zweiten Stock. Ihr Zimmer ging auf den Hafen von Newport hinaus, in dem sich etliche Boote tummelten.

»Passt das?«, erkundigte er sich nach einem kurzen Blick auf den Sonnenuntergang.

»Es ist wunderschön. Ich fasse nicht, dass du das dermaßen schnell auf die Beine gestellt hast.«

»Meine Mutter hat mir vielleicht geholfen«, gestand er.

Sie lächelte. »Warum bin ich auf einmal verlegen, jetzt, da wir hier sind?«

»Wir müssen ja nichts weiter machen. Ich bin schon glücklich, dass ich im selben Raum bin wie du.«

»Du hast schon immer gewusst, was du sagen musst.« Sie legte die Arme um ihn. »Oder?«

Er küsste ihre Wange, dann ihren Mund, bevor er sie fest an sich drückte. »Möchtest du spazieren gehen oder zu Abend essen? Wir können alles unternehmen, was du willst.«

»Alles?«

»Ein Wort von dir genügt.«

Es erstaunte ihn, dass sie nach dem Saum seines Polohemdes griff und es ihm über den Kopf auszog. »Alles, was ich will?«, fragte sie erneut, dann hob sie kokett den Kopf, ehe sie sich seiner Brust widmete. Mit der Zunge fuhr sie über eine Brustwarze, und er schnappte nach Luft.

Er ertrug so viel, wie er konnte, bevor er eine Hand in ihr Haar schob und ihren Mund mit einem Kuss eroberte, der sich in Sekundenschnelle von »sanft« zu »heiß« wandelte. »Himmel, Carly«, flüsterte er. Dann knöpfte er ihr die Bluse auf und schob sie ihr von den Schultern. »Keine hat je eine solche Wirkung auf mich gehabt wie du.«

Kurz umwölkte sich ihr Gesicht, und da hätte er sich am liebsten erschossen, weil er sie ausgerechnet jetzt daran erinnerte, dass es andere gegeben hatte. Er legte ihr die Hände an die Wangen und schaute ihr in die Augen. »Du bist die Einzige, die ich jemals geliebt habe, die Einzige, die mir jemals etwas bedeutet hat. Glaubst du mir das?«

Sie nickte, dann griff sie nach ihm, denn sie wollte mehr. Ihr Kuss verriet ihm, dass sie *alles* wollte.

Wild zerrten sie an ihrer Kleidung, denn sie konnten plötzlich keine Minute länger auf das warten, worauf sie fünfzehn Jahre lang hatten verzichten müssen. Als ihr BH auf den Boden fiel, drückte er sie fester an sich und erschauerte unter dem Gefühl ihres Busens an seiner Brust.

Sie legte eine Hand um seine Erektion, und er biss die Zähne zusammen, um das Verlangen zu unterdrücken, das ihn durchschoss.

»Carly«, flüsterte er, während er ihr Gesicht liebkoste und sie küsste.

»Ich hatte es ganz vergessen.«

»Was denn, Liebste?«

»Wie du dich anfühlst.« Sie massierte ihn sanft, wobei sie mit der anderen Hand über seine Brust strich. »Wie es sich anfühlt, bei dir zu sein. Ich dachte, ich könnte mich daran erinnern, aber ich konnte es nicht.«

»Für das Echte gibt es keinen Ersatz«, erklärte er, dann drängte er sie auf das große Doppelbett. »Was hätten wir damals nicht für ein Zimmer wie dieses gegeben, was?«

»Wir hatten es an jenem Abend in Ann Arbor.« Sie schlang die Arme um ihn. »Den habe ich mindestens tausend Mal erneut durchlebt.«

Er küsste ihre Brüste. »Jetzt musst du es dir nicht mehr vorstellen, denn ab heute haben wir jede Nacht vor uns, um neue Erinnerungen zu schaffen.« Seine Hand wanderte nach unten, und er stellte fest, dass sie bereit für ihn war. »Ich will nie wieder ins Bett gehen, ohne dass du neben mir liegst.« Mit dem Finger streichelte er sie, während er zugleich eine Brustspitze in den Mund nahm.

Sie keuchte und wand sich unter ihm. »Ich hab solche Angst, dass all das bloß ein Traum ist und du wieder in New York bist, wenn ich aufwache, weil du nie nach Hause gekommen bist.«

Er hob den Kopf und küsste sie zärtlich. »Zum ersten Mal, seit ich das letzte Mal bei dir war, bin ich genau da, wo ich hingehöre, Carly, und ich werde dich nie wieder verlassen. Das verspreche ich dir.«

»Hast du, du weißt schon, einen Schutz dabei?«

»Ja, allerdings brauchen wir den nicht.«

»Ich nehme nicht länger die Pille. Das war ja nicht nötig.«

»Ich weiß.« Er liebkoste ihre Brüste und bemühte sich, sein wildes Verlangen zu beherrschen, aus Furcht, ihr Angst einzujagen, wenn sie auch nur erahnte, wie sehr er sie wollte.

Sie zog seinen Kopf zu sich. »Aber wir können doch nicht einfach …«

»Warum nicht?«

Ihr vernichtender Blick ließ ihn auflachen.

»Du willst schließlich ein Baby. Ist es nicht das, was du mir erzählt hast?«

»Schon, nur …«

»Da ich auf keinen Fall will, dass du bei einem anderen nach dem suchst, was du willst, wirst du dich schon mit mir begnügen müssen.« Während er sie liebkoste, drang er langsam und vorsichtig in sie ein, nahm dabei Rücksicht darauf, wie lange es für sie her war. Während er in sie kam, schaute er ihr tief in die Augen und flüsterte: »Ich hab doch gesagt, dass ich nicht austicke.«

# KAPITEL 18

»Glaubst du, es hat funktioniert?«, fragte er sie eine Stunde später.

Lachend kuschelte sie sich an ihn. »Wenn nicht, dann nicht, weil wir es nicht ausgiebig versucht hätten.«

Er lachte leise und küsste sie. »Hast du Hunger?«

»Allmählich.«

»Willst du in einem Restaurant essen?«

Sie schüttelte den Kopf. »Ich will dieses Bett für den Rest meines Lebens nicht wieder verlassen.«

»Dann bestellen wir uns was aufs Zimmer.«

Bevor er aufstehen konnte, hielt sie ihn zurück. »Noch nicht.«

»Ich wäre doch gleich zurückgekommen.« Er rollte sich auf die Seite und zog sie zu sich. Dann strich er mit einem Finger über ihre Wange. »Warum auf einmal so ernst?«

»Wie waren sie?«

Verwirrt runzelte er die Stirn. »Wer?«

»Die anderen Frauen, mit denen du zusammen warst. Die Frauen, die du geheiratet hast.«

Stöhnend drehte er das Gesicht ins Kissen. »Darüber werden wir uns nicht *jetzt* unterhalten.«

»Warum nicht?«

»Weil wir jetzt nach vorne schauen sollten, nicht zurück. In dieser Nacht geht es um dich und mich. Um niemanden sonst.«

»Denkst du, ich verstehe es nicht, dass du einsam warst? Das kann ich nach-voll-ziehen, denn ich war es auch.«

»Warum bist du nie mit einem anderen ausgegangen? Es gab sicher keinen Mangel an Interessenten.«

»Es ist nicht grad leicht, sich mit jemandem zu treffen, wenn man nicht sprechen kann.«

»Was, wenn du deine Stimme noch gehabt hättest? Wärst du dann mit einem anderen zusammen gewesen?«

Sie zuckte die Achseln. »Schwer zu sagen, aber ich bezweifle es. Der einzige Mann, den ich wollte, war der, den ich nicht haben konnte.«

Mit geschlossenen Augen atmete er tief aus. »Ich war mir dermaßen sicher, dass ich das Richtige tat, als ich dir erklärt habe, ich würde für immer verschwinden. Du weißt, dass ich das hauptsächlich deshalb getan habe, weil ich dich dazu bringen wollte, mit mir zu kommen, nicht wahr?«

»Natürlich weiß ich das.«

»Ich war verzweifelt, Carly. Als das Ultimatum erst mal ausgesprochen war, konnte ich es einfach nicht mehr zurücknehmen. Ich habe mir oft gewünscht, ich hätte nicht auf einem Alles-oder-nichts bestanden. Jetzt, da ich wieder bei dir bin, erkenne ich, was für ein riesiger Fehler das war und was ich uns beiden dadurch genommen habe. Selbst ein kleiner Teil von dir wäre besser gewesen, als ganz ohne dich zu leben.«

Sie schob ihm das Haar aus der Stirn und küsste ihn. »Du warst erst achtzehn Jahre alt und traumatisiert. Mach dir keine Vorwürfe wegen etwas, das du damals für das Richtige gehalten hast.«

Stumm betrachtete er eine Weile ihr Gesicht. »Es hat drei Jahre gedauert, bis ich überhaupt daran denken konnte, mich auf eine andere Frau einzulassen«, erklärte er schließlich, während er ihr mit den Fingern durchs Haar strich. »Ich hatte keine Anstrengungen unternommen, mich zu verabreden oder jemanden kennenzulernen, weil mir das zu mühsam erschien und mir auch nicht besonders wichtig war. Ich war einsam und verbittert, weil ich dich und jeden, der mir was bedeutet hatte, verloren hatte, daher suchte ich vornehmlich nach rein körperlichen Erfahrungen. Darum hab ich eine Frau in einer Kneipe angesprochen, und sie lud mich zu sich ein.«

Sie streichelte ihm beim Zuhören die Brust.

»Ich kann mir gut vorstellen, was dir gerade durch den Kopf geht. Es klingt selbst in meinen Ohren schlimm.« Er richtete den Blick an die Decke. »Also, wir fingen an, du weißt schon, rumzufummeln.« Skeptisch schaute er sie an. »Bist du dir sicher, dass du das hören willst?«

Sie nickte.

»Eins führte zum anderen, und wir landeten miteinander im Bett. Die ganze Zeit über wünschte ich, ich hätte mehr getrunken, damit mir nicht so deutlich vor Augen stünde, was ich da gerade tat und dass sich alles – sogar die Frau – falsch anfühlte. Letztlich verlor ich … das Interesse, sozusagen.« Er führte ihre Hand an die Lippen. »Auch wenn wir nicht mehr zusammen waren, kam ich mir vor, als würde ich fremdgehen.«

Mitgefühl regte sich in ihr. »Brian«, flüsterte sie.

»Ich redete mich damit raus, dass ich zu viel getrunken hätte, und flüchtete, so schnell ich konnte. Danach ging es mir eine Weile richtig dreckig. Ich stand kurz davor, das Ganze aufzugeben und nach Hause zurückzukehren. Damals habe ich mich gefragt, ob ich für den Rest meines Lebens allein sein würde, ob ich uns beide dazu verurteilt hatte. Dann traf ich Beth. Während unseres letzten Studienjahres lebte sie in der Wohnung gegenüber von mir. Sie hatte kurzes dunkles Haar und braune Augen, was mich an dich erinnerte. Tatsächlich ist sie die einzige gute Freundin, die ich hatte, seit ich von zu Hause weggegangen bin, doch selbst sie kennt nicht die ganze Wahrheit.«

»Du hast sie geheiratet, ohne ihr je davon zu erzählen?«

»Ich habe es niemandem erzählt.«

Bestürzt schüttelte sie den Kopf. »Ich dachte, es wäre schwerer, diejenige zu sein, die zu Hause zurückgelassen wurde, aber ich hatte zumindest meine Familie. Du warst ganz allein.«

»Bei Beth habe ich mich weniger einsam gefühlt, was der einzige Grund war, warum ich sie geheiratet habe. Natürlich war das ihr gegenüber nicht fair, und es hat nicht lange gedauert, bis ich erkannte, dass ich einen weiteren großen Fehler begangen hatte.«

»Trotzdem bist du eine Weile mit ihr zusammengeblieben.«

Er nickte. »Ein paar Wochen bevor ich mein Jurastudium abgeschlossen habe, kam sie nach Hause und verkündete, dass sie einen anderen kennengelernt habe und sich scheiden lassen wolle. Ich konnte ihr kaum einen Vorwurf daraus machen. Sie hat Joe geheiratet, und sie sind äußerst glücklich miteinander. Ich mag ihn. Tatsächlich war ich vor Kurzem mit ihnen zu Abend essen, weil sie gerade in New York waren. Zum Glück hat sie mir vergeben, dass ich als Ehemann nichts getaugt habe, und mich als Freund behalten.«

»Was ist mit Jane?«

Er lächelte. »Ach ja, dann war da noch Jane. Meine Mutter konnte sie nie leiden.«

Mit großen Augen starrte sie ihn an. »Ehrlich? Ich kann mir nicht vorstellen, dass deine Mutter ihre eigene Schwiegertochter nicht leiden kann.«

»Jane war keine besonders gute Schwiegertochter oder Ehefrau. Wie es meine Mutter in Florida ausgedrückt hat: Diese Frau hatte nichts Warmes an sich.«

»Warum hast du sie dann geheiratet?«

Er wand sich. »Sie war recht hübsch: groß, blond, blaue Augen. Du weißt schon.«

Sie verzog das Gesicht. »Erspar mir bitte weitere Einzelheiten.«

Rasch fügte er hinzu: »Sie war ebenfalls Staatsanwältin und hat genauso viel geschuftet wie ich, also war es mehr eine Zweckehe. Irgendwann fing sie aber damit an, dass sie eine Familie gründen und ein Haus in der Vorstadt haben wolle. Da dachte ich nur: Moment, so läuft das nicht. Ganz sicher wollte ich all diese Dinge nicht mit ihr. So egozentrisch, wie sie war, wäre sie ganz sicher eine schreckliche Mutter gewesen. Zum Schluss wurde es zwischen uns ziemlich hässlich.«

»Wie lange warst du mit ihr zusammen?«

»Etwa drei Jahre, verheiratet waren wir etwas länger als ein Jahr.«

»Seitdem?«

»Bin ich mit meiner Arbeit verheiratet.«

Sie ließ einen langen Atemzug entweichen und legte den Kopf auf seine Schulter. »Danke, dass du es mir erzählt hast.«

Die Finger unter ihrem Kinn, hob er ihr Gesicht, damit er sie betrachten konnte. »Ich möchte, dass du verstehst … Beide Male wusste ich, sobald ich ›Ich will‹ gesagt hatte, dass ich einen großen Fehler begangen hatte, denn alles in mir schrie allein nach dir.«

»Brian.«

»Das ist mein Ernst.«

»Das weiß ich doch.«

»Darf ich *dich* etwas fragen?«

»Natürlich.«

»Es ist eine ziemlich große Frage.«

»Okay.«

»Was wäre für dich schlimmer: meine dritte Frau zu sein oder niemals meine Frau zu werden?«

Sie lachte, bis sie weinte. »Niemals deine Frau zu werden«, brachte sie schließlich unter Tränen hervor. »Das wäre definitiv schlimmer.«

»Gut zu wissen. Darf ich kurz raus?«

Sie hob einen Arm und ein Bein, um ihn aufstehen zu lassen, und trocknete sich das Gesicht.

Kurz wühlte er in seinen Sachen, dann ließ er sich wieder neben sie fallen. An seinem kleinen Finger steckte ein Diamantring.

»Was?«, entfuhr es ihr. »Wo kommt der denn her?«

»Der gehörte meiner Großmutter.« Der Schock auf ihrem Gesicht war genau das, worauf er gehofft hatte. »Du hättest sehen sollen, wie meine Mutter geheult hat, als ich sie heute darum gebeten habe, ihn aus dem Safe zu holen.« Er trocknete ihr die Tränen und drückte seine Lippen auf ihre. »Weißt du noch, wie wir uns das erste Mal verlobt haben und ich dir versprochen habe, dir so bald wie möglich einen Ring zu besorgen? Du hast gemeint, ich sollte kein Geld ausgeben, weil wir es für Essen und dergleichen brauchen würden.«

Sie musste gegen einen erneuten Ansturm überwältigender Gefühle ankämpfen und nickte.

»Na ja, ich wusste, dass ich diesen Ring bekommen würde, wenn ich heiraten wollte, und ich hatte vor, ihn dir am nächsten Tag an den Finger zu stecken. Dann ist alles passiert, und ich hatte nie die Gelegenheit dazu. Das habe ich bedauert, Carly. Schließlich *waren* wir verlobt. Ich habe mich oft gefragt, ob wir es geschafft hätten, zusammenzubleiben, wenn ich ihn dir angesteckt und das Ganze offiziell gemacht hätte.«

»Warum hast du ihn nicht Beth gegeben?«, fragte sie leise.

Er schüttelte den Kopf. »Du bist die Einzige, an der ich ihn je sehen wollte.« Damit griff er nach ihrer linken Hand. »Wirst du mich heiraten, Carly? Wirst du mein Leben vervollständigen und den Rest deines Lebens dort verbringen, wo du schon die ganze Zeit hättest sein sollen? An meiner Seite?«

»Musst du noch fragen?«, flüsterte sie.

Er schob ihr den Ring auf den Finger. »Ich liebe dich, und es tut mir leid, dass es so lange gedauert hat, meinen Weg zu dir zurück zu finden.«

»Wichtig ist, dass du es geschafft hast und sich zwischen uns nichts geändert hat.« Sie hob die Hand und betrachtete den Ring. »Er ist wunderschön. Vielen Dank.«

»Ich will, dass wir, so schnell es geht, heiraten.«

Überrascht hob sie den Kopf.

»Was für eine Hochzeit möchtest du?«, erkundigte er sich.

»Eine kleine. Wenn das für dich in Ordnung ist.«

Er schnaubte lachend. »Mir ist völlig egal, wie wir das hinbekommen, solange es geschieht – und das möglichst bald. Ich habe lange genug ohne dich gelebt. Ist es okay für dich, wenn wir nicht in einer Kirche heiraten? Ein zweifach Geschiedener ist dort sicher nicht gern gesehen.«

»Pfarrer Joe könnte für uns eine Ausnahme in Erwägung ziehen.«

»Ich möchte nicht, dass du dir falsche Hoffnungen machst, Schatz.«

»Vielleicht können wir im Garten meiner Eltern feiern und Pfarrer Joe darum bitten, uns dort zu trauen. Wenn wir nicht in einer Kirche sind, ist es vielleicht kein Problem.«

Er drückte sie fester an sich. »Ich fass es nicht, dass wir zusammen im Bett liegen und über unsere Hochzeit reden. Wie oft habe ich mir das vorgestellt? Ich hoffe, es stört dich nicht, wenn wir unser erstes Ehejahr vorwiegend im Bett verbringen.«

Darüber musste sie lachen. »Nur das erste Jahr?«

»Irgendwann muss ich wieder arbeiten, um unseren Lebensunterhalt zu verdienen.«

»Ich weiß nicht, ob ich in New York leben kann.«

»Das musst du nicht.«

»Aber deine Arbeit …«

»Wir können außerhalb leben, dann pendle ich halt, oder ich kündige und arbeite woanders.« Er zuckte die Achseln. »Was auch immer du dir wünschst.«

»Du liebst deinen Job. Ich würde dich nie darum bitten, zu kündigen.«

»Das weiß ich. Seit der Gooding-Verhandlung bekomme ich jedoch eine Menge Angebote. Wir können alles tun, was wir wollen. Ich bin sogar bereit, mir eine Stelle mit angenehmeren Arbeitszeiten zu suchen, damit ich mehr Zeit mit dir verbringen kann. Mit dir und dem Baby.« Er fuhr mit der Hand über ihren flachen Bauch. »Wie werden wir ihn nennen? Oder sie?«

»Weißt du es denn nicht?«

»Sollte ich?«

Sie nickte.

»Hm. Da bin ich überfragt.«

»Wir nennen ihn – oder sie – Sam.«

»Carly«, flüsterte er, bevor er seinen Mund auf ihren presste. »Das würde meinen Eltern gefallen. Danke.« Er bemerkte neue Tränen in ihren Augen. »Was ist los?«

»Ich bin nur …«

»Was?«

»Glücklich.«

Er zog sie an sich und umarmte sie, so fest er konnte. »Gut. Das ist das Einzige, was mir wichtig ist.«

»Allerdings habe ich auch Angst. Wir stehen ganz kurz davor, alles zurückzubekommen, was wir uns jemals gewünscht haben. Ich fürchte, dass er einen Weg findet, um dich mir wieder wegzunehmen.«

»Ich lasse nicht zu, dass er uns was tut, Carly. Das verspreche ich dir.« In den folgenden Kuss steckte er all die Liebe, die er für sie empfand, bis sie beide um Atem rangen. »Rate mal, was ich da draußen in der Welt entdeckt habe?«

Amüsiert von dem Ausdruck auf seinem Gesicht entgegnete sie: »Was?«

Er küsste sie auf den Hals, bis sie vor Verlangen erbebte. »Es gibt unzählige Weisen, auf die man sich lieben kann. Wir haben gerade mal an der Oberfläche gekratzt.« Damit küsste er sich seinen Weg zu ihrem Bauch und fuhr mit der Zunge über ihren Bauchnabel.

Sie griff ihm ins Haar. »Brian …«

Mit einem leisen Lachen erwiderte er: »Ich hatte deine Schamhaftigkeit ganz vergessen. Daran müssen wir arbeiten – und zwar zügig. Es gibt eine Menge, was ich dir zeigen will.«

»O Gott«, stöhnte sie.

* * *

Am späten Samstag riefen sie auf dem Weg nach Granville Brians Eltern und Carlys Schwestern an und baten sie, sich bei Carlys Eltern mit ihnen zu treffen.

»Hast du sie gefragt?«, wollte Mary Ann atemlos wissen.

»Ich verrate nichts.« Brian zwinkerte Carly zu.

»Das ist aber nicht nett«, beschwerte sich Mary Ann.

»Wir sehen uns um halb acht.« Lächelnd legte er auf.

»Sie weiß es«, verkündete Carly.

»Sie *denkt*, dass sie es weiß.«

»Sie hat dir den Ring gegeben«, erinnerte sie ihn.

»Da hatte ich ihr allerdings auch geraten, sich keine falschen Hoffnungen zu machen und Dad nichts zu verraten, nur für den Fall.«

»Für welchen Fall?«

»Dass du ablehnst.«

Überrascht fuhr Carly herum und starrte ihn an. »Hast du wirklich gedacht, dass das möglich wäre?«

Er zuckte die Achseln. »Ich war mir nicht sicher, was du davon hältst, dass ich schon mal verheiratet war. Außerdem hatte ich befürchtet, dass ich dir zu früh zu viel abverlange.« Nach kurzem Schweigen fügte er hinzu: »Wenn es dir zu schnell geht, dann kannst du das ruhig sagen.«

Sie nahm seine Hand zwischen ihre. »Tut es nicht, Brian«, versicherte sie ihm. »Auch ich will jetzt alles. Ich habe das Gefühl, als hätte jemand mein Leben auf Eis gelegt, und jetzt, da es auftaut, möchte ich keine Minute davon verschwenden.«

Er drückte ihre Hand. »In dem Fall: Wie wäre es mit dem Wochenende vom Labor Day?«

»Das ist schon in drei Wochen.«

»So lange noch?«

»Wir können doch nicht in drei Wochen eine Hochzeit auf die Beine stellen.«

»Natürlich können wir das. Da ich nicht arbeite, habe ich alle Zeit der Welt. Lass mich wissen, was ich tun soll, dann wird es sofort erledigt.«

»Ich weiß ja, wie viel Erfahrung du darin hast, Hochzeiten zu planen …«

»Vorsicht«, warnte er sie grinsend.

Sie lachte. »Trotzdem bist du immer noch ein Mann, und keine Frau, die bei Verstand ist, würde die Planung ihrer *einzigen* Hochzeit einem *Mann* überlassen.«

»Dafür bezahlst du.«

»Darauf freue ich mich schon«, versicherte sie ihm verschmitzt.

»Was hältst du davon, wenn du deinen Job kündigst, damit du deine Hochzeitsvorbereitungen nicht einem grausigen *Mann* überlassen musst?«

Sie schüttelte den Kopf. »Nicht bevor wir verheiratet sind und wissen, wo wir zum Beispiel wohnen werden.«

»Warum?«

»Weil es das Richtige ist. Molly war wirklich gut zu mir.«

»Das Richtige wäre es, wenn du in den nächsten drei Wochen in aller Ruhe deine *einzige* Hochzeit planst, ohne dich von so lästigen Dingen wie einem Job ablenken zu lassen. Ich ziehe bei dir ein und bezahle für alles, damit du dich auf die Hochzeit konzentrieren kannst.« Er küsste ihr die Hand. »Lass mich das für dich tun, Schatz. Bitte.«

»Ich denke darüber nach.«

»Was gibt es da nachzudenken?«

»Ich stehe schon lange selbst für mich ein. Gib mir einfach etwas Zeit dafür, mich an den Gedanken zu gewöhnen, dass ich nicht mehr alles allein machen muss.«

»Du *bist* nicht mehr allein.«

»Ich weiß, und es ist wirklich lieb von dir, dass du auf deinem weißen Pferd heranreiten und dich um alles kümmern willst. Aber selbst wenn ich deinem Vorhaben zustimme, müsste ich Molly rechtzeitig vorher davon in Kenntnis setzen.«

»In Ordnung. Sag ihr morgen, dass du zum Ende der Woche kündigst.«

»Brian …«

* * *

Kaum hatten sie die Stadtgrenze von Granville passiert, spürte Carly, wie die Anspannung zurückkehrte. Irgendwo in ihrer Heimatstadt gab es einen Mann, der ihr wegen eines Fehlverhaltens schaden wollte, an das sie sich nicht erinnern konnte, geschweige denn es wiedergutmachen. Die Frage, wer dahintersteckte und wann er erneut zuschlagen würde, raubte ihr einen Teil ihrer Freude, und das stimmte sie wütend. Hatte er ihr nicht schon genug genommen? Wann wäre ihre Schuld denn beglichen?

»He.« Brian drehte ihre verschränkten Hände auf seinem Oberschenkel. »Was ist los?«

»Er ist irgendwo da draußen und wartet nur auf unsere Rückkehr. Es ist, als könnte ich spüren, wie er mich beobachtet.«

»Wie wäre es, wenn wir bis zur Hochzeit in New York bleiben? Es gibt keinen Grund, dass du so leben musst, wenn mir eine leere Wohnung in einer anderen Stadt zur Verfügung steht. Lass uns von hier verschwinden, bis sie ihn gefasst haben.«

»Wer verspricht uns denn, dass er uns nicht dorthin folgen würde?«

»In der Stadt wäre er nicht in seinem Element.«

Darüber dachte sie nach, bis er an einer Kreuzung anhielt. »Du kannst ruhig die Tucker Road nehmen«, meinte sie. »Es ist nicht nötig, den ganzen Umweg zu fahren.«

»Bist du dir sicher?«

Sie nickte, und er bog nach rechts ab.

»Was hältst du also von der Idee mit New York?«

Sie wandte sich ihm zu. »Würdest du mich für eine alberne, sentimentale Person halten, wenn ich dir sage, dass ich bis zur Hochzeit bei meiner Mutter, meinen Schwestern und meinen Nichten sein möchte?«

»Natürlich nicht.«

»Dann können wir also zumindest bis dahin hierbleiben?«

»Nur wenn du damit einverstanden bist, dass du vierundzwanzig Stunden am Tag bei mir sein wirst.«

»Ich weiß nicht, ob ich das ertrage«, scherzte sie.

Er stieß ihr leicht in die Seite, und sie lachte noch immer, als sie um die letzte Kurve vor der Unfallstelle bogen. Ihr Gelächter endete in einem Schrei. Abrupt stieg Brian auf die Bremse, damit er die Person nicht überfuhr, die mitten auf der Straße stand. Eine scheinbar endlose Sekunde lang geriet der Wagen ins Schlingern, ehe er wenige Schritte vor der Stelle zum Stehen kam, an der Sam und ihre Freunde verunglückt waren.

Bis Brian das Auto wieder unter Kontrolle hatte, war der Mann im Dickicht zwischen den Bäumen verschwunden, die die Straße säumten. Brian stürzte aus dem Wagen und verfolgte ihn in den Wald.

»Brian«, schrie Carly. »Komm zurück!«

Sie kramte in der Handtasche und holte ihr Handy raus. Mit zitternden Händen wählte sie den Notruf.

# KAPITEL 19

Carol drückte Carly eine Tasse Tee in die eiskalten Hände. »Ich habe einen Schuss Whiskey reingekippt, damit dir warm wird.«

»Danke, Mom.« Vorsichtig trank sie einen Schluck des heißen Getränks und spürte sofort, wie sich der Whiskey durch die Taubheit brannte. »Wo ist Brian?«

»Steckt auf der hinteren Terrasse mit seinem Vater, Matt Collins und dem FBI-Agenten, Nathan irgendwas, die Köpfe zusammen.«

»Barclay«, erklärte Carly, bevor sie einen weiteren kleinen Schluck trank. »Nathan Barclay. Blutet Brian noch?«

Sie nickte. »Seine Mutter will, dass er das versorgen lässt, aber er drückt bloß ein Küchenpapier auf die Wunde und will nicht bemuttert werden.«

»Wir wollten euch eigentlich mitteilen, dass wir uns verlobt haben.« Carly blinzelte die Tränen weg. Sie weigerte sich, loszuheulen. »Wir wollten es euch doch nur erzählen.«

Carol nahm Carlys linke Hand. »Der Ring ist wunderschön, Schatz. Du freust dich bestimmt.«

»Über alle Maßen, ich weiß nicht mal, wie ich dieses Gefühl nennen soll«, gestand sie. »Er will, dass wir in drei Wochen heiraten. Glaubst du, wir können die Hochzeit bis dahin auf die Beine stellen? Nichts Extravagantes, irgendwas Kleines.«

»Natürlich schaffen wir das.« Tröstend zog sie den Kopf ihrer Tochter an ihre Schulter und streichelte ihr liebevoll über das Haar.

»Sind Cate und Caren schon los?«

Carol nickte. »Sie wollten die Kinder ins Bett stecken.«

»Wo ist Zoë?«

»Sie und ein paar Freunde verbringen die Nacht bei einer Freundin, weil sie annehmen, dass sie das Ganze gemeinsam besser durchstehen als allein.«

»Cate hat sie hingefahren, oder?« Sie nahm den Kopf von der Schulter ihrer Mutter. »Bist du sicher, dass sie nicht in Gefahr ist?«

»Natürlich, Schatz. Keine Sorge.«

Carly stellte die Teetasse ab und stand auf. »Ich muss zu Brian.« Mit einem eigenartig distanzierten Gefühl lief sie durch das Haus ihrer Eltern und spürte, wie ihr Vater und Brians Mutter, die sich leise am Küchentisch unterhielten, sie beunruhigt beobachteten.

Sie öffnete die Fliegengittertür und trat auf die Veranda.

»Auf keinen Fall«, lehnte Brian ab. Er stand mit dem Rücken zu ihr, aber ihr entging nicht, wie er sich mit einem Küchenpapier das Gesicht abtupfte. Ein Zweig hatte ihn knapp unter dem Auge erwischt und die Haut an der Wange aufgerissen. Ein Blick in das blutende, zornige, frustrierte Gesicht, mit dem er nach einer Weile aus dem Wald gekommen war, und sie war neben dem Cabrio seiner Mutter ohnmächtig geworden. Ein Tag, der derart vielversprechend begonnen hatte, hatte in Furcht und Schmerz geendet. »Ihr werdet sie *nicht* als Köder einsetzen. Davon will ich nichts mehr hören, Dad. Lass dir was anderes einfallen.«

»Ich werde es tun«, verkündete Carly unvermittelt.

Brian ließ die Hand von der Wange sinken und wirbelte herum.

Beim Anblick der Wunde unter seinem Auge, das zuzuschwellen begann, zuckte sie zusammen. Wie knapp er fast ein Auge verloren hätte … Wenige Millimeter weiter oben, und er läge jetzt im Krankenhaus.

Er streckte die Hand nach ihr aus. »Alles in Ordnung, Schatz?«

»Ihr wollt mich als Köder benutzen, um ihn aus dem Versteck zu locken«, wandte sie sich an Michael, nachdem sie Brians Hand genommen hatte. »Ich bin dabei.«

»Auf keinen Fall«, widersprach Brian. »Nur über meine Leiche.«

»Er ist hinter mir her«, erklärte sie. »Lass mich das tun, bevor er wieder jemandem wehtut.«

Seine heftige Reaktion hatte dafür gesorgt, dass sich die Wunde wieder geöffnet hatte. »Kommt nicht infrage.« Er wischte sich das frische Blut aus dem Gesicht.

Sie nahm ihm sanft das Küchenpapier aus der Hand und kümmerte sich um den Kratzer. »Das Ganze scheint mit mir angefangen zu haben, findest du es da nicht passend, wenn ich es auch beende?«

»Nein, das erscheint mir ganz und gar nicht passend. Es erscheint mir dumm und riskant. Vielleicht ist es ja verrückt von mir, dass ich meine Verlobte nicht einem Psychopathen zum Fraß vorwerfen will.«

»Deine *Verlobte*?«, fragte Michael, dessen plötzliche Freude förmlich zu spüren war.

»Das wollten wir euch erzählen«, brummte Brian.

Michael legte die Arme um sie beide und drückte sie fest an sich.

Nach einer Weile räusperte sich Nathan Barclay. »Wie es scheint, haben Sie heute Wichtigeres zu tun. Wir können morgen weiter darüber reden.« An Brian gewandt fügte er hinzu: »Lassen Sie die Verletzung versorgen. Könnte sein, dass es genäht werden muss.«

Nachdem er Brian und Carly zum Abschied gratuliert hatte, verschwand auch Matt.

»Ich hab ein paar Klammerpflaster gefunden«, meinte Carol.

»Mal schauen, ob wir eines davon anbringen können, ohne dein Auge in Mitleidenschaft zu ziehen.« Damit fasste Mary Ann Brian an der Hand und zog ihn nach drinnen. »Stell dich mal unters Licht.«

Carly beobachtete, wie er sich Mühe gab, nicht wegzuzucken, während seine Mutter das Pflaster anzubringen versuchte.

»So«, verkündete Mary Ann schließlich. »Das sollte reichen. Wenn es in einer Stunde noch blutet, bringe ich dich ins Krankenhaus.«

»Ich muss nicht mehr auf dich hören«, rief er ihr neckend ins Gedächtnis.

»Wo hast du denn diese alberne Idee her?«

Die anderen lachten, und plötzlich löste sich die Anspannung auf, die in der Luft gehangen hatte.

»Wir brauchen Champagner«, erklärte Steve Holbrook. Er suchte im Küchenschrank und kehrte wenig später mit einer Flasche zurück, die er strahlend hochhielt. »Das gute Zeug, das von meiner Ruhestandsfeier übrig ist. Die habe ich für einen besonderen Anlass aufgehoben, und mir fällt keiner ein, der besser dafür geeignet wäre als dieser.«

Damit ließ er den Korken knallen und schenkte in die Gläser ein, die Carol bereitgestellt hatte. Sobald jeder eins in der Hand hielt, hob er sein Glas. »Auf Brian und Carly. Ihr habt euch eine strahlende Zukunft voller Glück redlich verdient. Gratuliere.«

»Hört, hört«, rief Michael, der mit Mary Ann anstieß.

Nachdem sie die erste Flasche geleert hatten, suchte Steve nach einer weiteren.

Während sie dabei zuhörte, wie ihre Mütter sich darüber unterhielten, was nötig wäre, um in drei Wochen eine Hochzeit zu feiern, glaubte Carly zum ersten Mal, dass es tatsächlich möglich wäre. Von ihrer Aufregung angesteckt, hätte sie fast nicht bemerkt, wie Michael auf die Terrasse trat.

* * *

Michael stützte sich mit den Händen auf dem Geländer ab, ließ den Kopf hängen und rollte ihn hin und her, um die Verspannung zu lockern, die sich im Nacken angesammelt hatte. Besser dort, stellte er fest, als in seiner Brust.

»Dad?«

Er wandte sich um, und beim Anblick seines Jungen wurde ihm vor Erleichterung wieder ganz schwindlig, trotz der schauerlichen Wunde in seinem Gesicht. Er war in Sicherheit, er lebte, mehr zählte für ihn nicht. Wenn er daran dachte, was vorhin hätte geschehen können, an derselben Stelle wie zuvor … Das ertrug er einfach nicht.

»Wie fühlt sich der Schnitt an?«

»Tut wie verrückt weh.«

»Vielleicht solltest du doch in die Notaufnahme. Wenn das nicht ordentlich verheilt, bleibt eine Narbe zurück.«

»Eine Narbe würde meinem verwegenen Aussehen nur nützen.«

Michael lächelte. »Was für Flausen hat dir deine Dame denn da in den Kopf gesetzt?«

»Die allerbesten«, erwiderte er. »Die, ohne die ich viel zu lange gelebt habe.«

»Ich freue mich für dich, Brian. Du hast ja keine Ahnung, wie sehr.«

»Warum bist du dann allein hier draußen, wo da drinnen grad eine Hochzeit geplant wird?«

»Das überlasse ich den Damen.«

Brian lachte leise. »Mir haben sie gesagt, ich hätte dort nichts verloren.«

»Weißt du, welchen Anteil ich an meiner Hochzeit hatte?« Michael lehnte sich gegen das Geländer.

»Nein, welchen?«

»Ich habe geheiratet.«

Darüber musste Brian lachen. »Das erscheint mir als die klügste Vorgehensweise.« Sie schwiegen kurz, bis Brian fragte: »Warum bist du nicht zusammengebrochen oder hast was anderes Dramatisches unternommen, um mich viel früher nach Hause zu locken?«

»Weil es noch nicht an der Zeit war.«

»Du hättest mir – Himmel, uns allen – eine Menge Ärger ersparen können, wenn dir etwas, *irgendetwas*, eingefallen wäre, damit ich zu ihr zurückkehre.«

»Du hättest es nicht hören wollen, ganz besonders nicht von deinem alten Herrn, auch wenn er allwissend ist und voller Weisheit steckt.«

Amüsiert wollte Brian wissen: »Du wirst doch wieder mein Trauzeuge, oder?«

Es überraschte Michael, wie glücklich er inmitten des ganzen Tumults war. »Natürlich.« Die Bitte rührte ihn und stimmte ihn zugleich eigenartig traurig, wie schon die beiden Male zuvor, weil es keinen anderen gab, den sein Sohn hätte fragen können. »Wir sollten es ja mittlerweile aus dem Effeff können.«

Brian lachte laut auf. »Das konntest du dir echt nicht verkneifen, oder?«

Michael zuckte die Achseln. »Hier gilt tatsächlich: Aller guten Dinge sind drei.«

»Definitiv. Tust du mir einen Gefallen?«

»Klar.«

»Vergiss die Idee, sie als Köder zu verwenden. Das wird nicht geschehen. Ich fasse nicht, dass du das überhaupt in Erwägung ziehst.«

»Sie wäre von Polizisten und dem FBI umgeben. Ihr würde nichts geschehen.«

»Das kannst du nicht garantieren.«

»Willst du diesen Typen denn nicht drankriegen, Brian?«, wollte Michael wissen. »Für Sam, für die anderen?«

Brian schüttelte den Kopf. »Komm mir nicht auf die Tour, Dad«, verlangte er. »Frag mich nicht, wen ich mehr liebe, denn die Antwort ist: Carly. Sie wird es immer sein. Ich will Sams Namen genauso reinwaschen wie du, aber er ist nicht mehr hier, sie schon. Das soll auch so bleiben, also lass dir was anderes einfallen.«

»Was, wenn der Kerl sie in seine Klauen kriegt, bevor wir ihn schnappen?«

»Er müsste mich schon umbringen, um an sie ranzukommen.«

»Dass du ihn dermaßen unterschätzt, bringt dich und Carly in Gefahr. Aus irgendeinem Grund scheinst du das zu haben, was er will. Glaubst du wirklich, dass er nur eine Sekunde zögern würde, dich zu töten?«

Brian senkte den Blick, und in seiner verletzten Wange zuckte ein Muskel.

»Denk bitte an deine Mutter und an mich«, bat Michael leise. »Wir haben schon einen Sohn beerdigt. Wage es bloß nicht, zu sterben, bloß weil du denkst, du könntest einen Verrückten überlisten und ausmanövrieren, Brian Westbury. Hörst du mich?« Seine Stimme brach. »Wage es ja nicht.«

Brian trat einen Schritt auf ihn zu und legte die Arme um seinen Vater. »Natürlich nicht, Dad.«

* * *

Michael fuhr Brian und Carly zu ihrer Wohnung in der Innenstadt von Granville. Nachdem er den Polizisten am Fuße der Treppe und am Stadtpark auf der anderen Seite der Straße eingetrichtert hatte, dass sie seinen Sohn und seine künftige Schwiegertochter bewachten, verließ er sie.

Kaum waren sie allein, legte Brian die Hände auf Carlys Schultern. »Wie fühlst du dich, Schatz?«

Sie schüttelte seine Hände ab. »Nicht.«

Überrascht folgte er ihr ins gelbe und weiße Schlafzimmer. »Was ist los?«

»Behandle mich nicht, als wäre ich zerbrechlich und könnte unter dem Stress zusammenklappen.« Sie zog sich die Sandaletten aus und warf sie in den Schrank. »Von meiner und deiner Mutter lasse ich mich gerne verhätscheln, aber nicht von dir. Das brauche ich von dir jetzt nicht.«

Er war schnell, zu schnell, als dass sie hätte erraten können, was er vorhatte, bevor er ihr den Mund mit seinem verschloss und sie heiß und innig küsste.

»Warte«, keuchte sie. »Deine Verletzung. Du reißt dir das nur wieder auf.«

»Verhätschele mich nicht.« Hastig knöpfte er ihr die Bluse auf und entkleidete sie. Sobald sie nackt vor ihm stand, trat er einen Schritt zurück und bewunderte sie.

Sie erschauerte unter der Glut in seinem Blick.

Er küsste ihre Handfläche, ohne dabei die Augen von ihr zu nehmen. »Ich will dich, wie ich noch nie zuvor jemanden gewollt habe.«

»Dann nimm mich.« Sie lehnte sich auf dem Bett zurück und streckte die Hand nach ihm aus. »Beeil dich. Nimm mich einfach.«

Er zog sich das Hemd über den Kopf und ließ die Hose fallen. Dann legte er sich auf sie, hielt sie, nahm, was sie ihm anbot, und verlor sich in ihr.

Ihre Nägel kratzten über seinen Rücken und fachten die Flammen weiter an. Er umschloss ihre Brust, die voller war als damals, als sie noch jünger gewesen waren, zärtlich mit einer Hand. Er leckte über die Spitze, bis sie zum Höhepunkt kam.

Schweiß brannte in der Wunde unter seinem Auge, aber das besänftigte nicht das wilde Rasen seines Herzens oder das hektische Tempo ihrer Bewegungen.

Sie musste gespürt haben, dass er Schmerzen litt, denn sie zwang ihn auf den Rücken, setzte sich auf ihn und nahm ihn in sich auf. Den Rücken durchgestreckt, schrie sie auf, weil sie von einem zweiten Orgasmus überrascht wurde.

»Carly«, stöhnte er, grub die Hände in ihre üppigen Locken und zog sie zu sich runter. »Ich liebe dich so sehr. So absolut und unendlich.«

Sie küsste ihn, ganz zärtlich und unschuldig drückte sie ihre Lippen auf seine, was ihn völlig um den Verstand brachte. »Ich liebe dich auch«, flüsterte sie. »Mehr, als du jemals ahnen wirst.«

Er presste sie fest an sich und kam mit einem unterdrückten Aufschrei.

* * *

Dank der Freude, dieser tief sitzenden Zufriedenheit, weil sie alles hatte, was sie sich jemals gewünscht hatte, schwebte Carly in der folgenden Woche förmlich auf Wolken. Jedes Mal, wenn sie sich umdrehte, war Brian da. Am Morgen wachte sie neben ihm auf, am Abend ging sie mit ihm zu Bett, jede Mahlzeit teilte sie mit ihm, jeden Gedanken, jeden Traum. Nichts, nicht mal die Bedrohung durch den Mann, der ihnen schaden wollte, konnte ihre Freude schmälern.

Brian hatte sie schließlich dazu gebracht, bei Molly zu kündigen. Am Donners-tag-morgen, am Tag ihrer letzten Schicht, begleitete er sie zum Café und blieb eine Weile, um zu frühstücken und die Zeitung zu lesen.

Carlys Stammkunden freuten sich über ihre Verlobung, fanden es aber schade, dass sie den Laden verlassen würde. Sie würden ihr auch fehlen, ebenso wie die Frauen, mit denen sie zusammengearbeitet hatte. Miss Molly's hatte ihr in all den Jahren, in denen ihr nicht viel geblieben war, mehr gegeben als nur einen Job.

Die Menschen hier – die Kolleginnen genau wie die Kunden – waren ihr wie eine zweite Familie gewesen. Dass einer von ihnen der Mann sein könnte, der die Stadt terrorisierte, war ein Gedanke, den sie heute nicht zulassen würde, nicht an dem Tag, an dem das Ende einer Lebensphase und der Anfang einer neuen, aufregenden Zeit mit Brian eingeläutet wurden.

Er stand auf und legte einen Zwanziger auf den Tisch. Mit einem Kopfnicken rief er sie zu sich. *Wird mein Herz auch in fünf Jahren einen Schlag aussetzen, wenn er das macht? Definitiv.*

»Kann ich Ihnen noch etwas bringen?« Sie streichelte ihm die Wange. Die Schwellung an seinem Auge war zurückgegangen und der Kratzer verschorft. Sie hofften, dass er rechtzeitig bis zur Hochzeit vollständig abheilen würde.

Er legte ihr einen Arm um die Taille, zog sie zu sich und überraschte sie mit einem leidenschaftlichen Kuss.

Die Gäste von Miss Molly's jubelten und johlten.

Carlys Gesicht glühte vor Verlegenheit. »Lass das«, flüsterte sie.

»Also gut, auch wenn ich das eigentlich nicht will.« Er küsste sie erneut, eine sanfte Berührung ihrer Lippen, die irgendwie doch mehr war als der erste Kuss, mit dem er ihr verraten hatte, wie sehr er sie wollte. Dieser hier flüsterte: »Ich liebe dich.«

»Was hast du heute vor?«, fragte sie ihn verwirrt. Sie musste sich noch an die Gefühle gewöhnen, die er in ihr weckte, Gefühle, die wieder zu empfinden sie nie erwartet hätte.

»Ich werde wohl meine Mutter eine Weile nerven, außerdem muss ich mal in der Staatsanwaltschaft anrufen, um sicherzugehen, dass sie mir meine Fälle nicht versauen. Gegen zwei bin ich wieder da.« Er warf den Leuten in den Nischen und auf den Hockern am Tresen einen Blick zu. »Sprich nicht mit Fremden. Rede überhaupt mit niemandem, und tritt nicht vor die Tür, bis ich zurück bin. Hörst du?«

»Ja, Schatz.«

Ihre Gefügigkeit entlockte ihm ein Lächeln. »Das Baseball-Match deiner Nichte findet heute statt, oder?«

Sie nickte, und ihr Magen zog sich nervös zusammen.

»Schön. Sie ist das einzige neue Mitglied der Holbrooks, das ich noch nicht getroffen habe. Ich freue mich drauf.« Er küsste sie ein letztes Mal. »Ich liebe dich.«

»Ich liebe dich auch. Viel Spaß bei deiner Mom, und pass auf dich auf.«

»Versprochen.«

Sie sah ihm nach, bis er zur Tür raus war, und verabscheute die Angst, die sie überkam, sobald sie ihn aus den Augen ließ. Nur das Wissen, dass die Polizei über sie beide wachte, ermöglichte es ihr, seinen Tisch abzuräumen.

»Es ist gut, zu sehen, dass sich manche Dinge nie ändern«, sagte Molly.

Carly drehte sich zu ihr um.

Belustigt schüttelte Molly den Kopf. »Du und der Westbury-Junge, so süß wie damals, als ihr noch Kinder wart.«

Dass sie Brian den »Westbury-Jungen« nannte, amüsierte Carly. »Du kommst doch zur Hochzeit, oder, Molly?«

Eine Hand auf Carlys Schulter, versicherte Molly ihr: »Darauf kannst du dich verlassen. Ich werde dich hier wie verrückt vermissen. Das werden wir alle, aber ich freue mich riesig für dich, Carly. Wirklich.«

Hinter Carlys Lidern brannte es, während sie Molly umarmte. »Danke für alles, besonders dafür, dass du mir einen Ort in der Welt gegeben hast, als ich keinen hatte.«

»Du bist hier stets willkommen.«

Im Café ging es geschäftig weiter, trotzdem drückte Carly die ältere Frau eine Weile an sich. Nachdem sie einander schließlich losgelassen hatten, wischten sich beide Tränen von den Wangen. Mit einem verlegenen Lächeln für ihre Freundin widmete sich Carly wieder ihrer Arbeit.

# KAPITEL 20

Ein Polizist folgte ihnen in respektvollem Abstand, während Carly und Brian Hand in Hand durch die Stadt zum Columbia Park gingen, um sich Zoës Spiel anzuschauen.

»Bist du sicher, dass es dir nichts ausmacht, wenn ich die Kinder zur Hochzeit einlade?«, hakte Carly nach.

»Was immer du möchtest, Schatz. Das habe ich doch gesagt.«

»Julia ist erst zwei. Sie wird wahrscheinlich erstarren.«

»Sie ist hinreißend.« Er lachte leise. »Das wird schon klappen.«

»Lilly ist ganz aus dem Häuschen, weil wir am Wochenende ein Kleid kaufen wollen, wohingegen Craigs Jungs mich angefleht haben, sie aus der ganzen Sache rauszuhalten. Mark hat sogar meine Mutter angerufen und sie gebeten: ›Frag Tante Carly bitte, ob es reicht, wenn ich einfach nur als Gast da bin.‹«

Darüber musste er lachen. »Wie alt ist er?«

»Fast fünfzehn. Allison war in jenem Sommer schwanger mit ihm, weißt du noch?«

»Ja.« Er führte ihre Hand an seine Lippen. »Scheint, als wäre das ein ganzes Leben her, nicht wahr?«

»Ist es ja auch. Jedenfalls geht es seinem Bruder Peter, der dreizehn ist, offenbar ähnlich. Damit bleiben also Zoë, Lilly, Julia, Justin und Steve. Sicher, dass das okay ist?«

»Absolut. Zoë wäre dann deine Brautjungfer?«

»Ich halte das für besser, als mich zwischen meinen Schwestern entscheiden zu müssen oder am Ende beide zu nehmen. Ich will nicht, dass wir zu guter Letzt mehr Mitwirkende als Gäste haben.«

»Auch wieder wahr«, erwiderte er, amüsiert von ihrer Aufregung. »Da wir gerade von Gästen reden: Ich hatte mich gefragt …«

»Was denn?«

»Was hältst du davon, wenn wir die Garretts, Randalls, Townsends und die anderen Eltern einladen? Ich dachte, sie wollen vielleicht erleben, wie wir heiraten, nach allem.«

»Das ist eine wundervolle Idee, Brian.«

»Würde es dich stören, wenn ich Beth und ihren Mann ebenfalls dazubitte?«

»Sie ist deine Freundin, du solltest sie einladen.«

»Wow. Du musstest nicht mal drüber nachdenken.«

Sie zuckte die Achseln. »Sie ist keine Gefahr für mich.«

Er ließ ihre Hand fallen, legte ihr einen Arm um die Schultern und zog sie an sich. »Ich mag dich, Carly Holbrook.«

»Weshalb es mir auch völlig egal ist, wenn deine Ex-Frau zu unserer Hochzeit erscheint.«

»Sie ist hochschwanger, kann gut sein, dass sie bis dahin gar nicht mehr fliegen darf.«

»Lade sie trotzdem ein.«

»In Ordnung. Danke für dein Verständnis.«

»Weißt du, was ich jetzt einstudieren muss?«

»Was?«

»Zu sagen: ›Carly Westbury liebt Brian Westbury.‹ Das geht mir nicht so leicht von der Zunge.«

Er lachte. »Solange es dir nur regelmäßig über die Lippen kommt, ist es mir egal, wie leicht es dir fällt. Carly Westbury«, meinte er. »Das klingt gut.«

»Finde ich auch. Ich habe es in der Highschool auf die Innenseiten meiner Notizblöcke geschrieben. Allerdings hätte ich nie gedacht, dass es derart lange dauern würde, bis es wahr wird.«

»Es gab eine Menge, was wir uns nicht vorstellen konnten.«

»Selbst Hollywood hätte sich unsere Geschichte nicht ausdenken können«, antwortete sie lächelnd.

»Aber echt.«

Sie erreichten das Spielfeld, als die zwei Teams sich gerade aufwärmten. Von Carlys Familie war noch niemand da, also blieb sie mit Brian am Maschendrahtzaun stehen, der das Feld umgab.

»Da ist sie.« Carly zeigte auf ein hochgewachsenes Mädchen, das auf dem Innenfeld stand.

»Der Pferdeschwanz hat sie schon verraten«, meinte Brian.

»Cate hofft immer noch, dass sie die Baseballphase irgendwann hinter sich lässt, allerdings sieht es bisher nicht danach aus.«

»Unter der Kappe kann ich ihr Gesicht gar nicht erkennen.«

»Bevor sie anfangen, wird sie uns begrüßen kommen.«

Zoë machte gerade ein paar Dehnungsübungen und bemerkte gar nicht, dass sie beobachtet wurde. Sie schwenkte die Arme wie eine Windmühle, dann stakste sie auf den Hügel und warf ihrem Catcher einen Ball zu.

»Verdammt«, entfuhr es Brian, nachdem Zoës Fastball mit Schmackes im Handschuh des Catchers gelandet war. »Das ist ja unglaublich.« Er blickte nach unten und stellte fest, dass Carly ihn nervös betrachtete. »Was?«

»Nichts.« Sie drehte sich wieder zu Zoë, die einen ebenso beeindruckenden Curveball und Sinker warf.

»Sie ist echt gut.«

»Ich weiß. Im letzten Spiel hat sie den Second Baseman einfach umgerannt. Ich dachte schon, Cate würde neben mir in Ohnmacht fallen.«

Er lachte. »Großartig. Finde ich fantastisch.«

»Hallo.«

Sie drehten sich um und fanden sich Matt Collins gegenüber, der den anderen Polizisten abgelöst hatte.

»Hallo, Matt.« Brian streckte ihm eine Hand entgegen. »Was machst du denn hier?«

Matt schüttelte Brians Hand. »Schichtwechsel. Wir sind unterbesetzt, und jeder schiebt Überstunden, also müssen alle ran. Wie läuft es mit den Hochzeitsplänen?«

»Es wird«, erwiderte Carly.

»Das ist deine Nichte, nicht wahr?«, erkundigte sich Matt mit Blick auf Zoë.

Carly nickte. »Und da sind ja auch Tom und die Kinder.«

»Dann lass ich dich mal mit deiner Familie allein«, verabschiedete sich Matt. »Ich bin dort drüben, falls ihr mich braucht.«

»Danke«, meinte Brian.

Carlys Nichte Lilly rannte das kurze Stück vom Parkplatz her. »Tante Carly, Tante Carly, schau mal, meine neuen Schuhe.«

Carly hob das Mädchen hoch. »Ach, die sind ja hübsch.«

»Es sind Jellys«, erklärte Lilly ernst.

»Das sehe ich. Erinnerst du dich noch an meinen Freund Brian? Du hast ihn letztens bei Oma kennengelernt.«

»Ja. Du heiratest meine Tante Carly, oder?«

»Wäre das in Ordnung?«, erkundigte sich Brian mit ernster Miene, und Carly war ganz gerührt.

»Mommy sagt, du bist nett, also denke ich, schon. Aber du nimmst sie nicht nach New York mit, oder?«

»Nein.« Er spielte mit einer Locke von Lillys Haar. »Ich habe heute eine Stelle beim Generalstaatsanwalt von Rhode Island angenommen, wir bleiben also hier, oder zumindest in der Nähe.«

Carly hätte Lilly beinahe fallen gelassen, als sie Brian anstarrte. »Ehrlich?«

Er nickte.

Bevor sie die Neuigkeit verdauen oder ihn zur Rede stellen konnte, weil er ihr davon nichts erzählt hatte, kam ihr Schwager Tom mit Steve im Schlepptau zu ihnen rüber.

»Wie läuft's?«, wandte er sich an Carly.

Sie gab ihm einen Kuss auf die Wange und zauste Steves Haar. »Ziemlich gut. Du erinnerst dich an Brian, oder?« Sie hatten sich letztens kurz im Haus ihrer Mutter getroffen.

»Sicher.« Tom streckte Brian die Hand entgegen.

Brian schüttelte sie. »Freut mich, dich wiederzusehen.«

»Ebenfalls. Wir sollten uns ein paar Sitzplätze besorgen.« Mit dem Kopf deutete er zu den Tribünen. »Kommt ihr mit?«

»Gleich«, versprach Carly.

Kaum war Tom mit den Kindern fort, legte sie los: »Wann wolltest du das mir gegenüber erwähnen?«

Er strahlte zufrieden. »Ich hatte es gerade vor.«

»Ich sollte echt wütend auf dich sein.« Sie schlug ihm spielerisch gegen die Schulter. »Stattdessen würde ich dich am liebsten küssen.«

»Nur zu.«

»Nachher«, versicherte sie ihm mit bedeutungsvollem Blick, der sein Blut zum Brodeln brachte. »Raus damit. Was ist passiert?«

»Ich habe beim Generalstaatsanwalt angerufen und ihm mitgeteilt, dass ich nach Rhode Island ziehen will. Er meinte, er hätte die Gooding-Verhandlung verfolgt, und hat mich gefragt, ob ich daran interessiert wäre, die strafrechtliche Abteilung zu leiten. Das Ganze hat, glaube ich, vier Minuten gedauert.«

»Bist du sicher, Brian? Du liebst deinen Job in New York.«

»Es würde dir dort nicht gefallen, Schatz. Deine Familie ist hier, und ich wäre auch gerne in der Nähe meiner Eltern. Wir gehören hierher.«

Carly warf sich ihm in die Arme und küsste ihn. »Danke, danke, *danke*.« Sie ließ sich in den Kuss fallen und nahm gar nicht mehr wahr, wo sie waren oder wer sie dabei beobachtete.

»Wie eklig.«

Sie riss sich von ihm los und lachte über den angewiderten Ausdruck auf dem Gesicht ihrer Nichte. »Äh, Brian, das ist Zoë.«

Er drehte sich um, und ihm blieb fast das Herz stehen. Sie war das genaue Ebenbild von Carly, bis hin zu den kastanienbraunen Locken und den Sommersprossen auf der Nase. Nur ihre haselnussbraunen Augen waren anders.

»Freut mich, Sie kennenzulernen«, begrüßte sie ihn.

Er ließ Carly los, um Zoë über den Zaun hinweg die Hand hinzustrecken. »Freut mich auch. Tut mir leid, wenn ich dich so anstarre, aber du siehst Carly unglaublich ähnlich. Unfassbar.«

Zoë zog die Nase kraus und drehte sich zu ihrer Tante um. »Wie oft haben wir das schon gehört?«

»Ein paarmal«, bestätigte Carly verlegen. »Viel Erfolg beim Spiel, Schatz. Ich habe Brian beschrieben, was für ein hervorragender Pitcher du bist, also hau sie alle raus.«

»Geht klar.« Damit setzte sie sich die Kappe wieder auf und joggte zur Spielerbank, zu ihren Mannschaftskameraden.

»Sie ist ein tolles Mädchen«, erklärte er mit gedämpfter Stimme, den Blick auf Zoë am anderen Ende des Spielfelds gerichtet.

»Ja.«

Es erschien ihm unmöglich, zu ungeheuerlich, doch plötzlich musste er es wissen. Mit zugeschnürter Kehle schaute er zu Carly. »Ist sie unser Kind?«

Tränen stiegen ihr in die Augen, als sie seinen Blick erwiderte. »Ja.«

Das Rauschen in seinen Ohren übertönte alles andere. Stocksteif stand er da und unterdrückte das Verlangen, zu schreien, wegzulaufen, auf jemanden loszugehen. Auf sie. Auf Carly.

»Brian …«

»Kein Wort«, stieß er hervor. »Ich will nichts hören.« Ihre erschütterte Miene berührte ihn nicht. Er konnte nur an das Mädchen auf dem Spielfeld denken, das

Mädchen mit seiner Wurfhaltung, seinem Fastball, seinen haselnussbraunen Augen. Seine Tochter. Ihm wurde plötzlich so schlecht, dass er sich vom Zaun abwandte.

Carly folgte ihm.

»Weiß sie es?«

»Nein.«

»Wer weiß davon?«

Er lief so schnell, dass sie fast schon rennen musste, um mit ihm mitzuhalten. »Nur meine Eltern und meine Geschwister. Und Dr. Walsh, die sie entbunden hat.«

Abrupt blieb er stehen. »Wie konntest du das tun? Wie konntest du mir so etwas vorenthalten? Und meinen Eltern? Hast du eine Ahnung, was ihnen das bedeutet hätte, nachdem sie Sam verloren haben?«

»Lass es mich erklären …«

Mit erhobener Hand brachte er sie zum Schweigen. »Spar dir das.« Er schnaubte bitter. »Kein Wunder, dass dein Schwager, der Mann, der *meine Tochter* großzieht, mich kaum anschauen kann. Er freut sich sicher riesig, dass ich wieder in der Stadt bin.«

»Brian, bitte«, flehte sie. Tränen strömten ihr über das Gesicht. »Lass mich doch ausreden …«

»Es gibt nichts, was du jetzt sagen kannst, Carly. Bleib bei Tom und den Kindern. Ich muss von hier weg, bevor mir noch etwas rausrutscht, das ich bereue.«

Sie griff nach seinem Arm. »Bitte, Brian. Du verstehst das nicht.«

»Da hast du recht.« Er schüttelte sie ab. »Ich verstehe es nicht. Ich kann nicht hierbleiben, aber ich kann dich auch nicht allein lassen. Bitte, geh zu ihnen.«

»Bist du nachher zu Hause? Wirst du mir dann zuhören? Lass es mich erklären. Wir können nicht zulassen, dass das alles zwischen uns ruiniert.«

»Zu spät.« Da er wusste, dass Matt Carly sicher nach Hause bringen würde, wandte er sich ab und eilte davon.

* * *

Carly blieb schluchzend zurück und sah ihm nach, bis er außer Sicht war. Dann wischte sie sich über das Gesicht und drehte sich um. Cate stand hinter ihr.

Einen endlosen Moment lang starrten die Schwestern einander an, bis Cate auf sie zukam. »Er weiß es.«

»Er hat es sofort erkannt.« Sie trocknete sich die Wangen. »Ich weiß, dass ich dir und Tom versprochen habe, es niemandem zu verraten, aber als er mich direkt gefragt hat, konnte ich ihn nicht anlügen. Das konnte ich einfach nicht.«

»Ich wusste immer, dass dieser Tag kommen würde.« Jetzt strömten auch Cate die Tränen über die Wangen. Sie nahm ihre Schwester in die Arme und hielt sie fest. »Wenn du ihm alles erklärst, wird er es schon verstehen. Er liebt dich einfach zu sehr. Er braucht nur erst mal Zeit, um es zu verdauen.«

»Ich weiß nicht. Er ist wütend, und ich kann ihm kaum einen Vorwurf draus machen.«

Cate legte ihr die Hände auf die Schultern. »Hör mal, Carly. Du hast getan, was du für das Beste hieltest, für ihn, für Zoë, für euch alle. Weißt du nicht mehr, wie es damals war? Du konntest weder reden noch das Haus verlassen, er war Tausende von Meilen entfernt auf dem College. Ihr beide wart von einer unbeschreiblichen Tragödie traumatisiert, und keiner von euch wäre in der Lage gewesen, ein Kind großzuziehen. Du hast das Richtige getan – das *Einzige*, was du tun konntest. Bloß weil er schlecht darauf reagiert hat, kannst du jetzt nicht alles in Zweifel ziehen.«

»Er wird sie kennenlernen wollen.«

»Das wird er auch. Als seine Nichte.«

»Was, wenn ihm das nicht reicht?«

»Das muss es. Er wird nicht fähig sein, das Leben eines Kindes zu zerstören, das er nicht mal kennt, nur damit er die Befriedigung empfindet, von ihr ›Dad‹ genannt zu werden. Sie hat schon einen Vater, einen, den sie lieb hat. Das wird er einsehen.«

»Ich kann ihn nicht noch einmal verlieren, Cate«, flüsterte Carly. »Das wäre mein Ende.«

»Du wirst ihn nicht verlieren. Bringen wir Zoës Spiel hinter uns, und dann suchen wir nach ihm. Tom und ich werden dich begleiten. Gemeinsam spüren wir ihn schon auf, und dann werden wir es ihm begreiflich machen.«

Sie fragte sich, ob es überhaupt eine Erklärung gab, die er akzeptieren würde, während sie sich von ihrer Schwester zu den Tribünen führen ließ, auf denen Tom sie bereits mit besorgter Miene erwartete. »Cate?«

Sie umklammerte die Hand ihres Mannes und gab ihm einen Kuss auf die Wange. »Alles in Ordnung. Wie steht's?«

August–September 2010

*Eine Zeit zum Lieben und eine Zeit zum Hassen, eine Zeit für den Krieg und eine Zeit für den Frieden.*

Koh 3,8

# KAPITEL 21

Stundenlang wanderte Brian ziellos umher. Fragen rasten ihm durch den Kopf, Unglaube, Wut und Trauer. Die Trauer war unerträglich. Die ganze Zeit hatte es ein Kind gegeben, sein Kind, das Kind von ihm und Carly. *Kein Wunder, dass sie unbedingt ein Baby will. Sie wünscht sich eins, das sie behalten kann. Sie hat zugesehen, wie ihre Schwester das Kind großzieht, das eigentlich unseres ist.*

Wenn er an all die Jahre dachte, die er allein verbracht hatte, nur um jetzt herauszufinden, dass er ein Kind hatte … *Die ganze Zeit.* Er hatte Carly gefragt, ob ihr klar war, was ein Enkelkind seinen Eltern bedeutet hätte. Was war damit, was es *ihm* bedeutet hätte, eine Tochter zu haben? Hatte sie daran gedacht?

Er wanderte am Seeufer entlang und blieb vor der Weide stehen. Während er den Baum betrachtete, der einst ihr Zufluchtsort gewesen war, fragte er sich, ob Zoë hier am Abend des Unfalls gezeugt worden war. Oder doch am vierten Juli in Carlys Zimmer? Er hatte keine Ahnung, aber ganz plötzlich wollte er es wissen. Er *musste* es wissen.

Er kehrte um und machte sich auf den Rückweg in die Stadt. Bis er in der Innenstadt war, hatte er sich wieder in Rage gelaufen. Sein Verstand funktionierte noch klar genug, um zu erkennen, dass es nicht klug war, in seinem jetzigen Zustand in Carlys Wohnung zu stürmen, also überquerte er die Main Street, ging durch den Stadtpark und den Hügel rauf zum Friedhof.

Die späte Nachmittagssonne schien ihm warm auf den Rücken, als er vor dem Grab seines Bruders stehen blieb. Er setzte sich und lehnte sich gegen den großen Stein. »Hi, Sammy.« Er schloss die Augen und atmete tief durch. »Tut mir leid, dass es so lange her ist. Ich war eine Weile nicht hier.«

Geistesabwesend zupfte er an dem Gras am Sockel des Grabsteins. »Heute habe ich rausgefunden, dass ich eine Tochter habe. Ist das zu fassen? Sie ist vierzehn und wundervoll. Sie sieht genauso aus wie Carly, es ist einfach unglaublich. Du hättest sie beim Werfen erleben sollen. Ihr Fastball ist der Hammer, genau wie meiner damals. Weißt du noch?

Du wirst nie glauben, was alles passiert ist. Es fühlt sich an, als wäre mein Leben in zwei Hälften zerrissen worden: vor dem Unfall und danach. Die Zeit danach war echt scheiße, kann ich dir sagen. Bis vor Kurzem zumindest. In letzter Zeit lief es wieder richtig gut. Dass ich wieder mit Carly zusammen bin, ist … herrlich.« Seine Augen wurden feucht. »In zwei Wochen wollen wir endlich heiraten.« Er schloss die Lider und hielt das Gesicht in die Sonne. »Ich fasse einfach nicht, dass sie mir das verheimlicht hat, Sammy. Ich fühle mich so betrogen. Zoë – der Name meiner Tochter lautet Zoë – ist schon fast erwachsen, ohne dass ich sie überhaupt kenne.«

Nachdem er eine Weile dort gesessen hatte, kam er langsam wieder auf die Füße, klopfte sich die Hose ab und strich mit der Hand über den Stein, der das Grab seines Bruders markierte. »Du fehlst mir. Das ist etwas, woran sich nichts geändert hat. Ich bin bald wieder zurück.« Damit wandte er sich zum Gehen und stellte überrascht fest, dass Luke McInnis den Hügel raufstieg.

»Hallo, Brian. Wie läuft's?«

Brian schüttelte die Hand, die Luke ihm hinhielt. »Ziemlich gut. Was führt dich denn her?«

»Mein Großvater liegt dort drüben begraben.« Mit dem Kopf deutete er auf die Reihe hinter Sams Grabstelle. Dann fiel sein Blick auf Sams Grab, und er schüttelte den Kopf. »Ich schätze, etwas Derartiges verarbeitet man nie so wirklich, oder?«

»Nein.« Er wollte über seinen verstorbenen Bruder nicht mit jemandem sprechen, den er kaum kannte und seit der Highschool nicht mehr getroffen hatte. »Also, ich muss los. Bis bald.«

»Du bist wahrscheinlich auf dem Weg zu Carly. Sie ist mir grad begegnet.«

Bei den Worten drehte Brian sich um und betrachtete ihn nachdenklich. »Wo?«

»Sie war mit ihrer Schwester und ihrem Schwager zusammen. Ich glaube, sie wollten zu ihr nach Hause.«

»Dahin bin ich unterwegs.«

»Na, dann lass dich von mir nicht aufhalten. Schön, dass du wieder in der Stadt bist. Ich hoffe, du und Carly bleibt eine Weile.«

»Mach's gut, Luke.« Damit verließ Brian den Hügel und überquerte die Straße zum Stadtpark. Er blickte über die Schulter und erkannte, dass Luke ihm weiter nachschaute. Also griff er in die Tasche, holte das Handy raus und wählte die Kurzwahlnummer Eins. »Dad? Hi, wie kommst du voran?«

»Noch ein frustrierender Tag ohne Fortschritte. So gut komme ich voran.«

»Du stresst dich doch nicht wieder, oder?«

»Ich bemühe mich, es nicht zu tun.«

»Hör mal, ich hatte grad ein komisches Gespräch mit Luke McInnis. Er hat im Grunde nichts Falsches getan, aber er ist auf dem Friedhof aufgetaucht, als ich wieder loswollte, und erwähnte, er hätte Carly getroffen. Die ganze Sache war irgendwie unheimlich.«

»Warum bist du nicht bei Carly?«

»Wir, äh, haben uns gestritten.«

»Du hast sie doch nicht irgendwo allein zurückgelassen, oder?«, fragte Michael mit panischem Unterton.

»Ich bitte dich, Dad, was denkst du denn von mir? Sie ist bei der Familie ihrer Schwester.«

»Entschuldige. Natürlich würdest du sie nicht allein lassen. Bei der ganzen Angelegenheit drehe ich noch durch. Ich setze jemanden auf Luke an. Ich kenne ihn nicht besonders gut. Was weißt du sonst von ihm?«

»Nicht viel. Er war einfach da. Ich kannte ihn auch nicht gut.«

»Frag mal Carly, woran sie sich erinnert.«

»Werde ich. Irgendwann.«

»Weshalb um alles in der Welt habt ihr zwei euch denn gestritten?«

»Das würdest du mir nicht glauben, wenn ich es dir erzähle«, brummte Brian.

»Heute Abend bist du aber bei ihr, richtig?«

Er stand am Fuße der Treppe zu ihrer Wohnung, in der sie viele glückliche Stunden verbracht hatten, seit sie wieder zusammen waren, und sah hoch. Dort oben wartete sie mit ihrer Schwester und ihrem Schwager darauf, ihm mitzuteilen, warum er ein Kind hatte, von dem er vierzehn Jahre lang nichts erfahren hatte.

»Ja«, meinte er. »Ich werde bei ihr sein.«

»Dann lass mich wissen, was sie über Luke zu sagen hat.«

»Morgen.«

»Alles in Ordnung? Du klingst eigenartig. Warum warst du denn auf dem Friedhof?«

»Seit ich wieder zurück bin, hatte ich Sam noch nicht besucht. Es ist nichts weiter, Dad.« Er hatte keine Ahnung, wie er seinen Eltern das mit Zoë beibringen sollte. Erst musste er wissen, was Carly ihm zu erzählen hatte, bevor er sich entschied. »Du fährst besser nach Hause, sonst wird Mom dich noch vor aller Augen aus dem Revier schleifen.«

»Ich mach ja schon. Wir sprechen uns morgen.«

Auf den Stufen klappte Brian das Handy zu und steckte es wieder in die Tasche. Sobald er den Absatz erreicht hatte, auf dem ihre Blumen die Luft mit ihrem süßen Duft erfüllten, schnürte es ihm die Kehle zu, und sein Herz raste.

Er ließ die Hand eine Weile auf dem Türknauf ruhen und atmete tief durch. Was würde er hören? Wie würde er sich dabei fühlen? Was würde es für seine Zukunft mit Carly bedeuten? Würde es überhaupt eine Zukunft mit ihr geben? Fragen, die er für beantwortet gehalten hatte, kehrten zurück. Noch nie hatte so viel auf dem Spiel gestanden.

Carly öffnete die Tür.

Trotz des überwältigenden Drangs, wütend auf sie zu sein, ließ ihn der elende Ausdruck auf ihrem Gesicht alles andere als kalt. Er hasste es, dass er sie in die Arme schließen und alles tun wollte, damit sie nie wieder so unglücklich sein musste, aber er schien sich nicht von der Stelle rühren zu können.

»Ich bin froh, dass du hier bist.« Sie griff nach seiner Hand. »Komm rein.«

Er ließ sich von ihr nach drinnen ziehen.

Tom und Cate, die nicht besser aussahen als Carly, sprangen vom Sofa auf, kaum dass er einen Fuß in die Wohnung gesetzt hatte.

»Brian.« Cate machte einen Schritt auf ihn zu.

»Ich habe mich gefragt«, begann er leise und beherrscht, wie er es auf dem Weg in die Stadt einstudiert hatte, »ob ihr drei mir vielleicht verraten könntet, wie das passieren konnte.« Er wandte sich an Carly. »Wann haben wir, du weißt schon, ein Baby gezeugt?«

»Am vierten Juli.« Sie verschränkte immer wieder die Finger und schien vor Anspannung zu zittern.

Das hier war etwas ganz Persönliches, und er tat es nur ungern vor Publikum, trotzdem ließ er sich davon nicht abhalten. »Hast du mir damals nicht erzählt, du würdest die Pille nehmen?«

Sie senkte den Blick und hob ihn schließlich wieder. Die Trauer in ihren Augen reichte so tief, war dermaßen überwältigend, dass er das Gespräch sofort abgebrochen hätte, wenn er die Antworten nicht unbedingt hätte hören müssen. Es war einfach zu viel. »Ich hatte damals das Haus seit fast zwei Monaten nicht verlassen«, erklärte sie leise. »Ich konnte meine Mutter nicht zum Frauenarzt schicken, um mir die Pille holen zu lassen.«

»Du hättest mich schicken können.«

»Daran habe ich gar nicht gedacht. Ich hatte nicht damit gerechnet, dass ich … dass wir uns noch mal lieben würden.«

»Also hast du mich angelogen.« Statt der Wut, die er empfinden sollte, fühlte er nur, wie verletzt und verwirrt er war. »Warum hast du das getan, Carly?«

Als könnte sie keine Sekunde länger warten, ohne ihn zu berühren, trat sie zu ihm und legte ihm die Hände auf die Brust. »Am vierten Juli wusste ich bereits, dass ich es nicht nach Michigan schaffen würde. Ich hatte solche Angst, dass wir keine weitere Gelegenheit erhalten würden … auf diese Art … zusammen zu sein … bevor du abreist. Ich wusste, dass ich damit ein Risiko einging, aber ich brauchte dich, Brian. Ich wollte, dass wir wieder *wir* waren, wenn auch nur für kurze Zeit. Zwei endlose Wochen waren wir getrennt gewesen, weil du sauer warst, dass ich nicht reden konnte – neben der Woche nach dem Unfall waren das die zwei schlimmsten Wochen meines Lebens. Weißt du nicht mehr, wie es damals war? Wie schrecklich alles war? Wie dringend wir einander an jenem Abend gebraucht haben?«

»Doch«, gestand er heiser. Tom und Cate verschwanden im Hintergrund, es gab bloß noch Carly. Er schaute sie an. »Wusstest du, dass du schwanger warst, als ich abgereist bin?«

»Ich habe es geahnt.«

»Warum hast du es vor mir verheimlicht?«, brachte er gequält hervor. »Warum hast du mich fahren lassen, ohne mir zu verraten, dass wir ein Baby bekommen könnten? Hast du gedacht, es wäre mir egal?«

»Ich wusste, dass es dir nicht egal wäre. Ich wusste aber auch, dass du dein Stipendium aufgeben würdest, deine Chance, in Michigan zu studieren, deinen Traum vom Jurastudium. Sobald du mir gesagt hast, dass du abreisen und nie wieder zurückkehren würdest, erkannte ich, dass du nur so das überstehen könntest, was uns widerfahren ist. Da konnte ich dir kein Kind aufhalsen auf Kosten all dessen, was du wolltest und brauchtest.«

»Ist dir *nie* in den Sinn gekommen, dass ich diese Entscheidung selber hätte treffen wollen?« Seine Stimme wurde immer lauter.

»Mir ist nie in den Sinn gekommen, dir eine Gelegenheit dazu zu geben. Du hattest deinen Entschluss gefasst, und ich verstand, dass es das Beste für dich war, unter alles einen Schlussstrich zu ziehen. Genau das hast du damals gebraucht, Brian. Eine Frau am Hals zu haben, die nicht reden oder das Haus verlassen konnte, und ein Baby, um das man sich kümmern musste, war nicht das Leben, das ich mir für dich vorgestellt hatte. Du warst zu Besserem bestimmt. Ich habe mich auch nie gefragt, ob du das Richtige für mich – und Zoë – getan hättest, hättest du davon gewusst.«

»Das hätte ich.«

»Das weiß ich. Ich habe es immer gewusst. Aber dann hättest du vielleicht das College nicht geschafft und wärst nicht der erfolgreiche Anwalt geworden, der du heute bist. Ich konnte nicht von dir verlangen, dein ganzes Leben zu opfern, und da ich nicht in der Lage war, ein Kind großzuziehen, sind Cate und Tom eingesprungen.«

»Wir haben geheiratet, kurz nachdem du abgereist bist«, meldete Cate sich zu Wort. »Eigentlich sind wir durchgebrannt. Tom wollte in Kalifornien studieren, und ich wollte mit ihm mit. Ein Jahr später sind wir zurückgekehrt und haben dem Rest der Familie und unseren Freunden erzählt, dass wir ein Baby hatten. Da Carly das Haus seit dem Unfall nicht verlassen hatte, wusste außer uns keiner, dass sie überhaupt schwanger gewesen war. Außerhalb der engeren Familie hat deshalb niemand infrage gestellt, dass das Baby unseres war.«

»Was müssen deine Eltern von mir gedacht haben?« Brian schüttelte den Kopf. »Dass ich dich allein und schwanger sitzen gelassen hab.«

»Sie haben dir nie Vorwürfe gemacht, Brian«, versicherte ihm Carly. »Sie wussten, dass ich es dir nicht gesagt habe.«

»Und du bist einfach freiwillig eingesprungen, um das Kind als dein eigenes großzuziehen?«, wandte sich Brian an Tom. Er bemühte sich, den Mann nicht für etwas zu hassen, für das er nichts konnte. »Wie hast du das nur fertiggebracht?«

»Das war nicht schwer«, erwiderte Tom mit einem Achselzucken. »Ich liebe Cate, und sie hat mich darum gebeten. Als ich Zoë dann zum ersten Mal gesehen hab, lösten sich auch die letzten Zweifel in Luft auf. Ich habe sie vom ersten Moment an vergöttert.« Seine Stimme brach. »Sie ist mein kleines Mädchen. Ich kann mir nicht vorstellen, wie du dich jetzt fühlst, aber ich liebe sie, und ich habe versucht, ihr ein guter Vater zu sein.«

Die eigenen Tränen wegtupfend, legte Cate einen Arm um ihren Ehemann.

Plötzlich fühlte Brian sich völlig ausgelaugt und ließ sich auf die Couch sinken. »Wann wurde sie geboren?«

»Am 5. April 1996«, antwortete Carly leise.

Erschrocken riss er den Kopf hoch. »An Sams Geburtstag?«

Mit tränennassem Gesicht nickte sie. »Es war wie ein Zeichen von oben, dass er auf mich achtgibt. Ich kann dir nicht erklären, wie sich das angefühlt hat.«

Er ließ den Kopf in die Hände sinken, konnte die Tränen nicht mehr zurückhalten. »O Gott, Carly.« Seine Stimme klang durch die Hände gedämpft. »Wie sehr hätte es meinen Eltern geholfen – oder mir –, das zu wissen!«

Carly setzte sich neben ihn, schlang einen Arm um ihn und zog seinen Kopf an ihre Brust. »Es tut mir leid, Brian. Ich habe versucht, das zu tun, was für uns alle am besten war, was für dich und unser Baby am besten war. Entschuldige, dass ich dich wegen der Pille angelogen habe, aber dass wir dadurch Zoë bekommen haben, das tut mir nicht leid. Sie ist das Beste, was mir jemals geschehen ist. Du und Zoë, ihr seid das Beste in meinem Leben, Brian.«

»Du hast erlebt, wie sie aufgewachsen ist. Du warst Teil ihres Lebens.«

»Ja, und ich bereue es, dass du es nicht warst. Ich würde alles dafür geben, wenn ich das mit dir teilen könnte. Zoë war für mich noch etwas, was wir an jenem Abend auf der Tucker Road verloren haben.«

Er hob den Kopf und trocknete sich das Gesicht. »Ich will, dass sie erfährt, woher sie stammt …«

»Nein«, lehnte Tom ab. »Ich lasse nicht zu, dass du ihr Leben auf den Kopf stellst.«

»Sie ist *meine* Tochter. Ich habe ein Recht darauf, sie zu kennen, und sie hat ein Recht darauf, die Wahrheit zu erfahren.«

Cate setzte sich auf den Couchtisch und nahm Brians Hände. »Du bist kein selbstsüchtiger Mensch, Brian, also bitte ich dich eindringlich, gut darüber nachzudenken, was du Zoë antun würdest, wenn du ihr das verrätst. Alles, was wir getan haben, was wir *alle* getan haben, ist einzig aus Liebe geschehen – nicht nur für Zoë, sondern auch für dich.«

Er wusste, dass ihm seine Skepsis vom Gesicht abzulesen war, und bemühte sich, sie zu verbergen.

»Nachdem du Carly mitgeteilt hattest, dass du weggehst und nicht zurückkehrst, hat sie dich so weit respektiert und geliebt, dass sie dich ziehen ließ, selbst wenn es ihr das Herz brach, dich zu verlieren«, erklärte Cate. »Ich kann dir ansehen, dass du dich fühlst, als hätten wir dir unrecht getan, und das verstehe ich, aber lass es bitte nicht an Zoë aus. Gib ihr keinen Grund, all das, was sie kennt, infrage zu stellen. Ich glaube nicht, dass sie sich von dem Schlag erholen würde, nach allem, was sie gerade verkraften muss.«

»Wenn es etwas gibt, das ich als Staatsanwalt gelernt habe, dann dass die Wahrheit irgendwann ans Licht kommt. Wenn das kontrolliert geschieht, dann schadet es wesentlich weniger, als wenn eine Lüge zufällig auffliegt, wie heute.«

»Es gibt keinen Grund, warum sie es jemals erfahren sollte«, meinte Carly. »Sie ist ein glückliches, ausgeglichenes Kind, das niemals ahnen wird, dass Cate und Tom nicht ihre leiblichen Eltern sind. Ich flehe dich an, das tun wir alle, ihr Wohlbefinden über dein eigenes zu stellen.«

»Wenn ich es nicht erraten hätte, hättest du es mir jemals erzählt?«

»Nein.«

»Du hättest mich also mit diesem Geheimnis geheiratet?«

»Ohne zu zögern. Seit ich dreizehn war, liebe ich dich mehr als mein eigenes Leben.«

»Als wir in Newport waren und darüber gesprochen haben, ein Baby zu bekommen, warum hast du es mir da nicht gesagt?«

»Bevor sie mir diesen unglaublichen Gefallen erwiesen haben, haben mich Tom und Cate darum gebeten, dass ich niemandem verrate, dass sie meine Tochter ist – nicht mal dir. Das war ihre einzige Bedingung. Doch als du mich heute direkt gefragt hast, konnte ich dich nicht anlügen.«

Verzweifelt bemühte er sich, all das zu verdauen, und atmete tief durch. Er hob den Kopf und erkannte, dass ihn die drei beobachteten, jeder von ihnen ganz angespannt vor Nervosität. »Ich weiß, warum ihr es von mir verlangt. Das verstehe ich schon, Cate. Ich will ihr Leben genauso wenig auf den Kopf stellen wie du. Aber ich habe selbst eine Bedingung.«

»Die lautet?«, wollte Tom wissen.

»Ich will, dass es meine Eltern erfahren. Ich will, dass sie wissen, dass sie an Sams Geburtstag geboren wurde, am ersten Geburtstag nach seinem Tod.«

»Dann würden sie an ihrem Leben teilhaben wollen«, wandte Tom ein, dem die Angst ins Gesicht geschrieben stand.

»Sie werden das tun – oder sein lassen –, worum ich sie bitte. Darauf gebe ich euch mein Wort.«

Cate und Tom wechselten einen Blick.

»Ich schätze, damit könnten wir leben«, meinte Cate.

»Da wäre noch eine Sache«, bohrte Brian weiter. »Ich will Zeit mit ihr verbringen und sie kennenlernen. Carly und ich könnten ein paar Tage mit ihr wegfahren, unter dem Vorwand, dass wir verstehen, was sie grad durchmacht, da wir ebenfalls unsere Freunde verloren haben.«

»Ich weiß nicht.« Cate sah zu Carly.

»Du stehst ihr nahe, nicht wahr?«, wandte sich Brian an Carly.

»Ja.«

»Warum sollte sie es dann eigenartig finden, ein paar Tage mit dir und deinem Verlobten zu verbringen?«

»Würde sie wohl nicht, schätze ich.«

»Wo liegt dann das Problem?«

»Das hängt ganz von Tom und Cate ab«, erwiderte Carly. »Sie sind ihre Eltern.«

»Können wir darüber schlafen?«, fragte Cate. »Wir müssen darüber reden.«

Brian nickte. »Natürlich.«

Cate umarmte ihre Schwester und drückte anschließend auch Brian ganz überraschend.

»Morgen reden wir noch mal mit euch«, versprach Cate, bevor sie sich mit Tom zur Tür begab.

»Cate?«, wandte sich Brian an sie.

Sie drehten sich noch mal um.

Brian trat auf sie zu. »Es gefällt mir nicht, dass das vor mir verheimlicht wurde, aber das hat mit euch beiden nichts zu tun. Es bedeutet auch nicht, dass ich nicht zu schätzen wüsste, was ihr für Carly und Zoë getan habt, und für mich ebenfalls, nehme ich an. Also, äh, danke.«

Tom schüttelte ihm die Hand. »Ist uns ein Vergnügen«, erklärte er mit belegter Stimme. »Ein absolutes Vergnügen.«

Dann ließ Brian sie zur Tür raus. Als er sich zu Carly umdrehte, wusste er nicht, was er zu ihr sagen sollte.

# KAPITEL 22

Brian ging zu dem Schrank, in dem sich Carlys Fernseher befand. Auf dem Regal über dem Kasten stand eine Reihe Familienfotos. Er nahm eines von Zoë in die Hand und betrachtete es.

»Wie alt war sie da?«

»Ich glaube, elf.«

»Hast du noch andere Fotos? Als sie klein war?«

Sie verschwand im Schlafzimmer und kehrte mit einem dicken Fotoalbum zurück, das sie ihm reichte.

Mit angespannter Miene setzte er sich aufs Sofa und klappte das Album auf einer Seite auf, die Zoë als wütend schreienden Säugling zeigte, der sein erstes Bad über sich ergehen lassen musste.

»Am vierten Tag hat sie ihren Kopf von meiner Brust gehoben und mir direkt ins Gesicht geschaut, als wollte sie sagen: ›Es kann losgehen.‹ Seither stürmt sie mit Volldampf voraus.«

Er strich mit dem Finger über ein Bild von Zoë, die mit ihren strahlenden Augen höchst aufgeweckt wirkte. »Ich will alles wissen: wie du dich während der Schwangerschaft gefühlt hast, wie die Geburt war, ob du sie gestillt hast, wie alt sie war, als Cate und Tom sie mitgenommen haben, welche Schulen sie besucht hat, wer ihre Lehrer waren. Einfach alles.«

Überwältigt von seiner Intensität lehnte sie sich gegen die Couch. »Drei Monate lang war mir hundeelend. Dass mir dermaßen schlecht war, war das erste Zeichen, dass ich überhaupt schwanger war.«

Er verzog das Gesicht. »Ich kann mir nichts Schlimmeres vorstellen.«

»Ich schon.« Sie lachte leise. »Die Geburt war kein Zuckerschlecken, so viel kann ich dir verraten.«

Zum ersten Mal, seit Cate und Tom gegangen waren, sah er sie direkt an. »War es schlimm?«

»Schrecklich. Ich lag vierundzwanzig Stunden in den Wehen. Die Ärztin wollte mich für einen Kaiserschnitt ins Krankenhaus bringen, aber der Gedanke daran, dass ich das Haus verlassen müsste, hat mich in Panik versetzt. Also hab ich alle Kraft zusammengenommen, und wenig später kam sie zur Welt. Es war sieben Uhr morgens, und sie hat sich die Seele aus dem Leib geschrien.« Bei der Erinnerung musste sie lächeln. »In den fünfzehn Jahren, die wir getrennt waren, hatte ich mir nie mehr gewünscht, dass du an meiner Seite wärst. Ich wollte sie unbedingt mit dir teilen. Ich war zugleich überglücklich und todtraurig. So habe ich nie wieder empfunden.«

Sie beobachtete ihn dabei, wie er jedes einzelne Foto studierte, und ihr Magen zog sich zusammen. Zwar saß er direkt neben ihr, dennoch lagen Meilen zwischen ihnen. Die Distanz jagte ihr Angst ein. *Was soll ich nur tun, wenn er mir nicht vergeben kann?*

»Wie viel hat sie gewogen?«

»Dreitausendachthundert Gramm bei einundfünfzig Zentimetern.«

»Wie lautet ihr zweiter Vorname?«

»Ann.«

»Mist, ich kenne nicht mal ihren Nachnamen.«

»Murphy. Zoë Ann Murphy.«

»Du hast immer gemeint, du würdest deine Tochter Jordan nennen.«

Überrascht, dass er das nicht vergessen hatte, erwiderte sie: »Unter den gegebenen Umständen konnte ich den Namen einfach nicht verwenden.«

»Hast du sie Zoë genannt? Oder waren das Cate und Tom?«

»Ich habe ihr den Namen gegeben.«

»Er gefällt mir. Ist anders.« Er blätterte zu Bildern von Zoë als Kleinkind, das Gesicht voller Tomatensoße, umgeben von Schaumbläschen in der Wanne, tanzend in Stöckelschuhen und einem pinkfarbenen Tutu. »Gott, sie war einfach hinreißend«, flüsterte er.

Sie nickte. »Sie kam mit diesem sonnigen Gemüt zur Welt, das sie auch nie wirklich abgelegt hat. Allerdings bereitet sie Cate seit etwa einem Jahr Kopfschmerzen mit ihren Teenagerallüren.«

»Wie lange war sie bei dir? Nachdem sie auf der Welt war?«

»Fast zwei Monate, und ja, ich habe sie gestillt. Das hat mir gefallen.«

»Ich hatte mich schon gefragt, warum du … dort größer bist.«

»Die durfte ich behalten«, antwortete sie mit einem Lachen.

»Aber es gibt keine anderen Zeichen, dass du ein Baby hattest.«

»Vermutlich, weil ich so jung war. Ich habe mich rasch erholt.« Sie spielte mit dem Saum der Decke, die über der Rückenlehne des Sofas hing. »Schneller als davon, sie weggeben zu müssen.«

»Das war schwer.«

Eine Feststellung, keine Frage, dachte sie. *Er kennt mich gut genug, um zu wissen, wie das gewesen sein muss.* »Ja«, flüsterte sie. Das Gespräch führte sie in der Zeit zurück, zu den finstersten Tagen ihres Lebens.

»Carly?«

Sie riss sich von der Vergangenheit los. »Es ist nicht leicht, darüber zu sprechen, selbst nach all den Jahren.«

»Das musst du nicht. Nicht, wenn du nicht so weit bist.«

»Hasst du mich jetzt?« Ihre Augen wurden feucht, und sie bemühte sich nicht, die Tränen wegzuwischen. »Ich könnte dir keinen Vorwurf daraus machen.«

»Ich hasse nicht *dich*. Ich hasse, dass ich von meiner Tochter nichts geahnt habe. Ich hasse, dass ich letztens bei deiner Mutter war und sie die ganze Zeit, während wir uns unterhalten haben, wusste, dass ich eine Tochter habe, und ich nicht. Das hasse ich, Carly.«

»Es tut mir leid«, flüsterte sie. »Es tut mir unendlich leid. Ich war mir so sicher, dass ich das Richtige tue, aber du hattest vorhin recht, ich hätte dir diese Entscheidung nicht abnehmen dürfen.«

Er griff nach ihrer Hand. »Vermutlich hast du das Richtige getan«, räumte er ein. »Nach dem Unfall waren wir beide am Boden zerstört.«

»An jenem Abend, am vierten Juli, als ich dich wegen der Pille an-ge-lo-gen habe …«

Er nickte.

»Das war das einzige Mal, dass ich dir nicht die Wahrheit gesagt habe, das schwöre ich.«

»Ich weiß. Mir ist genauso klar, dass du heute hättest lügen können und es nicht getan hast. Du hast nicht mal gezögert.«

»Ich habe gesehen, wie du sie beim Werfen beobachtet hast, und da habe ich mir gewünscht, dass du es erkennst. Du solltest wissen, dass sie ihren Fastball von dir hat.« Ihre Stimme stockte. »Ich habe es nicht gerne vor dir verheimlicht, und ich *habe* bei ihrer Geburt an deine Eltern gedacht. Hab ich wirklich, Brian. Das hat mir ebenfalls das Herz gebrochen.«

»Du verstehst, warum ich will, dass sie es erfahren, oder?«

»Natürlich verstehe ich das.«

»Ich kann nicht glauben, dass sie an Sams Geburtstag auf die Welt gekommen ist«, entfuhr es ihm ungläubig. »Das ist einfach erstaunlich.«

»Das war ein echtes Geschenk damals. Ich kann dir gar nicht sagen, was mir das bedeutet hat. Alles andere war so unsicher und schmerzhaft, aber der Gedanke, dass Sam vielleicht über mich gewacht hat …« Nach langem Schweigen fragte sie: »Können wir das jemals hinter uns lassen, Brian?«

Ganz kurz nur zögerte er, doch es war ein Zögern. Schmerz flammte in ihr auf.

»Ich brauche etwas Zeit, um das zu verarbeiten.«

»Unsere Hochzeit ist in zwei Wochen.« Sie verabscheute das Schwanken ihrer Stimme, das verriet, wie sehr sie sich davor fürchtete, dass sie ihn im Laufe dieses langen Tages für immer verloren haben könnte. »Wir können sie verschieben.«

»Heute Abend müssen wir nichts entscheiden.«

Dass er überhaupt darüber nachdenken musste … Sie stand auf. »Ich, äh, werde jetzt erst mal duschen«, murmelte sie, denn sie musste von hier weg, bevor sie vor ihm zusammenbrach.

Im Bad zog sie sich aus und warf die Kleidung in den Wäschekorb aus Weide. Sie stellte sich unter den Wasserstrahl und begann untröstlich zu schluchzen. Ihre Beine wollten sie nicht länger tragen, und sie rutschte auf den Boden der Wanne und blieb dort sitzen, bis das Wasser kalt wurde. Heftig zitternd kämpfte sie sich in ihren Bademantel und zog den Gürtel fest um ihre Taille.

Ihr Spiegelbild wirkte derart furchterregend, dass sie sich abwandte. Sie kämmte sich die langen Locken und band sie zu einem Pferdeschwanz. Dann verließ sie das Bad. Da Brian sich weiter über das Fotoalbum beugte, ließ sie ihn in Ruhe. Stattdessen legte sie sich aufs Bett, drückte ein Kissen an sich und erkannte überrascht, dass sie noch immer Tränen übrig hatte.

Nach einer Weile kam Brian herein und legte sich mit dem Gesicht zu ihr neben sie.

Sie wischte sich hastig über die Augen, denn sie wollte nicht, dass er sie so am Boden zerstört sah.

Sanft hielt er sie zurück und übernahm das für sie. »Die Nacht am vierten Juli habe ich nie vergessen«, erklärte er ihr, während er ihr die Wangen trocknete. »Wie du meine Hand genommen und mich ins Haus geführt hast. Damit hast du mich total umgehauen. Mein Herz hat derart wild geklopft, dass ich Angst hatte, es würde mir aus der Brust springen.«

Sie schluckte und kämpfte erfolglos gegen ihre Gefühle an.

»Wenn ich gewusst hätte, dass du die Pille nicht mehr nimmst, hätte ich es vermutlich trotzdem riskiert. So dringend wollte ich dich. Ich hatte dich seit dem Unfall unglaublich vermisst. Was ich damit sagen will, ist, dass ich dir nicht vorwerfe, dass du das Risiko eingegangen bist. Das war ein Zeitpunkt in unserem Leben, zu dem uns nichts mehr geblieben war. Diese Nacht und das letzte Mal unter der Weide habe ich vermutlich Tausende Male heraufbeschworen, als wir getrennt waren. Diese Erinnerungen haben mich aufrecht gehalten. Ich bedaure also nicht, was wir damals getan haben, trotz allem, was ich jetzt weiß. Das könnte ich gar nicht.«

»Aber du bedauerst, dass ich dir nichts von Zoë erzählt habe. Du bist wütend.«

»Ich möchte wütend sein, und ich war es auch, das leugne ich nicht. Über alles, was ich verpasst habe, sollte ich außer mir sein vor Zorn, doch ich bin einfach nur traurig. Wenn ich daran denke, was du alles durchgemacht hast, welche Entscheidungen du treffen musstest, dass du nach allem, was du verloren hattest, auch noch dein Baby aufgeben musstest …« Er schüttelte den Kopf.

»Die Schwangerschaft, die Zeit, in der ich auf sie gewartet habe, in der ich gespürt habe, wie dein Kind in mir heranwächst … Sie ist der einzige Grund, warum ich das erste Jahr ohne dich überstanden habe. Nachdem sie auf der Welt war, habe ich mich kurz der Fantasie hingegeben, dass ich sie behalten könnte. Aber ich dachte, ich könne ihr nicht vorsingen oder sie trösten, wenn sie weinte, oder ihr mitteilen, wie sehr ich sie liebe. Ich konnte nicht mit ihr spazieren gehen oder sie mit dem Auto rumfahren, wenn sie Koliken hatte.«

Seine Augen glänzten feucht, während er ihr zuhörte.

»Es war Cates Idee, dass sie und Tom mir helfen könnten. In der Theorie erschien es richtig gut – Zoë würde ein normales Zuhause haben und von Eltern großgezogen werden, die sie lieben würden, und sie wäre weiter Teil meines Lebens. Doch in Wirklichkeit …«

Er drückte ihre Hand fest auf seine Brust.

»Es ist mir nicht leichtgefallen, sie abzustillen, und nachdem sie fort war, hatte ich noch tagelang Milch. Sie wollte einfach nicht versiegen, als hätte jemand die Mitteilung nicht erhalten, dass es kein Baby zum Füttern mehr gab. Ich war unendlich und zutiefst deprimiert. Ich leugne nicht, dass ich kurz darüber nachge dacht habe, wie einfach es wäre, dem Ganzen ein Ende zu setzen. Das gebe ich nicht gerne zu, aber es ist wahr.«

»Carly«, flüsterte er und zog sie in seine Arme.

»Nach ein paar Wochen hat Dad ein Machtwort gesprochen und mir ein Ultimatum gestellt: Entweder suchte ich mir einen Job oder ginge ans College, oder er würde mich aus dem Haus werfen. Ich bin mir bis heute nicht sicher, ob er das wirklich durchgezogen hätte, aber ich schätze schon. Die ganze Nacht habe ich den Mut dafür gesammelt, das Haus zu verlassen. Um drei Uhr früh hab ich mich für die Arbeit angezogen und mich auf die Bettkante gesetzt, bis ich losmusste. Um halb sechs bin ich aufgestanden, nach unten und durch die Tür gegangen, als hätte ich das jeden Tag getan. Ich glaube, dass ich das fertiggebracht habe, weil es nichts mehr gab, wovor ich noch Angst hätte haben können. Nachdem ich dich und Zoë verloren hatte, war es gar nicht mehr schwer, das Haus zu verlassen.«

»Du warst echt tapfer.«

»Nein, ich war am Ende. Doch mit der Zeit habe ich mich erstaunlicherweise Schritt für Schritt besser gefühlt. Die Arbeit hat geholfen, genauso wie die eigene Wohnung. Am meisten hat mir allerdings Zoë geholfen. Als sie älter wurde, entwickelte sich diese Sache zwischen uns. Keine Ahnung. Ich kann es nicht erklären. Ihr war es nicht wichtig, dass ich nicht sprechen konnte. Sie hat mich trotzdem geliebt, und irgendwie hat mich das gerettet, weißt du?«

Er nickte, und dabei erkannte sie, dass seine Augen feucht glänzten.

»Hältst du es wirklich für klug, ihr nicht die Wahrheit zu verraten?«, hakte er nach.

»Auf jeden Fall.«

»Es wissen aber schon so viele. Was, wenn sie es in einigen Jahren herausfindet und uns dafür hasst, dass wir ihr das verheimlicht haben?«

»Es wird nicht passieren. Die Einzigen, die davon wissen, sind meine Eltern, Cate und Tom, Craig und Allison, Caren und Dr. Walsh, die in Rente ist. Carens Mann Neil weiß es nicht, und auch Toms Eltern haben keine Ahnung. Uns allen war von Anfang an klar, wie wichtig es ist, dass niemand davon erfährt.«

»Der Anwalt in mir fragt sich, wie du so etwas fertiggebracht hast, ohne etwas Schriftliches zu hinterlassen.«

»Auf der Geburtsurkunde stehen Cates und Toms Namen.«

»Sie haben sie nicht adoptiert?«

»Nein.«

Er stöhnte. »Soll ich dich über die möglichen gesetzlichen Folgen aufklären?«

»Bitte nicht. Wichtig ist, dass es nur Leute wissen, die es ihr in einer Million Jahre nicht verraten würden. Niemals. Ich weiß, dass du es gerade erst herausgefunden hast, und ich verstehe, was für ein schrecklicher Schock das für dich sein muss …«

Seine Augen blitzten auf, doch mehr aus Empfindsamkeit als aus Zorn. »Ehrlich? Verstehst du das wirklich?«

»Nein, vermutlich nicht. Eigentlich wollte ich bloß sagen, was für ein tolles Kind sie ist. Das wirst du selbst feststellen, sobald du sie kennenlernst.«

»Das war mir heute schon nach dreißig Sekunden klar.«

»Dann wirst du wohl auch nichts unternehmen wollen, was daran etwas ändern könnte, oder?«

»Dieser ängstliche Blick, den du mir dauernd zuwirfst, gefällt mir nicht. Als wäre ich ein uneinsichtiger Idiot, der dein ganzes Leben auf den Kopf stellen wird.«

»Das hast du schon.« Zum ersten Mal seit Stunden brachte sie ein Lächeln zustande. »Auf die beste Art.«

Er strich mit den Fingern durch ihr feuchtes Haar. »Vorhin habe ich dich kurz in dem Glauben gelassen, dass ich mir das mit unserer Hochzeit noch mal überlegen würde. Das war falsch von mir. Ich bin sauer und aufgewühlt wegen der Sache mit Zoë, aber wegen uns hege ich keinen Zweifel. Nicht, nachdem ich die Wahrheit gehört habe. Ich will also nicht, dass du die ganze Nacht wach liegst und dich deshalb sorgst, okay?«

Sie versuchte, den dicken Kloß in ihrer Kehle runterzuschlucken. »Okay.«

Dann drückte er seine Lippen auf ihre Stirn. »Brian Westbury liebt Carly Holbrook, für immer und ewig.«

Daraufhin gab es kein Halten mehr, und die Tränen flossen.

Er drückte sie an sich, bis ihr Schluchzen nachließ. Nach einer Weile schlief sie ein.

# KAPITEL 23

In der Nacht wachte Carly häufig auf, und jedes Mal musste sie sich sofort vergewissern, dass er nicht verschwunden war. Er lag auf der Überdecke, noch immer in Shorts und Polohemd. Ihr Bademantel war verrutscht, also schob sie sanft seine Hand weg, stand auf, zog sich den Mantel aus und schlüpfte wieder unter die Decke. Sie verschränkte die Finger mit seinen und betrachtete ihn eine Weile, bis die Erschöpfung sie wieder einschlafen ließ.

Als sie das nächste Mal die Augen öffnete, wurde es gerade hell, und Brian stand mit dem Rücken zu ihr und starrte zum Fenster raus. Sein Haar war feucht vom Duschen, und er hatte sich ein T-Shirt und eine ausgeblichene Jeans angezogen, die sich an genau den richtigen Stellen an ihn schmiegte. Mit einer dampfenden Kaffeetasse in der Hand beobachtete er das Treiben auf der Main Street.

»Woran denkst du?«, fragte sie ihn, die Stimme ganz belegt vom Schlaf.

»Dass wir uns ein Haus und Autos kaufen sollten.«

»Ich hab keinen Führerschein mehr.«

»Den kannst du erneuern.«

»Ich weiß nicht. Es ist eine Sache, in einem Auto mitzufahren, etwas völlig anderes, am Steuer zu sitzen.«

Er drehte sich vom Fenster weg und setzte sich aufs Bett. Dann reichte er ihr den Kaffee. »Du wirst es probieren und schauen müssen, ob es klappt.«

»Eines Tages vielleicht.« Sie trank einen Schluck aus der Tasse und gab sie ihm zurück. »Hast du geschlafen?«

»Hin und wieder. Was ist mit dir?«

»Ich auch. Ich hab vom Unfall geträumt. Das ist schon lange nicht mehr passiert.«

Das schien ihn zu überraschen. »Du träumst davon?«

»Nicht mehr so oft wie früher, aber gelegentlich.«

»Geht mir genauso.«

»Wirklich?«

Er nickte.

»Das wusste ich gar nicht. Mein Traum hat sich über die Jahre ziemlich verändert, doch einiges ist gleich geblieben. Im Auto sitzt immer jemand, den ich nicht erreichen kann. Manchmal sind es Sam und die anderen. Dann du und Zoë und Kinder, von denen ich weiß, dass es unsere sind. Der Geruch verändert sich nie. Es ist derselbe grässliche Gestank wie in jener Nacht.«

Er verzog das Gesicht. »Ich träume davon, wie es wieder und wieder geschieht. Wie bei dir ist es inzwischen seltener geworden, aber noch Tage später bin ich ganz erschüttert.«

»Ich auch. Dann fühle ich mich fast wieder wie damals, als es gerade passiert war.«

Bedauernd schüttelte er den Kopf. »Du weißt gar nicht, wie sehr ich mir wünsche, ich könnte die Zeit zurückdrehen und dich davon abhalten, das alles mit anzusehen. Hättest du das nicht getan, dann hättest du deine Stimme nicht verloren und dich nicht im Haus deiner Eltern verkrochen. Der Verlust wäre unerträglich gewesen, doch wir hätten trotz allem mit unserem Leben weitermachen können.«

»Ich hasse es, dass ich nicht für dich da war, als du Sam verloren hast, obwohl ich es hätte sein sollen. Als du nach der Beerdigung zu mir gekommen bist, wollte ich dir sagen, wie leid es mir tut, dass ich nicht dabei war. Ich hätte an deiner Seite sein sollen, und ich bedaure es unendlich, dass ich es nicht war.«

Er führte ihre Hände an seine Lippen. »Wir müssen nach vorne schauen, nicht zurück.«

»Ja.« Ihr Herz schmerzte, weil sie an die Frage dachte, die sie ihm stellen musste. Die ganze Nacht war sie ihr durch den Kopf gegangen, wenn sie wach gelegen hatte.

»Was ist los? Etwas hat dich gerade verunsichert.«

Trotz der überwältigenden Trauer musste sie lächeln. »Es sollte mich beunruhigen, wie gut du mich lesen kannst. Das hatte ich völlig vergessen.«

»Was beschäftigt dich?«

Eine Weile betrachtete sie sein attraktives Gesicht, um sich jede Einzelheit einzuprägen. »Denkst du, dass vielleicht zu viel zwischen uns vorgefallen ist? Dass wir uns nur etwas vormachen, wenn wir glauben, wir könnten gemeinsam in den Sonnenuntergang reiten und unser Happy End genießen? Vielleicht ist es uns einfach nicht bestimmt, zusammen zu sein, Brian.«

Seine Augen funkelten. »Glaubst du das wirklich?«

»Ich weiß nicht mehr, was ich glauben soll.«

»Glaubst du mir, dass ich dich liebe?«

»Ja«, flüsterte sie. »Das glaube ich.«

»Da ich keinen Zweifel daran hege, dass du mich ebenfalls liebst, kannst du dir dann jemanden vorstellen, der ein Happy End mehr verdient hätte als wir?«

Darüber dachte sie kurz nach. »Kann ich nicht behaupten.«

»Gut.« Er beugte sich vor und küsste sie. »Dann will ich nichts mehr davon hören, dass wir nicht zusammen sein sollten, oder etwas ähnlich Albernes, okay?«

»In Ordnung«, versprach sie ihm, aber sicher war sie sich noch immer nicht. Er sagte ihr all die richtigen Dinge. Die Überzeugung, die einst in seiner Stimme gelegen hatte, war allerdings fort. Sie hoffte, dass sie bis zur Hochzeit zurückkehren würde.

»Ich werde mit meinen Eltern über Zoë reden.«

»Da möchte ich dabei sein.«

»Das musst du nicht.«

»Doch, Brian, das muss ich.« Damit stand sie auf und griff nach ihrem Bademantel. »Gib mir zwanzig Minuten.«

* * *

Nach einem kurzen Frühstück bei Miss Molly's liefen sie durch die Stadt zur Tucker Road, wobei ihnen ein Polizist folgte. An der Unfallstelle blieben sie eine Weile stehen, und Carly zupfte Unkraut und pflückte ein paar welke Blüten aus dem Beet mit den Wildblumen.

»Ich weiß gar nicht, womit er sich seinen Lebensunterhalt verdient«, meinte Brian abwesend, während er sie dabei beobachtete, wie sie sich um die Blumen kümmerte.

Noch immer in der Hocke, wandte sie sich um und hob den Kopf. Die Hände in den Taschen, starrte er auf das weiße Kreuz mit Sams Namen. »Wer?«

»Tom.«

»Er ist Abteilungsleiter bei einem Pharmaunternehmen. Er managt das Vertriebs-personal von New England.«

»Klingt nach einem vernünftigen Job.«

»Das ist es. Er ist gut darin. Außerdem hat er flexible Arbeitszeiten, also kann er die Spiele der Kinder und so besuchen. Das ist ihm wichtig.«

»Cate arbeitet also nicht?«

»Sie behauptet immer, wieder anfangen zu wollen, jetzt, wo Lilly die erste Klasse besucht, aber sie steckt bis über beide Ohren in den Aktivitäten ihrer Kinder. Ich weiß gar nicht, woher sie die Zeit für einen Job nehmen will.«

»Sie scheinen gute Eltern zu sein.«

»Das sind sie.«

Er nahm den Blick vom Kreuz. »Das würde ich mir für unsere Kinder auch wünschen: eine Mom, die zu Hause bleibt, und einen Dad, der nicht viel verpasst. Wäre dir das recht?«

»Natürlich.«

»Du würdest nicht arbeiten wollen?«

»Nicht, wenn wir es uns leisten können, dass ich zu Hause bleibe.«

»Können wir.« Er nannte ihr das Gehalt, das ihm der Generalstaatsanwalt angeboten hatte.

Ihre Augen weiteten sich. »Im Ernst?«

Er nickte. »Glaubst du, du könntest schwanger sein? Kannst du das schon sagen?«

»Noch nicht. In ein oder zwei Wochen kann ich einen Test machen.«

»Ich hoffe es. Damit du ein Baby hast, das du behalten kannst.«

Sie stand auf und legte die Arme um ihn. »Das möchte ich für uns beide.«

Eine Weile hielt er sie fest, bevor er sie küsste. »Bringen wir es hinter uns.«

* * *

Carly stieg die kurze Treppe rauf, die zum Wohnzimmer der Westburys führte. Brian blieb einen Moment zurück, um mit seinem Vater zu reden, der vom Revier nach Hause gekommen war, weil Brian ihn angerufen und darum gebeten hatte.

»Hast du mit ihr über Luke gesprochen?«, fragte Michael.

»Ach, das hab ich glatt vergessen.«

Michael starrte seinen Sohn überrascht an. »Was zum Henker ist denn dermaßen wichtig, dass du das vergessen konntest?«

»Das verrate ich euch drinnen.«

Sie gingen die Stufen zum Wohnraum rauf.

»Alles in Ordnung?«, wollte Michael wissen.

»Setz dich, Dad.«

»Du machst mich ganz nervös, Brian«, meinte Mary Ann. »Was ist denn los?«

Brian und Carly wechselten einen Blick.

Um Mut zu sammeln, atmete Brian tief durch. »Gestern habe ich erfahren, dass Carly schwanger war, als ich aufs College gegangen bin.«

»Was?«, keuchte seine Mutter.

Er erzählte ihnen die ganze Geschichte, allerdings in einer verkürzten Version, die sich auf die wichtigsten Einzelheiten konzentrierte. Dass Zoë an Sams Ge-burtstag auf die Welt gekommen war, verriet er noch nicht, da er fürchtete, es könnte fürs Erste zu viel sein.

Zum Schluss war das Gesicht seiner Mutter völlig erstarrt. »Soll das heißen, dass ich all die Jahre eine *Enkelin* hatte, die weniger als drei Kilometer von mir entfernt lebt?«

»Mary Ann …«

Sie hob eine Hand, um Carly zum Verstummen zu bringen. »Bitte. Nicht.«

»Ich weiß, was für ein Schock das sein muss, Mom. Das war es für mich auch. Aber nachdem Carly mir alles erklärt hat, verstehe ich jetzt, dass sie getan hat, was sie für das Beste für mich und Zoë hielt.«

»Zoë Murphy ist meine Enkelin«, murmelte Michael mehr zu sich selbst.

»Ja«, bestätigte Brian. »Nachdem ich Carly, Cate und Tom konfrontiert hatte, haben sie mich davon überzeugt, dass es nicht in Zoës Interesse wäre, ihr die Wahrheit zu verraten.«

»Was ist mit *deinem* Interesse?« Mary Anns Augen glühten zornig. »Was ist mit *uns*?«

»Mir war es wichtig, dass du und Dad davon erfahrt, aber ich habe ihnen versichert, dass ihr nichts unternehmen werdet, was sie aus der Bahn werfen könnte. Für uns ist es zu spät, Mom. Doch es wird andere Enkelkinder geben. Schon bald, wie wir hoffen.«

»Wenn Brian und ich heiraten, gehört ihr zur Familie – wenn ihr das wollt«, wandte sich Carly an sie. »Wir verbringen die Feiertage, Geburtstage und Abschlussfeiern zusammen. Dann habt ihr die Gelegenheit, Zoë kennenzulernen.«

Mary Ann blickte Carly finster an. »Das soll uns genügen?«

»Weißt du nicht mehr, wie schlimm es damals war, Mom?«, fragte Brian mit flehendem Unterton.

»Glaubst du, ich muss daran erinnert werden?«, entgegnete Mary Ann aufge-bracht. »Das vergesse ich keine Minute meines Lebens.«

»Vielleicht kannst du dich dann in Carlys Lage versetzen, als ich ihr gesagt hatte, dass ich weggehen und nicht zurückkehren würde. Sie konnte nicht sprechen. Sie konnte das Haus nicht verlassen. Was hätte sie denn tun sollen?«

»Ich hätte sie großgezogen.« Mary Ann rannen Tränen übers Gesicht. »Ohne zu zögern.«

Brian schaute zu Carly und erkannte, dass auch sie weinte.

»Es tut mir leid«, flüsterte Carly. »Ich wusste nicht, was ich tun sollte. Ich wollte Brians Leben und seine Pläne nicht zerstören. Er sollte das, was geschehen war, hinter sich lassen. Ich habe nur an ihn gedacht.«

»Du hast an dich selbst gedacht«, warf Mary Ann ihr vor.

Carly schüttelte den Kopf.

»Mary Ann …« Michael stand auf und setzte sich neben sie. Als er versuchte, einen Arm um sie zu legen, schüttelte sie ihn ab.

»Du kennst Carly, Mom. Kannst du dir vorstellen, was es sie gekostet haben muss, das Baby aufzugeben, nachdem sie schon mich und all ihre Freunde verloren hatte? Kannst du versuchen, dir das vorzustellen?«

Carly schenkte ihm einen Blick, der ihm verriet, wie sehr sie es zu schätzen wusste, dass er sie in Schutz nahm.

Mary Ann wischte sich erbittert über die feuchten Augen. »Wie erträgst du es, eine Tochter zu haben, die nie wissen wird, dass du ihr Vater bist? Wie *erträgst* du das nur, Brian?«

»Das schaffe ich, weil Carly mich darum gebeten hat. Sie kennt Zoë, und sie hat mich davon überzeugt, dass es das Beste für sie ist. Sie wird meine Nichte sein. Das muss reichen.«

»Und von uns erwartet ihr jetzt, dass wir uns fügen und das Ganze für uns behalten?«

»Ich hätte es euch nicht verraten müssen«, rief Brian ihr ins Gedächtnis. »Carly, Cate und Tom habe ich versprochen, dass ihr tun werdet, worum ich euch bitte. Es ist das Beste für das Mädchen, das nicht gerade unter idealen

Umständen in diese Welt gekommen und trotz allem zu einem wunderbaren Menschen herangewachsen ist.«

»Wie hast du es herausgefunden?«, wollte Michael wissen.

»Ich wusste es in dem Moment, in dem ich sie gesehen habe.« Flüsternd wiederholte er: »Ich wusste es einfach.«

»Du wolltest es ihm also nicht erzählen?«, fragte Mary Ann vorwurfsvoll.

»Ich hatte es nicht vor«, bestätigte Carly.

Schnaubend lehnte sich Mary Ann auf dem Sofa zurück und betrachtete ihren Sohn. »Warum willst du sie weiter heiraten, obwohl du weißt, dass sie dir etwas Derartiges verheimlichen wollte?«

»Wie kannst du mich das nur fragen, nach allem, was wir durchgemacht haben? Sie hat getan, was sie für das Beste für mich hielt. Sie hat ihr Baby aufgegeben, damit ich aufs College gehen und Jura studieren konnte. Wenn mir das nicht zeigt, dass sie mich liebt, was zum Henker ist dann nötig?«

»Brian.« Carly streckte die Hand nach ihm aus.

Er drückte sie, erhob sich und fuhr sich mit der Hand durchs Haar, um sich zu beruhigen. »Es tut mir leid, Mom. Ich ertrage den Gedanken nicht, dass du so tust, als hätte Carly dir deine Enkelin aus Niedertracht vorenthalten.«

»Er hat recht, Mary Ann«, meldete Michael sich zu Wort. »Das waren für uns alle finstere Zeiten. Es wäre nicht gerecht, Carly für Entscheidungen zu verurteilen, die sie damals getroffen hat.«

»Danke«, wandte sich Carly an Michael.

»Es tut mir leid, ich kann das nicht so einfach vergeben und vergessen«, erklärte Mary Ann. »Ich verstehe, dass es eine schreckliche Zeit für dich gewesen sein muss, Carly. Als Mutter verstehe ich das. Doch dass du uns aus alldem rausgehalten hast … Entschuldige, aber das kann ich dir nicht so einfach verzeihen.«

»Ich hoffe, dass ihr mir eines Tages vergeben könnt«, sagte Carly. »Ich habe euch immer sehr gerngehabt, und ich hatte mich darauf gefreut, eure Schwiegertochter zu werden.«

»Lass das.« Mary Ann wischte sich fahrig übers Gesicht. »Das ist nicht fair.«

Carly hockte sich vor sie. »Ich habe an euch gedacht. Ehrlich. Wie hätte ich das nicht tun können? Ich habe daran gedacht, dass es euch helfen könnte, Zoë in eurem Leben zu haben, besonders damals. Aber ich habe das, was ich für das Beste für Brian gehalten habe, über das gestellt, was für euch das Beste gewesen wäre. Ich hoffe, dass ihr mir das verzeihen könnt.«

Mary Ann wehrte sich nicht, als Carly sie umarmte. »Auch das ist nicht fair.« Sie schniefte.

»Das war noch nicht alles«, setzte Carly an.

»Carly«, warnte Brian sie. »Das ist vielleicht nicht der richtige Zeitpunkt.«

»Für was?«, wollte Mary Ann wissen.

Carly nahm die Hände der anderen Frau. »Zoë ist an Sams Geburtstag zur Welt gekommen.«

Brians Eltern atmeten scharf ein.

Mary Ann wimmerte. »Oh, Michael, hast du das gehört?«

Gegen die aufkeimende Trauer ankämpfend, erwiderte Michael: »Ja, das habe ich.«

»Das ist unglaublich, oder?«, meinte Brian, der die Verwunderung seiner Eltern mitfühlte.

»Und wie«, stimmte Michael ihm zu.

»Er war bei mir«, erklärte Carly. »Ich habe ihn an jenem Tag gespürt.«

Plötzlich stand Mary Ann auf. »Es tut mir leid. Ich brauche … Entschuldigt mich.« Sie verließ das Zimmer.

Michael stand auf, um ihr zu folgen. »Sie braucht etwas Zeit, aber sie wird darüber hinwegkommen.« Er gab Carly einen Kuss auf die Stirn. »Sie hat dich ebenfalls gern. Keine Sorge.« Auf dem Weg aus dem Raum riet er Brian: »Erzähl ihr von Luke.«

Verwundert blickte sie zu Brian. »Luke? Luke McInnis? Was ist mit ihm?«

Brian zog sie auf die Füße und in seine Arme. »Später, Schatz. Darüber reden wir später. Alles in Ordnung?«

Sie zuckte die Achseln. »Ich fühle mich ausgelaugt.«

»Ich weiß. Ich auch.«

»Danke.«

Verdutzt zog er die Augenbrauen zusammen. »Wofür?«

»Weil du mir so zur Seite stehst. Heute früh habe ich mich gefragt, ob du mir das jemals vergeben könntest, doch es scheint, als hättest du das schon getan.«

»Ich muss mich immer noch an die Vorstellung gewöhnen, aber ich verzeihe dir, Carly. Ich hoffe einfach, dass meine Mutter es auch kann.«

»Könntest du damit leben, wenn sie es nicht über sich bringt?«

»Wenn du das schaffst, könnte ich es ebenfalls.«

»Ich hätte es dir sagen sollen.« Reumütig schüttelte sie den Kopf. »Meine Mutter wollte es. Sie hat mich davor gewarnt, dass du es eines Tages herausfinden würdest und mir die ganze Sache um die Ohren fliegen würde.«

»Du hast das Richtige getan. Ich wäre nach Hause gekommen und hätte dich geheiratet. Wahrscheinlich hätten wir das mit uns und Zoë komplett versaut. So war es vermutlich besser. Vielleicht nicht für den Rest von uns, aber definitiv für sie.«

»Es freut mich, das von dir zu hören. Ich weiß, dass du zurückgekehrt wärst. Da war ich mir ganz sicher. Ich habe allerdings auch nicht vergessen, wie du vor deiner Abreise gemeint hast, dass wir nach unserer Hochzeit bei meinen Eltern leben müssten, weil ich das Haus nicht verlassen könne. Als ich darüber nachgedacht habe, ob ich es dir verraten sollte oder nicht, habe ich mich immer wieder gefragt, ob ich dich dazu verdammen könnte.«

»Es ist überwältigend, dass du mich vor alles andere gestellt hast, selbst nachdem ich dich verlassen hatte.«

»Das hast du doch nicht getan, weil du mich nicht mehr geliebt hast«, rief sie ihm ins Gedächtnis.

»Ich habe nie aufgehört, dich zu lieben.« Er hob ihr Kinn und schaute ihr ins Gesicht. »Das glaubst du mir, oder?«

»Ja.«

Er gab ihr einen Kuss auf die Stirn. »Es war gut, dass du erwähnt hast, dass meine Eltern jetzt Teil der Familie werden und so Zoë kennenlernen können. Ich denke, das hilft Mom dabei, das Ganze zu verarbeiten.«

»Das hoffe ich.«

Er atmete tief durch, um seinen Kopf zu klären und sich auf etwas Neues zu konzentrieren. »Meinst du, deine Mutter fährt uns zum Autohändler im Süden der Stadt?«, fragte er.

»Sicher. Willst du das heute noch machen? Jetzt?«

»Ich bin es leid, überallhin zu laufen, und ich hatte gedacht, ich könnte meine Verlobte und meine … Nichte für ein paar Tage nach Cape Cod entführen. Was hältst du davon?«

Zum ersten Mal seit dem gestrigen Tag breitete sich ein echtes Lächeln auf Carlys Gesicht aus, das auch ihre Augen erreichte. »Das würde deiner Verlobten und deiner Nichte sehr gefallen.«

# KAPITEL 24

Zum zweiten Mal in seinem Leben hatte Brian Westbury sich Hals über Kopf verliebt.

Seit einer Stunde redete Zoë ohne Punkt und Komma über Carlys und Brians neuen mitternachtsblauen SUV, über die Pyjamaparty mit ihren Freundinnen und über den unerwarteten Ausflug mit ihrer Tante und ihrem neuen Onkel.

»Ich darf dich Onkel Brian nennen, oder?«

Er schaute im Rückspiegel zu Zoë und rang die in ihm aufsteigenden Gefühle nieder. Carly griff nach seiner Hand. »Das fände ich schön.« Noch immer musste er sich daran gewöhnen, wie sehr sie Carly ähnelte, und sich dazu ermahnen, sie nicht anzustarren.

»Wir hatten gestern jede Menge Spaß, oder, Tante Carly? Warte, bis du das Kleid siehst, das sie für die Hochzeit gekauft hat …«

»Stopp«, rief Carly mit erhobener Hand. »Verrat ihm ja nichts.«

»Das weiß ich doch. Was denkst du denn von mir? Ich bin ja kein Kind mehr. Himmel. Kann ich meinen iPod ans Radio stöpseln?«

Brian streckte die Hand nach hinten aus. »Klar.«

»Sei gewarnt«, meinte Carly amüsiert. »Sie hat einen vielseitigen Geschmack.«

»Das passt schon.« *Was immer sie will*, wollte er hinzufügen, ließ es aber bleiben. Als Rapmusik den Innenraum erfüllte, zuckte er zusammen.

Carly lachte. »Ich hab dich gewarnt.«

Er drehte die Musik leiser. »Hast du auch ein Kleid für dich gefunden, Zoë?«

»Ja.« Sie verzog das Gesicht, was ihm im Spiegel nicht entging. »Es ist ein lila Rüschending.«

»Fliederfarben«, korrigierte Carly sie. »Es steht dir hinreißend. Für Lilly und Julia haben wir kleinere Versionen gefunden.«

»Ich bin die Brautjungfer, hat dir Tante Carly das schon erzählt?«

»Davon hab ich gehört.« Er bemühte sich, nicht darüber nachzudenken, wie unwirklich es sich anfühlen würde, die eigene Tochter als Brautjungfer auf ihrer Hochzeit zu haben. *Sie ist nicht deine Tochter. Sie ist deine Nichte. Wenn du dir das nur oft genug sagst, glaubst du es vielleicht eines Tages.*

»Heißt das, ich muss mit deinem Vater tanzen?«, prustete Zoë. »Ich und der Polizeichef. Wie lustig ist das denn? Meine Freundinnen drehen durch.«

Er schaute in Carlys entsetztes Gesicht. Offensichtlich hatte sie das gar nicht bedacht. »Ich bin mir sicher, dass er sich darüber freuen wird, mit so einer hübschen jungen Dame zu tanzen«, erklärte Brian.

»Wie cool ist es, endlich wieder in einem Auto zu sitzen, Tante Carly?«

Zoë wechselte das Thema derart schnell, dass es ihm schwerfiel, mit ihr mitzuhalten – oder sie über die furchtbare Musik hinweg zu verstehen.

»Ich gewöhne mich dran«, erwiderte Carly. »Es gefällt mir, Granville hin und wieder zu verlassen.«

»Ich kann mir nicht vorstellen, fünfzehn Jahre lang in dieser scheißlangweiligen Stadt festzusitzen.«

»Zoë!« Carly warf ihr wegen des unflätigen Wortes einen strengen Blick zu.

»Irgendwann erscheint dir diese langweilige Stadt vielleicht ganz interessant«, bemerkte Brian, konnte Zoë aber verstehen.

Die zuckte die Achseln. »Das bezweifle ich. Ich kann es kaum erwarten, von hier wegzukommen.«

»Wohin denn?«, wollte er wissen.

»Keine Ahnung. Irgendwohin.« Dann wechselte sie wieder das Thema. »Du bist also Anwalt?«

»Stimmt.«

»Würde mir nichts ausmachen, auch Anwältin zu werden.«

Er musste sich daran erinnern, weiterzuatmen. »Echt?«

»Ja. Mom behauptet, ich wäre gut darin, weil ich ständig diskutiere.«

Darüber mussten Brian und Carly lachen, und er konnte sich ehrlich eingestehen, dass er noch nie in seinem Leben so glücklich gewesen war wie in diesem Moment. Es hatte lange genug gedauert.

* * *

Michael wartete, bis Matt Collins, Nate Barclay und sein Kollege Jeff DiNardo im Konferenzraum Platz genommen hatten. In den letzten Monaten hatte er so viel Zeit mit Nate und Jeff verbracht, dass er fast vergessen hätte, dass sie Bundesbeamte waren. Er hatte dieses Meeting am Sonntagnachmittag einberufen, nachdem er gestern Abend endlich die Chance gehabt hatte, mit Carly über Luke zu sprechen.

»Wir haben vielleicht einen Verdächtigen«, verkündete er.

»Wen?«, wollte Matt wissen.

»Luke McInnis.«

Matt lehnte sich auf dem Stuhl zurück und klopfte nachdenklich mit dem Stift auf den Tisch. »Hmm.«

»Weißt du noch, was wir am Anfang gesagt haben?«, wandte sich Michael an ihn. »Dass es jemand sein wird, den wir kennen.«

»Ja, wow«, äußerte Matt fasziniert. »Warum haben wir ihn bisher nicht ins Auge gefasst?«

»Was wissen Sie, Mike?«, hakte Nate nach.

Er berichtete ihnen von dem Treffen zwischen Luke und Brian auf dem Friedhof. »Die körperliche Beschreibung passt auf ihn: Er ist eins neunzig groß, wiegt etwa hundert Kilo. Hat große Füße. Gestern habe ich mich mit Carly zusammengesetzt und sie gefragt, was sie über ihn weiß. Sie ist überzeugt, dass er es auf keinen Fall ist, weil sie ihn seit dem Kindergarten kennt und ihn stets als Freund betrachtet hat.«

»Ist sie das auch für ihn?«, wollte Jeff wissen.

»Sie denkt schon. Sie kann sich an nichts erinnern, was die Grenzen einer Freundschaft überschritten hätte. Bis vor Kurzem.«

»Inwiefern?«, hakte Nate nach.

»Er hat sie eingeladen, ihn am Wochenende des vierten Juli zum Klassentreffen zu begleiten. Ihrer Meinung nach allerdings eher aus Mitgefühl, nicht als Date. Er wollte sie dazu ermuntern, hinzugehen, selbst wenn sie da noch nicht sprechen konnte. Sie hatte den Eindruck, dass er ihr lediglich einen Gefallen tun wollte.«

»War er enttäuscht, weil sie abgelehnt hat?«, fragte Nate.

»Es schien wohl ganz kurz so, aber das hielt nicht lange an. Er war einer ihrer Stammkunden bei Miss Molly's, zusammen mit zwei anderen Männern, die sie schon ihr ganzes Leben lang kennt. Die drei arbeiten für den Vater von einem von ihnen.«

»Wenn die Beschreibung auf ihn passt, warum haben wir ihn bis jetzt nicht unter die Lupe genommen?«, wunderte sich Jeff. »Besonders, da er mit Carly und Brian zur Schule gegangen ist. Stand sein Name auf der Liste mit den Sonderbestellungen des Schuhladens?«

»Nein«, erwiderte Matt. »Aber er könnte sich überall Schuhe kaufen: im Internet, außerhalb der Stadt. Wer weiß das schon? Wir hatten ihn gar nicht auf dem Schirm.«

»Ich habe mir vorhin noch mal das Video von der Mahnwache angeschaut, als Alicia Perry verschwunden war, und ihn nirgendwo entdeckt«, gab Michael zu bedenken. »Sie wissen ja, wie die Täter manchmal zu solchen Versammlungen aufkreuzen, weil es sie anturnt, all das Leid zu beobachten.«

»Wir wissen schon, was den Typen anturnt«, brummte Jeff.

»Wie haben Carly und Brian seinen Status an der Schule eingeschätzt?«, fragte Nate.

»Interessanterweise haben ihn beide in unterschiedlichen Gesprächen auf die gleiche Art beschrieben: Er wäre immer einfach nur *da* gewesen, aber keiner von ihnen stand ihm nahe. Carly meinte, sie wäre bei Miss Molly's freundlicher zu ihm gewesen als jemals in der Schule.«

»Sie hatten nicht den Eindruck, dass er enger mit ihnen befreundet sein wollte, als er es damals war?«, fragte Nate.

»Nein«, antwortete Michael.

»Ich schlage vor, dass wir ihn vorladen und uns mal mit ihm unterhalten«, meldete sich Nate zu Wort. »Ich werde auch versuchen, einen Durchsuchungsbefehl für sein Haus zu bekommen.«

»Ist das nicht etwas verfrüht?«, fragte Jeff. »Ich meine, alles, was wir haben, ist eine irgendwie ungelenke Unterhaltung auf dem Friedhof. Ist das denn nicht jede Unterhaltung auf einem Friedhof? Das genügt nicht dafür, ihn aufs Revier zu holen. Außerdem würden wir ihm dadurch bloß verraten, dass wir ihm auf der Spur sind.«

»Ich verstehe, was Sie meinen, Jeff, doch wir haben es mit drei Mordfällen und mehreren schweren sexuellen Übergriffen zu tun«, erklärte Nate. »Das ist der erste direkte Verdächtige, den wir haben. Ich will mit ihm reden.« An Michael gewandt fügte er hinzu: »Bringen Sie ihn her.«

»Tut mir leid, Jeff, aber ich stimme Nate zu«, sagte Michael.

»Übrigens habe ich die Berichte und Interviews mit den Opfern und ihren Familien noch einmal gelesen«, ließ Matt verlauten. »Da ist mir etwas aufgefallen.«

»Und das wäre?«, fragte Jeff.

»Also, ich habe mich gefragt, warum er zwei der Frauen und den Freund von einer von ihnen umgebracht hat, aber nicht die anderen. Daher habe ich mir mal angeschaut, ob es zwischen Alicia und Kelly Graves, der Frau von dem Autoüberfall, Gemeinsamkeiten gibt. Die Mütter der beiden haben sie auf ganz ähnliche Weise beschrieben: Die eine nannte ihre Tochter feurig, die andere temperamentvoll.«

»Also, worauf wollen Sie hinaus?«, drängte Nate.

»Darauf, dass sie sich gegen ihn gewehrt und ihn somit verärgert haben. Deshalb hat er sie umgebracht.«

Michael lehnte sich auf dem Stuhl zurück und dachte darüber nach. »Die anderen, die es überlebt haben, haben sich nicht gewehrt?«

»Richtig«, bestätigte Matt. »Tanya Lewis hat uns berichtet, dass sie sich ganz still verhalten hat und es über sich ergehen ließ. Sie hat zu große Angst gehabt, um zu sprechen. Offensichtlich gefallen sie ihm so besser: nett und fügsam. Alicias Mutter hat uns erzählt, dass sie sich auf jeden Fall wie ein wildes Tier gewehrt hätte.«

»Tanya meinte auch, es hätte ihm gefallen, wenn sie vor Schmerzen aufschrie«, erinnerte sich Michael.

»Die anderen haben das ebenfalls berichtet«, fügte Nate hinzu. »Das Geheimnis zum Überleben lautet also, einfach dazuliegen und es zu ertragen?«

»Offenbar«, brummte Matt finster. »Die Autopsien der Opfer vom Autoüberfall deuten darauf hin, dass Kelly eine Stunde nach ihrem Freund gestorben ist. Für mich heißt das, dass sie dabei zusehen sollte, wie er ihren Freund umbringt.«

»Unter anderem«, sagte Jeff.

»Wahrscheinlich«, stimmte Matt ihm zu.

»Wir wissen also, dass er respektiert werden will«, schloss Nate. »Selbst von Frauen, die er vergewaltigt. Dieser Kerl wird mit jeder Minute kränker, nicht wahr?« Er wandte sich an Michael: »Sind Sie bei Brian damit weitergekommen, dass wir ihm eine Falle stellen und Carly als Köder nutzen könnten?«

Michael schüttelte den Kopf. »Ich fürchte, das ist eine Sackgasse.«

»Na, dann holen wir mal diesen Luke McInnis und schauen, wohin uns das führt«, schloss Nate.

* * *

Die späte Nachmittagssonne schien warm auf sie herab, während Brian auf dem Bauch neben Carly auf der Decke lag, die sie am Strand von Falmouth ausgebreitet hatten. Zoë wanderte am Ufer entlang, um Muscheln zu sammeln, die sie mit nach Hause nehmen und ihrem Bruder und ihrer Schwester schenken wollte.

Carly streckte den Arm über die Decke aus und griff nach seiner Hand. »Wie fühlst du dich?«

»Zufrieden – etwas, das ich nicht oft empfinde.«

»Sie mag dich.«

Er fasste nicht, wie sehr ihn das freute. »Meinst du?«

»Ich weiß es.«

»Sie ist fantastisch. Allerdings habe ich den Eindruck, dass das Wort nicht ausreicht. Es scheint ihr nicht gerecht zu werden.«

»Ich weiß, was du meinst. Hast du mit deiner Mutter gesprochen?«

»Nur kurz, als du mit Zoë schwimmen warst.«

»Wie geht's ihr?«

»Ganz gut, schätze ich.« Er stützte sich auf einen Ellbogen. »Es ist ziemlich viel für sie. Vielleicht hätte ich es ihnen nicht erzählen sollen. Keine Ahnung.«

»Es war richtig, es ihnen zu sagen. Irgendwann versteht sie es.«

»Darauf können wir nur hoffen. Dad habe ich auch angerufen. Sie werden wohl Luke vernehmen.«

Carly runzelte die Stirn. »Da sind sie auf dem Holzweg.«

»Was, wenn nicht? Was, wenn er es doch ist?«

»Ich kann mir einfach nicht vorstellen, dass ein Mensch, den ich mein Leben lang kenne – jemand, den ich als Freund betrachte –, in der Lage wäre, die Dinge zu tun, die man diesem Mann nachsagt. Dass Luke McInnis derjenige sein soll, der den Unfall verursacht und damit Sam und die anderen umgebracht hat …«

»Ich weiß, Schatz. Das will mir auch nicht in den Kopf.«

»Er hat mich verteidigt.« Als ihr das wieder einfiel, setzte sie sich aufrecht hin. »Ich war gestern dermaßen verunsichert, weil dein Vater ihn verdächtigt, dass ich vergessen habe, ihm davon zu erzählen.«

Brian richtete sich ebenfalls auf. »Wie meinst du das, er hat dich verteidigt?«

»Da war dieser Typ im Café, der mir das Leben schwer gemacht hat, weil ich nicht reden konnte. Er war unausstehlich. Da hat sich Luke eingemischt und gedroht: ›Niemand springt so mit Carly um.‹ Er war ziemlich furchteinflößend. Was, denkst du, könnte das bedeuten, angesichts des Verdachts?«

»Keine Ahnung, aber es ist interessant. Mein Dad sollte davon erfahren.« Er griff nach Carlys Strandtasche, um sein Handy zu holen, drückte die Kurzwahltaste und wartete. »Dad? Hi, Carly ist gerade noch etwas wegen Luke eingefallen. Ich überlasse es ihr, dir davon zu berichten.« Gerade als er ihr das Handy reichte, kehrte Zoë auf die Decke zurück.

Carly stand auf und entfernte sich mit dem Telefon.

»Hast du welche gefunden?«, fragte Brian Zoë.

Sie hielt ihm den Saum ihres T-Shirts hin, den sie mit Muscheln gefüllt hatte. »Diese Jakobsmuschel ist die schönste. Die wird Lilly gefallen.« Sie blickte zu Carly. »Mit wem telefoniert sie denn?«

»Mit meinem Vater. Es geht um den Fall.«

Ein Schatten legte sich auf ihr sonniges Gemüt. Genau wie bei Carly zeigten sich ihre Gefühle sofort auf ihrem Gesicht.

»Setz dich. Lass mich mal sehen, was du noch alles hast.«

Sie tat, worum er sie bat, doch ihre Freude über die Muscheln war verpufft. »Ich hoffe, sie schnappen ihn. Schon bald.«

Er wünschte sich, er könnte sie umarmen. »Ich auch.«

Sie drehte sich zu ihm. »Er hat deinen Bruder getötet, nicht wahr?«

»Davon gehen wir aus.«

»Wie hieß er? Dein Bruder?«

»Sam.«

»Er fehlt dir.«

Gerührt von ihrem Mitgefühl, bestätigte er: »Jeden Tag.«

»Wird es immer so wehtun, dass man glaubt, man müsste ebenfalls sterben?«

Diesmal gab er dem Drang nach, ihre Hand zu nehmen und sie zwischen seinen zu halten. »Nein, nicht immer. Du glaubst es jetzt vielleicht nicht, aber irgendwann wirst du überrascht feststellen, dass du einen ganzen Tag hinter dich gebracht hast, ohne dass es wehtut.«

»Carly hat das auch behauptet. Das ist gut zu wissen. Die anderen im Auto mit deinem Bruder, das waren deine Freunde, oder?«

Er nickte. »Neben deiner Tante Carly waren sie meine besten Freunde.«

»Das tut mir leid. Da hast du furchtbar viel auf einmal verloren.«

»Ja.« Der Schmerz überraschte ihn. Er fasste nicht, dass er ihn noch derart heftig spüren konnte. »Es war für uns alle schrecklich.«

»Mom meinte, du wärst an der Highschool mit Tante Carly zu-sammen gewesen.«

»Das stimmt. Viereinhalb Jahre lang.«

»Warum habt ihr dann nicht schon vorher geheiratet?«

*Wie soll ich das erklären?* »Nach dem Unfall haben wir eine echt schlimme Zeit erlebt, und irgendwie waren alle Umstände auf einmal gegen uns. Ich musste aufs College, doch Carly konnte mich nicht begleiten, wie wir es ursprünglich vorhatten.« Er zuckte die Achseln. »Bis vor Kurzem haben wir uns nicht mehr gesehen.«

»Wünschst du dir, ihr hättet damals geheiratet?«

Er lächelte. »Du hast ja keine Ahnung, wie sehr. Aber die Vergangenheit kann man nicht ändern. Uns bleibt nur das Jetzt, und daraus müssen wir alle das Beste machen.«

Sie nickte.

»Es tut mir leid, dass du deine Freundin auf eine so grässliche Art verloren hast«, sagte er.

»Danke. Mir tut es für dich auch leid.«

Als er den Kopf hob, bemerkte er, dass Carly ihre verschränkten Hände betrachtete. Er ließ Zoë los und rückte auf der Decke beiseite.

»Alles in Ordnung?«, fragte Carly vorsichtig, bevor sie sich neben ihn setzte und das Handy in die Tasche steckte.

»Zoë und ich haben uns bloß unterhalten.« Er zwinkerte dem Mädchen zu.

»Genau.« Der vergnügte Ausdruck auf Zoës Gesicht stand in scharfem Kontrast zu der Trauer, die sie vor Kurzem noch gezeigt hatte. »Ich wollte mich nur vergewissern, dass er dich verdient hat.«

Carly lachte. »Und?«

Atemlos wartete Brian auf ihre Antwort.

Mit einem spitzbübischen Blick in seine Richtung erwiderte sie: »Er passt schon.«

# KAPITEL 25

Brian war beinahe eingeschlafen, als sich die Verbindungstür zum angrenzenden Zimmer öffnete und Carly reinschlich. Amüsiert flüsterte er: »Was willst du denn hier?«

»Ich dachte, du schläfst.« Sie schlüpfte neben ihn ins Bett. »Zoë hat mich rausgeworfen.«

Er zog sie mit einem Lachen an sich. »Warum? Hat sie rausgefunden, dass du schnarchst?«

Carly stieß ihn an. »Tu ich nicht.«

Verspielt knabberte an ihrem Hals. »Du hast mir sowieso gefehlt.«

Sie schlang die Arme um ihn. »Ach ja?«

»Und wie. Ich habe mich daran gewöhnt, bei dir zu schlafen.«

»Ich weiß.« Sie küsste ihn. »Geht mir genauso. Sie hat mir gesagt, ich soll bei meinem Verlobten nächtigen. Dabei hat sie mir versichert – und ich zitiere sie –, dass davon ihre Moral nicht den Bach runtergeht und sie es auch nicht ihrer Mutter verraten wird, dass wir während unseres Kurzurlaubs ein Bett geteilt haben.«

Sein Lachen vibrierte durch sie. »Sie ist echt lustig.«

»Außerdem meinte sie, dass sie sonst nie ein Hotelbett für sich allein hat. Offenbar teilt sie sich sonst eins mit Lilly, wenn sie verreisen.«

»Ich musste auch immer eins mit Sam teilen. Er hat mich jedes Mal getreten – absichtlich, vermute ich.« Kurz hielt er inne. »Himmel, daran habe ich seit Jahren nicht mehr gedacht.«

Zärtlich streichelte sie sein Gesicht. »Es ist erstaunlich, wie sehr es noch immer wehtun kann, oder?«

»Ja. Wie ich Zoë heute schon erzählt habe: Es ist nicht mehr jeden Tag so schlimm. Aber wenn der Schmerz zurückkehrt …«

»Dann überrumpelt er einen.«

»Genau.« Er schob eine Hand unter ihr T-Shirt, das sie zum Schlafen trug, und rieb ihr über den Rücken. »Ich hatte heute wirklich viel Spaß mit ihr. Mit euch beiden.«

»Ich habe mir immer vorgestellt, wie es wäre, einen Tag mit euch zu verbringen, und mich gefragt, wie es sich anfühlen würde, dich mit ihr zu erleben. Und als ich gesehen habe, wie ihr beide Händchen gehalten habt … Das war einfach überwältigend.«

»Ich habe sofort eine Verbindung zu ihr gespürt.«

»Es kann wohl ohne Zweifel behauptet werden, dass das Gefühl auf Gegenseitigkeit beruht. Sie hat mir mitgeteilt, und ich zitiere erneut, dass du ein heißer Typ bist.«

Er lachte auf. »Sie hat einen guten Männergeschmack, genau wie ihre Tante Carly.«

»Mmm«, pflichtete sie ihm bei. Sie schien die Rückenmassage zu genießen. »Tiefer.«

Schnell zog er ihr das Shirt über den Kopf und warf es auf den Boden. »Schon besser.«

Er spürte, wie sie unter seinen Händen weich wurde, während er die Verspannungen wegmassierte, die in den vergangenen stressigen Tagen in ihrem Nacken und ihren Schultern immer schlimmer geworden waren.

»Schlaf.« Er beugte sich über sie und gab ihr einen Kuss auf die Wange.

»Brian?«

»Was ist, Schatz?«

»Wirst du mich lieben?«

»Jederzeit.«

»Wie wäre es mit jetzt?«

»Zoë ist direkt nebenan.«

Sie drehte sich um und griff nach ihm. »Ich kann ganz still sein. Darin habe ich jede Menge Übung.«

Er lächelte, und das Gefühl ihres Busens an seiner Brust ließ ihn vor Verlangen erbeben, genau wie damals mit achtzehn. »Sehr witzig.«

Sie umklammerte seine Schultern. »Wir haben uns seit Tagen nicht geliebt. Habe ich Grund zur Sorge?«

»Natürlich nicht.« Sanft strich er ihr die Locken aus dem Gesicht. »Tut mir leid, Schatz. Ich hatte viel um die Ohren. Die Sache mit Zoë und dann noch der Fall.«

»Ich weiß. Auch wenn du das wirklich toll verarbeitet hast, fürchte ich, dass es einen Graben zwischen uns gerissen hat. Da ist ein durchgedrehter Kerl hinter mir her, aber Angst hatte ich erst, als ich mich an jenem Abend ein paar Stunden lang fragen musste, was ich tun würde, solltest du nicht mehr nach Hause kommen. Nachdem du es herausgefunden hattest.«

Seine Lippen berührten ihre. »Wohin sollte ich denn sonst gehen? Du bist mein Zuhause, Carly. Ich habe mein halbes Leben gebraucht, um das zu erkennen. Jetzt wirst du mich nicht mehr so einfach los.«

Sie fuhr ihm mit den Händen durchs Haar und bedachte ihn mit einem Kuss, bei dem ihm schwindelig wurde. »Liebe mich, Brian.«

»Das tue ich. Das weißt du doch.«

»Zeig es mir.«

»Dreh dich um«, flüsterte er.

»Warum?«, fragte sie nervös.

Er rollte sie auf den Bauch. »Mach es einfach.«

Sie blickte über ihre Schulter. »Was hast du vor?«

Liebevoll berührte er mit den Lippen ihr Ohr und strich mit einem Finger langsam über ihre Wirbelsäule. »Vertraust du mir?«

Sie erschauerte. »Natürlich.«

»Dann will ich dir mal was Neues zeigen.«

»Es gibt noch mehr?«

Sein Lachen war sanft und gelassen, genau wie die Berührung seiner Hände auf ihrem Rücken. Er knetete ihre Schultern, bis sie sich entspannte.

»Das fühlt sich gut an«, seufzte sie.

»Ja«, erwiderte er, während er sich zu ihrem unteren Rücken vorarbeitete. Er hakte die Finger unter den Bund ihres Bikinihöschens und zog es ihr langsam aus. Als er ihre Füße erreichte, warf er die Unterhose zusammen mit seinen Boxershorts auf den Boden. Dann setzte er die Massage an ihren Füßen und Waden fort.

»Brian.«

»Ja.«

»Wann kommen wir zum Sex?«

Er lachte. »Gleich. Versprochen.«

Frustriert atmete sie tief ein und drückte das Gesicht ins Kissen, beobachtete ihn aber weiter aus dem Augenwinkel.

Sobald seine Finger innen über ihre Oberschenkel strichen, versteifte sie sich. »Entspann dich, Schatz.«

»Ich versuch's, auch wenn du mich noch in den Wahnsinn treibst.«

»Gut«, flüsterte er an ihrem Ohr, was sie erneut erschauern ließ. »Genau darum geht es mir.« Nur sein Gewicht, das zum Teil auf ihr lag, hielt sie davon ab, vom Bett zu springen, als er die Finger in sie schob.

Stöhnend drängte sie sich gegen seine Hand.

Er machte weiter, bis ihre Oberschenkel zitterten und ihre inneren Muskeln sich um ihn schlossen. Rasch zog er die Finger aus ihr, hob Carly auf die Knie und drang in sie, kurz bevor sie mit einem erstickten Schrei ihren Höhepunkt erreichte. Er packte sie an den Hüften und stieß fest in sie, wobei er sich auf die Lippe biss, damit er nicht zu früh kam.

»Oh«, keuchte sie. »*Brian.*«

Die Lippen auf ihrem Rücken und die Finger an ihrer empfindlichsten Stelle, konzentrierte er sich, um nicht zu sprechen, aus Angst, er könnte die Kontrolle verlieren. Stattdessen drängte er fester und tiefer und wurde schon bald von einem weiteren leisen Aufschrei der Befriedigung belohnt. Er umfasste ihre Brüste, stieß ein letztes Mal tief in sie und verlor sich in ihr. »Carly.«

Halb auf ihr, halb neben ihr liegend keuchte er heftig. Er war dermaßen erschöpft, dass er nur den Kopf auf ihren Rücken lehnen und um Atem ringen konnte. »Alles in Ordnung?«, fragte er schließlich.

»Mmm«, schnurrte sie.

»War das ein gutes ›Mmm‹?«

»*Mmm.*«

Er lächelte. »Also sind wir uns einig, dass neue Dinge gut sind?«

Diesmal nickte sie zu ihrem »Mmm«.

Zufrieden verschränkte er die Finger mit ihren.

»Brian?«

»Mmm?«, machte er sie nach.

»Können wir das wiederholen, wenn ich nicht still sein muss?«

Er lachte leise. »Definitiv.«

* * *

Michael kam nach Mitternacht nach Hause und bewegte sich möglichst leise durch das Haus, um Mary Ann nicht zu stören. Seit sie das mit Zoë erfahren hatten, hatte sie kaum geschlafen. Er selbst hatte ebenfalls wenig Ruhe gefunden, doch das lag nicht allein an ihrer Enkelin. Der Druck, den Fall zu lösen, lastete auf seinen Schultern wie eine zentnerschwere Last, die er vierundzwanzig Stunden am Tag mit sich rumschleppte.

Drei Stunden lang hatten sie Luke McInnis verhört und jeden Zentimeter seines Hauses unter die Lupe genommen, ohne etwas zu finden, das ihn mit den

Verbrechen in Verbindung brachte. Entweder ließ sich Luke durch nichts aus der Ruhe bringen, oder er war unschuldig. Sie hatten keine andere Wahl, als ihn freizulassen, auch wenn es ihnen nicht gelungen war, ihn zum Reden zu bringen. Michael hasste es, dass er so verzweifelt darauf aus war, den Fall zu knacken, dass er tatsächlich gehofft hatte, Luke sei der Täter – ein Junge, mit dem seine Söhne aufgewachsen waren.

Er öffnete ein Bier und setzte sich ins dunkle Wohnzimmer. Die Gedanken wirbelten wild durch seinen Kopf. Kein Wunder, dass er nicht schlafen konnte. Nicht nur, weil er von dem Fall besessen war, sondern auch, weil er sich um Brian und Carly sorgte, wegen Mary Ann beunruhigt und neugierig auf seine Enkelin war und zudem Sam schon lange nicht mehr derart heftig vermisst hatte. Dass Zoë an Sams Geburtstag das Licht der Welt erblickt hatte. Unfassbar.

Vom anderen Ende des Flurs drang ein Schniefen an sein Ohr. Die arme Mary Ann. Wieder war ihr das Herz gebrochen worden, und das störte ihn am meisten. In einem Zug trank er den Rest des Biers aus und stand auf. Die leere Flasche ließ er in der Küche, die 9-Millimeter-Waffe, die er dieser Tage stets bei sich trug, nahm er mit. Er löste sich die Krawatte und knöpfte sich auf dem Weg den Flur entlang das weiße Hemd seiner Uniform auf.

»Hallo, Schatz«, grüßte er sie von der Türschwelle aus. Er ließ das Licht im Flur brennen, damit er sie sehen konnte.

Sie schob sich das Haar aus dem Gesicht und lehnte sich gegen das Kopfende. »Du hast aber lange gearbeitet.«

Nachdem er die Waffe auf den Nachttisch gelegt hatte, setzte er sich auf die Bettkante und zog sich die Schuhe aus. »Ich hab dir eine Nachricht hinterlassen, dass es spät wird. Hast du sie gelesen?«

»Als ich vom Abendessen mit Carol zurück war.«

»Wie lief's?«

Sie zuckte die Achseln. »Sie fühlt sich natürlich schrecklich. Sie meinte, sie hätte Carly angefleht, Brian zu erzählen, dass sie schwanger war, doch da Carly sich weigerte, mussten sie und Steve ihre Entscheidung respektieren. Wir sollten zwei Mütter sein, die gemeinsam eine Hochzeit auf die Beine stellen, die seit fünfzehn Jahren überfällig ist. Stattdessen haben wir den ganzen Abend lang über unsere gemeinsame Enkelin geredet – eine Enkelin, die sie liebt und von der ich überhaupt nicht wusste, dass ich sie habe. Es fällt mir schwer, ihr das nicht übel zu nehmen. Ich sage mir ständig, dass es nicht ihre Schuld ist, bloß wird es dadurch nicht leichter für mich, mir anzuhören, was für ein tolles Kind Zoë ist.«

Er wischte ihr die Tränen vom Gesicht und führte ihre Hand an seine Lippen. »Es gefällt mir nicht, dass du so niedergeschlagen bist. Was kann ich für dich tun?«

»Das tust du schon.«

»Ach, das kann ich besser.« Rasch zog er sich den Rest der Uniform aus und warf sie auf den Boden, ehe er ins Bett stieg. »Komm her.«

Sie schmiegte sich an ihn und stieß den Atem aus. »Ich möchte zornig auf Carly sein, nur scheine ich das nicht so recht über mich bringen zu können.«

»Sie ist ganz verrückt nach unserem Jungen, und ihre Liebe zu ihm hat nie nachgelassen, selbst in all den Jahren nicht, die er fort war«, rief Michael ihr ins Gedächtnis. »Sie hat für ihn ein großes Opfer gebracht. Vielleicht war es nicht das Beste für uns, für ihn *war* es allerdings das Beste. Das muss dir klar sein.«

»Das ist es. Deshalb scheine ich ihr auch nicht böse sein zu können. Nach dem Unfall hat sie genauso gelitten wie alle anderen.«

»Möglicherweise sogar mehr.«

»Möglicherweise«, räumte sie ein. »Wenn ich daran denke, wie leer das Leben der beiden war, statt dass sie es mit ihrer Tochter gefüllt haben, und wenn ich dann noch an all das denke, was Sam und den anderen verwehrt wurde, dann werde ich richtig wütend. Wer immer dieses Monster ist, die Liste mit den Sachen, die er uns und all den anderen genommen hat, wird immer länger. *Ihm* werfe ich vor, dass ich meine Enkelin nicht kenne. Es ist *seine* Schuld.«

»Da hast du vollkommen recht.«

»Du musst ihn aufspüren, Michael, und ihn stoppen.«

Er gab ihr einen Kuss auf die Stirn. »Ich werde ihn kriegen, Schatz, oder beim Versuch sterben. Das verspreche ich dir.«

»Wage es ja nicht, dabei zu sterben, denn sobald du ihn erwischt hast, wirst du deine Rente beantragen.«

»Jawohl.«

Überrascht hob sie den Kopf. »Das war viel zu einfach.«

»Wenn du willst, dass ich in Rente gehe, dann werde ich das tun. Was auch immer du dir wünschst.«

Ihr Lachen rührte ihn. »Du veralberst mich doch. Du hast es schon längst entschieden.«

»Nicht einen Gedanken habe ich daran verschwendet.«

»Na klar. Dieser Fall macht dich fertig, und du hast die Nase voll.«

Er konnte vielleicht andere an der Nase herumführen, aber nicht seine Frau nach fünfunddreißig Ehejahren. »Wenn du das sagst.«

»Mir ist egal, wie es passiert, solange es dir nur ernst damit ist.«

»Das ist es. Du hast vielleicht davon gehört, dass mein Sohn zurück nach Rhode Island zieht und eine Frau heiratet, die wir beide gernhaben. Er hat mir ein paar Enkelkinder versprochen, es erscheint mir also wie ein guter Zeitpunkt dafür, meinen Job an den Nagel zu hängen.«

»Es ist der perfekte Zeitpunkt. Außerdem ist Matt bereit, sich als Polizeichef zu versuchen.«

»Stimmt, trotzdem muss ich eine Sache noch erledigen, bevor ich meine Marke abgebe.«

»Beeil dich einfach, okay?«

»Ich bemühe mich, glaub mir.«

»Michael?«

Er war unendlich müde. Er konnte sich nicht daran erinnern, jemals dermaßen müde gewesen zu sein. »Hmm?«

»Lass nicht zu, dass er mir dich auch noch wegnimmt. Hörst du?«

»Werd ich nicht.«

»Versprichst du mir das?«

Woher er die Energie hatte, konnte er sich nicht erklären, aber er zog sie unter sich und küsste sie, als würde sein Leben davon abhängen. Vielleicht stimmte das sogar. »Ich verspreche es dir«, flüsterte er, dann küsste er sie erneut.

* * *

Carly und Brian waren gerade erst von Cape Cod zurückgekehrt und luden vor Carson's den Jeep aus, als Luke McInnis seinen Firmentruck hinter ihnen parkte. Er stieg aus und kam zu ihnen. Carly drückte Brians Arm, um ihm zu bedeuten, dass er sich umdrehen sollte.

»Hallo, ihr beiden«, begrüßte er sie.

Brian trat vor Carly. »Was willst du, Luke?«

»Was soll das werden?«, stieß Luke hervor, als er erkannte, dass Brian Carly vor ihm beschützte. »Glaubst du wirklich, ich will ihr was tun? Ich kenne sie schon mein ganzes Leben lang. Warum sollte ich sie verletzen?«

Carly trat hinter Brian hervor. »Ich denke nicht, dass du es bist, Luke. Das habe ich auch Chief Westbury und den anderen erzählt. Ich habe ihnen gesagt, dass du mein Freund bist und dass du mich gegen diesen unhöflichen Kunden bei Miss Molly's verteidigt hast.«

Die Augen noch immer auf Brian gerichtet, erwiderte er: »Danke.«

»Was wolltest du damals auf dem Friedhof?«, fragte Brian ihn.

»Dasselbe wie du, ich habe einen toten Verwandten besucht. Ich stand meinem Großvater sehr nahe und schaue ständig vorbei.«

»Interessant, dass wir zur selben Zeit dort waren.«

Luke schnaubte ungläubig. »Dieser Zufall hat dir also genügt, dass du gleich zu Daddy rennst und mein ganzes Leben aus der Bahn wirfst? Ich hab schon immer gewusst, dass du ein arroganter Scheißkerl sein kannst, Westbury, aber für boshaft habe ich dich nie gehalten.«

»Du kannst von mir halten, was du willst. Mir ist nur wichtig, dass Carly in Sicherheit ist.«

»Inwiefern unterscheidet dich das von allen anderen in der Stadt? Wer hat denn auf sie aufgepasst, während du weg warst, damit du so ein schnieker Anwalt werden konntest?«

»Tut mir leid, dass du da mit reingezogen wurdest, Luke.« Carly legte ihm eine Hand auf den Arm. »Ich habe keine Sekunde lang geglaubt, dass du zu den Dingen fähig wärst, die dieser Mann verbrochen hat.«

Luke musterte Brian. »Er schon, ebenso wie sein Vater. Ich verstehe bloß nicht, warum, Brian? Wir waren zusammen bei den Pfadfindern, verdammt noch mal. Du *kennst* mich.«

»Nein, tu ich nicht«, entgegnete Brian. »Ich habe dich seit fünfzehn Jahren nicht mehr gesehen. Und selbst davor hab ich dich nicht besonders gut gekannt.«

Luke schüttelte mit geringschätziger Miene den Kopf. »Ich weiß deine Unterstützung zu schätzen, Carly. Ich hoffe, dass sie den Kerl bald schnappen, damit du wieder aufatmen kannst – damit wir alle wieder aufatmen können. Ich schätze, wir treffen uns beim Konzert.«

»Was für ein Konzert?«, fragte sie.

»Eine Reihe Bands aus Rhode Island veranstalten morgen Abend ein Gratiskonzert im Stadtpark, um ihre Unterstützung für die Menschen in Granville zu zeigen.«

»Das ist aber nett«, meinte Carly. »Wir werden definitiv da sein.«

»Pass auf dich auf, Carly. Genau wie dein *Verlobter*«, verabschiedete er sich mit einem scharfen Blick in Brians Richtung. »Ich will nicht, dass dir was passiert. Nicht nach allem, was du schon durchgemacht hast.«

»Danke, Luke.«

Ein letztes Mal musterte er Brian, dann drehte er sich um und marschierte davon. Sie sahen ihm nach, bis er im Miss Molly's verschwand.

Carlys Augen lösten sich nicht von dem Café. »Er ist es nicht. Ich würde es spüren, wenn ich von ihm etwas zu befürchten hätte.«

Er neigte den Kopf und betrachtete sie. »Wie kannst du dir da so sicher sein?«

»Wenn du etwas verlierst, wie die Fähigkeit, zu sprechen, dann schärft das deine Sinne, und du verlässt dich stärker auf dein Bauchgefühl als der Durchschnittsmensch. Bei manchen Leuten habe ich so ein *Gefühl.* Es ist schwer zu erklären. Er ist es nicht, da bin ich mir sicher.«

Er legte einen Arm um sie. »Ich verstehe, was du mir damit sagen willst, Schatz, doch ein Bauchgefühl ist kein Beweis.«

»Wenn wir keine Beweise haben, könnte es das Einzige sein, was uns bleibt.«

Er zog sich zurück, um sie anzusehen, und ein amüsierter Ausdruck legte sich auf sein Gesicht. »Schau mal einer an, du klingst schon ganz wie eine Anwaltsgattin.«

Sie lächelte. »Anwaltsgattin. Das gefällt mir.«

»Gut, denn in neun Tagen wirst du genau das sein.«

»Ich will einfach nur Brian Westburys Frau werden. Mehr habe ich mir nie gewünscht.«

Er küsste sie, direkt auf der Main Street, ohne sich darum zu kümmern, wer sie dabei beobachten könnte. »Auch das wirst du.«

# KAPITEL 26

»Der gefällt mir.« Carly zeigte auf einen schlichten Goldring. »Er ist hübsch.« Sie blickte zu Brian. »Meinst du nicht?«

»Ich finde ihn langweilig.«

»Es ist ein Klassiker«, beharrte sie.

»Wir finden was Besseres.« Er wandte sich an die Verkäuferin, die ihren Austausch amüsiert belauscht hatte: »Können wir uns den mal ansehen?« Er deutete auf einen Ring mit Diamanten, die im grellen Licht des Ladens funkelten.

Die Frau griff nach dem Kasten, holte den Ring hervor und reichte ihn Brian.

»Das ist schon eher was. Zeig ihn mal an deinem Finger.«

»Den brauche ich nicht, Brian«, widersprach sie, als er nach ihrer Hand griff und ihn ihr ansteckte.

»Der passt hinreißend zu Ihrem Verlobungsring«, bewunderte die Verkäuferin das Ensemble. Sie nahm Carlys Hand und fragte: »Darf ich?«

Carly nickte.

Also beugte sich die Frau über die Hand, um ihn genauer zu studieren. »Ganz exquisit. Ist er eine Antiquität?«

»Er gehörte meiner Großmutter«, erklärte Brian.

»Der Edelstein ist wunderschön. Zwei Karat?«

»Knapp drüber.«

»Da lass ich Sie beide mal in Ruhe das Ganze besprechen. Rufen Sie mich, wenn Sie sich entschieden haben.« Damit zog sie sich zurück.

Brian nahm Carlys Hand und führte sie an seine Lippen. »Er ist perfekt. Ich möchte, dass du den trägst.«

»Er ist zu viel, Brian.«

»Ist er nicht.«

Sie schaute auf das funkelnde Paar.

Mit einem Finger unter ihrem Kinn hob er ihren Kopf. »Woran denkst du, Schatz?«

»Wir müssen ein Haus und Autos kaufen. Außerdem stehen uns eine Hochzeit und die Flitterwochen bevor. Da müssen wir doch nicht noch Geld für so was ausgeben. Der Goldene genügt mir, mehr will ich nicht.«

Er lächelte. »Carly, Schätzchen, über Geld müssen wir uns keine Gedanken machen. Mit dem Loft in New York werden wir uns eine goldene Nase verdienen. Außerdem habe ich dir schon erklärt, dass ich in den letzten acht Jahren derart viel gearbeitet habe, dass ich gar keine Zeit hatte, auch nur die Hälfte von meinem Verdienst auszugeben. Das meiste habe ich investiert und nicht mehr drüber nachgedacht. Ich möchte, dass du diesen Ring trägst. Das ist mir wichtig.«

»Warum?«

»Wir hatten beide so lange kaum etwas. Sind wir es uns nicht schuldig, das Leben jetzt in vollen Zügen zu genießen?«

Gerührt erwiderte sie: »Ich schätze schon.«

»Was? Du hast wieder diesen Ausdruck im Gesicht.«

»Ich habe ebenfalls nicht viel von dem ausgegeben, was ich verdient habe. Es ist wahrscheinlich nicht vergleichbar mit dem, was du angesammelt hast, aber ich habe etwa fünfundzwanzigtausend bei der Granville Credit Union liegen.«

Sein Gesicht erhellte sich vor Freude und, wie es schien, Stolz. »Du machst Witze. Soll das heißen, dass ich reich heirate?«

Sie verdrehte die Augen. »Klar. Ich bin mir sicher, dass es verglichen mit deinem Geld nichts ist.«

»Es ist definitiv etwas, wenn man bedenkt, wie schwer du dafür geschuftet hast.«

Sie zuckte die Achseln. »Wahrscheinlich.«

»Wir haben also keine Geldsorgen. Darf ich dir bitte diesen Ring kaufen, der mir an dir gefallen würde?«

»Unter einer Bedingung.«

Er lächelte. »Die wäre?«

»Ich darf *dir* den Ring kaufen, der mir an dir gefallen würde.«

Sein Lächeln verblasste. »Ich weiß nicht. Ich hab's nicht so mit Schmuck, das weißt du. Ein schlichter Goldring ist alles, was du an mir erleben wirst.«

»Ach, wird es in unserer Ehe also eine Doppelmoral geben? Soll es so zwischen uns laufen?«

»Wie ich sehe, hatte es seine Vorteile, als du mir noch nicht widersprechen konntest«, brummte er.

Mit einem strahlenden Lächeln winkte sie die Verkäuferin heran. »Zeigen Sie uns mal die Hochzeitsklunker für Männer. Ich suche nach etwas ausgesprochen Protzigem.«

* * *

Michael lief in seinem Büro auf und ab und widerstand dem Drang, die Papierstapel von seinem überfüllten Schreibtisch zu fegen. Sein Frust und das überwältigende Gefühl der Machtlosigkeit waren derart groß, dass er sich kaum genug beherrschen konnte, um den Briefbeschwerer, den Brian ihm in der Grundschule gebastelt hatte, nicht zum Fenster rauszuwerfen. Nur das Wissen, dass nichts davon irgendwas verbessern würde, hielt ihn davon ab, ihnen nachzugeben.

Das Ziehen in seiner Brust erinnerte ihn daran, was passierte, wenn er all den Stress runterschluckte. Also ließ er sich auf den Stuhl fallen und ging die Atemübungen durch, die sie ihm im Krankenhaus gezeigt hatten.

»Pseudowissenschaft«, brummte er, obwohl der Schmerz tatsächlich nachließ.

In dem Moment platzte Matt, ohne anzuklopfen, ins Zimmer, seine blauen Augen strahlten vor Aufregung. »Wir haben vielleicht was.«

Michael setzte sich aufrecht hin. »Was denn?«

»Erinnerst du dich noch an Randy Lowell?«

»Nein, sollte ich?«

»Er war mit Sam in einer Klasse, Abschluss 1996.«

Michael zerbrach sich den Kopf, aber zu dem Namen wollte ihm kein Gesicht einfallen. Kopfschüttelnd fragte er: »Haben wir was gegen ihn in der Hand?«

»Die Polizei von Woonsocket hat ihn wegen Verdacht auf Trunkenheit am Steuer festgesetzt. Als sie seinen Namen vom System checken ließen, haben sie festgestellt, dass in Missouri ein Haftbefehl gegen ihn vorliegt, weil er seine Bewährungsauflagen nicht eingehalten hat.«

»Weshalb saß er ein?«

»Wegen versuchter Vergewaltigung und sexueller Nötigung – gegen eine Cheerleaderin an der Highschool in Jefferson City.«

Da sprang Michael auf und eilte zur Tür. »Ruf Nate an, und sag ihm, dass wir uns dort mit ihm treffen.«

* * *

Nachdem sie den Tag in Providence verbracht hatten, kehrten Brian und Carly nach Granville zurück und gerieten in den Berufsverkehr, der in Richtung Norden die Hauptstadt von Rhode Island verließ.

»Wann kannst du deinen Anzug abholen?«, fragte Carly, die gerade auf dem Beifahrersitz die Hochzeitsliste durchging.

»In drei oder vier Tagen.«

»Ich weiß, ich weiß. Du hast zwanzig davon in deinem Schrank in deiner Wohnung hängen. Aber war es nicht einfacher, einen neuen zu bestellen, statt vor der Hochzeit noch mal nach New York zu reisen?«

»Ja, Schatz.«

Sie schenkte ihm ein triumphierendes Lächeln. »Da ich vorhabe, meistens recht zu behalten, wirst du dich wohl an diese Worte gewöhnen müssen.«

Seine finstere Miene brachte sie zum Lachen. »Wir müssen sowieso in die Stadt und die Wohnung ausräumen, bevor ich sie zum Verkauf anbieten kann – nicht, dass es viel zum Ausräumen gäbe.«

»Nach den Flitterwochen«, erklärte sie voller Vorfreude. »Zehn Tage in Jamaika. Ich kann's kaum erwarten.«

»Sicher, dass es dich nicht stört, wenn wir am Morgen nach der Hochzeit abreisen? Wir können es auch um einen oder zwei Tage verschieben, falls du dich ausruhen willst.«

Sie hob eine Augenbraue. »Weswegen sollte ich mich ausruhen?«

»Für die Flitterwochen natürlich. Dafür wirst du äußerst ausgeruht sein müssen.«

»Ich weiß ja nicht, was du vorhast, aber ich will ausschlafen und am Strand liegen.«

Empörung vortäuschend erwiderte er: »Das sind doch keine Flitterwochen, das ist ja Urlaub.«

Sie lächelte. Es gefiel ihr, ihn aus der Fassung zu bringen. Nach nur wenigen Wochen fühlte es sich ganz so an, als wären sie nie getrennt gewesen. Zwischen ihnen lief es genauso entspannt und gelassen wie eh und je.

Da zur vollen Stunde die Nachrichten im Radio mit einer Ankündigung zu dem Konzert in Granville eingeleitet wurden, verstummten sie. »Lokale Bands aus ganz Rhode Island kommen heute Abend zusammen, um die Kleinstadt Granville zu unterstützen, die vor Kurzem von der Vergewaltigung und Ermordung einer fünfzehnjährigen Highschool-Schülerin und einem sexuellen Überfall auf eine weitere Jugendliche Anfang des Jahres erschüttert wurde. Der Bürgermeister Bob Simon ist heute bei uns im Studio. Herr Bürgermeister, im ganzen Bundesstaat sind alle Augen auf Ihre Stadt gerichtet. Wie gehen Ihre Bürger damit um?«

»Es war ein schwieriges Jahr, daran gibt es keinen Zweifel. Aber die Menschen von Granville sind unverwüstlich. Wir schaffen das.«

»Hat die Polizei schon einen Verdächtigen?«

»Es steht mir nicht frei, über die Ermittlung zu sprechen. Ich kann Ihnen nur versichern, dass sowohl unsere Polizisten als auch die Bundesbeamten alles in ihrer Macht Stehende tun, um den Schuldigen aufzuspüren.«

»Ihr Polizeichef war vorübergehend ins Krankenhaus eingeliefert worden. In den lokalen Nachrichten ließ sich vernehmen, dass die Unterstützung für die Leitung der Polizeistelle nachgelassen hat. Haben Sie Vertrauen in Chief Westburys Fähigkeiten, die Ermittlungen in diesen schweren Zeiten durchzuführen?«

»Der Polizeichef und seine Männer und Frauen arbeiten rund um die Uhr daran, die Ermittlungen zu einem erfolgreichen Ende zu führen.«

»Aber hat er Ihre vollste Unterstützung?«

»Ich hoffe auf eine Verhaftung – und das schon bald. Mehr kann ich dazu nicht sagen.«

»Verdammt.« Brian schlug auf das Lenkrad. »Genau das braucht Dad jetzt – irgendeinen schlappschwänzigen Politiker, der zwanzig Jahre jünger ist als er und glaubt, ihn im Radio denunzieren zu können.«

Carly griff nach seiner Hand. »Lass dich davon nicht ärgern, Brian. Dein Vater hört doch nicht auf so was.«

»Er schuftet sich halb zu Tode, und die Leute haben den Nerv, zu behaupten, er würde nicht genug tun? Er kann schließlich keine Wunder bewirken, um Himmels willen. Denken die, er will den Typen nicht genauso gerne schnappen wie alle anderen? Sein eigener *Sohn* war eines der Opfer.«

Ihr war das Murren in der Stadt nicht entgangen, seit Alicia ermordet aufgefunden worden war. Die Leute waren frustriert, weil es mit den Ermittlungen nicht voranging, und suchten nach einem Sündenbock. Leider war Chief Westbury das leichteste Ziel. »Hoffentlich ist es bald vorbei«, meinte sie.

»Ich weiß nicht, wie viel Dad noch aushält. Er wird bald tot umfallen von dem ganzen Stress.«

»Er übersteht das schon. Von ein bisschen Getratsche wird er sich nicht ablenken lassen.«

Ihr Handy klingelte. Als sie in ihre Tasche griff, bemerkte sie einen weißen Zettel, der in ihrem Telefon steckte. Verdutzt klappte sie die Hülle auf, und das Papier flatterte in ihren Schoß. Sie atmete scharf ein, als sie das Wort las, das in grellroten Buchstaben darauf geschrieben stand: »BALD«. »O mein Gott«, flüsterte sie.

Er sah zu ihr und riss erschrocken das Lenkrad rum. Von der Spur neben ihnen ertönte eine Hupe. »Fass das nicht an«, warnte er sie, den Blick zwischen dem Zettel auf ihrem Schoß und der Straße hin- und herschwenkend.

»Wie hat er den Zettel in meine Handtasche bekommen?«, flüsterte sie.

»Wer hat dich angerufen?«

Mit zitternden Händen schaute sie aufs Telefon, die Nummer wurde aber nicht angezeigt. »Kann ich nicht erkennen.«

Brians Knöchel traten weiß hervor, so fest umklammerte er das Lenkrad.

Beide zuckten zusammen, als das Handy erneut klingelte.

»Wer ist es?«, wollte er wissen.

Sie beäugte das Display. »Eine Nummer aus einem anderen Bundesstaat.« Sie atmete tief durch, ehe sie ranging. »Hallo?«

»Carly, ich bin's, Mrs Townsend. Ich habe mich sehr über eure Einladung zur Hochzeit und die Nachricht von deiner Mutter gefreut, dass du wieder reden kannst. Ich freue mich riesig für dich und Brian.«

»Vielen Dank«, erwiderte Carly erleichtert. »Ich hoffe, Sie kommen zur Feier.«

»Deshalb rufe ich an, um dir zu sagen, dass ich sie um nichts in der Welt verpassen würde. Heute Morgen habe ich meinen Flug von Baltimore aus gebucht. Mr Townsend wohnt jetzt in Phoenix, ich glaube also nicht, dass er es schafft.«

Die Erinnerung daran, dass Michelles Eltern sich ein paar Jahre nach dem Unfall hatten scheiden lassen, stimmte Carly traurig. Ihre Ehe hatte den Verlust ihrer einzigen Tochter nicht überstanden. »Also, ich kann es kaum erwarten, Sie wiederzusehen. Es ist schon zu lange her.«

»Das stimmt, Schatz«, pflichtete Mrs Townsend ihr bei. »Das ist es. Michelle wäre begeistert davon, dass ihr beide endlich heiratet.«

»Das denke ich auch. Sie haben nicht eben schon mal angerufen, oder? Vor ein paar Minuten?«

»Nein, warum?«

»Ich habe einen Anruf verpasst.«

»Das war ich nicht. Hör mal, ich muss los, aber wir sehen uns ja schon bald.«

»Ich freu mich darauf.« Damit klappte sie das Handy zu und blieb still sitzen. Der Zettel starrte zu ihr hoch.

»Sie war es nicht?«, erkundigte sich Brian, der sein eigenes Telefon hervorholte, um seinen Vater anzurufen.

»Nein.«

»Halt durch, Schatz. Wir sind fast da.«

* * *

Sie trafen sich mit Michael auf dem Parkplatz am südlichen Ende der Stadt. Sobald sie hielten, stieg er aus seinem Auto aus und näherte sich der Beifahrerseite des SUV.

Nachdem er die Tür geöffnet hatte, starrte er eine Weile auf das Papier, bevor er es mit einer Pinzette für die Spurensicherung in eine Tüte steckte. »Du hast den nicht angefasst?«, erkundigte er sich bei Carly.

»Nein. Er ist aus dem Handy gefallen, als ich es aufgeklappt habe.«

»Ich möchte deine Handtasche mitnehmen, damit wir sie auf Fingerabdrücke untersuchen können. Wir machen das so schnell wie möglich.« Da sie zustimmend nickte, steckte er die kleine Handtasche in einen größeren Beweisbeutel.

»Was ist mit dem Telefon?«, fragte Brian.

»Das auch«, pflichtete ihm Michael bei. Er hielt eine weitere Tüte auf, in die Carly das Handy fallen ließ. »Hast du die Tasche kürzlich unbeaufsichtigt gelassen?«

»Nicht, dass ich wüsste, aber ich kann grad nicht klar denken.«

Michael legte seine große Hand über ihre. »Atme tief durch, Liebes, und versuch dich zu erinnern. Warst du in einem Restaurant und hast sie am Tisch gelassen, als du auf der Toilette warst, oder in einem Laden …?«

»Ich war heute Morgen auf einen Kaffee bei Miss Molly's«, fiel ihr plötzlich wieder ein. »Ich habe nur mein Geld mitgenommen und die Handtasche zu Hause gelassen.«

»Wo warst du?«, wandte sich Michael an seinen Sohn.

»Unter der Dusche.«

Die Aussage hing eine Weile zwischen ihnen.

»Himmel«, murmelte Brian. »Er war in der Wohnung, während ich geduscht habe?«

Entsetzt schaute Carly zu ihm. »Ich hab nicht daran gedacht, abzuschließen, weil ich nicht lange weg war. Was, wenn er dir was getan hätte?«

Brian legte ihr eine Hand auf den Arm.

»Ist dir auf dem Weg zu Miss Molly's jemand aufgefallen, den du kanntest?«, wollte Michael wissen.

Sie dachte darüber nach, wollte gerade den Kopf schütteln und erstarrte.

»Was?«, hakte Brian nach. »Wem bist du begegnet?«

»Ich … ich bin Luke begegnet. Er hat Miss Molly's gerade verlassen.«

Mit vor Anspannung zusammengepressten Lippen wechselte Michael einen Blick mit seinem Sohn.

»Er ist es nicht«, rief Carly. »Ich *weiß*, dass er es nicht ist.«

»Carly, ich verstehe, dass du das nicht wahrhaben willst«, meinte Michael. »Himmel, ich will es doch auch nicht.«

Brian erzählte seinem Vater von ihrem Bauchgefühl, auf das sie sich in ihren stummen Jahren verlassen hatte. »Sie glaubt, dass sie es spüren würde, wenn sie etwas von ihm zu befürchten hätte.«

»Er ist es nicht«, beharrte sie.

»Es gibt vielleicht noch einen Verdächtigen. Hat einer von euch an der Schule einen Randy Lowell gekannt? Er war mit Sam in einer Klasse.«

»Ich hab ihn gekannt«, antwortete Brian. »Aber nur ganz oberflächlich.«

»Ich erinnere mich nicht an ihn«, erklärte Carly.

»Wir waren uns so sicher, dass es sich hierbei um dich dreht, Carly, dass wir uns Sams Klasse nie genauer angeschaut haben. Für diese Dummheit könnte ich mich treten. Wenn sich rausstellt, dass er der Täter ist …«

»Was wisst ihr bis jetzt?«, erkundigte sich Brian.

Michael berichtete es ihm. »Sie haben ihn am frühen Mittag aufgegabelt, er könnte also vorher in Granville gewesen sein, um dir den Zettel in die Tasche zu stecken. Den Rest des Tages haben wir ihn verhört, und als ich los bin, um mich mit euch zu treffen, haben Matt und Nate grad versucht, eine Chronik über seine Aufenthaltsorte in den letzten Jahren zu erstellen. Lowell behauptet, er wäre im April zurück nach Rhode Island gezogen.«

»Wenn das stimmt, dann hat er im Januar nicht Tanya Lewis überfallen«, stellte Brian fest.

»Ich weiß.« Michael klang entmutigt. »Er hat angegeben, er habe in Missouri gelebt und sei wegen seiner Eltern zurückgekommen. Allerdings wurde er nie als Sexualstraftäter gelistet, und er behauptet, dass die Sache mit dem Verstoß gegen seine Bewährungsauflagen nur ein Missverständnis sei.« Stirnrunzelnd fügte er hinzu: »Mich stört auch, dass er nicht zu der Beschreibung passt, die uns von den Frauen gegeben wurde. Er ist zwar groß, aber nicht so ungewöhnlich riesig, wie es uns geschildert wurde.«

»Das stimmt«, erwiderte Brian. »Dennoch könnte es ein Durchbruch sein. Es gibt eine Verbindung zu uns über die Highschool und eine Liste ähnlicher Verbrechen.«

»Stimmt.« Michael nickte. »Trotzdem sind da noch zu viele Unwägbarkeiten, um mit Sicherheit zu verkünden, er wäre es gewesen, deshalb müssen wir erst mal annehmen, dass der Täter weiter da draußen ist. Bis das hier vorbei ist, verbringt ihr beide bitte jede Minute miteinander, verstanden? Keine Alleingänge zu Miss Molly's oder sonst wohin. Es ist viel unwahrscheinlicher, dass er dich angreift, wenn Brian bei dir ist.«

Carly nickte. »Ich weiß.« Um ihre angespannten Nerven zu beruhigen, atmete sie tief durch.

»Er wartet auf eine Gelegenheit, du darfst ihm also keine bieten«, fügte Michael hinzu. »Und achte darauf, dass du immer dein Handy bei dir hast, Brian. Carly, du hast doch noch das Pfefferspray, oder?«

Sie tätschelte ihre Rocktasche. »Immer und überall dabei.«

»Wir brauchen etwa dreißig Minuten, um die Tür zu deiner Wohnung zu untersuchen – nicht, dass wir viel finden werden. Leihst du mir deinen Schlüssel?«

Brian gab ihm seinen. »Gott, Dad, wie viel länger sollen wir so leben?«

Der Stress spiegelte sich auch auf Michaels Gesicht wider. »Ich hoffe, nicht mehr allzu lange.« Er deutete auf die Asservatentüten auf dem Boden. »Er wird immer dreister, was uns zeigt, dass er sich für unantastbar hält. Er wird einen Fehler begehen, und darauf warten wir nur.«

»Hast du vorhin Radio gehört?«, erkundigte sich Brian.

Gleichgültig zuckte Michael die Achseln. »Der Bürgermeister ist ein Vollidiot. Ich hab seine Anrufe ignoriert, jetzt ist er sauer auf mich. Juckt mich nicht.«

»Nimm dir das nicht zu Herzen.« Carly legte ihm eine Hand auf den Arm. »Du musst an deine Gesundheit denken.«

Lächelnd drückte er ihre Hand. »Mach dir um mich keine Sorgen. Ich sollte in die Stadt zurück. Das Konzert ist zwar eine hübsche Idee, aber die Sicher-heits-vorkehrungen und der Verkehr bereiten uns einige Kopfschmerzen. Ach ja, ich hab mich mit Mom unterhalten, während ich auf euch gewartet habe. Sie meinte, sie würde mit Steve und Carol in die Stadt fahren und sich dort mit euch treffen.«

»Okay«, sagte Brian.

»Passt auf euch auf, ja?«

»Versprochen«, versicherte ihm Brian. »Ich lasse Carly nicht aus den Augen.«

»Gut. Ich versuche, heute Abend mal im Stadtpark nach euch zu schauen, wenn ich mich kurz freimachen kann.« Damit hob er die drei Plastiktüten auf und verschwand mit einem Winken.

Brian und Carly beobachteten, wie er ins Auto stieg und davonfuhr.

»Ich fasse nicht, dass er in unserer Wohnung war«, flüsterte sie. »Wenn dir etwas zugestoßen wäre … Was habe ich mir nur dabei gedacht, nicht abzuschließen?«

»He.« Er zog sie in seine Arme. »Mir wird schon nichts passieren – oder dir. Das lasse ich nicht zu.«

Sie legte den Kopf an seine Schulter. »Ich habe mich dermaßen auf die Hochzeit konzentriert, dass ich mich in falscher Sicherheit gewiegt habe. Ich habe wohl geglaubt, wenn ich nicht an ihn denke, dann verschwindet er.«

Sanft küsste er sie auf die Stirn. »Es gibt vielleicht einen Weg, dem Ganzen zügig ein Ende zu setzen.«

Sie hob den Kopf. Ein Muskel an seiner Wange zuckte. »Wie meinst du das?«

»Weißt du noch, dass sie ihm mit dir eine Falle stellen wollten?«

Sie nickte. »Du wolltest davon nichts hören. Hast du deine Meinung geändert?«

»Eigentlich nicht. Aber mir wird allmählich klar, dass das Ganze vielleicht kein Ende nimmt, und das ist doch kein Leben.«

»Was willst du damit sagen?«

»Ich wäre bereit, mir anzuhören, was sie vorhaben – falls du weiter einverstanden damit bist.«

»Mir wäre alles recht, wenn es dabei hilft, den Typen dingfest zu machen.«

»Selbst wenn du dich dadurch in echte Gefahr bringen würdest? Lebensgefahr, Carly.«

Sie schluckte schwer. »Ich würde es tun, allein schon, um den Kerl zu schnappen, der Sam und die anderen auf dem Gewissen hat. Er hat unser Leben zerstört, Brian. Ich will, dass er für das bezahlt, was er uns und so vielen anderen angetan hat.«

»Morgen reden wir mit Dad und Agent Barclay. Ich muss mir ganz sicher sein, dass sie jede Möglichkeit durchgegangen sind, bevor ich dem Ganzen zustimme.«

»Das überlasse ich dir. Du wirst besser verstehen, ob es funktioniert oder nicht.«

Er ließ den Motor an. »Ich fasse nicht, dass ich das überhaupt in Erwägung ziehe.«

»Du hast recht, das ist kein Leben für uns. Wenn wir das Ganze beenden können, bevor er noch jemanden attackiert, warum sollen wir es dann nicht versuchen?«

»Weil du vergewaltigt werden könntest, wenn etwas schiefgeht … oder schlimmer. Die Frau, die man liebt, als Köder für einen Psychopathen einzusetzen ist nichts, was man leichtfertig in Betracht ziehen sollte.«

»Heute Abend wollen wir nicht daran denken und stattdessen das Konzert genießen. Schaffst du das?«

Er schnaubte. »Äh, ja, na klar. Gar kein Problem.«

Lachend beugte sie sich zu ihm und gab ihm einen Kuss.

# KAPITEL 27

Als Brian und Carly auf die Main Street fuhren, herrschte im Stadtpark wegen der ganzen Vorbereitungen für das Konzert schon rege Geschäftigkeit. An einem Ende war eine provisorische Bühne errichtet worden, und dahinter lieferte ein Generator auf einem Truck den Strom für die Bühne und mehrere Lichtmasten. Vor dem Podium beobachtete eine Gruppe Jugendlicher neugierig den Aufbau, während sich auf dem Gras bereits einige Familien mit karierten Decken und Campingstühlen einen guten Platz sicherten.

Sechs Blocks von Carson's entfernt fand Brian einen freien Parkplatz. »Wie es aussieht, sind wir gerade noch rechtzeitig zurück.«

Staunend betrachtete Carly den Trubel in der sonst so friedlichen Innenstadt. »Dabei fängt das Konzert erst in einer Stunde an. Jetzt verstehe ich, was dein Dad mit dem Verkehr und den Sicherheitsvorkehrungen meint.«

Sie nahmen die Tüten von ihrem Einkauf in Providence aus dem Wagen und gingen zu Fuß zum Stadtzentrum.

In ihrer Wohnung waren die Polizisten gerade dabei, zusammenzupacken. Eine Beamtin gab Brian den Schlüssel zurück. »Wir sind sofort weg.«

Carly und Brian warteten auf dem Treppenabsatz, bis die Polizisten wenig später abzogen. Sobald sie fort waren, betrat Carly das Zuhause, das all die Jahre ihr Zufluchtsort gewesen war. Dass er hier gewesen war, dass er in ihr Heim gedrungen war … Ihr schauderte.

Brian musste gespürt haben, was sie empfand. Er durchquerte den Raum, schob den Riegel vor und legte die Arme um sie. »Lass ihn nicht rein, Schatz. Er kann uns nichts anhaben.«

»Ich hasse es, dass er hier war«, flüsterte sie. »In unserem Zuhause.«

»Jetzt ist er es nicht. Es gibt nur noch uns.« Er neigte den Kopf und presste seinen Mund auf ihren. Mit der Zunge strich er über ihre Unterlippe, reizte sie dazu, sich daran zu beteiligen. »Küss mich, Carly. Damit ich dir dabei helfen kann, das zu vergessen.«

Schnell schlang sie ihm die Arme um den Hals und schmiegte sich an ihn.

Er schob die Finger in ihre Locken und neigte ihren Kopf, um sie leidenschaftlich zu küssen.

Sie spürte, wie all ihre Sorgen und Ängste von ihr abfielen und sie sich ganz auf die Empfindungen konzentrierte, die er stets in ihr weckte. Dafür brauchte es lediglich einen schlichten Kuss, eine sanfte Berührung, dann gehörte sie ihm – ganz und gar ihm. Sie keuchte auf, als er sie hochhob und ins Schlafzimmer trug. Auf dem Weg lehnte sie den Kopf an seine Schulter.

Neben dem Bett stellte er sie auf die Füße, küsste ihren Hals und knöpfte ihr die ärmellose Bluse auf. »Manchmal«, flüsterte er, »kann ich kaum fassen, dass ich dich halten und küssen und lieben darf, wann immer mir danach ist.«

Bei seinen zärtlichen Worten, zusammen mit seinen Lippen auf ihrer empfindlichen Haut, begannen Carlys Beine vor Verlangen zu zittern. Als sie nach dem Knopf seiner Shorts griff, hielt er sie zurück.

»Aber …«

Mit einem Kuss brachte er sie zum Verstummen.

Sie erhob keinen Einspruch, als er ihr den BH öffnete und ihr den Rock die Beine hinunterschob.

Weiter komplett angezogen, drückte er sie aufs Bett und legte sich auf sie.

Sie schlang die Arme um ihn.

Ohne seine sanften Küsse zu unterbrechen, legte er die Hände um ihr Gesicht.

Sie drängte sich an ihn, wollte mehr. Er hingegen schien keine Eile zu haben. Sie strich mit den Händen über seinen Rücken und unter sein Hemd. Da sie seine nackte Haut an ihrer spüren wollte, schob sie sein Hemd nach oben.

Er löste sich lange genug von ihr, um es sich über den Kopf zu ziehen.

»Brian …«

»Was ist los, Baby?«

»Glaubst du, dass du noch immer ganz wild nach mir bist, wenn wir zehn Jahre verheiratet sind?«

Er fuhr mit der Zunge über eine ihrer Brustspitzen. »Ich bin wild nach dir, seit ich alt genug bin, um zu wissen, was das ist. Ich werde immer scharf auf dich sein. Immer.« Er widmete sich ihrer anderen Brust. »Ich liebe dich so sehr. So unendlich.«

Vor Freude und Erleichterung und Hoffnung raste ihr das Herz. Es gab vieles, worauf sie hoffen konnte. In den langen Jahren, die sie getrennt gewesen waren, hatte sie ganz vergessen, wie sich Hoffnung anfühlte. »Brian«, keuchte sie, denn er trieb sie in den Wahnsinn mit dem, was er mit ihren Brüsten anstellte.

»Was?«

Sie zerrte an seiner Hose. »Ich will dich.«

»Gleich.«

»Jetzt.«

Er hob den Kopf und erwiderte ihren Blick.

»Bitte?«

Auf seinem Gesicht breitete sich ein Lächeln aus. »Wirst du immer wissen, wie du von mir bekommst, was du willst?«

»Ich hoffe es.« Sie strich ihm mit den Fingern durchs Haar.

Kurz entschlossen streifte er sich die Shorts ab und zog Carly an die Bettkante. »Wie wäre es wieder mit was Neuem?«

»Es kann nicht noch mehr geben. Das denkst du dir doch aus.«

Mit einem leisen Lachen küsste er die Innenseite ihres Oberschenkels.

»Brian …«

»Still.« Er blies über ihren Schritt. Dann schob er ihre Beine weiter auseinander und kniete vor ihr nieder.

»Was hast du … *O mein Gott.*« Ihr Verstand versagte, als er sie mit den Fingern öffnete und *dort* leckte. Als hätten sie einen eigenen Willen, hoben sich ihre Hüften unter der intimen Liebkosung.

Er schob zwei Finger in sie und konzentrierte sich auf die Stelle, die vor Lust pulsierte, nahm sie in den Mund und saugte.

Plötzlich und mit Macht erreichte sie ihren Höhepunkt, schrie unter den Empfindungen auf, die sie durchströmten.

Er blieb bei ihr, bis die Zuckungen nachließen. Dann stand er auf, spreizte ihre Beine und drang in sie.

Die Stellung verlieh ihm die volle Kontrolle, also schloss sie die Augen und gab sich ihm ganz hin.

»Gut?«, fragte er.

Sie konnte kaum atmen, geschweige denn reden. »So gut«, brachte sie hervor.

Er behielt den Rhythmus einige Minuten bei, bevor er den Kopf neigte und eine Brustspitze zwischen die Zähne nahm, woraufhin sie erneut mit einem Aufschrei kam, der sie beide überraschte.

»Carly«, stöhnte er, stieß ein letztes Mal in sie, bevor er ihre Beine losließ und über ihr zusammenbrach.

Sie hielt ihn fest und strich ihm immer wieder übers Haar.

»Rutsch rüber«, flüsterte er.

Gemeinsam machten sie es sich auf dem Bett bequem.

Er schlang die Arme fest um sie und strich mit dem Fuß über ihre Wade.

»Das war unglaublich. Danke.«

»Wofür?«

»Dafür, dass du dich um mich kümmerst, dass du gespürt hast, ich lasse zu, dass er reinkommt, und mich davon abgelenkt hast.« Sie spürte, wie ihr Gesicht vor Verlegenheit zu glühen begann. »Auch dafür, dass du mir all die Sachen zeigst, die uns entgangen sind.«

Er schob ihr das Haar aus dem Gesicht. »In meinem ganzen Leben war ich nie glücklicher als in den letzten Wochen mit dir. Selbst die Sache mit Zoë … Es ist so viel mehr, als ich hatte, seit wir das letzte Mal zusammen waren. Dass wir uns *in einem Bett* lieben können, jederzeit, wenn uns danach ist, ohne Angst haben zu müssen, dass wir erwischt werden – wenn das alles ist, was ich jemals mein nennen darf, wenn *du* alles bist, was jemals zu mir gehört, dann wäre das genug.«

»Wie habe ich es nur ertragen, derart lange von dir getrennt zu sein?«

»Du wirst nie wieder ohne mich sein, das verspreche ich dir.«

Die Gardine vor dem Schlafzimmerfenster wehte in der sanften Sommerbrise, und sie lauschten den Geräuschen, die von der Straße unten zu ihnen heraufdrangen. Eine der Bands prüfte gerade den Sound, und die Musik hallte durch ihre vier Wände.

»Stell dir mal vor, du würdest auf der Main Street wohnen und wolltest heute Nacht schlafen«, überlegte Carly.

»Dann hätte ich echt Pech gehabt.«

»Wir sollten los.«

»Müssen wir?«

Überrascht hob sie den Kopf. »Willst du nicht?«

»Ich würde lieber mit dir hierbleiben und der Musik lauschen.« Er legte eine Hand auf ihre Brust, um ihr zu zeigen, was er noch im Sinn hatte.

Erstaunt, dass auch sie ihn erneut wollte, meinte sie: »Dann muss ich Mom anrufen, um ihr mitzuteilen, dass wir hierbleiben.«

»Wird, äh, Zoë dort sein?«

Gerührt über den wehmütigen Klang in seiner Stimme streichelte sie sein Gesicht. »Ich denke schon. Cate und Tom lassen sie nicht mehr mit ihren Freunden um die Häuser ziehen wie früher.«

»Ich schätze, wir könnten mal vorbeischauen.«

»Weil Zoë da sein wird?«, neckte sie ihn mit hochgezogenen Brauen.

Mit verlegenem Lächeln gestand er: »Möglich. Wäre das okay für dich?«

»Natürlich.«

»Wie wäre es mit einer Dusche?«

»Zusammen?«

»Warum nicht?«

»Das habe ich noch nie gemacht.«

Er küsste sie zärtlich. »Nein, ich schätze, das hast du nicht.«

»Du etwa?«

»Niemals mit dir. Komm.« Damit zog er sie aus dem Bett und ins Bad, wo er das Wasser aufdrehte.

Sie kam nach ihm in die Dusche und fühlte sich plötzlich unglaublich schüchtern, was eigenartig war in Anbetracht dessen, was sie vor Kurzem getan hatten.

Er drehte sich zu ihr und trat beiseite, damit sie beide unter dem Wasserstrahl standen. »Ich habe mich stets gefragt, warum wir im Hotelzimmer in Michigan nicht gemeinsam geduscht haben.«

»Es war uns gar nicht in den Sinn gekommen.«

»Es gibt so viele Dinge, die wir damals nicht wussten.«

»Die meisten davon weiß ich auch jetzt nicht.« Wieder spürte sie die Verlegenheit, während er mit glühendem Blick beobachtete, wie das Wasser über ihre Brüste floss.

»Ach, das kommt noch.« Er hielt ihr langes Haar unter den Strahl. »Zehn Tage in Jamaika sollten helfen, Versäumtes nachzuholen.«

»Jetzt habe ich ein wenig Angst vor dem, was du alles für die Flitterwochen geplant hast.«

Er grinste. »Das solltest du auch.« Überraschend hob er sie hoch und drückte sie gegen die Wand.

Die kalten Kacheln an ihrem Rücken ließen sie aufkeuchen. »Was tust du da?«

»Ich sorge dafür, dass dir unsere erste gemeinsame Dusche im Ge-dächtnis bleibt.«

»Oh«, stöhnte sie, während sie seine breiten Schultern umklammerte. »Ohhhh.«

* * *

Die erste Band hatte schon einen Großteil ihrer Setlist gespielt, ehe Brian und Carly endlich ihre Familie und seine Mutter auf vier Decken versammelt entdeckten. Sie wurden mit Umarmungen, Küssen und neckenden Fragen empfangen, warum sie denn so spät dran wären.

»Wir waren, äh, beschäftigt«, erwiderte Carly, dankbar für die Dunkelheit, denn so konnten ihre Schwestern nicht erkennen, dass sie knallrot anlief.

»Beschäftigt«, wiederholte Caren mit wehmütiger Miene. »Weißt du noch, als wir Zeit hatten, beschäftigt zu sein, Neil?«

Ihr Mann, der Justin auf einem Arm und Julia auf dem anderen hielt, lachte. »›Beschäftigt‹ hat uns diese beiden Scherereien eingehandelt.«

Zoë kam angelaufen und umarmte und küsste Carly.

Brian schien es zu verblüffen, dass sie ihn ebenso überschwänglich begrüßte – als würde sie ihn schon ihr ganzes Leben lang kennen.

»Ich hab mich schon gefragt, wann ihr auftaucht. Habt ihr die Kekse mitgebracht?«

Lächelnd holte Carly eine große Dose hervor. »Hier, wie gewünscht.«

»Sehr schön«, freute sich Zoë.

»Hast du meine Mutter schon kennengelernt?«, erkundigte sich Brian.

»Hab ich.« Sie wandte sich Mary Ann zu, der es schwerfiel, den Blick von dem Mädchen zu lösen. »Ich glaube, ich weiß jetzt auch wieder, wo ich Sie schon mal getroffen habe. Waren Sie Vertretungslehrerin an der Grundschule von Granville?«

»Ja«, bestätigte Mary Ann. »Jahrelang.«

Zoë schnippte mit den Fingern. »Richtig. Ich glaube, Sie waren bei uns in der Klasse.«

»Ach«, antwortete Mary Ann.

Brian nahm die Hand seiner Mutter.

»Ich hab mich gut benommen«, fügte Zoë hinzu. »Daher erinnern Sie sich vermutlich nicht an mich.«

Mary Ann lachte.

»Mom«, rief Zoë. »Kann ich auf die Decke da drüben zu Gretchen?«

»Nur dorthin, nirgendwo anders«, mahnte Cate.

Schon war Zoë davongeeilt.

Brian drückte seine Mutter. »Ist sie nicht wunderbar?«

»Sie ist fantastisch«, stimmte sie ihm zu. »Ich verstehe auch, warum du sie sofort erkannt hast. Es ist, als hätte man Carly in dem Alter vor sich.« Mary Ann zog Carly zu ihnen in die Umarmung. »Ich fasse nicht, dass sie in meiner Klasse war und ich keine Ahnung hatte, wer sie ist.«

»Das tut mir leid«, entschuldigte sich Carly. »Die Worte klingen unbedeutend, aber es tut mir aufrichtig leid.«

»Es war eine schreckliche Zeit.« Mary Ann drückte ihr einen Kuss auf die Wange. »Für uns alle. Mehr müssen wir dazu nicht mehr sagen.«

Carly erkannte, dass Mary Ann einen Weg gefunden hatte, ihr zu verzeihen, und schwach vor Erleichterung drückte sie ihre zukünftige Schwiegermutter an sich.

Brian hielt beide in den Armen und lauschte der Musik. Nach einer Weile wanderte Carlys Nichte Lilly zu ihnen und krabbelte ihrer Tante auf den Schoß. Julia und Justin folgten ihr auf dem Fuße, und da Carlys Schoß bloß begrenzt Platz bot, landeten sie zum Teil auf Brians.

Er schaute zu Carly, und die Freude in seinem Gesicht ließ ihr Herz einen Schlag aussetzen. Glücklich drückte sie die Mädchen und sprach ihren Nichten und ihrem Neffen ein stummes Danke aus, weil sie Brian in ihrer Familie willkommen hießen.

* * *

Michael genügte ein Blick auf Nathan Barclays frustriertes Gesicht, um zu verstehen, dass ihre neueste Spur sich in Luft aufgelöst hatte. »Er ist es nicht.«

Nathan schüttelte den Kopf. »Er hat Kontoauszüge vorgezeigt, die beweisen, dass er am selben Tag, an dem Tanya Lewis überfallen wurde, in Jefferson City

Geld eingezahlt hat. An dem Tag, an dem Alicia Perry verschwunden ist, wurde Geld von einem Automaten in New York City abgehoben.«

»Tanya hat ihn auch nicht in einer Fotoreihe erkannt.«

Nathan schlug gegen die Wand. »Wir haben einfach kein Glück bei diesem Fall.«

»Ich habe angefangen, Sams Klasse genauer unter die Lupe zu nehmen. Unfassbar, dass ich da nicht schon früher dran gedacht habe. Ich war einfach sicher, dass es hier um Carly und Brian geht.«

»Machen Sie sich deswegen nicht fertig, Mike. Dieser Fall ist alles andere als Routine.«

»Was passiert mit Lowell?«

»Seine Eltern haben ihm einen Anwalt besorgt, und um den Haftbefehl kümmern sich die in Woonsocket.«

»Ich wollte, dass er es ist.« Michael rieb sich über die Bartstoppeln an seinem Kinn. »Ich muss einfach herausfinden, wer mir meinen Sohn genommen hat und warum.« Er warf dem Bundesbeamten, mit dem er Freundschaft geschlossen hatte, einen Blick zu. »Ich glaube, ich könnte den Schuldigen, ohne mit der Wimper zu zucken, umbringen. Bin ich deshalb ein schlechter Cop?«

»Nein. Sie sind einfach nur ein Vater. Die meisten würden ebenso empfinden, wenn sie das Gleiche erlebt hätten wie Sie.«

Michael stieß einen tiefen Atemzug aus.

Nate drückte seine Schulter. »Sie wirken völlig erledigt. Vielleicht sollten Sie nach Hause fahren und sich hinlegen.«

»Erst nachdem ich jeden einzelnen männlichen Schüler aus Sams Klasse überprüft habe.«

»Wie wäre es, wenn ich die Hälfte davon übernehme?«

Erleichtert reichte Michael ihm ein Jahrbuch. »Danke.«

* * *

Bevor die nächste Band auftrat, wurde Alicia Perrys Vater auf die Bühne gerufen. Die Menge verstummte und wartete, bis er sich gesammelt hatte.

»Ich möchte Ihnen für die überwältigende Hilfe und Unterstützung danken, die Sie meiner Familie in den vergangenen schwierigen Wochen entgegengebracht haben. Alicia war ein ganz besonderes Mädchen, und die fünfzehn Jahre mit ihr waren ein Segen. Wenn Sie an Alicia denken, dann denke Sie bitte nicht daran, wie sie gestorben ist, sondern erinnern Sie sich daran, wie sie gelebt hat: voller Enthusiasmus und Humor und Freude bei allem, was sie tat. Wenn es in Ihrem Leben einen jungen Menschen gibt, dann drücken Sie ihn heute Abend.« Seine Stimme brach. »Man weiß nie, wann es das letzte Mal ist. Danke, dass Sie uns daran erinnert haben, warum wir uns entschieden hatten, unsere Familie in Granville großzuziehen.«

Carly blickte zu Zoë, die auf die Decke ihrer Familie zurückgekehrt war. Sie presste das Gesicht an Toms Brust, und ihre Schultern bebten unter den Schluchzern.

Brian beobachtete, wie ein anderer Mann seine Tochter tröstete.

Sanft drückte Carly seine Hand.

Für sie bemühte er sich um ein Lächeln, doch sie spürte seinen inneren Kampf.

»Es dauert seine Zeit«, erklärte er leise.

Sie nickte, denn sie wusste genau, was er meinte. Dann lehnte sie sich gegen seine Brust und versuchte, alle Gedanken zu verdrängen und den Rest des Konzerts zu genießen. Nachdem die letzte Band das letzte Lied gespielt hatte, begab sich ein Gitarrist allein auf die Bühne und sang Bruce Springsteens »My Hometown«.

Beim Klang des Lieds bekam Carly Gänsehaut. Ihr wurde bewusst, dass sie zwar überall im Bundesstaat leben könnten und Brian noch immer nah genug an seiner Arbeitsstelle in Providence wäre, um zu pendeln, aber sie wollte in Granville bleiben und ihre Kinder in der Kleinstadt großziehen, in der sie und Brian aufgewachsen waren. Auch wenn sie nun die Freiheit besaß, überallhin zu gehen, gab es trotzdem keinen Ort, an dem sie lieber wäre. Das hier war ihre Heimat. Hier gehörten sie hin – außerdem lebte ihre gemeinsame Tochter hier. Caren hatte erwähnt, dass in ihrer Straße ein Haus zum Verkauf stand. Morgen würde sie Brian fragen, ob sie es mal besichtigen könnten.

Kaum war das Lied zu Ende, sprangen alle auf und applaudierten. Die Scheinwerfer erhellten den Stadtpark, und in ihrem Licht sammelten die Leute ihre Habseligkeiten ein und gingen nach Hause oder zu ihren Autos.

Carly verabschiedete sich gerade von ihren Eltern, als Matt Collins zu ihnen trat.

»Hallo, Matt.« Mary Ann begrüßte ihn mit einem Kuss auf die Wange. »Haben Sie das Konzert ein wenig genießen können?«

»Etwas«, erwiderte er. »Wir hatten viel zu tun.«

»Nimm die Kekse mit aufs Revier.« Carly reichte ihm einen Pappteller.

»Danke. Das wird meine Kollegen freuen.« Dann wandte er sich an Brian. »Dein Vater hat mich gebeten, dich und Carly zu ihm zu fahren.«

»Wohin?«, wollte Brian wissen.

»Zu Randy Lowells Versteck. Der Chief will wissen, ob ihr von den Gegenständen, die wir gefunden haben, etwas wiedererkennt. Er hält es für möglich, dass er ein paar Sachen aus Carlys Wohnung hat mitgehen lassen.«

»Ihr seid also zu dem Schluss gekommen, dass er der Täter ist?«, erkundigte sich Brian.

Matt nickte. »Wir haben ihn.«

»Mir ist nichts aufgefallen, was in der Wohnung fehlt«, erklärte Carly.

»Wir haben allerdings auch nicht wirklich darauf geachtet«, meinte Brian mit bedeutungsvollem Blick zu Carly.

»Macht es euch was aus, mitzukommen?«, fragte Matt. »Es dürfte nicht lange dauern.«

»Kein Problem. Wir freuen uns, wenn wir helfen können.« Brian legte einen Arm um Carly. »Los geht's.«

Sie verabschiedeten sich von den anderen und folgten Matt zu seinem Streifenwagen, der auf der Main Street in zweiter Reihe parkte. Er ließ sie hinten einsteigen und bahnte sich anschließend mit den Blinklichtern einen Weg durch den Verkehr, der die Innenstadt verließ.

Dicht an Brian gekuschelt spähte Carly durch das Gitter, das die Vordersitze von der Rückbank trennte. Sobald sie bemerkte, dass es an den Hintertüren keine Griffe gab, meldeten sich die Warnsignale in ihrem Magen. Sie musste an das denken, was Chief Westbury ihr geraten hatte, nachdem er ihr das Pfefferspray überreicht hatte: *Wenn du das Gefühl hast, dass du in Gefahr schwebst, dann stimmt das vermutlich auch.* Sie griff in die Tasche ihrer Shorts und legte die Finger um die Dose, die sie stets bei sich trug. Mit rasendem Herzen schaute sie zu Brian hoch.

Er hob fragend eine Augenbraue, was sie in der Dunkelheit aber kaum erkannte.

Die Lippen dicht an seinem Ohr, flüsterte sie: »Mir gefällt das nicht.«

Ein verwunderter Ausdruck trat auf sein Gesicht, und er fragte sich wahr-schein-lich, was genau ihr daran nicht gefiel, mit dem Polizisten in einem Wagen zu sitzen, den er seit seiner Kindheit kannte.

Kopfschüttelnd deutete sie auf ihren Bauch.

Brian räusperte sich. »Also, Matt, wo liegt denn dieses Versteck, das ihr entdeckt habt?«

»Oben an der Grenze zu Massachusetts. Ein Jäger hat es gemeldet.« Als er im Rückspiegel zu ihnen blickte, wirkten seine Augen fiebrig und irgendwie aufgeregt. »Du glaubst nicht, was wir da alles gefunden haben.«

Brian betrachtete Carly, und sie erkannte, dass es ihm auch nicht länger gefiel.

»Matt, ich will, dass du anhältst und uns rauslässt. Ich rede mit Dad, wenn er zu Hause ist, dann können wir morgen dorthin fahren.«

»Tut mir leid, Brian«, lehnte Matt ab, der erneut in den Rückspiegel sah. »Ich befolge nur meine Befehle.«

Brian umklammerte Carlys Hand.

Mit der freien Hand drückte sie gegen das Handy in seiner Tasche.

Nickend zog er es vorsichtig raus, stellte es stumm und wählte den Notruf. Dann steckte er es in die Ritze zwischen zwei Sitzflächen.

Zwanzig angespannte Minuten dauerte die Fahrt, bevor Matt den Wagen auf eine zerfurchte Schotterpiste lenkte.

Es war dermaßen finster, dass Carly nicht wusste, wo sie jetzt waren.

Zwei Kilometer weiter, wenn nicht mehr, parkte er vor einer Hütte. Im Dunkeln konnte Carly nicht viel erkennen, aber sie bemerkte sofort, dass es keine weiteren Autos gab und dass im Haus keine Lichter brannten.

»Ich frage mich, wo sie stecken«, überlegte Matt laut. Dann stieg er aus dem Auto und schloss die Tür.

»Scheiße«, fluchte Brian, sobald sie allein waren. »Das ist doch nicht möglich.« Er zog das Handy zwischen den Sitzen hervor. »Hier spricht Brian Westbury. Verbinden Sie mich mit Polizeichef Westbury. Sofort.«

»Ich brauche Ihren Aufenthaltsort, Mr Westbury«, entgegnete der Operator.

»Holen Sie auf der Stelle meinen Vater an den Apparat.«

Carly beobachtete die Hütte, in der ein Licht in der Dunkelheit aufflackerte, dann nichts mehr.

»Es tut mir leid, aber ich kann Chief Westbury nicht erreichen.«

»Sagen Sie ihm – hören Sie mir zu?«

»Ja, Sir.«

»Sagen Sie ihm, dass Brian angerufen hat. Der Täter ist Deputy Chief Collins, und er ist mit Brian und Carly von der Innenstadt aus zwanzig Minuten Richtung Norden gefahren, in die Nähe der Grenze zu Massachusetts – vielleicht sogar über die Staatsgrenze hinaus. Ich rufe von einem Handy aus an und werde nicht auflegen. Zwei Leben hängen davon ab, dass Sie das jetzt hinkriegen. Das ist ein Notfall – verhalten Sie sich entsprechend.«

»Kannst du deinem Dad nicht schreiben?«, wollte Carly wissen.

»Nicht, solange der Anruf läuft. Ich habe den Notruf gewählt, weil mir wichtig ist, dass das Signal stabil bleibt.«

»Er kommt zurück«, flüsterte Carly.

Brian steckte das Handy zurück zwischen die Sitze. »Sie werden dem Signal folgen und uns aufspüren, Schatz.«

Matt öffnete die Hintertür und zeigte mit seiner Waffe auf sie. »Aussteigen.«

Brian schob Carly hinter sich. »Matt, um Himmels willen, was soll das werden? Mein Vater ist dein Freund. Wie kannst du meinen Bruder umgebracht haben?«

»Steig aus dem Scheißwagen aus, bevor ich dir die Birne wegschieße. Glaub mir, es wäre mir ein absolutes Vergnügen.«

Brian nahm Carlys Hand und stieg aus. Sie folgte dicht hinter ihm.

Matt deutete mit der Waffe auf die Hütte. »Bewegt euch.«

Auf dem kurzen Weg über den Kies spürte Carly, wie eine innere Ruhe in ihr aufstieg. Was auch immer gleich passieren würde, sie würde es, so gut es ging, überstehen. Jetzt zählte bloß, dass sie am Leben blieben – sie selbst genau wie Brian.

# KAPITEL 28

Michael kam etwa eine halbe Stunde nach dem Ende des Konzerts nach Hause, hundemüde nach einer weiteren sechzehnstündigen Schicht, die nichts Neues oder Nützliches für die Ermittlungen ergeben hatte. Viel länger konnte er nicht so weitermachen. Selbst das übliche Bier am Ende des Tages reizte ihn nicht. Er wollte nur noch ins Bett und mindestens sechs Stunden am Stück schlafen.

Während er sich am Küchentisch die Schuhe aufband, trat Mary Ann aus dem Schlafzimmer zu ihm. Sie blinzelte, um sich an das Licht zu gewöhnen.

»Hi.« Er hielt ihr die Wange hin, um ihren Kuss entgegenzunehmen. »Hab ich dich geweckt?«

»Nein, ich habe auf dich gewartet. Hast du mit Brian und Carly alles geklärt?«

»Vor dem Konzert?«

»Nein, danach. Matt hat behauptet, du hättest auf sie gewartet.«

»Was meinst du?«

»Er hat erzählt, dass du wegen des Falls ihre Hilfe brauchst.«

Michael hob verwirrt den Kopf. »Ich hab keine Ahnung, wovon du redest. Was genau hat er denn gesagt?«

»Nur dass ihr den Ort gefunden habt, an dem sich irgendein Randy versteckt hat, und dass du die beiden brauchst, um ein paar Dinge zu identifizieren, die er aus Carlys Wohnung gestohlen hat. Angeblich wolltest du, dass er sie dorthin fährt, um sich mit dir zu treffen.«

Abrupt stand Michael auf, all seine Sinne in Alarmbereitschaft. »Ich weiß nicht, was er damit meint. Ich habe ihn nie darum gebeten …«

»Michael? Was? Was ist los?«

Die ganze Angelegenheit erschien ihm plötzlich schmerzhaft offensichtlich, und er fragte sich, wie ihm das hatte entgehen können: Es waren keine Beweisstücke zurückgeblieben, ein hochgewachsener, massiger Kerl mit großen Füßen. *Ich kaufe meine Schuhe bei Gleason's.* Im Urlaub und nicht erreichbar, als Alicia Perry verschwunden war. »O mein Gott. Es ist Matt.«

»Nein, Michael. Das kann nicht sein.«

Er griff nach seinem Handy, das gerade zusammen mit dem Festnetztelefon und dem Polizeifunkgerät ertönte, das er auf dem Tresen liegen gelassen hatte. Der Dispatcher übermittelte die Nachricht desjenigen, der den Notruf von Brian entgegengenommen hatte.

»Er hat sie«, schluchzte Mary Ann. »Er hat meinen Sohn.«

* * *

Matt stieß sie in die Hütte, die von Kerzenlicht erhellt war.

Carly wich einen Schritt zurück.

Da Brian erkannte, wie sehr sie sich vor dem Feuer fürchtete, legte er ihr die Hände auf die Schultern, um ihr so viel Trost zu spenden, wie er konnte.

Sie erstarrte, sobald sie die Wand mit den Fotos von sich entdeckte. »Oh«, keuchte sie. »O Gott.«

»Himmel«, stieß Brian leise aus.

»Her mit euren Handys«, forderte Matt sie auf.

»Wir haben sie nicht dabei, weil wir sie bei der lauten Musik sowieso nicht gehört hätten«, erklärte sie.

Der ruhige Ton in ihrer Stimme beeindruckte Brian, schließlich hatte sie allen Grund, panisch zu sein.

Matt klemmte sich die Waffe unter den Arm und durchsuchte sie hastig, um zu überprüfen, ob sie die Wahrheit sagte.

Zuzuschauen, wie er Carly berührte, war mehr, als Brian ertragen konnte. Er betrachtete die Waffe und versuchte abzuschätzen, ob er eine Chance hatte, sie Matt aus den Händen zu ringen. Auch wenn Matt zehn Jahre älter war als Brian, war er doch einen halben Kopf größer und zehn Kilo schwerer. Wenn Brian nach der Waffe griff, dann sollte er sich verdammt sicher sein, dass er sie in die Hände bekam. Die Alternative wäre undenkbar.

Nachdem sich Matt davon überzeugt hatte, dass Carly ihr Handy wirklich nicht dabeihatte, befahl er ihr, sich auf das große Messingbett zu setzen.

Seile hingen an den verschnörkelten Kopf- und Fußenden, und Brians Mund wurde trocken, wenn er sich vorstellte, wie Carly ans Bett gefesselt wurde und der Gnade dieses Irren ausgeliefert war.

Als Nächstes durchsuchte Matt Brian nach einem Telefon. Da er keins fand, stieß er ihn auf einen Holzstuhl und band seine Knöchel an die Stuhlbeine.

Brian hielt Carlys Blick, damit sie stark blieb, ganz gleich, was geschehen würde. Er zuckte zusammen, als Matt ihm die Arme nach hinten riss und ihm mit einem Seil die Handgelenke fixierte. »Warum tust du das? Dad hält dich für einen seiner besten Freunde.«

»Dein Dad ist ein Idiot, der ohne mich seinen tollen Job schon vor Jahren verloren hätte. Meine ganze Karriere habe ich daran verschwendet, dass er gut dasteht.«

»Das würde er nie leugnen.«

Angewidert schnaubte Matt. »Warum ist dann er Polizeichef und ich nur sein Handlanger?«

»Du wärst doch der nächste Polizeichef geworden. Das weißt du.«

»Er wird sich nie zur Ruhe setzen. Die werden ihn in einem Sarg raustragen müssen. Bis dahin bin ich zu alt, um mich noch darum zu scheren.«

»Warum hast du Sam und die anderen umgebracht?«

Matts Lächeln wirkte verbindlich, beinahe freundlich. »Ich hatte nie vor, ihn umzubringen. Ich wollte bloß, dass einer von euch perfekten Westbury-Jungs schlecht dasteht. Ich war es echt leid, ständig von eurem Vater zu hören, wie toll ihr beide seid. Da kam's mir jedes Mal hoch. Brian hier, Sam da. Wen kümmert der Scheiß?«

»Du hast auf der Straße gestanden«, meinte Brian. »Ich habe dich gesehen.«

»Schätze, du warst ein besserer Fahrer als dein Bruder. Ich wollte, dass einer von euch einen Unfall baut, damit dein alter Herr endlich die Fresse hält. Dass der Wagen mit all den Sportskanonen und Cheerleaderinnen in Flammen aufgegangen ist, war ein Bonus. Mir tat nur leid, dass der Goldjunge und seine dreckige Schlampe nicht dabei waren.«

Carly gab einen leisen Laut von sich.

Wut kochte in Brian hoch, und er wünschte sich, er könnte auf Matt einschlagen. Er hegte keinen Zweifel daran, dass er den Kerl zu Tode prügeln könnte, wäre er nicht an den beschissenen Stuhl.

Stattdessen zwang er sich, wie ein Staatsanwalt zu denken, und redete weiter, denn er wusste, dass sein Vater diese Antworten brauchen würde. »Warum alle fünf Jahre?«

»Die Leute vergessen eine Menge in fünf Jahren. Da muss ich den alten Sack allerdings loben, dass er das Muster erkannt hat.«

»Ich schätze, er ist doch kein so großer Idiot, wie du gedacht hast.«

Matt griff in Brians Haar und riss daran. »Sei still, oder ich kneble dich, verstanden?«

Brian nickte und unterdrückte einen Aufschrei, als Matt sich umdrehte und auf Carly zuschritt. Sie wich auf dem Bett zurück.

Matt zerrte heftig an ihrem Arm. »Steh auf.«

»Wenn du Chief Westbury dermaßen hasst, was willst du dann von mir?«, wollte sie wissen.

Matts Augen funkelten, und da erkannte Brian das pure Böse in ihm. Der Schock lähmte ihn einen Moment.

»Was *denkst* du denn, was ich will?« Er strich ihr mit den Händen über die bloßen Arme und umfasste ihre Brüste. »Zieh dich aus.«

»Nein«, schrie Brian.

»Halt's Maul. Du bist bloß am Leben, damit du zugucken kannst, wie deine Schlampe es mit einem richtigen Mann treibt. Also halt die Fresse.« Damit wandte er sich an Carly: »Du sollst die Klamotten ausziehen, und beeil dich, sonst binde ich dich ans Bett und schneide sie von dir runter, wie ich es bei den anderen getan habe. Willst du das?«

Sie schüttelte den Kopf und griff nach dem oberen Knopf der Bluse.

»Wann hast du ihn das letzte Mal gevögelt?« Matt deutete auf Brian.

»Heute Abend.«

»Wie habt ihr es getrieben? Lag er oben oder du? Ich weiß, dass du gerne oben bist. Ich habe euch unter der Weide beobachtet.«

Brian zerrte an seinen Fesseln, die ihm in die Handgelenke schnitten, doch er war derart fest an den Stuhl gebunden, dass er sich nicht befreien konnte.

»Er war oben«, antwortete Carly.

»Habt ihr es nur einmal gemacht?«

»Zweimal. Das zweite Mal unter der Dusche.«

Er packte sie am Haar, damit sie zu ihm hochschaute. »Du bist genauso eine Schlampe wie früher, nicht wahr?«

»Ich bin keine Schlampe. Er ist der Einzige, mit dem ich jemals ge-schlafen habe.«

»Er *war* der Einzige. Heute Abend erlebst du endlich mal einen *richtigen* Mann.« Mit schmerzhaftem Griff massierte er ihren Hintern und drängte sie gegen seine enorme Erektion.

Sie schluckte schwer. »Warum tust du das? Was hast du gegen mich?«

»Du erinnerst mich an eine, die ich mal gekannt habe. Vor langer Zeit.«

»Wer war sie?«

*Richtig so, Carly*, dachte Brian. *Bring ihn zum Reden.*

»Eine wie du: eine hübsche Cheerleaderin, die rumgelaufen ist, als wäre sie die Tollste, und sich auf dem Rücksitz im Auto ihres Daddys an einen Sportler rangeschmissen hat.«

»Du hast sie geliebt«, vermutete Carly.

»Ich habe sie gehasst. Sie war die Erste, die ich umgebracht habe. Melissa Spellman, damals in Milwaukee. Lustig, wie willig sie plötzlich wurde, nachdem sie erkannt hatte, dass ich sie umbringen würde, wenn sie mir nicht gab, was ich wollte. Sie hat genauso ausgesehen wie du – bis hin zu den Locken. Es war ein wahres Vergnügen, mir von ihr zu nehmen, was ich wollte, und sie dann zu töten.«

»Und warum hast du Alicia umgebracht?«

»Genau wie Melissa und das Weib in Pawtucket hat sie mich nicht respektiert, da blieb mir keine andere Wahl. Die anderen haben mich mit Respekt behandelt, also hab ich sie am Leben gelassen.«

Während er hilflos zusehen musste, wie Matt Collins' Hände Carly überall berührten, konnte Brian sich nur fragen, wo zum Henker die Cops blieben.

Matt grapschte nach Carlys Brüsten. Packte sie fest.

Ihr stiegen Tränen in die Augen. »Warum musst du mir wehtun? Ich wehre mich nicht, und ich bin auch nicht respektlos.«

»Das wirst du noch. Das tun sie alle irgendwann.«

»Bist du deshalb Polizist geworden? Wegen dem Respekt?«

Er schien erstaunt über ihren Scharfsinn. »Genau deshalb. Du wärst überrascht, wie rasch die Leute sich fügen, wenn ihnen ein Cop sagt, was sie tun sollen.« Er knöpfte sich das weiße Uniformhemd auf und zog es aus der Hose. Nachdem er die Dienstwaffe und die Handschellen auf den Nachttisch gelegt hatte, löste er den Gürtel. Er erwischte Carly dabei, wie sie auf die heftige Erektion starrte. »Fass ihn an.«

Sie legte die Hand auf ihn.

»Wie ist die, verglichen mit der von der Sportskanone da drüben?«

»Beeindruckend.« Ihre Stimme klang dumpf und unbeteiligt. »Ich bin mir sicher, dass du viele Frauen befriedigt hast.«

»Ein paar.« Er schob ihr das Oberteil von den Schultern.

Carly versteifte sich. »Bitte. Nicht.«

Brians Gedanken wirbelten. *Wo zum Teufel bleibt die Polizei?*

Matt starrte auf Carlys Brüste. »Hübsche, knackige Titten. Größer als früher unter der Weide, aber so gefallen sie mir besser. Melissa hatte große, fette Möpse, an denen dieser Scheißsportler stundenlang saugen durfte.« Er leckte sich vor Vorfreude über die Lippen.

Sie sah zu Brian, und das Flehen in ihren Augen zerrte an seiner Seele.

»Matt«, rief er. »Sie werden uns finden. Warum hörst du nicht einfach auf und verschwindest, bevor sie dich erwischen?«

Mit hasserfüllter Miene schaute Matt zu Brian. »Mich kriegen die nie. Die sind zu dämlich, um zu erkennen, dass nur einer aus ihrer Mitte wissen konnte, wie man das perfekte Verbrechen verübt – wieder und wieder und wieder. Sie haben nichts gegen mich in der Hand.« Ohne Brian aus den Augen zu lassen, packte er Carlys Arm.

Als sie vor Schmerz aufschrie, zerriss es Brian innerlich.

Matts Lachen hallte durch den kleinen Raum. »Sieh dir bloß den Goldjungen an. Der große, mächtige Staatsanwalt kann nicht mal auf seine Verlobte aufpassen. Muss ja eine schreckliche Enttäuschung sein, herauszufinden, dass du, ganz egal, was dein Arschloch von Vater von dir hält, trotzdem nur ein Mensch wie jeder andere bist, was?«

Brian zerrte an den Fesseln, bis er warmes Blut auf seinen Handflächen spürte.

»Wie gefällt es dir?«, fragte Carly.

Brian riss den Kopf hoch und erkannte, dass sie sich ganz auf Matt konzentrierte. Mit einem Finger fuhr sie ihm durch das dichte Brusthaar. Das einzige Anzeichen für die Anspannung, die sie durchströmen musste, lag in ihrer anderen Hand, die sie hinter dem Rücken zur Faust ballte.

Mit rasendem Herzen versuchte Brian, einen besseren Blick auf die Hand zu erhaschen. *Heilige Scheiße. Sie hat das Pfefferspray.*

»Bist du gerne unten oder oben?«, wollte sie von Matt wissen.

»Unten«, antwortete er beinahe atemlos.

»Dann leg dich hin.«

*O Gott, Carly, tu es jetzt. Benutz das Spray.* Brian zerrte heftig an den Seilen, die sich in seine blutigen Handgelenke gruben.

Mit aufgeknöpfter Bluse kroch Carly aufs Bett und setzte sich auf Matt.

In seinen Augen stand ein lüsternes Glitzern. »Du bist anders, als ich dachte«, keuchte er.

»Ich bin eine dreckige Schlampe«, rief sie ihm mit leiser, kehliger Stimme ins Gedächtnis. »Hast du mich nicht so genannt?«

*Gut, Baby. Das ist gut. Lenk ihn ab.*

Matt griff nach ihren Brüsten, und Brian schluckte das Verlangen runter, loszubrüllen.

»Ihr Cheerleader seid doch alle Schlampen. Nicht eine von euch ist anders.«

»Warum bist du dann überrascht, dass ich dich genauso heftig will wie du mich?« Sie stützte die Hände neben seinem Kopf ab.

»Was ist mit ihm?«, fragte Matt.

»Ignorier ihn. Um ihn kümmere ich mich.«

»Ich will dich nicht umbringen müssen, Missy.«

Brian stockte der Atem.

Matts Wangen glänzten feucht, während er die Finger durch Carlys langes Haar gleiten ließ. »Ich will, dass du mich liebst. Warum kannst du mich nicht lieben? Warum gibst du dich mit einem ab, dem du egal bist? Er will bloß deinen Körper.« Er zerrte an ihrer kurzen Hose. »Zieh die aus, damit ich dich lieben kann. Lass mich dich lieben, Missy.«

Carly nahm die Hände zurück, um seinem Wunsch zu folgen.

Im nächsten Moment kreischte Matt auf.

Carly sprang vom Bett und schnappte sich seine Handschellen. Mit heftig zitternden Händen schloss sie ein Ende um sein Handgelenk und das andere um einen der stabilen Bettpfosten.

Mit der freien Hand krallte Matt nach seinen Augen. »Du beschissene Scheißschlampe.«

Sie schaute über die Schulter, um sich zu vergewissern, dass er dortblieb, ehe sie zu Brian rannte, sich vor ihm niederkniete und sich an den Knoten an seinen Knöcheln zu schaffen machte. Ihre Hände zitterten derart heftig, dass sie sie nicht aufbekam.

»Beeil dich, Schatz.«

»Ich versuch's ja«, rief sie, »aber sie sitzen zu fest.« Sie sah sich in der Hütte um, verzweifelt auf der Suche nach etwas, womit sie die Seile durchtrennen konnte. »Ich weiß nicht, ob ich das schaffe.«

Matts Schreie wandelten sich in Schluchzen.

Ein Adrenalinschub setzte ein, ließ Brians Herz dermaßen rasen, dass er sich sicher war, es müsste jeden Moment explodieren.

Carly schnappte sich eine Kerze und rannte in eine dunkle Ecke des Raums. »Hier ist eine Küche.«

Er hörte, wie es klapperte, bevor sie mit einem Fleischermesser zurückkam.

Sie stellte die Kerze ab und schnitt seine Beine los, dann rutschte sie hinter ihn. »Ach, Brian. O Gott, deine Arme.«

»Mir geht's gut.« Er griff nach ihrer Hand. »Lass uns von hier verschwinden.«

»Du beschissene Scheißschlampe«, schrie Matt erneut. Die Handschellen schepperten gegen das Messingkopfende. »Genau wie alle anderen.« Er brach in Tränen aus. »Genau wie alle anderen.«

Brian und Carly rannten durch die Dunkelheit.

Sie kreischte, als sich kräftige Arme um sie legten.

»Schon gut«, beruhigte Nathan Barclay sie, der sie fest an sich drückte. »Das Haus ist von einer SWAT-Einheit umzingelt. Ihr seid in Sicherheit.«

»Brian muss ärztlich versorgt werden. Seine Handgelenke bluten.«

»Vorher habe ich noch was zu erledigen.« Brian griff nach ihr. »Du hast unser Leben gerettet, Carly. Du warst unglaublich da drinnen. Einfach unglaublich.«

Sie klammerte sich an ihn und brach in Tränen aus.

Eine Weile standen sie da und versuchten, zu verstehen, dass der lange Albtraum endlich vorbei war. Das Monster war geschnappt worden, Sams Name würde reingewaschen werden, und es gab nichts – und niemanden –, was sie noch fürchten müssten.

»Wo ist Dad?«, erkundigte sich Brian bei Nate.

»Eben war er noch hier.« Der FBI-Beamte schaltete eine große Taschenlampe ein und leuchtete damit auf die Hütte.

Michael stand mit dem Rücken zu ihnen im Türrahmen.

Nate rannte zur Hütte. »Mike, warten Sie. Nicht.«

Ein Schuss hallte durch die Nacht.

# KAPITEL 29

Carly hatte den Kopf an Brians Schulter gelegt.

»Glaubst du, es ist vorbei?« Er strich ihr mit einem feuchten Papierhandtuch über die Stirn. »Wir können auch einen späteren Flug nehmen.«

»Für heute sollte es das gewesen sein«, erklärte sie, schwach und erschöpft von ihrem heftigen Brechanfall.

»Wie lange ging das noch mal bei Zoë?«

»Drei ganze Monate.«

»Das ist doch ein Scherz.«

»Schön wär's.«

»Ich hab ein ganz schlechtes Gewissen«, ächzte er. »Ich wünschte, ich könnte etwas für dich tun.«

»Halt mich einfach, Brian. Mehr brauche ich nicht.«

Das tat er und fuhr mit dem Daumen über den funkelnden neuen Ehering. »Was du brauchst, sind zehn Tage auf Jamaika.«

»Sind wir wirklich verheiratet, oder war das gestern bloß ein Traum?«

»Verheiratet, schwanger, das volle Programm.«

Sie griff nach seiner Hand und studierte seinen neuen Ring, der aus schlichtem Weißgold bestand. »Es ist ein Traum, der wahr geworden ist.«

»Trotz der Übelkeit?«, fragte er mit einem kleinen Lachen.

Sanft strich sie über die Verbände an seinen Handgelenken. »Mir wäre es lieber, wenn mir neunzig Tag am Stück schlecht wäre, als dass ich auch nur eine weitere Minute meines Lebens damit verbringen müsste, mir all das zu wünschen, was ich jetzt habe.«

Er drückte seinen Mund auf ihre Locken.

»Ich wollte dir noch sagen«, setzte sie an, »es war nett von dir, dass du dich bei Luke entschuldigt und ihn zur Hochzeit eingeladen hast.«

Er zuckte die Achseln. »Wenn ich mich irre, dann gebe ich das zu. Er war dir ein guter Freund, als ich nicht da war.«

»Allerdings.«

Der Fernseher am Gate strahlte eines der Nachrichtenprogramme aus, die ohne Unterlass über die Ereignisse in Granville aus der letzten Woche berichteten. Stumm sahen Carly und Brian zu, wie ein gebrochener Matt Collins im orangefarbenen Overall, mit einer kugelsicheren Weste, einer Kette an den Beinen und in Handschellen zur Anklageverlesung gebracht wurde.

Irgendwann würden sie gegen ihn aussagen müssen. Aber die Verhandlung würde erst in einigen Monaten stattfinden, und sie waren sich einig, dass sie ihre Zeit nicht damit verschwenden wollten, an ihn zu denken oder an die Erkenntnis, dass er ihnen bloß deshalb alles verraten hatte, weil er vorgehabt hatte, sie umzubringen und danach die Stadt zu verlassen.

»Selbst nach all den Tagen kann ich es noch immer nicht fassen«, meinte Brian, den Blick weiter auf den Fernseher gerichtet, »dass mein Bruder seinetwegen tot ist.«

»Ich frage mich, ob dein Vater jemals darüber hinwegkommt.«

»Er hat mir erzählt, wie Matt sich während der Ermittlungen immer wieder bemüht hat, Dinge über den Täter zu ›entdecken‹ – wie zum Beispiel sein Bedürfnis danach, dass ihn seine Opfer respektierten. Rückblickend ist Dad klar, dass er nur angeben wollte – er wollte, dass sie wussten, warum er manche umgebracht hat und andere nicht. Er wollte sichergehen, dass sie auch von dem Autoüberfall erfuhren.«

Sie erschauerte. Sie hatte noch drei Tage hinterher gezittert. Wenn sie daran dachte, was die anderen Frauen durchgemacht hatten … Es war besser, das nicht zu tun, denn ansonsten kehrte das Zittern zurück.

»Es ist eine bittere Pille, die Dad schlucken muss, so viel steht fest. All die Jahre, in denen er mit diesem Psychopathen zusammengearbeitet hat, hat er ihm vertraut. Schau mal, da ist er ja.«

Michael erschien auf den Stufen zum Gerichtsgebäude, den linken Arm in einer Schlinge.

Die Reporter jagten ihm hinterher, also blieb er stehen, um ein paar ihrer Fragen zu beantworten.

Carly tat es leid, weil sie erkannte, dass der Schmerz im Gesicht des Polizeichefs sowohl körperlich als auch emotional war. »Ich fasse noch immer nicht, dass ich Matts Waffe nicht an mich genommen habe, als ich die Gelegenheit dazu hatte«, gestand sie.

»Ist das dein Ernst? Du warst Wonder Woman da drinnen. Vergiss die Waffe, Schatz. Der Treffer war reiner Zufall, wenn man bedenkt, dass er vom Pfefferspray geblendet war und ins Blaue gefeuert hat. Wir haben Glück, dass er Dad nicht erschossen hat.«

»Ich sehe es immer wieder vor mir, das Blut am Rücken von deinem Vater …« Sie schüttelte den Kopf, um die Bilder zu verdrängen, die sie ihr Leben lang verfolgen würden. »In dem Moment konnte ich nur daran denken, wie wir das überstehen sollten, wenn wir diesen Albtraum überlebt hätten, bloß um ihn zu verlieren.«

»Zum Glück müssen wir uns darüber nicht den Kopf zerbrechen. Wir können uns auf uns konzentrieren, auf unser Baby, das neue Haus, meinen neuen Job.«

»Da hast du recht«, stimmte sie ihm zufrieden zu. »Ich weiß nicht, ob ich das in letzter Zeit erwähnt habe, aber Carly Westbury liebt Brian Westbury.«

»Dabei hast du behauptet, dass es dir nicht so leicht über die Lippen kommt wie die alte Version. Ich muss sagen, da widerspreche ich dir.«

Sie lachte. Als sie den Blick wieder hob, lächelte eine ältere, korpulente Frau sie an, die ihnen gegenübersaß. Die Frau trug ein grellrotes Hawaiihemd.

»Sie beide sind wirklich zu niedlich«, wandte sie sich an sie. »Sie sind bestimmt frisch verheiratet.«

Carly hob den Kopf von Brians Schulter. »Ist es derart offensichtlich?«

Die Frau klatschte erfreut in die Hände. »Ich wusste es. Erzählen Sie mir alles. Wie haben Sie sich kennengelernt?«

»Wir, äh, wir kennen uns seit der Highschool«, erklärte Brian.

»Ach, wie wundervoll, und jetzt sind Sie wieder zusammen und verheiratet.« Sie stieß ihren Mann an, der vorgab, von der ganzen Angelegenheit gelangweilt zu sein. »Ist das nicht herrlich, Lou?«

Er brummte zustimmend.

»Lassen Sie mich raten: Sie haben sich beim Klassentreffen gesehen, und da hat es wieder gefunkt wie früher. Nicht wahr?«

Carly schaute glücklich zu ihrem attraktiven Ehemann hoch. »Ja«, bestätigte sie. »Genau so war es.«

# ÜBER DIE AUTORIN

Marie Force ist die *New-York-Times*-Bestseller-Autorin von über fünfzig zeitgenössischen Liebesromanen, unter anderem den beliebten Reihen »Gansett Island«, »Butler, Vermont« und »Green Mountain« sowie der »Fatal«- und der erotischen »Quantum«-Serie. Zusammengenommen haben sich ihre Bücher weltweit bislang über sechs Millionen Mal verkauft.

Ihre Ziele im Leben sind einfach: ihre beiden Kinder zu glücklichen, gesunden, produktiven jungen Erwachsenen zu erziehen, Bücher zu schreiben, solange sie kann, und niemals in einem Flugzeug zu sitzen, das Schlagzeilen macht.

Melden Sie sich unter http://marieforce.com/subscribe/ für Marie Force' Mailingliste an, um über ihre neuen Bücher und alles Wichtige auf dem Laufenden zu bleiben. Folgen Sie ihr auf Facebook unter https://www.facebook.com/MarieForceAuthor, auf Twitter unter @marieforce und auf Instagram unter https://www.instagram.com/marieforceauthor/. Sie können sich auch an Maries vielen englischsprachigen Lesergruppen (https://marieforce.com/contact/) beteiligen. Sie erreichen Marie unter marie@marieforce.com.

# Weitere Titel von Marie Force

**Die McCarthys**

Liebe auf Gansett Island (Die McCarthys 1)

Sehnsucht auf Gansett Island (Die McCarthys 2)

Hoffnung auf Gansett Island (Die McCarthys 3)

Glück auf Gansett Island (Die McCarthys 4)

Träume auf Gansett Island (Die McCarthys 5)

Küsse auf Gansett Island (Die McCarthys 6)

Herzklopfen auf Gansett Island (Die McCarthys 7)

Rückkehr nach Gansett Island (Die McCarthys 8)

Zärtlichkeit auf Gansett Island (Die McCarthys 9)

Verliebt auf Gansett Island (Die McCarthys 10)

Hochzeitsglocken auf Gansett Island (Die McCarthys 11)

Gansett Island im Mondschein (Die McCarthys 12)

Sternenhimmel über Gansett Island (Die McCarthys 13)

Festtage auf Gansett Island (Die McCarthys 14)

Im siebten Himmel auf Gansett Island (Die McCarthys 15)

Verzaubert von Gansett Island (Die McCarthys 16)

Traumhaftes Gansett Island – Victoria & Shannon (Die McCarthys 17)

Geliebtes Gansett Island – Kevin & Chelsea (Die McCarthys 18)

Blütenzauber auf Gansett Island (Die McCarthys 19)

**Andere Bücher**

Sex Machine – Blake und Honey

Sex God – Garrett und Lauren

Ein Traum von Liebe

Nicht nur für eine Nacht

Mein Herz für dich

Take-off ins Glück


**Die Green Mountain Serie**

Alles was du suchst (Green Mountain Serie 1)

Endlich zu dir (Green Mountain Serie 1/*Story 1*)

Kein Tag ohne dich (Green Mountain Serie 2)

Ein Picknick zu zweit (Green-Mountain-Serie/Story 2)

Mein Herz gehört dir (Green Mountain Serie 3)

Ein Ausflug ins Glück (Green-Mountain-Serie/Story 3)

Schenk mir deine Träume (Green-Mountain Serie 4)

Der Takt unserer Herzen (Green-Mountain-Serie/Story 4)

Sehnsucht nach dir (Green-Mountain Serie 5)

Ein Fest für alle  (Green-Mountain-Serie 5/Story 5)

Öffne mir dein Herz (Green-Mountain-Serie 6/Story 6)

Jede Minute mit dir (Green-Mountain-Serie 7)

Ein Traum für Uns (Green-Mountain-Serie 8)

Meine Hand in Deiner (Green-Mountain-Serie 9)


**Die Neuengland-Reihe**

Vergiss die Liebe nicht (Neuengland-Reihe 1)

Wohin das Herz mich führt (Neuengland-Reihe 2)

Wenn das Glück uns findet (Neuengland-Reihe 3)

Und wenn es Liebe ist (Neuengland-Reihe 4)

*Die Quantum Serie*

Tugendhaft (Quantum-Serie 1)

Furchtlos (Quantum-Serie 2)

Vereint (Quantum-Serie 3)

Befreit (Quantum-Serie 4)

Verlockend (Quantum-Serie 5)

Überwältigend (Quantum-Serie 6)


*Fatal-Serie*

Mörderische Sühne (Fatal-Serie 1)

Verhängnis der Begierde (Fatal-Serie 2)

Jenseits der Sünde (Fatal-Serie 3)

Versprechen bis in die Ewigkeit (Fatal-Serie 4)

Wenn die Rache erwacht (Fatal-Serie 5)

Bittersüßer Zorn (Fatal-Serie 6)

Unbarmherzig ist die Nacht (Fatal-Serie 7)